U0895780

永不消逝的爱。♡

木苏里

一级律师 2

木苏里 著

江苏凤凰文艺出版社
JIANGSU PHOENIX LITERATURE AND
ART PUBLISHING

图书在版编目（CIP）数据

一级律师 . 2 / 木苏里著 . -- 南京 : 江苏凤凰文艺出版社 , 2020.7（2021.11 重印）
ISBN 978-7-5594-4870-5

Ⅰ . ①一… Ⅱ . ①木… Ⅲ . ①长篇小说 – 中国 – 当代
Ⅳ . ① I247.5

中国版本图书馆 CIP 数据核字 (2020) 第 080137 号

一级律师 . 2

木苏里 著

责任编辑	丁小卉
封面设计	殷 舍 阿 鬼
责任印制	刘 巍
出版发行	江苏凤凰文艺出版社
	南京市中央路 165 号，邮编：210009
网　　址	http://www.jswenyi.com
印　　刷	长沙鸿发印务实业有限公司
开　　本	710 毫米 ×1000 毫米 1/16
印　　张	21.5
字　　数	339 千字
版　　次	2020 年 7 月第 1 版
印　　次	2021 年 11 月第 3 次印刷
书　　号	ISBN 978-7-5594-4870-5
定　　价	54.80 元

目录

Contents

第三卷　鸟笼(上)

目录

Contents

第三卷　鸟笼(上)

第三卷 鸟笼（上）

第一章　基因测试

这家春藤医院相当于德卡马的总部，占地广，部门繁多复杂，大楼鳞次栉比，每天往来这里的病人以及家属难以计数，常年都是数人头的状态。

“对，到了。”顾晏一边跟医生保持通信，一边在独栋的基因科大楼一层看楼层图，“一层流水台旁边。”

春藤医院是联盟内少有的具有基因修正资质的医院之一。专科大厦人头攒动，全是跟基因修正调整相关的人，顾晏和燕绥之除了一张俊颜，真没有任何特别之处。

没过一会儿，一位瘦高个的医生手插白大褂的口袋，绕过拥挤的人群，从一条走廊拐出来。他戴着实验观察专用的护目镜，深蓝色的镜片挡住了他的眉眼，下半张脸又遮在口罩里。这种全副武装的打扮在门诊或是急诊那边会很显眼，但在基因科大楼，就是再正常不过的了。

“你是……顾律师？”医生在流水台旁，一眼就找到了等候的两人，“居然是你们啊？”

“咱们……见过？”燕绥之笑眯眯地道，“你裹成这样，恕我失礼，认不太出来。”

那医生“哦”了一声，把护目镜推到额头，又拉开口罩。

“你是酒城那位？”燕绥之和顾晏都一眼认出了对方。

这位医生名叫林原，当初燕绥之在酒城烫了脚，就是他坐诊开的药。

他看起来年纪比顾晏略大一些，当然，也可能是他慢悠悠的说话方式和气质给人一种稍长几岁的错觉。

“之前在酒城见过你们，没想到居然还会这样再见。”他说着，然后客套又关切地问了燕绥之一句，“怎么样？上次的伤口留疤没？”

燕绥之摇了摇头：“恢复得很好。”

“那就好。”林原想起上回燕绥之的伤口，忍不住感叹了一句，“你们当律师的真不容易，看起来好像还有点儿生命危险。”

燕绥之：“彼此彼此。”

林原：“……”

“我也没想到你们居然还和乔大少爷是朋友。”林原顺嘴解释了一句，“这还真是巧了。因为最初这事儿落不到我头上，乔大少爷一开始安排的是雅克·白。哦，你们应该也见过他，当时在酒城，你们走的时候，他刚巧跟你们擦肩而过进我诊室。”

“那位卷毛？”

“对，卷毛。”林原说，“最近他家里出了点儿意外，我就干脆把这差事接了。”

“意外？”

林原愣了一下：“没看网上消息？前两天有一起医疗事故，出了人命。最近几天德卡马全球审查，查到一连串医疗方面的违法小作坊。”

燕绥之：“今早在车上好像扫到一眼，具体没看。这跟那位卷毛医生有关？”

“他表姐死于医疗事故，表姐的父母身体不好，受不了这刺激，所以他这两天都在帮忙料理后续的事情。”

“卷毛医生本身就在春藤医院，他表姐为什么要去违法小作坊？”

“不知道。”林原说着摆了摆手，“算了，不说这些了。走吧，跟我去检测舱那边。”

两人跟着林原医生上了楼，越过底下诊疗、手术、住院的楼层，最终停在了十二层。

“从这里再往上，到十七层就是研究区域了，一般人进不来。”林原说。

这里的每一层楼都有一个专门的密码门，必须是有使用权限的人扫描通过后，才能把门打开。

“这一排都是研究用的专业检测舱，本来是要检测一些样本数值变化的，但这周刚好有两个没有安置样本，空闲着，我就先腾出来了。”林原说着把他们领进其中一间。

室内有一个竖直放置的复杂仪器，仪器上牵出数十条透明管连着电子感应片，垂挂在那里。仪器正中是人坐的地方，旁边一侧是一台偌大的显示屏。

“就是这个？”

林原点点头：“对，说是舱，其实只有放样本进去才闭合，平时一般都是这么敞着的。这台我已经提前给你们开了权限，现在是待机状态，检测到人体后会自动启动。我已经切断了显示屏跟医院内部的系统关联，你们测出来的结果会显示在屏幕上，关闭后自动清除痕迹。除了你们两个，其他人是看不到的。”

他又指了指墙上贴着的一张纸页：“喏，使用步骤和注意事项都在这里，傻瓜操作，照着这个来用就行。”

燕绥之闻言顺着他所指，朝纸页看去，结果一眼就看到步骤第一行一个偌大的关键词：脱。

燕绥之：“？”

林原医生交代完所有的事情，冲他们客气地笑了笑：“我得去一趟楼下病房，不过我的办公室就在斜对面1207。如果你们确实碰到了问题，或者结果出来了需要更具体的专业意见，可以在那边等我。如果不需要其他帮忙的话，测试完就按这两个键，一个是关闭仪器，一个是加密仪器，你们的数据就会被清零，不用担心别的问题。”

他说着便走出了仪器室，只是在出门后，脚步迟疑了一下，重新探头进来。

燕绥之转头看过去。

林原医生想了想，叮嘱了一声：“小心一点儿。”

咔——

房门从外面关上，林原的脚步声离这边越来越远，应该是往走廊那头的电梯过去了。

房间里一时间非常安静。

顾晏突然出声："测吧，我去外面等你。"

"哎，别跑——"燕绥之抬手抓住了一点儿他小臂处的衬衫。

这一举动让顾晏顿住了。

"劳驾看一看这张图。"燕绥之指着使用说明旁边配套的人体图，人体图上标注着几个关键位置，都是要贴仪器金属片的地方，旁边配着说明，诸如——

此处颈椎骨往下三个指节处（以食指第一节指节作准）……

左肩胛骨往下二十五厘米左右……

锁骨（左）往下十五厘米……

腰椎两侧各三指节处……

看看，多么放屁的说法。

燕绥之没好气地说："一个人没有八只手都操作不起来，我现在立地开始修炼，短时间内也炼不成章鱼精。"

顾晏没说话，气氛在安静中微妙地发酵了片刻。顾晏放弃似的按了两下眉心，然后没什么表情地走到仪器旁。

"坐过来。"他一边整理线端一边说。

燕绥之把围巾和大衣挂在了一旁的衣架上，只留了一件衬衫。他解着袖扣走到仪器边坐下，把整个背部留给顾晏，接着取下了手指上的智能机，以免干扰仪器。

"给。"他头也没回，将指环朝后递过去。过了两秒，他感觉自己的手指尖触碰到顾晏温热的手指，然后指环就被拿走了。

嘀嘀嘀——

室内的温控装置接连响了好几声，室温被人调高了一些。

燕绥之把袖口翻折了两道，露出手腕和半截手臂。他身后的顾晏也脱了大衣，沙沙的脚步声走到角落的衣架边又折返回来。

手腕两处燕绥之完全可以自己贴。管线垂挂的位置在他后侧方，他伸手去拿的时候上半身后倾了一些，后脑和肩背触靠上了一个温热的躯体。

顾晏的动作微微一顿，接着低沉的声音顺着空气以及相触的皮肤传进燕绥之耳中："要哪根？"

"手腕。"

一根对应的管线递到了燕绥之手里，他捏着细细的皮管重新坐正，那片温热也随之消失。

再之后，他需要什么都不用再倾身去拿，只朝后摊开手掌说一下位置，管线就会被顾晏挑出来，搁在他手里。

每一个金属片上都连着一根毫针，两三毫米长，跟刺进皮肤的蚊子嘴相差无几。燕绥之眼睛都不眨一下，就将金属片按在了双手手腕、心口、肋骨下三厘米左右的腰间。

他贴完最后一处，偏头玩笑道："你睡着了吗？快帮忙。"

金属片轻碰着响了几声，接着有手指轻按上他的后脖颈，顾晏的声音从背后传来："低头。"

燕绥之十分配合地低下头，后颈骨骼便显出了漂亮的弧度和轮廓。刚才贴前面的时候，衬衫上面几颗纽扣已经解了，随着这番动作，领口和肩线朝后滑了两分，露出肩窝以及两侧蝴蝶骨间凹陷的脊线。

温热的手指压在那块微微凸起的颈骨上，一触即收，接着朝下延伸了三节指节。

衡量的过程，顾晏的手指并没有直接碰到燕绥之的皮肤，但是燕绥之依然能清晰地感觉他每一个动作。

第一节，第二节，再到第三节。

金属片前面的毫针轻轻刺进了皮肤……

燕绥之本以为那些金属片会凉得人一惊，然而却并没有，因为那些金属片贴上来的时候就已经带上了顾晏的体温。

然后是肩胛骨之下后心的位置，紧接着是后腰。

燕绥之微微眯了一下眼。

这明明是不劳他动手也不劳他动口的事情，最省力不过，但每一秒都被拉得又细又长，好像翻山越岭一般。他这辈子，大概头一回觉得感官如此敏锐，都能隔空感物了。

最后一个金属片贴完的时候，燕绥之垂着的眼睫微微颤了一下。过了片刻，他才撩起眼皮，侧头问道：“好了？”

“嗯。”顾晏应了一声，刚扶稳最后那根管线，就朝后退了一步。

燕绥之拉了一下衬衫，耷拉大敞的领口便回到原位，有了原本挺括的模样。根骨里的礼仪作祟，他把衬衫穿好又系上了大半扣子，保持了最后一点儿衣冠楚楚的样子。

他转了身，依照指定的姿势坐下，靠着椅背。十多根管线从仪器上牵拉过来，然后延伸进他衬衣里，透过布料隐隐显露出轮廓。

这模样可能有点儿难以名状……顾晏只看了一眼，就再没把视线投过来，全程扶着仪器显示屏的一角，垂着眸，一丝不苟地盯着变换的数值。

仪器运作分了好几次，每次启动时，那些刺进皮肤的毫针都会带来一种麻麻的感觉，燕绥之知道那是最新的获取基因切片的技术，但是怎么说呢……非常恼人。

他感受了两轮，终于还是“啧”了一声，冲顾晏抱怨道：“这倒霉东西活像在漏电。”

顾大律师闻言，眼皮动了一下，依然没有看过去，脸却比之前还要瘫。

就在燕大教授半真半假瞎抱怨的时候，房间里接连响起几声嘀嘀的提示音。

墙面上温控系统的面板突然熄灭，仪器低低的运作声也骤然停止，室内瞬间安静下来。

“怎么回事？停电了？”燕绥之一愣，转头扫了眼房间里的各种东西。

他的目光最终落在顾晏身上，见顾大律师依然扶着仪器显示屏，于是没忍住逗了一句：“屏幕上有字吗？”

顾晏：“……”

从他的表情来看，应该是没有。

燕绥之又道：“黑屏好看吗？”

顾晏：“……”

他终于撩起眼皮看了过来。

仪器另一边的工作台上有一个警示图，第一行的标题就跟停电有关。燕绥之瞥到关键词，想看具体该怎么处理。他朝那边倾身过去，从下摆延伸进衬衫里的管线不可避免地被牵拉，掀起一片布料，露出紧绷的腰线。

“你坐回去。”顾晏突然出声道，“要看什么，我来。”

“嗯？”燕绥之正在看内容，头也没回地道，“没，我看了，说如果发生停电不要惊慌，医院有独立的备用能源系统，一分钟内就能恢复。仪器有应对紧急断电的自我保护程序，来电后会进入修复式启动，之前的数据不会丢失，自动续上之前的进度。”

他正说着，就听见房间里嘀嘀几声，仪器的运作声重新响起，温控系统的板面也亮了起来。

燕绥之这才坐正：“速度还挺快，数据回来没？”

顾晏“嗯”了一声，过了一会儿，他才补充道：“恢复了，正沿着之前的进度继续。”

屏幕上满是复杂的专业用语，医疗方面的、基因检测操作方面的，那些大段大段、不断上翻的文字表示着仪器的进度，非专业人士根本看不出什么名堂，内容枯燥乏味，绝对是促进睡眠和发呆的上品。

但顾大律师看得非常认真。

管他看没看懂，反正范儿挺足。燕绥之靠在仪器座位上，原本是看着仪器屏幕的方向，没多会儿就变成了看顾晏。

片刻之后，始终专注于屏幕的顾晏终于开了金口：“别看了。”

任谁被这样盯着都会有所察觉，更何况从顾晏的角度，就算不抬眼，余光也能覆盖燕绥之那边。所以他早就注意到了燕绥之的视线，硬是一本正经地闷到了现在。

“结果出来了，屏幕上提示可以把管线摘了。”顾晏终于看向燕绥之，目光像是蜻蜓点水般，从他被衬衫半掩的数十根管线上一掠而过。

“终于电完了，这座椅设计得可真不舒服。”燕绥之换了个姿势，揉着脖子松了松筋骨。

拆管线没那么讲究，不用注意什么位置和手法，自然也没再让顾晏帮忙。

他做什么事都慢条斯理的，尽管抱怨了好几次戴得不舒服，拆的时候也没有一把扯下，而是一根一根地摘，仿佛他摘的不是什么金属片，而是不小心沾到身上的落叶之类。

“结果怎么样？”他一边扣衬衫纽扣一边走到顾晏旁边，看着仪器屏幕问。

屏幕上显示着一个按钮提示——“检测结果”。

显然，顾晏在等他过来一起看。

结果界面一共有两页，第一页全是专业性的叙述。

“术业有专攻，跳过去。”燕大教授还在忙着扣袖口，全靠一张嘴使唤人。

第二页的叙述就转成了人话。

显示的项目条理清晰，言词通俗，有的还附有解释说明。两人一目十行地扫过，直接找到了基因修正维持期限的那一栏，旁边有个括号，注明这个期限是从检测时起算，栏目下则是维持的总期限。

只是很奇怪，这一栏的结果居然有两行——

A 次：40~45 年。

B 次：25~30 天。

这两行的内容非常简单，却让顾晏看得皱了眉：“两次？”

基因修正不是像挂葡萄糖和生理盐水一样的小事，它本身就存在着很大的风险和阻力，能成功就该谢天谢地了。所以有什么需要都是一次性解决，更不会有哪个医生硬是把一场修正分成两次。

这说明什么呢?

说明两次中，只有一次是救燕绥之的那位干的。

燕绥之看上去对此毫不意外，这说明他对另一次也是知情的。显而易见，他在爆炸案之前就做过基因修正，但从来没有人提及燕绥之做过基因修正，不论是关于他的各种文字资料，还是私下熟人间的闲谈。如此一来，只剩一种解释——根本没人知道这件事。

顾晏瞥了一眼大门，沉声道：“需要的话我可以回避。”

燕绥之摆摆手，不甚在意地说：“不用，真希望你回避的话，我刚才就轰你出去了，还等现在？”

他伸手点了点前面的某一栏，上面标注了两次基因修正的痕迹时间。

顾晏顺着对方的手指看过去，发现 A 次修正是在燕绥之十四五岁的时候。

燕绥之看着那个时间点，出了一会儿神。

这种私事不是燕绥之平日里会谈论的东西，顾晏深知这点，所以根本没打算听到什么答案。谁知燕绥之回神后，居然对他解释了一句："我母亲身体不好，这点遗传给了我，基因修正是唯一治愈的手段。"

顾晏的表情有些意外，因为基因修正在数十年前还不成熟，作为治疗手段风险很高，而且他没想到燕绥之会主动说起这些。

在德卡马别的不说，有两点很著名——不问出身，隐私至上。

在保障安全的前提下，你不想提及的私人信息很难被人知道，保护程度极高，长久以来也形成了一种公民意识——别人不说的，也很少有人费尽心思地去查，尤其是出身、父母祖辈、亲属关系之类的事情。

就像这么多年下来，梅兹大学上下包括行业内的人都对燕绥之的过往知之甚少，只听说他父母很早就过世了。

所以这绝不是一个闲聊的好话题。

顾晏明显感觉到，燕绥之虽然说得随意，可在提起这件事后他的心情并不好，他的表情有一瞬间非常复杂，像是想起了很多东西，但又很快恢复如常。

想知道的结果已经看到了，两人没在这里多耽搁。燕绥之留了个底，就照着之前林原医生交代的，先关闭机器，又加了一道锁。

巧合的是，两人虽然不打算打扰林原医生，却还是在下行的电梯里碰到了对方。跟林原医生一起的还有另外两位医生，一男一女。

他们这会儿只戴了口罩，没戴实验护目镜，看起来神色焦急，似乎很赶时间。

"怎么了？"燕绥之打完招呼后，问了林原一句。

"来了几个被感染的病人。"林原简单回道，"小作坊害人！我跟你们提过的事故还记得吧？卷毛那事。那个小作坊做基因修正的时候还出了一些岔子，结果衍生出一种病毒。跟那几个事故受害者有接触的人，这几天陆续开始高烧不退，有没有大事不好说，反正传染性很强。今天赶时间，我就不多留你们了，过会儿出去的时候记得避让一下担架轨车。"

燕绥之和顾晏出医院大门的时候，果然看到几个担架轨车。距离最近的那个轨车上，躺着的人脸颊发红，脖颈、脸侧还起了疹子。

两人回到南十字律所的时候，已经是上午十点多了。

顾晏刚进办公室，就从光脑里接到了一沓半人高的文件资料，忙到十二点都没抬过头。

午饭时候，洛克他们几个实习生兴致勃勃地来喊燕绥之一起吃饭，结果探头看见顾晏，就跟耗子一样缩了回去，改在聊天群组里召唤他。

燕绥之看完消息，下意识地朝顾晏看了一眼："我中午出去一趟，回来给你带些吃的？"

顾晏应了一句："不用，我一会儿可能得出趟短途差。"

"去哪儿？"

"隔壁，赫兰星。"

"我一起去？"

顾晏终于从文件中抬起头："然后再受个伤，给自己添点儿彩头？"

说完，他斩钉截铁地丢给燕绥之一个结果："老实在这儿待着吧。"

错失一笔出差费的燕大教授深感遗憾，走出办公室打算去找洛克他们吃饭，忽地又停住步子，转头问了一句："哪天回来？"

顾晏拿着文件纸页的手指一停，抬头看过来："最晚明天下午。"

"好。"

洛克好几天没看见燕绥之，憋了一个世纪的话要说，毕竟这些天律所里跟燕绥之相关的话题从来没少过。不过等他真正站在燕绥之面前的时候，却突然卡了词。

"怎么了？"燕绥之问。

"哦，啊？哦——"洛克结巴了一下才找回感觉，"没什么，就是走廊没什么光线，刚才冷不丁一看，我感觉……就一个多礼拜没见，你跟前院长又像了几分。"

说完，他又庆幸地抚了一下心口道："还好，阳光及时拯救了我，光线足了又觉得没什么大变化，不过你是不是长高了一点儿？我感觉你好像高了一点点。"

燕绥之摸了把脸，一本正经道："哦？真的吗？那我应该在天琴星住个两年再回来。"

洛克摆手道："别闹，你已经够高了，还要怎么长？对了，今天早上房东打电话给我了。”

“哪个房东？”

这位金发天使好脾气地解释道：“你的房东，你还记得你要租公寓吗，朋友？”

燕绥之这才想起来：“啊，对，我要租公寓的。”

“……房东问今天能不能带你去看一下，他之后一个星期都不在德卡马。我觉得午休时间来得及跑一趟，你觉得呢？”

洛克找的公寓距离南十字律所很近，不过住宅区的年代有点儿久，楼房外侧看起来大多灰扑扑的，很不起眼，在一众广厦间活得像一块斑秃。最尴尬的是，这几年新架设的悬浮车道和高架完美地从它头顶跨过去，使它看起来更加困窘，连带着它对面的整个商业街都没了人气，商业价值嗖嗖地往下掉。

众所周知，这块地方迟早会被收了重新规划，所以各个房主都把房子囤在手里，不打算轻易卖。但是年轻一代的房主不爱住这儿，于是这里只剩了不喜欢挪窝的老人以及租客。

“看起来旧了点儿，其他都还不错。”还没进住宅区大门，洛克就瞥了眼燕绥之的脸色，有点儿不好意思地解释道，“我在周围看了一圈，买东西方便，到南十字步行就可以，用不着开车。几所学校的学生都喜欢在这里租房，人不杂，安全性还不错。”

“你看着我的表情，让我觉得自己好像是个活体炸弹。”燕绥之没好气道。

洛克嘿嘿一笑，挠了一下头：“不是，我就是怕你觉得这里太旧了。”

虽然燕绥之跟他说过，只要租金合适，屋内整洁，没什么别的要求。但不知道为什么，他总觉得燕绥之像那种锦衣玉食供着长大的人，也许不能忍受这种灰扑扑的旧区。

“怎么会。”燕绥之不甚在意，“我又不睡在小区长椅上，楼外面旧不旧跟我没关系。”

事实上燕绥之讲究的时候，对房子外面的环境真的有要求，但洛克为了他这事费心已久，他不会去扫这个小实习生的兴。

公寓在九层，房东是瘦高个儿，皮肤苍白，眼睛很蓝，看得出年轻的时候应该是个有些单薄的帅哥，不过此时的他，眼角和嘴唇边已经有了深深的皱纹。

“我其实已经做好了等到晚上的准备。”房东说着伸出手跟他们握了握，“默文·白，一个等了你一个世纪的可怜房东。”

燕绥之：“抱歉，我今天差点儿又要出差，让你等第二个世纪。”

“那我会把租房合同刻在我的墓志铭上，等你签了我再安息。”

默文·白似乎是个自来熟，第一次见面就要贫嘴，但也确实让人觉得亲近不少，没什么拘束。

“来吧，先带你看一眼布置。”他冲燕绥之招了招手，“跟我来，玄关这边的鞋架是带消毒除菌功能的，随便脱随便放，不会有任何异味。不过我刚才闻了闻，觉得这个功能对你来说没什么用途，但是如果有客人到来，它就很有用了。”

燕绥之：“……我是不是要谢谢夸奖？”

“不用谢。”默文·白又道，“房门的密码设置在这里，你签完合同，我就会允许你把拇指按上去。当然，现在还不行。”

他穿过玄关和正对着的短廊，推开左手边的一扇门：“这边是客厅，两组沙发随意躺，每一个都能躺得非常舒适。穿过这扇玻璃隔门，是厨房和餐厅，锅碗瓢盆一应俱全，冰箱里可能还有些牛奶和冻肉，都是新鲜的，也归你了。然后这边……是卫生间和杂物间。给你一个建议，洗澡的时候把浴缸边的拉门关上，以免水溅出来。这地有点儿滑，摔一下，你这么好看的脸可能就毁了。还有这边是卧室——”

他说得很快，反应稍微慢一点儿可能跟不上他的节奏。不过屋内干净，光照充足，确实是个舒适的住处，难能可贵的是，还很有艺术气息，墙面上挂的画都非常讲究。

燕绥之在等房东开卧室门的时候，抬手摸了一下近处的一张挂画。

那是用炭笔和极简的线条勾勒出来的人物轮廓，有点儿像服装设计师画的简图。画上有一男一女：女人优雅地坐着，伸手去拿一杯茶，男人则逗她似的往她茶杯里放了一朵拇指月季。

默文·白看见他的动作，问道：“怎么样？这幅画还不错吧？”

燕绥之点了点头：“很不错，能看出画师是个潇洒的人。”

默文·白一听他这么说，兴致更浓厚了：“是吗？这也能看出来？还能看出什么？”

“还能看出画师应该是个万年光棍。”燕绥之道。

默文·白：“……”

燕绥之又欣赏了片刻，这才注意到碎嘴房东的沉默：“怎么？”

默文·白面无表情地看了他半天，然后用拇指戳了戳自己：“谢谢评价，画师就在这里。”

燕绥之了然地点了点头：“那看来我说得很准确。”

房东的脸板了两秒，然后又忽地笑起来，跟燕绥之勾肩搭背：“你对画还挺懂的。”

不爱跟人亲近的燕大教授不动声色地避开了他的“爪子”，问：“屋里这些挂画都是你画的？”

“是啊。”默文·白道，“辞职之后我就一直在‘吃’房租、画画，这都二十多年了。”

燕绥之点了点头，倒是洛克有点儿好奇：“辞职？那您之前是做什么工作的？”

默文·白周身上下都散发着“不受拘束享受人生”的气质，很有点儿玩世不恭的味道。衣裤都是最宽松的，在家仗着有地暖和温控就一直打着赤脚，头发随意地在脑后扎成一个辫子。单从他现在的状态看，很难想象他之前是做什么工作的。

提起之前的工作，默文·白似乎有点儿不太高兴。

“呃，抱歉，我是不是问了什么不该问的？”洛克敏感地注意到他的表情，可见这段时间实习下来，还是有点儿长进的。

“啊——”默文·白拖长了调子，“不是针对你，我只是想起之前的工作，就有点儿没兴致，我这张驴脸是拉给工作看的，不是拉给你们看的。”

他并没有回避洛克的问题，甚至耷拉着死鱼眼，主动对洛克道：“你觉得我之前是做什么工作的？”

“不知道，很难猜。”洛克道，“感觉就是画家、搞艺术品的，或者办画展书展的，或者设计师？”

他每说一个，默文·白就摇一摇食指，摇到最后居然多了几分得意：“很遗憾，全错。看来我这些年很不错，把原本的气质都洗刷干净了，非常成功，可喜可贺。”

他卖了个关子，这才道：“我在医院工作。”随即他转头看向墙上那幅画道，“这两位就是我在医院见过的，某种意义上，算是我的病人之一。当时专家和医生在医院后花园会见他们，我刚巧经过，对那一幕印象有点儿深，后来偶尔想起来，就画下来了。”

洛克小傻子张大了嘴说：“真的完全看不出来，您是医生吗？”

“不算是。”默文·白道，“我在研究室里，不下临床，但跟病人之间还是有间接联系的。”

这下连燕绥之都有些讶异了。

“研究室？研究什么？”

默文·白摆了摆手：“算啦，都是以前的事情，不想提了。而且二十多年了，工作内容我都忘光了。”

之后参观卧室的过程中，洛克一会儿忍不住瞄他一眼，一会儿又忍不住瞄他一眼。

“这一版温控装置虽然装了有十年，但是效果还不错。”默文·白道，“如果出故障的话，可以拨打这个电话。这位同学，你已经偷瞄我四十七回了，再多瞄两回，我会怀疑你想跟我展开一段祖孙情。”

洛克一脸惊悚：“什么祖孙？您多大了？”

默文·白赏了他一个惊天白眼：“你的重点是不是有问题？我掐指算过，也不算很老，可能比你们大个七十岁吧。”

照这么算，默文·白现在有九十多岁。其实九十岁还在盛年的尾巴根，要走到尾巴尖得再有二十年。这样看来，他眼角、眉心的褶皱和嘴边的法令纹确实过深了，尤其是眉心那两道，如果不是经年累月眉头紧锁，很少会有这样深的纹路。

结合刚才的话，看来他曾经的工作的确给他带来不少烦恼。

默文·白没再挤对洛克，而是带着他们走到了最后一间门外：“这里也是一间卧室，不过不在租房范围内，放的都是我自己的东西。事实上，这就是我偶尔会住的房间，也不打算腾出来。”

他嘴上这么说，还是把这间房门打开了：“虽然不租，但我也不介意让你们参观一下，珍惜这次机会，过会儿锁上了，你就再也没有打开的权利了。”

比起之前收拾干净的各个地方，这间卧室才有人住过的痕迹，墙上钉着好几排颇有艺术风格的书架，书架上摆放着各种照片。

燕绥之的目光从那些照片上一扫而过，其中大多是默文·白画画或者办画展的照片，但有两张例外。

那两张一看就有些年头了，从穿衣风格到景色风格，都能看出应该是二十多年前拍的。照片里是一片墓园，默文·白正拿着白色的安息花，在松柏青树间缓缓走，他身侧再到更遥远的背后，是一排又一排沉默的墓碑。

另一张依然是那片墓园，只是换了个角度，这次连默文·白自己都没有出境，就只拍了在墨绿色的树木间铺陈到远处数不清的墓碑。

尽管照片没有拍到墓园大门，也没有任何地方露出墓园的名字，但是燕绥之还是一眼就认出来了：“这是赫兰星十三区的杜松墓园？”

默文·白点了点头，有些意外：“是的，这都能看出来？”

“碰巧熟悉。”燕绥之道。

当然能认出来，因为燕绥之曾经有很长一段时间，每天都会去那里，并且一待就是一下午。那里墓碑摆的位置，种的树长成什么样，哪一块地势高一点儿，台阶上得有点儿累，哪一块地势低一点儿，下雨的时候水流容易积成片，他都知道。

因为他的父母就葬在那里。

燕绥之看了一会儿那两张照片，那里面容纳了上百块墓碑，其中有两块下面，就躺着他最想念的人。

“怎么了？”默文·白问道。

片刻后，燕绥之转开视线，抱歉道：“没什么，有点儿走神。”

“哦，没关系，”默文·白道，“我每次看着这两张照片，也很容易出神，一发呆一下午就这么过去了。”

他带着两人出了房间，把门重新锁好：“我老家在赫兰星，以前工作的时候主要待在德卡马，后来辞职了，就半年回去，半年在这边，交叉着住。最近德卡马有个联合画展，我本来该在这边采风的，但是昨晚突然接到通信，我母亲病了，所以我得赶回赫兰星去照顾她一阵子，否则以后都别想进家门了。”

“什么病？严重吗？”洛克关切地问道。

默文·白笑眯眯地说：“这种时候你可真像个金发小天使，再胖一点儿就更像了。没什么大事，可能感染了流感。那么——”

他转向燕绥之：“如果你没什么其他问题，我们把合同签了？”

其实在进门前，燕绥之是倾向于不租的，因为这个住宅区的环境确实不怎么样，但是这会儿他却改主意了。

也许是因为屋内的布置确实不错，甚至超出他的预料，又或者是因为那两张墓园的照片……

燕绥之想了想，道：“我对这里非常满意，但受某些原因限制，我可能暂时无法确定租期——”

默文·白朝洛克看了一眼，又冲燕绥之摆了摆手，一脸潇洒：“没关系！我知道，我听洛克小同学提过，你们现在在实习期间，能拿到的薪酬有限。在独立生活的前提下，不管是谁都没法儿一口气掏出半年的租金，这很正常，我以前也碰到过南十字的小朋友，太了解了。”

他误以为燕绥之所说的原因是“囊中羞涩”，当然某种程度上这种理解也没错。实际上，燕绥之考虑的是，他可能住不了多久，“羊皮”就要掉光了。

不过这话不能跟房东说，既然房东已经替他找好了理由，他当然乐意至极。于是他顺着话点了点头，道：“就是这样，很不好意思，我目前是个穷鬼。”

默文·白哈哈大笑：“我就喜欢你这种性格！老实说，能碰到这么有意思的租客不容易。这样吧，趁着我现在心情好，干脆先跟你签个试住协议。我反正要在赫兰星待一个星期左右，有个人能帮我看着房子也不错。而你也可以先把行李什么的搬过来，住上几天体验一下。如果确实喜欢这里，可以一个月一个月地跟我续签，怎么样？”

“如果真能这样，那自然再好不过了。”

燕绥之行云流水地扫了一番协议内容，填好了试住期限，然后再龙飞凤舞地签上名。

临到离开，默文·白突然一拍脑门：“嘿——我一时兴奋忘了说，住在这里你可以随心所欲，但有两件事例外。”

“哪两件？”

“不能养动物。”默文·白道，“任何动物都不可以，不要让我看见一丝动物留下的痕迹。真的，不开玩笑。我对这种事情有一点儿……心理阴影。所以务必不要违反！务必！”

燕绥之点了点头：“放心，实习生的薪酬养活我自己就异常艰辛了，没有多余的钱养宠物。”

默文·白道：“那就好……呃不是，祝你们早点儿涨薪酬。”

他竖起第二根手指：“另一件事是，不允许把女朋友带过来，这同样很严肃，也是我的心理阴影。以前只有上一条规定，没加这一条，接连碰上三个租客都跟人形马达一样，而且不分场合、不分地点，啊……简直是噩梦！总之，你就当这是一个万年光棍的敏感点，不能触碰，所以答应我，不要带好吗？”

燕绥之哭笑不得：“我没有女朋友，不知道这点能不能安慰你。”

默文·白斩钉截铁地补充道：“男朋友也不行。”

燕绥之：“……”

“你为什么沉默？”默文·白的眼神带上了胡搅蛮缠的狐疑。

燕绥之没好气道：“没有，都没有。再这么看下去，我可能要删协议了。”

默文·白放心地点了点头：“好的，你的指纹我给你开了七天权限，你今晚就可以搬过来享受新生了。”

燕绥之打算跟顾晏说一声，回到律所却发现办公室空无一人。他用智能机给顾晏发了一条信息：你已经去港口了？

片刻后，对方的信息回复过来：已经在飞梭机上了。

燕绥之飞快地发了几个字过去：这么快？

顾晏回：加急。

过了片刻，顾晏的消息又来了：要离港了，晚上你自己回去。

燕绥之想了想后回复：对了，洛克帮我找到了新公寓，我刚才签了一个短期协议，这两天会搬。

毕竟他住在那里会给顾晏添麻烦，尽管顾晏本人不在意，但是他却不能拿顾晏的前途开玩笑。

只是这一回，他等了很久，顾晏的消息都没有再回复过来。

顾晏不高兴了。

燕绥之看着毫无动静的通信器，几乎能想象到顾晏会怎样轻蹙一下眉，又很快松开，恢复成平日里一贯极度平静的模样，然后沉默下去……

即便隔着通信器和越来越远的飞梭机，他也能感觉到顾晏的情绪，但是这次该怎么哄呢？

燕大教授有点儿发愁，他靠着办公椅柔软的皮质椅背，支着下巴出了一会儿神，然后叹了口气。他起身出门，去茶水室给自己倒了一杯水，在端着温水经过顾晏的办公桌时停了下。

宽大厚重的办公桌被打理得极其整洁，跟顾晏平日给人的感觉一样。桌子一角放着一盆常青竹。这是大律师办公室刚布置好的时候，菲兹强行塞到各个办公室的，用于装点室内环境。

结果几年下来，其他人的盆栽都死几回了，反倒是他这盆活得不错。之前偶然闲聊的时候菲兹说过，顾晏这盆常青竹一般不让人动，毕竟全律所都是植物杀手，它能活下来不容易。

但是燕绥之顺手往里浇过好几回水，顾晏都只是撩了撩眼皮，没吭声。

燕大教授有个毛病，思考问题出神时手里会有点儿小动作。以前院长办公室的座椅边有个落地盆栽，叶子细细凉凉的，手感非常不错，他经常支着下巴，一边想事情一边无意识地去摸那个盆栽的叶子。

负责清扫办公室的保洁阿姨是个细心的人，发现他这个习惯后，每次打扫完都把花盆转一个角，以免他盯着一片叶子摸。

这会儿他靠着顾晏的办公桌沿，看着空无一人的椅子出了一会儿神。等回神的时候他才发现，手里的温水已经少了一半，另一半已经被他一会儿一下一会儿一下，无意识浇进了常青竹的花盆里。

花盆里的泥土已经被浇透了，还有一块形成了一个浅浅的小水洼，汩汩翻了一个个小水泡，然后慢慢洇了下去，捞都捞不回来。

燕绥之沉默片刻，弯腰掀起常青竹舒展的枝叶看了一眼，发现常青竹根部往上果然有了一点儿蔫烂的痕迹。据他以往丰富的祸祸经验来看，这常青竹可能快要被他浇死了。

他僵硬片刻，扭头回到自己的座位。

顾晏要被他气跑了，顾晏的竹子也要被他弄死了。

燕绥之更愁了，他觉得自己可能注定要跟薄荷精过不去了。

下午离开律所的时候，主动来让燕绥之搭便车的菲兹上上下下打量了他一遍，问道："阮？你碰上什么事了？"

燕绥之愣了一下："怎么了？"

"看起来心情好像不怎么样。"菲兹道，"顾出差前给你留任务了，还是碰上什么难题了？我听说洛克给你找了新公寓？"

"嗯。"燕绥之点了点头，"这就知道了？"

菲兹骄傲道："那当然，我什么不知道。你打算今晚就搬吗？"

燕绥之想了想，摇头道："今晚先收拾吧，明天再搬。"

"等顾回来再搬？"菲兹问。

燕绥之一顿，又点了点头："对，等他回来。"

"那好吧，本来想说如果你今晚打算搬，我可以帮个忙，开车送你和你的行李箱一程。"菲兹小姐毫不掩饰脸上的遗憾，"哎，帮小帅哥搬家，顺便蹭顿饭的机会没有了。"

"听说你的新房东也很帅，看一眼的机会也没有了。"菲兹道。

燕绥之哭笑不得："我倒是有他通信号，你需要的话我可以发给你。"

"算了。"菲兹又道，"明天搬也不错，顾还能帮你收拾一下，把你送过去。"

燕绥之干笑一声，心说：别提帮忙了，你们的顾大律师似乎已经不打算理我了。

"嗯……我说错什么了吗？"菲兹瞥了他一眼，"你怎么好像心情又不好了？"

燕绥之摸了一把脸，半真半假地笑了一下："有这么明显？我只是有点儿遗憾，以后都住不了顾律师那么贵的别墅楼了。"

菲兹小姐哼笑一声。

车子依然是智能驾驶的状态，没用多少时间就拐进了城中花园别墅区的院门。这天律所不算忙，没什么人加班，所以他们到别墅区的时候，天色刚刚有些泛暗，夕阳在花花草草和未消的雪顶上铺了一层金色的余晖。

红得明艳的车停在顾晏的别墅前，燕绥之开门下了车，他站在花圃旁冲菲兹摆了摆手："难得这么早，你快回去吧。"

"如果每天都能这个时间点回来，我能活五百岁，这景色看着就让人心情舒畅——"菲兹小姐话刚说到一半，笑容就凝固在嘴边，然后压低声音继续道，"个屁！见了鬼了！"

燕绥之一脸疑惑："怎么了？"

"霍布斯！"菲兹低声说道。

只见不远处通往另一幢别墅的岔道上，一位身形精瘦、头发银灰的男人站在那里，他穿着黑色的长大衣，裹着铁灰色的围巾，面容严肃。他双眸的颜色跟头发接近，看过来的时候像伺机而动的鹰隼。当然，这也可能是他那鹰钩鼻带来的视觉效果。

那人正是他们之前担心碰上的老古董霍布斯。

霍布斯虽然年纪不小，但视力、听力都好得很，尤其在抓人小辫子的时候显得尤为精神抖擞。

菲兹小姐背对着他咬了咬嘴唇，冲燕绥之一顿挤眉弄眼："怎么办？要不你干脆上车，就说去我家里。"

燕绥之挑了眉，轻声对她道："下了车再上车，是不是太刻意了点儿？"他说着拍了拍车窗，"没关系，你先回去。"

这种动作由他做出来，总是有着很强的安抚效果，可能因为他看起来总是带着笑意，不慌不忙。

菲兹下意识点了点头，都要按启动键了，又突然反应过来：我居然放一个小实习生独自对付霍布斯？我怎么这么听话？

于是菲兹小姐收回了要按启动键的手指，瞄了一眼燕绥之，然后又看向霍布斯，脑子里飞快地闪过无数个借口：我觉得这位小实习生太帅，所以没忍住邀请他共进晚餐？不行，虽然听起来挺真的，但是对实习生不好。要不说是顾律师出差，所以托实习生来帮他看一天家？不行，更扯。

她正愁自己脑子不够用，不会撒谎的时候，霍布斯也准备开口，然而在他开口前，燕绥之已经无比自然地转过头看了他一眼，然后更加自然地愣了一下，笑起来道："霍布斯先生，看来我过来的时间掐得恰到好处。"

霍布斯刚张的口又闭上了，一脸发蒙："？"

菲兹更蒙："？"

"你在搞什么啊？"菲兹低声问了一句，燕绥之垂着的手指冲她轻轻晃了晃，示意她没事，不用管，然后就大步流星地走到了霍布斯面前。

"什么时间掐得恰到好处？"霍布斯拧着眉问他。

燕绥之道："我从菲兹小姐那边问到了您的住处，特地搭了她的顺风车来找您，本来以为要等上一会儿，没想到刚好……"

他的表情非常坦然，笑容得体有礼，活像一个资历深厚的同行，也有点儿像酒会上碰到的合作对象……总之，就是不像律所里的一个实习生。

霍布斯绷着脸："找我干什么？"

"其实也没什么，我就是觉得您好像始终对我很有意见。今天在律所，我从您办公室门口路过三回，三回都被瞪了。我应该没看错吧？"

霍布斯："……"

"这么下去对双方都不太好，太影响心情和工作效率了，所以我想跟您谈谈。但在律所花费时间谈这种纯粹的私人话题似乎不太合适，所以只能等您下班了。不介意的话，我去您那儿坐一会儿？"

燕绥之今天本来心情就不怎么样，这会儿说起话来，也是句句戳着对方的脊梁骨。这段话乍一听没什么，其实直接戳开了两点，一是"私人话题"，二是"去屋里谈"。

"私人话题"就是摆明了这不是什么公事，单纯是私人的、带有偏见的情绪，再直白点儿解释就是：霍布斯净跟实习生过不去，真好意思。

至于"去屋里谈"，那就是霍布斯目前最怕的事情了。

顾晏在一级律师的名单公示期，霍布斯也在，这段时间最妥当的做法就是，不要被人抓住一丁点儿问题。哪怕是很正常的事情，一旦有可以发散的口子，就会很麻烦。尤其对霍布斯这种老古板来说，大晚上放个实习生进屋像什么话。

于是霍布斯皱着眉，朝后仰了仰上身，用一种避如蛇蝎的目光看了燕绥之一眼，然后摆手道：“没有，我对你没什么意见，只是觉得你之前在律所的某些表现不太符合一个实习生该有的样子。顾律师毕竟年轻，之前始终不愿意带实习生，在管教实习生方面没有经验，而你是第一个，又是被塞到他手里的。所以我作为一个有经验的老律师，只是给你一些警示而已，没有任何私人情绪。”

燕绥之点了点头：“是吗？那就好，我也觉得我多想了。毕竟您是经验丰富、阅历资深的老律师，不可能那么小心眼。”

这话就很戳心了，又是“老”，又是“小心眼”的。

这个年轻人的表现活像在说他不想在南十字律所待下去了。

霍布斯嘴角抽了两下，硬生生把这话接了下来：“当然不是，我只是认为年轻人需要多磨一磨性子，多积累一些经验。好了，话都在这里说开了，你自己回去好好想想！”

说完，霍布斯扭头就走，上了年纪后可能头一回这么步伐矫健，转眼就消失在弯道拐角。

燕绥之一脸淡定地走回菲兹小姐的车边，菲兹小姐叹为观止：“你已经找好下家了吗？”

燕绥之：“什么？”

菲兹小姐：“哦，没什么，我以为你不想在南十字律所待了。”

燕绥之笑弯了眼，心说：我本来也不是南十字律所的人，要不是因为某位到现在还不理人的薄荷精，我看完卷宗就拍拍屁股走人了。

菲兹小姐虽然被他刚才那些话弄得提心吊胆，但最终还是长长地出了一口气，道：“不过听着挺爽的。你好好的啊，我先回家了。”

“从霍布斯的别墅能看到顾律师这边吗？”燕绥之又多问了一句。

“看不见的，除非他晚上不睡觉，蹲在院子里盯着。”菲兹道，“放心吧，不至于。他也就是心眼小了点儿，爱找麻烦了一点儿，还没到那个程度。”

燕绥之点了点头，放心地进了顾晏的房子。

进门后，他打开了楼下客厅的灯，调出智能机的全息屏看了一眼，心说：同样是小心眼，怎么就差这么多，霍布斯那么讨嫌，顾晏就挺讨人喜欢的。

他没再迟疑，给顾晏发了个信息：刚才回来的时候碰到了霍布斯，菲兹小姐活像见了鬼似的。

这句话中显然有某些词成功戳到了顾大律师的某些点，过了一会儿，沉默了一天的顾晏终于有了动静，回了个信息：不用管他。

燕大教授总算找到了切入点：还是要管一管的，起码等你过了公示期。

这次顾晏回复得很快：你搬走是因为霍布斯？

燕绥之的手指停了一会儿，回复过去：算是吧。最初不就说过，只是在你这里暂住两天吗？你还很不乐意来着。

这次顾晏又没了动静。

燕绥之特地看了眼星际时区里赫兰星的时间，顾晏出差要去的那个区现在刚好是下午，也不知道他是在忙还是怎么。

燕绥之洗漱了一番，窝在阁楼的沙发椅上，一边等顾晏回信，一边看书……

智能机振动的时候，他睁开眼反应了一会儿，才发现自己居然不知不觉睡过去了。他懒懒地靠在椅背上，调出信息界面看了一眼，原来是顾晏隔了许久才发来了两个字：没有。

什么没有？

燕绥之觉得自己可能睡蒙了，都看不懂信息的意思了。他往上翻了一下，这才想起自己前面发了什么。

上面显示着他已发送的信息：算是吧。最初不就说过，只是在你这里暂住两天吗？你还很不乐意来着。

下面是顾晏的回复：没有。

没有不乐意。

什么叫睁着眼睛说瞎话？这就是了。

但是燕大教授看着信息，嘴角却翘了一下。

第二章 蓝眼睛

昨天晚上收到信息后，也许是心情还不错的缘故，没什么负担，燕绥之很快就再次睡着了，一直到早上睁眼时，才发现自己在沙发椅里窝了一夜。

站起来的时候，浑身骨头“咔咔咔”响得惊天动地，以至于燕大教授产生了一种“突然就半截脖子入土了”的错觉。

这么睡了一夜，任谁都不会舒坦到哪里去。室内虽然有温控，但也不能这么往死里作。这就导致燕绥之早上喝水的时候，发觉自己嗓子有点儿疼。

他连喝了两杯热水，把那种不太舒服的感觉压了下去，直到觉得自己应该不至于就此感冒，才换上衣服出门。

这天他走得很早，不是正常出门的时间点，所以很幸运地没有再碰到霍布斯。临出门前，他给菲兹留了一条信息：我先走了，不用等。

“你今天不搭顺风车了？”菲兹一个通信拨了过来，“怎么？你要大早上坐轨道车去律所吗？很挤的，这一段路能挤到你怀疑人生。我刚工作那会儿还没买车，挤过四年，每天都是灵魂出窍的状态，经常人上车了，包在外面；或者人下车了，包在里面。轨道车的安保小哥我都熟了，因为他英雄救美地把我从车里拽出来好几回。”

燕绥之：“……”

他头一回听见有人用“英雄救美”形容这种事。

“不挤轨道车。”燕绥之道，“我早上有点儿事，晚点儿去律所。”

菲兹“哦”了一声：“顾提前跟我打过招呼，说你最近可能时不时需要出门，已经跟我把假都请了。不过你怎么了？声音听起来有一点点鼻音。”

燕绥之：“没事，可能昨晚睡觉着凉了。”

菲兹语气里透出一丝担忧：“确定是着凉吧？最近好像新起了一种病毒性的发热，有些人还会出疹子。你这两天没接触什么人吧？发烧了吗？”

燕绥之道：“我知道那个，小作坊乱做基因修正弄出来的，昨天在医院见过。我过会儿顺道去一趟卫生中心看一下，应该没什么问题，放心。”

事实上，小作坊乱做基因修正这种事，并非跟燕绥之毫无干系。毕竟他还没弄清楚自己的基因修正究竟是在哪里做的，谁给他做的，会不会也是所谓的“小作坊”。

而他今天之所以起这么早，就是打算去看一眼陈章之前提到过的黑市。

顾晏在的时候，他怕多提这件事会让他担心。这会儿顾晏不在，他刚好去探个情况。

城中花园通往黑市街的路上刚巧有几个卫生中心，燕绥之路过，挑了个人相对不多的时间，进去挂了个号。即便他已经挑了个人最少的，大厅里依然人头攒动，简易担架来来回回，伴随着医护人员的吆喝：“借过，借过，别靠太近！”

燕绥之进门的时候，被服务台的姑娘塞了个专用口罩。他戴好，弯眼冲对方点了点头：“谢谢，今天人似乎很多？”

服务台的姑娘道：“对，就是之前基因修正那个案子惹出来的事情。不过前几天还没这样呢，据说都是春藤医院那边接收感染患者。从昨晚到今天，人一下子就多了起来。可能一个接触一个，突然爆发了。”

那姑娘也戴着口罩，说话的声音闷闷的，跟燕绥之解释的同时，还不忘给其他进门的人递上专用口罩。

“把这个戴上，离担架远一点儿，等号去那边。今天人有点儿多，希望能理解。”旁边的其他几个姑娘不断地提醒着进来的人，又指了指不远处的一个指示牌，“如果有出疹子现象的，直接走这条通道快速就医；明显发热的走那边，其他症状不确定、不明显的在正常窗口。放心，很快的。”

那姑娘看着大厅里忙乱的人，问燕绥之：“您是什么症状？”

燕绥之道："只是有点儿感冒，不过之前……跟做过基因修正的人有过接触，所以来看看。"

"应该的。"那姑娘一脸欣慰，"能有这种意识太不容易了。平时小感冒着凉什么的，吃点儿药应付，我们还能理解，但是现在这种情况，能来查的话最好还是查一下。自己放心，也免得波及身边人。有时候症状刚冒头，真的很容易跟普通感冒发烧搞混淆——"

她说着又"呸呸呸"了几声，轻轻打了一下自己的嘴巴："瞧我这话说得，您不会有什么事的，一定是小感冒，我就是夸一句您的意识。"

燕绥之温声笑了一下："没关系，我倒无所谓，只是连累到身边的人就不太美妙了。"

他去了等候区域，刚在一对年轻情侣旁的空位坐下，就听见那个男生一边翻着智能机的网页，一边冲女朋友道："哎，你看，好像这事儿闹得有点儿大。"

他女朋友凑过去，跟他一起看着屏幕，道："什么有点儿大？怎么别的地方也有被感染的人？"

男生手指滑了两下，指着某几行文字，道："你看这边，有一批感染者在港口上了飞梭机，当时没有症状，这两天可能潜伏期过了。反正突然爆发病症的人挺多的。你看看这边的卫生中心，也是今天才来这么多人的吧？"

"今天早上刚出的报道啊？火崖星、红石星、天琴星、赫兰星……这么多！"女生拉了一下星球名单，低低惊呼一声。

赫兰星？那不是顾晏出差的去处？

燕绥之蹙了一下眉，在网上搜索了一番，果然看到不少相关报道。

燕绥之掐着赫兰星那边起床的时间给顾晏发了个信息：你昨天的谈判是在哪里谈的？医院？

他怕顾晏又忙了个通宵，此刻正睡觉，所以没拨通信，以免吵醒他。

不过顾晏显然已经醒了，没片刻，他的信息回过来：对，怎么？

燕绥之飞快地打着字：今天看到新闻，赫兰星也有被感染的人，你去的医院怎么样？

不过信息发过去之后，燕绥之没等顾晏回复过来，就干脆一个通信拨了过去。既然已经醒了，就没必要一个字一个字地敲了，累得慌。

通信响了两声，却被对方挂断了。

顾晏的信息很快回过来：在二轮谈判，晚点儿说。

燕绥之回了一个“好”字，随后没过片刻，就轮到他看诊了。

也许是因为这两天受感染的人确实很多，所有病患一进诊室就被医生半强制性地来了个检查。医生把一次性的检测仪包装拆掉，直接贴在燕绥之手腕上。

细细的针尖从检测仪的一端飞速探出来，扎进皮肤里。接着他便感到轻微的灼烧和电流感，跟那天在春藤医院“漏电”的感觉很相似。

“按着，等到它‘嘀’一声后，再告诉我上面的结果。”医生不知道第几次说这话了，语速飞快，格外熟练，“别的不用看，就看病毒那行，告诉我阴性还是阳性。”

医生说完，又开始忙碌地往光脑系统里输入一长串字符，然后从弹出来的柜子里拿出两支针剂握在手里，一副随时待命的模样。

燕绥之手腕上的检测仪“嘀”了一声，他低头看了眼，巴掌大的检测仪上显示着四行数据，最后一行是 RK13 型病毒，应该就是指这次传染病的罪魁祸首了。

燕绥之把结果给医生看了一眼：“阴性。”

不过在他递过去的时候，最后一行的数据闪了两下，最终还是稳定在了阴性上。医生眯着眼睛看清了内容，点头道：“恭喜，只是正常感冒。”

从卫生中心出来，燕绥之转而去了黑市。

这两天的黑市街比平日热闹，托小作坊的福，德卡马出动了大批执勤警来这里扫荡。但黑市之所以是黑市，并且能在城市中半光明地存在这么久，总有它的门道。

执勤警忙了几天，收获却很有限——到处都收拾得干干净净，完全找不到“缝”去撬。这对燕绥之而言也是个坏消息，让他找帮自己做基因修正的人一事，难上加难。

他按照陈章给的地址，走进一栋廉租房。楼里光线很差，尘垢堆积，燕绥之咳了两声，又把口罩往上拉了拉，这才不紧不慢地走上三楼。

三楼一共有六个门，分布在走廊两端，每户门口都有脚垫、装饰门画、牛奶箱以及简易的垃圾处理箱，甚至有小孩随意的涂鸦，看起来烟火气十足，跟普通的住宅没有任何区别。

“我记得是上楼梯后左手边第三间，但是这么久了，有没有搬走我也不清楚，当时跟对方说了一句‘方块先生介绍我来做基因修正’，就放我进去了。”陈章当时是这么说的。

但是现在这么说绝对是冒险的举动，一来，那个所谓的“方块先生”不至于在这种特殊时期瞎介绍人来；二来就算会介绍，现在警方盯得这么紧，他们肯定加强防备。

燕绥之从口袋里掏出手套戴上，悄无声息地走到第三间门边。这种居民楼虽然老旧，但是隔音绝对不会差，不然屋里屋外说点儿什么都能让人听见，那黑市也别做了。

他在上楼的时候就注意看过，楼道里没有监视器，也没装什么乱七八糟的东西，就算装了，估计这几天也会为了避免引起执勤警的注意而卸掉。但每家每户的门上都有猫眼，因此燕绥之巧妙地避开了猫眼的视野范围，在门边的垃圾处理箱旁停下了。他微微弯腰，轻嗅了两下，闻到了一点儿烟味。

一般而言，处理箱每天自动工作一次，会把扔进去的垃圾合理化分解，然后顺着箱底连接地下的管道送出去。而此刻燕绥之会闻到烟味，说明屋里还住着人，并且今天还出来扔过垃圾，没少抽烟，也许正愁着什么事。

他低头扫了一眼地面，又微微让开两步，看了一眼箱底附近的墙角，只见地上有一片不小心掉落下来的菜叶。这说明里面住着的人还在正常出门，甚至会买菜做饭，努力维持一种正常住户居家过日子的感觉。

燕绥之算了算时间，一脸淡定地下了一层，来到二楼走廊，好整以暇地等了起来。

大约半个小时之后，楼上的门响了一声。快到饭点，他要等的人出门了。

燕绥之挑了一扇有孩童贴画的大门站着，楼上那人走下来的时候，他佯装成普通来客，敲了敲面前的门。

下楼的是个穿着灰色大衣的人，沙沙的脚步声很轻，他戴着毛线帽，裹着黑色围巾。走到二楼的时候，他朝燕绥之看了一眼。围巾掩住了下半张脸，只露出一双浅蓝色的眼睛，帽子又压到了眉毛，一时间根本看不出什么长相上的特点。

燕绥之的目光从对方手上掠过，也许是角度刚好的缘故，那人呵气暖手的时候，他瞥见对方右手虎口处有一道伤痕，然后他就像不经意地扫了一眼般，收回视线，继续敲着面前的门。

也许是他表现得太自然了，低低的咳嗽声又能听出感冒的鼻音，实在不像是什么便衣，于是那人也没多看，就继续下楼了。

那人下到一楼的时候，燕绥之面前的门被打开。

一个顶着一头鸟窝的小鬼仰着脸，茫然地看着他："你是谁？"

燕绥之笑起来，捏着他的脸说："人贩子。"

小鬼："……"

可能长成他这样的人贩子实在少见，所以那小鬼一点儿都不害怕，甚至"嘻嘻嘻"地笑了起来，脸边显出一个小酒窝，挺可爱的。

燕绥之虽然平日里看谁都像小傻子似的，但碰上这种真·小傻子，还是挺新奇的。

"你要跟我玩吗？"小傻子问道。

燕绥之："……"

这种引狼入室的倒霉孩子能活这么大也不容易。

他原本想把这小鬼打发了，离开这里，然而这小鬼却紧跟着又说一句："妈妈跟楼上的卖菜婆婆出去了，你是来跟我玩的吗？"

楼上的卖菜婆婆？

燕绥之笑了一下，干脆拉了一下大衣衣摆，蹲下身问那小鬼："你挺聪明的，还认识楼上的婆婆？"

小鬼扬着下巴，有点儿骄傲地说："不止卖菜婆婆，周围几家我都认识。"

"是吗？"燕绥之刚想说点儿什么，就听见小鬼身后的屋子里突然响起了"呜呜"的警报声。

小鬼吓了一跳，有点儿手足无措。

燕绥之站起身，嘟囔了一句抱歉，抬脚进了小鬼的家，循着警报声径直进了厨房，把烧水的开关关了。

德卡马大多数地方已经见不到这种老古董似的厨房用具了，黑市这边的廉租房却还停留在几个世纪前，守旧地用着老式器具。

“以后听见警报声，记得过来把这个按掉。”燕绥之对那小鬼说了一句。

“哦。”小鬼小小地应了一声，乖乖点头。

燕绥之正要从厨房出去，就见水池旁的台面上搁着主人摘下来的手套，指头尖上还沾着一点儿肉菜的污水，显然还没来得及清洗。但那种手套并不常见，是特供给医院手术室的。

“你家有医生？”燕绥之问道。

小鬼摇摇头：“没有，妈妈生病都是去楼上。”

燕绥之点了点头：“是吗？楼上有医生？”

小鬼仰着脸看着天花板，斜着指了一下：“那边有。”

很巧，正是三楼那户的位置，看来陈章的信息没给错。

燕绥之点了点头，道：“这个手套哪里来的？也是你妈妈从楼上医生那里带回来的？”

小鬼说起话来虽然慢吞吞的，词汇重复，还有点儿啰唆，但燕绥之仍旧耐着性子听完了他的解释，并且理顺了原委。

一到冬天，小鬼妈妈的手指尖就全是裂口，不方便直接接触洗涤剂，甚至碰水也会疼，所以楼上的医生给了她几副防感染的手套。

“你见过那位医生吗？”燕绥之问。

小鬼认真地点了点头：“见过。”

“长什么样？”

小鬼一脸严肃：“有头发，两只长眼睛，一个长鼻子，一张红色的小嘴。”

燕绥之：“……”乍一听像个妖怪。

他想了想，问这小鬼：“那你觉得我长什么样？”

小鬼盯着他看了两秒，掰着手指开始数：“有头发，两只又大又长的眼睛……”

燕绥之：“……”我可能是个螳螂。

“什么叫又大又长的眼睛，你跟我解释解释。”

小鬼想了想说："好看！"

好看个屁。

小鬼又看了眼他被口罩挡了一半的脸，继续道："你还有半个鼻子，没有嘴。"

"……行吧。"

燕大教授点了点头，心说：全世界的小鬼果然都讨打，但也确实拿他们没什么办法。

问不出更多信息，燕绥之索性也不费口舌了，摆摆手跟小鬼道了别。

那小鬼居然还有点儿舍不得："你要走啦？"

"是啊，大人总是很忙。"

他握着门把手，先借着猫眼看了看外面的走廊，这才开门出去，临走前又冲那小鬼道："以后再有不认识的人敲门，可别乱开了。"

他刚下楼，有两个女人拎着菜上来了。一个是老太太，另一个却非常年轻，细眉大眼，嘴角动起来能看到一侧的酒窝，跟刚才的小鬼有六分像。她抬手把头发撩到耳后时，燕绥之一眼就能看到满手的裂痕。

女人说了几句话，就扭头咳了一会儿。

"你真不去医院？"老太太"哎哟哎哟"地叫道，语气有点儿心疼。

女人说："回头去楼上测一下吧。"

老太太道："也行，那你得等明天早上了，刚才医生不是走了吗？其他几个小年轻不知道会不会测。"

"嗯。"

燕绥之跟她们擦肩而过，淡定地走出了楼道，脑中却盘算了一下：照她们的说法，刚才那个戴帽子、戴围巾的蓝眼睛就是所谓的医生了……

两人是从西侧街道拐进楼的，她们既然知道医生刚走，说明在半途碰见过，并且打过招呼。燕绥之调出地图看了一眼，往那个方向的医院一共有六家，还有八个小型卫生中心。

他随手在地图上圈画了一下，做个标记。

赫兰星大概是所有宜居星球里，离德卡马最近的一颗。

这里日夜轮转很快，夹杂着一些特殊的时节，按照天气划分，一年有七个特点鲜明的季节。

因为资源丰厚，它一直是星际海盗最爱光顾的地方之一，每隔三五十年就要爆发一次小型冲突，大多集中在南半球 3-7 区。

因为冲突不断，所以赫兰星的年轻人大多都会选择移居他星，而且百年前的几次大型交火导致一批人受武器辐射的影响，生出来的孩子都带有先天疾病，且一代传一代。燕绥之母亲的体质问题就源于此。

这样的背景让赫兰星有了两个特点：

一是福利院遍地都是，因为孤儿太多。赫兰星上的人如果是在孤儿院出生的，再正常不过，反而家庭圆满的是少数。

二是商人也多。曾经有人说在赫兰星出生的人天生就要当商人，因为家家户户都拥有资源线。不过柔美的水土又使得这里出去的商人大多温文尔雅，是天生的绅士。

赫兰星飞往德卡马的一架飞梭机上，一个留着一字胡的青年坐在顾晏的旁边，絮絮叨叨地说起他家祖孙七八代的经商故事："所以我们家世代经商，但都做得不太成功，一代赚一代亏，勉强维持收支平衡。就是到了我这儿没能维持住，唉……"

他长长地叹了一口气，又道："我还这么年轻，还没来得及把我爸搞出来的亏损窟窿补上，死了实在不甘心……"

因为被强制性戴了口罩，所以他的声音听起来有点儿闷闷的。

"好了！"弯腰按着他手腕的小护士提醒了一句，摘下他手上的简易检测仪看了一眼，"体温正常，结果是阴性，连发烧都没有，别张口闭口都是死，哪儿有这么咒自己的。"

一字胡登时来了精神："是吗？吓死我了，那为什么我老觉得自己连呼吸都是烫的？"

小护士道："心理作用吧，毕竟这趟飞梭机上查到了好几个感染者。"

一字胡看到检测结果总算安心了，但是他的唠叨依然没有停，执着地要跟顾晏聊天："哎，你看，你可能也是心理作用，别担心。我刚才听你跟护士报祖籍，居然也是赫兰星的啊？"

顾晏没多言，"嗯"了一声。

小护士又拆了一个新的检测仪，让顾晏伸出手。

“您体温真的有点儿烫啊。”小护士刚碰到他的手腕，就皱了一下眉，然后麻利地给他上了检测仪，“这两天去过什么地方？”

顾晏的嗓音有点儿哑：“医院。”

小护士又问道：“哪家医院？”

“丹普城医院。”

小护士低低地“啊”了一声。

因为今天在飞梭机上查到的几个感染者，都去过丹普城医院。

“是不是觉得有点儿瞌睡？千万别睡啊。”小护士一边等着检测仪出结果，一边提醒顾晏。

可她不是个擅长聊天的，只能冲那个一字胡道：“麻烦您跟他说说话，我看他状态很差，像是发急烧。”

一字胡立刻领命，拍了顾晏一下：“你是赫兰星的，那你父母十有八九也经商吧？指不定咱们两家以前还有过生意往来。”

顾晏原本已经有点儿要闭目养神的意思了，被他一拍又睁开了眼。他不喜欢被人打听家里的事情，所以只是摇了摇头道：“不是。”

一字胡冲小护士摊了摊手，表示聊不动。

嘀——

检测仪显示出了结果。

“体温三十九点二，咦？等下，病毒情况显示不明。”小护士迟疑片刻，还是狠狠心推了顾晏两下，“这位先生，您可能得跟我去里面的隔间，用专用设备做一个系统检查。”

顾晏倒是很配合，点了点头就站起身。小护士跟前面的同事打了声招呼，示意她接着查剩下的人，然后就带着顾晏往飞梭机中段的医疗机舱走去。

这是赫兰星飞往德卡马最早的一班飞梭机，驶离港口的时候天还没亮，突如其来的感染还没爆发，所以进港的时候少了一步快速检测。直到飞梭机航程过了半线，飞梭机上接二连三有人出现感染症状，赫兰星和德卡马又同时发来紧急通知，医务人员这才临时集合，开始全机彻查。

一旦确认感染就会被紧急隔离，等到了德卡马直接送往医院。

顾晏进医疗舱的时候，已经有人在里面了。飞梭机的荷载毕竟有限，专用检测仪也只有两个，所以顾晏还需要在旁边等一会儿。

“您在这里坐一下，因为还不能确定感染情况，所以也不能贸然用药，您先忍耐一下。”小护士说着，在旁边给他接了一杯温度刚好的清水，“喝一点儿。”

顾晏接过杯子：“谢谢。”

坐在仪器上的两个人，其中一个看起来很不好，嘴唇干裂，一头红发软趴趴地耷拉着，一点儿光泽也没有，发红的脸颊甚至盖过了他大半的雀斑，明显是在发烧。另一个男人黑色短发，用发蜡精细地打理过，向后耙梳；高眉深眼，显得精神不错，看不出什么症状。

黑发男人盯着顾晏打量了一会儿，道：“你也是结果不明的？”

这人的眼神莫名给人一种戏弄的意味，没什么善意，让人不太舒服。

顾晏向来冷冰冰的，这会儿发着烧，心情又一般，没有搭理。小护士插嘴道：“对，您坐着别动，别往前倾。”

黑发男人笑了一下，又朝后靠回到椅背上，拖着调子抱怨：“这个椅子坐着真不舒服。”

“那也不能乱动，不然探针弄松了，影响结果。”小护士说。

两台机器的屏幕都在墙边，紧靠在一起，小护士正目不转睛地盯着。顾晏个子高，从他的角度也能瞥见一部分屏幕内容。

片刻后，嘀嘀的提示音响了起来，其中一个屏幕的界面刷新了。

“冈特先生？”小护士叫道。

红发雀斑睁开眼睛，哑着嗓子道：“是我，结果出了？”

小护士冲他笑了一下：“是的，您可以放心了，没有感染，是阴性。不过您最好还是去二号机舱休息，那边也是单独辟出来给普通发烧感冒的人休息的，座位上都备好了药，可以根据情况自取。今天情况比较特殊，为了避免更多人出现症状，得委屈您一下。”

红发雀斑嘟囔了两句，虽然有点儿不太情愿，但还是去了二号舱。他刚离开，另一个检测仪也嘀嘀地叫了起来。

“季先生？”小护士说。

黑发男人点了点头：“总算好了？骨头都麻了。”

顾晏瞥了一眼屏幕，刚巧看到了最后一行。

上面写着修正剩余年限：70 年。

“您做过基因修正？”小护士看着结果，有点儿迟疑地开了口。

黑发男人点了点头：“你这是什么脸色？怎么？结果有问题？”

“呃……是阳性。”小护士道，“您感染了。”

黑发男人的脸色顿时阴沉下来，他有点儿难以接受，音调都高了三分：“怎么可能？我既没有发烧，也没有出疹子，怎么可能感染？”

“可能是症状还没爆发。”小护士立刻道，“但这是好事，症状没爆发说明发现得早，越早发现越不会有生命危险。之前因为感染救治无效的病患都是因为发现得太晚了，期间一直在当成普通发烧治疗。”

这话不管真假，起码也是有一定的安抚力。

小护士立刻按铃叫了几个同事，一起把黑发男人送去了隔离舱。走远的时候，顾晏抬头看了一眼，某一个角度和瞬间，他觉得那个男人的眉眼有一点儿眼熟，但这种感觉只是一闪而过，也许只是发烧中的错觉。

“顾先生，”小护士已经给检测仪消完毒，“请您坐过来。”

顾晏坐上检测仪，手指上的智能机突然嗡嗡振动了一下。

一条新信息传了过来，发件人是燕绥之：二轮谈判还没结束？

小护士正要给他的手腕贴金属片，顾晏道：“稍等。”

然后他手指飞快地给对方回复了一条：还有一会儿。

其实检测所花费的时间只有十分钟，但对顾晏来说却有点儿久了。也许是发烧影响了他的耐性，他突然能理解刚才那个黑发男人为什么那么不耐烦。

嘀——

仪器响了一下，小护士低头看着屏幕，顾晏靠在椅背上没有动，微垂着眼皮拨着智能机等她开口。

“好消息，阴性！”小护士道，“您也可以去休息了，但我们还是建议您去二号舱，就当配合我们的工作。”

顾晏点了点头：“好。”

可能有之前那个黑发男人阴沉的脸色做对比，顾晏答应得这么快，简直有点儿出人意料，小护士立刻笑容满面道：“谢谢理解！”

他一边往二号机舱走，一边调出信息界面，看了一眼燕绥之之前发来的信息，一个字一个字地输入着：谈判结束了，晚上回去。

很快，对面的信息就来了：很晚？需要给你留盏门灯吗？

顾晏看了一会儿，回复：好。

二号舱内的人并不多，都是有感冒、发烧症状的。

飞梭机毕竟是个密闭的空间，有些人有一点儿不舒服就开始疑神疑鬼，弄得自己慌，医生也慌，所以机长临时决定，除了真正的感染者所用的隔离舱之外，再分出一个病人舱。

顾晏进舱的时候，小护士的手里捏着一支针，虎视眈眈地问他：“想不想吐？”好像他只要说想，那根针就要直接捅过来一样。

“不，谢谢。”顾晏回答道。

“好的。”小护士松了一口气，“座位上有退烧药、感冒药、止痛药，还有止咳的，后面有调好温度的热水，可以自取。如果实在难受，也可以就近找个座位歇着，过会儿我可以为您准备好。”

顾晏摇了摇头：“我自己来就好。”

他找了个近处的位置坐了下来，挑了一支家用针剂，拆了包装干脆利落地给自己扎了一针。

顾晏刚要闭目养神一会儿，一个声音从旁边传了过来：“这种针剂副作用有点儿厉害。”

顾晏转头一看，就见刚才那个红发雀斑跟他同排。

红发雀斑道：“我是搞药剂批发的，对这些还算了解。这个针剂副作用有点儿烈，打完又累又困。这种胶囊比较好。你看，我吃了还不到二十分钟，就好多了。”

他看起来确实比之前精神一些，鼻头、脸颊没那么红了，再加上喝了水的缘故，嘴唇也没那么干裂。

“确实。”顾晏淡淡道，“在检测室，你看上去快要昏迷了。”

红发雀斑耸了一下肩：“其实不是，我只是不太想跟那位黑头发的人说话。你不知道，之前他就坐我旁边，整个人一副拖腔拖调的样子，看人的时候老盯着瞳孔，挺不舒服的。我总觉得他有点儿咄咄逼人，不是个好相处的。”

顾晏并没有聊天的欲望，对那位黑头发的男人也并无兴趣，所以只是点了点头，表示自己听见了。

不过这位红发雀斑似乎之前受了不少罪，有满肚子牢骚要发，这会儿有了点儿精神，便连着唠叨了十分钟：“……我真的从没见过这么有表现欲的人，好像在极力表现他有多厉害，日子过得有多潇洒一样，什么联盟大大小小的星球他起码去过大半，到处旅行吃喝玩乐，偶尔做点儿工作……天知道，我跟他同坐两个小时，活像看完了他一生！”

红发雀斑吐完苦水，一抬头发现顾晏精神实在很不好，于是很识时务地闭上了嘴。

飞梭机在德卡马落地的时候，当地时间还不到下午四点，顾晏直接回了城中花园。

律所还没到下班的时间，家里空无一人。

顾晏昏昏沉沉地给自己接了杯热水，喝完还不忘塞进消毒柜，这才趿拉着拖鞋往楼梯上走。上楼的时候，他脚步顿了一下，因为他看到客厅的角落里立着一只简单的行李箱。

那是燕绥之的行李箱，买的时候还是顾晏付的钱，平时只要不出差，行李箱都收在一楼的立柜里，这会儿放在这边，只能说明一件事情——他已经收拾好行李，随时都有可能搬出去。

也许是今晚，也许是明早。

燕绥之可能就在等他这个房主回来，打一声招呼就走。

顾晏站在那里盯着行李箱看了一会儿，不知道是不是发烧会让人藏不住心情，有那么一瞬，他甚至想……干脆把箱子拆开，把里面的东西放回阁楼，再把箱子收进立柜。

但是他最终还是没有动手。

他不是第一年认识燕绥之，那人做什么事情都不喜欢别人插手，更不喜欢别人替他改变决定，也没什么人有资格替他改变决定。

顾晏沉默了很久，上楼进了自己的卧室。

第三章　发烧

燕绥之下班搭了菲兹小姐的顺风车。

自从昨晚碰见霍布斯之后，菲兹小姐的车就开得跟间谍一样，一路走走停停，进城中花园大铁门的时候，还前前后后各个镜子看一遍，确认没有那个老家伙窥伺的身影，这才把车停在顾晏家门前。

“你之前说顾几点上的飞梭机？”临下车前，菲兹突然想起什么般问了一句。

燕绥之翻着信息，说：“第二轮谈判结束给我发信息的时候是下午一点，从谈判桌下来再到港口得有两三个小时吧，估计是四点左右的飞梭机。四点半我给他发的信息他还没回，可能在飞梭机上补眠，没有看见。算下来到德卡马港口就八九点了，再到家差不多十点吧。”

菲兹表情变得很微妙：“嗯……”

燕绥之从智能机屏幕上抬起眼，就看见了她奇怪的眼神，挑起眉问：“怎么这副表情？”

菲兹道：“没什么，就是很少见你一口气说这么多话，其实我就是问你，他几点上飞梭机……而已。”

燕绥之失笑：“以免你一句一句地问，我先把算好的信息都告诉你，还有什么要问的？”

菲兹又感慨了一句："不过你算得好清楚啊。"

燕绥之半真半假地道："毕竟是顾老师，以后前途都靠他了，我当然得哄着点儿，算好了给他留个门灯。"

菲兹撇了撇嘴："别逗了，你昨天气霍布斯的时候，我可一点儿没看出来你记着前途。"

燕绥之笑了："菲兹小姐，你究竟想说什么？"

菲兹趴在车窗边："其实也没有，我就是突然觉得有点儿不可思议。以前从来没想过顾会有实习生，就算有了，肯定也是会被他的严格吓哭的那种，没想到居然会是你这样的。我觉得你跟他的相处更像……朋友？总之挺奇妙的，出乎意料。但真的很不错。"

她笑得很漂亮："我在南十字工作这几年，至少单方面把他当朋友看待的，他有你这样的实习生，有点儿替他高兴。"

燕绥之翘了翘嘴角："别，他可能并不高兴。"

菲兹"嗤"了一声，摆摆手，道："行了，我走了。趁着你搬走前跟你说两句而已，毕竟明天之后，你还要不要搭顺风车就不好说了。"

她开着那辆鲜红张扬的车缓缓朝另一幢别墅驶去，燕绥之看了一会儿，收回视线朝顾晏的别墅走去。

他边走边调出智能机的屏幕，先是看了一眼信息界面，四点半发过去的消息依然没有回音。接着他又切换到网页上，继续浏览之前已经打开但还没顾得上看的消息。

房门认证了密码，"嘀"的一声后自动打开，他一边刷着消息，一边凭习惯在门口换了拖鞋，趿拉着进了屋。

刚走没两步，他的动作就忽地顿住了，目光停留在网页的某一行。

那是下午刚出的一篇报道，上面说赫兰星清早第一班飞往德卡马的飞梭机上检测到了十一位感染者，整个航程因为检测的关系延误了一个小时。

"目前，所有确认感染者已经送往附近的春藤医院，静待进一步检查及治疗。"

赫兰星飞往德卡马的飞梭机？

最早一班？

他同时联想到，之前总让他觉得有点儿古怪的二次谈判……

心脏咯噔一下是什么感觉，燕绥之这会儿算是体验到了。

等反应过来的时候，他已经重新站在门口准备换鞋出门了，智能机的屏幕不知什么时候换到了通信界面，给顾晏的通信请求已经显示“正在连接”……

等待的时间被拉得极为漫长，明明只是响了两声，就好像已经耗尽了所有耐心。

直到燕绥之一脚迈出门，另一只脚碰到了什么东西，他才隐约觉得好像哪里不太对。他低头看了一眼自己碰到的东西，发现那居然是顾晏的鞋。

燕绥之自诩记忆力不算差，准确地说，这一行做久了，记忆力和观察力磨也磨出来了。只要他需要，随时可以顺着某件事一点儿一点儿地顺藤摸瓜，想起所有细节，甚至包括某一天某件事发生的时候，他手边有什么书，翻到了第几页，目光落到了第几行，等等……

但是这会儿，他企图回想顾晏走的时候穿的是不是这双鞋，早上自己离开公寓的时候，鞋垫上还有没有别的东西……居然有一丝不确定。

燕绥之在门口愣了片刻，径直上了二楼，他在顾晏的房间门口刹住步子，轻轻拧动门把手。

房门悄无声息地打开了一半，外面微黄的暖色调灯光投进房间里，在灰色的地毯上勾勒出毛茸茸的轮廓。原本空无一物的床上躺着一个人，被子盖到了腰间，手臂搭在被子外。

他的衬衫没有脱，因为侧躺的关系，压出了一些皱褶；他跟平日里一丝不苟的样子不太相同，看起来有点儿疲累；瘦削好看的手指自然地搭在床沿边上，小手指上的智能机正嗡嗡地振动着。

平日里这种振动并不算大，足以让智能机的主人注意到，但又不会打扰到别人。但在这种安静的氛围里，它突然就变得有点儿吵闹。

燕绥之在门口站了一会儿，忽然失笑。他把通信请求取消掉，顾晏手指上的智能机紧跟着安静了下来。

“你可真是……”

燕绥之嘟囔了一声，走到床边，弯腰把他腰间的被子朝上拉了一些，顺便把他露在外面的手塞进被子里。

不过碰到顾晏手指的时候，他皱起了眉——太烫了。

燕绥之又伸手探了一下顾晏的额头，可能是他的手指相比额头的温度，显得太凉，一直皱着眉熟睡的顾晏突然动了动，似乎被他弄醒了。

高烧中的人很难分清自己是睡是醒，抑或是在做梦还是回到了现实。

顾晏睁开眼，也许是因为生病的关系，他的眼睛显得又黑又沉，像傍晚起雾的湖面。不论是门外投照进来的暖调灯光，还是窗外一点儿微亮的天色，都进不了他的眼里。

他紧皱的眉心在看到燕绥之的时候缓缓松开。

“好好的怎么发烧了？吃药没？”燕绥之低声问道。

“嗯。”顾晏含糊地应了一声，只看了燕绥之片刻就阖上了眼。不知是因为习惯还是因为不舒服，他的眉心又慢慢皱了起来。

真吃药了，假吃药了？

燕绥之有点儿不放心，但在这种情况下，把顾晏强行弄醒再塞点儿药，可能只会让他更不舒服。于是他收回抵着顾晏额头的手，将被子彻底拉上来一截，沿着顾晏的肩膀，严严实实地封了一圈：“算了，你先睡吧。”

顾晏的呼吸声很快又变得均匀绵长起来。

天色慢慢暗下来，燕绥之本想把窗帘拉上，又担心顾晏晚上睁眼就看到满屋漆黑，犹豫了片刻，还是把遥控器放了回去。

他下了楼，在一楼转了半天，终于在健身区翻到了家用医药箱。

医药箱不小，里面的药物分门别类码得整整齐齐。燕绥之没费力气就找到了四种退烧药物，看了眼副作用，挑了种最不容易跟其他药物起冲突的药。

拆包装的时候，他顺便看了一眼药物的生产日期和保质期，然后不得不住了手——因为这破玩意儿一年前就过期了。

燕绥之没好气地把药丢到一边，重新换了一盒，又看一眼保质期……

很好，也是过期的。

然后第三盒……

第四盒……

五分钟后，顾大律师的医药箱彻底空了，所有药物都被某人万般嫌弃地丢在了一旁，堆成了一座小山。

燕绥之：“……”

一堆过期药收拾得跟真的一样，干占地方不顶屁用。

燕绥之叹为观止地欣赏了一番，然后抬头朝二楼的方向瞥了一眼，好像这么瞪一下，顾晏就会在睡梦中感受到羞愧似的。

他给这些过期药拍了一张照片，统统送进了门口的垃圾处理箱，然后给菲兹拨了个通信。

“怎么了？阮？”菲兹小姐不知在干什么，说话含含糊糊的，活像嘴巴被缝了几针张不开嘴。

“你怎么了？摔到嘴了？”燕绥之关心了一句。

菲兹：“……没有，我在敷面膜。”

“好吧，你那边有退烧药吗？”燕绥之问道。

“有啊，很多。怎么了？你发烧了？”菲兹道，“刚才不还好好的吗？怎么就发烧啦？”

燕绥之：“不是我，顾晏发烧了。”

难得听到他直呼顾晏的名字，菲兹很不习惯，愣了一下才道：“哦——啊？顾回来了？不是说要到晚上十点吗？这会儿就到家了，那他不是坐的下午那班？”

“嗯？”燕绥之顿了片刻，才道，“嗯……应该是早上的飞梭机。”

刚才匆匆忙忙的，他甚至没来得及细想，这会儿被菲兹无心的一句问话提醒，他才猛地反应过来——顾晏说自己在进行二轮谈判的时候，应该已经在飞梭机上了。

究竟发生了什么事，让他没说真话？

联想之前那个飞梭机检测感染者的报道，燕绥之不用细想就猜到了原委。

他重新调出那几条信息看了一眼，甚至能猜到顾晏几条信息间的沉默是因为碰到了什么，如果只是简简单单地做个检测，结果又是简简单单的阴性，他不会是那种反应。

一定是检测过程中出现了一些曲折，让他认为自己有感染的可能，所以才会找谈判这个借口。因为谈判可长可短，甚至临时出了问题，说要再多待两天，多谈几轮也正常。

他能下飞梭机，通过德卡马的港口检测，顺利回到家，就说明最终确认他只是普通发烧。

但如果检测结果不好呢？如果顾晏真的不小心被感染，被送去医院隔离，经受治疗过程中常有的危险期时……他燕绥之会在干什么？

可能在找黑市那位身份不明的医生？

可能正拎着行李去新公寓？

可能在律所应付洛克他们的闲聊，然后放心地以为顾晏仍然在谈判？

尽管这只是事后的假想，而这假想已经不可能成真了，但燕绥之依然很不舒服，只要想到这种可能在几个小时前真的存在过，他就非常不舒服。

他在空无一人的客厅里站了一会儿，突然意识到这大概就是所谓的“后怕”，而在这之前，他从来没在自己身上感受到类似的情绪。

“阮？喂？你在听吗？信号不好？”菲兹小姐在那边重复叫了他好几声，甚至噼里啪啦地拍了拍智能机。

燕绥之回过神来：“在听。”

“你要哪种药？我给你拿过去？”菲兹道。

“不用，我去你那边拿。”

燕绥之出门往隔壁别墅走去，刚走几步就听见菲兹的声音：“阮？我挑了几种药，你回去看看哪种合适，让他吃了，我还给你拿了个备用测温仪。”

他循声抬头，一张黑成煤球的脸撞入眼帘，只有两个窟窿里的眼睛能让人依稀辨认出那是菲兹小姐。

“你怎么这样就出来了。”燕绥之哭笑不得地接过药盒，“谢谢。”

“我怎么样都好看，有什么不能出的。”菲兹小姐裹紧大衣，异常骄傲地说，“不过顾家里都不备常用药的吗？”

燕绥之干笑一声：“备得整整齐齐，唯一的缺点是全过期了。”

菲兹想了想，道：“可能是因为他真的很少用到。上一回见他发烧好像还是两年前，身体太好，生病少没有经验。那他现在怎么样啦？”

两人正说着话，燕绥之的智能机又嗡嗡振了起来。

很奇怪，来电的居然是乔大少爷，燕绥之有些纳闷地接通了。

“喂，小实习生？”乔大少爷开门见山地问道，“顾在办公室吗？”

燕绥之道：“他在家里，有点儿发烧，正在睡觉。怎么了？”

“啊，怪不得！”乔大少爷嘟囔道，“给他发了十条信息都没回，通信拨了两个也没接，以前可从没这样过，我差点儿以为他手抖拉黑拉错人了。他怎么发烧了？不会是感染之类的吧？”

“放心，不是。”

“哦，那就好！”乔说，“上回在亚巴岛，他让我帮忙弄的东西我找人准备好了，负责运送的人说现在就可以送，本来打算让他在家等着的。”

燕绥之道：“没关系，送过来吧，我在这边。”

乔愣了一下：“你在哪边？顾晏家？”

燕绥之斟酌片刻，避重就轻地强调道：“他发着烧。”

乔“哦——”了一声，下意识以为燕绥之是来照顾发烧的老师：“不过这也够让人意外的，他家里大概只有装修的时候进过其他人。好啦，既然你在的话，那我就通知人送过去了，你辛苦照顾他一下。”

“好。”燕绥之应完，又想起什么似的问了一句，“对了，送的什么？”

乔说：“灯松。”

他回答完又兀自嘟囔了一句“也是稀奇”什么的，燕绥之还没听清，他就切断了通信。

“怎么了？”菲兹问了一句，“快递？”

燕绥之说：“顾律师托朋友弄了几株灯松回来，他好像挺喜欢的。”

菲兹“啊”了一声，表现出疑问，语气跟刚才乔的嘟囔如出一辙：“他转性啦？以前不是不喜欢灯松吗？”

“不喜欢？”燕绥之愣住。

菲兹道：“呃……应该不喜欢吧。有一次我在办公室跟事务官聊度假，说到亚巴岛的灯松林，他就一点儿兴趣都没有。我记得当时事务官说搞了几棵灯松的树种，还问他要不要，毕竟整个律所就他一个不是植物杀手。他说不要，养着太麻烦。”

她回忆了一下道：“也就……今年春天的事吧。”

“谢谢。”燕绥之神色复杂地冲菲兹笑了一下。

菲兹一头雾水：“谢什么？呃……不客气……”

乔大少爷办事效率出奇的高，没过半个小时，一辆黑色的加长车静静地向城中花园开来，可刚到大门就被电子安保拦住了。

“顾先生，”负责运送的人从乔那边拿到的是燕绥之的通信号，却误以为接通的是顾晏，“我们这车没有通行权，得房主过来输一下密码。”

“我不是顾先生，叫我阮野就行。”燕绥之嘴上这么说着，输密码的时候却非常流畅。

“高霖。”副驾驶座上一个大胡子男人跟他握了握手，“我们是不是在哪儿见过？”

燕绥之心里干笑一声，心说：这世界还真是小。这位大胡子他确实认识，再进一步说算是朋友。这人是德卡马有名的观赏植物培育员，他以前祸祸的各种庭院植物，都是从大胡子高霖那边弄来的。

他曾经有一阵子兴致很高，不信邪地买了好几批，想把庭院前后布置成少年时旧居的样子。那段时间高霖几乎每个月都要开着自己的加长车往他那儿跑一趟。

每次过去，高霖都会看见自己上个月送过去的鲜活的花花草草已经变得瘦骨嶙峋，在苟延残喘着，那个场景很是让人痛心。高霖平时跟他关系不错，但一到那个时候，看他的眼神活像在看恐怖分子。

而灯松这种东西原产地是亚巴岛，要想在德卡马这边成活，需要有专业人士用亚巴岛的树种进行特别培育。

整个德卡马，要说灯松培育技术最好的，肯定就是高霖了，所以乔会找到他也不奇怪。

燕绥之冲他笑了一下：“我可能长了副大众脸，经常有人觉得在哪儿见过我。”

大胡子高霖呵呵两声：“那大街上百分之八十的人可能都想有这种大众脸。哎——说到这个我想起来了，我应该没见过你，之所以觉得你有点儿眼熟，是因为你某些地方像我曾经一位客户。”

燕绥之一脸无辜："是吗？这么巧？谁啊？"

"一个挺厉害的人，梅兹大学的院长，年轻有为，什么都好。"高霖道，"就是那双手有毒，碰什么死什么。他只要别碰植物，就是我朋友。"

燕绥之："……"

你正当着我的面说我坏话你知道吗？

大胡子对燕大院长的眼神毫无所觉，一边指挥着几个店员搬灯松，一边冲燕绥之道："灯松还挺难养的，希望你的朋友顾先生手上没毒。"

燕绥之道："不会的，律所其他人的绿植都养死几轮了，就他办公室的依然活得很好。"

"哦？是吗？什么绿植？"

"常青竹吧。"

大胡子满意地点了点头："那不错，常青竹也很难养，温度、湿度都很讲究。叶片不能摸，容易烂；阳光不能晒太久，容易干缩；水也不能浇太多，会淹死。"

不小心浇过好几轮水的燕绥之一脸心虚，心说：这哪儿是养绿植啊，养的是个祖宗吧，比我这个人还难伺候。

高霖运过来的灯松已经半成熟了，每个都有特制的盆护着根。

"我在老客户那里吸取了教训……"高霖道，"哦，就是刚才跟你说的那位院长。以前培育灯松都是养到半人高，下地成活率能过百分之六十就行了，这样客户还能体会一下成活的不容易和乐趣。后来在他那里死了有二十来棵吧，我反省了一下，觉得还是算了。现在就统一培育到两米再往外送，落地成活率基本能到百分之八十五。"

高霖说着，又问燕绥之："玻璃房在哪边？之前听说顾先生的要求是把灯松种在那面落地玻璃墙外面。"

燕绥之给他们引了路："这边走。"

"这一批一共八棵。"高霖道，"能填满半个庭院，形成一小片林荫，非常漂亮。"

高霖指挥着助手们埋下灯松，调控好庭院温湿。等他们收工的时候，天色已经彻底黑了。

“现在还看不到灯松虫。”高霖道，“运送和环境变换会让它们有点儿害羞，过会儿稳定了就会出来。如果有什么情况，可以随时找我。”

“好的，谢谢。”

送走高霖他们，燕绥之回到屋里，把手上沾染的一点儿灰尘和土星都仔仔细细地清洗干净。

黑色琉璃台上，煮着粥的砂石锅正汩汩作响，粥在沸腾中一点点变稠，散出香味。燕绥之拿瓷勺搅了几下，看了眼墙上的星区时间。

夜里八点多，外面的风渐渐大起来，据说晚上还会下雪。

他搁下勺子，扫了一眼窗外，这才发现自己的围巾还搭在门口的立柜上，且一半滑了下来，此刻正摇摇欲坠。他过去拿了围巾，趿拉着拖鞋上了楼，打算把围巾挂到阁楼的衣架上。

他在路过二楼的时候停下脚步，想去探探顾晏有没有出汗，烧有没有退，结果推开门，却发现顾晏正坐在床边。

他似乎刚醒，屈着长腿，两脚踩在厚实柔软的地毯上，一只手搭在膝盖上，另一只手则抵着额头。

“醒了？”燕绥之问道，顺手开了卧室墙角的一盏地灯。

暖黄色的灯光顺着那处墙角在地面上铺散开来，给顾晏微弓的肩背镀上了一层温和的暖色。

顾晏垂下手，抬头看了他一眼：“嗯……”

“还烧吗？”燕绥之走过去，用手背碰了一下他的额头，然后皱起了眉，“还是很烫。”

顾晏看起来依然很累，而且并不清醒，也不知道为什么突然起床。他的目光深邃，从燕绥之上身扫下来，在他手中的围巾上停了几秒，然后又蹙着眉重新垂下头。

燕绥之没注意到这点，只想着让顾晏早点儿退烧：“我从菲兹那边拿了几盒药，挑了一种不会跟其他药物对冲的，你吃两片再睡一会儿。”

单是站在顾晏面前，都能感觉到他身上的烫意，燕绥之怀疑他可能都没听清楚自己在说些什么，又或者是听见了但脑子还没能接收到信息，只得又补了一句："我先下去。"

他转身的时候，那条围巾垂下的边角，在垂头缓神的顾晏眼前一晃而过。

顾晏似乎终于听清了他的话，半阖的眼睛轻轻眨了一下，而后伸手抓住了他的手。

顾晏的手指滚烫，抓了好一会儿，哑着嗓子问："去哪儿……"

燕绥之垂着目光看他，心里像被恼人的东西挠了一下，说不上来是有点儿痒，还是有点儿刺："去厨房，给你把药拿上来。"

"……我是说，拿着围巾去哪儿？"

燕绥之这才想起手里还有围巾，顿时失笑道："去阁楼找衣架挂起来。"

顾晏微愣，这才反应过来自己可能弄错了什么。他揉捏着眉心，房间里一时间安静极了。他没有松手，而燕绥之也没有把手抽回去。

这在燕绥之身上是极为少见的，以至于会给人一种错觉，好像他是默许且纵容的。

只是不知道，这算不算一种对病人的优待。

不过最终，燕绥之还是晃了晃被顾晏抓着的手指，玩笑似的提醒了一句："顾同学，楼下的粥要煳了。"

顾晏："……抱歉。"

他松开了手，微烫的体温从燕绥之的指尖上撤去，凉意重新包裹上来。直到下了楼，把药盒拆开，燕绥之心里都泛着一股说不上来的滋味。他刚倒了两片药在掌心，就听见楼梯那边传来了沙沙的脚步声。

"怎么下来了？吃了药再睡一会儿。"燕绥之道。

"不用。"顾晏走过来，微烫的指尖触到燕绥之的手心，拿走了两片药，然后他用玻璃杯接了一点儿热水。

他仰头咽了药，喉结滑动，又喝了几口热水。

燕绥之看了他片刻，收回视线，闲聊般问道："赶了早班的飞梭机？"

顾晏喝水的动作顿了一下，捏着杯子"嗯"了一声："中途接到德卡马和赫兰星的检测通知，航程耽误了一阵子，不确定什么时候能到。"

"只是这样？"燕绥之道，"检测没有出问题？"

"……还好。"顾晏只挑了结果说，"不然我现在会在春藤医院。"

燕绥之站在砂石锅旁，一只手插进西裤口袋，一只手用瓷勺顺时针轻搅着愈渐浓稠的米粥，闻言没有去戳穿什么，而是道："下回再碰到什么，不管是好消息还是坏消息，尤其坏消息，别藏着掖着……如果你出了什么事，我希望我能尽早知道。"

过了一会儿，顾晏含糊地应了一句："嗯。"

"嗯什么。"燕绥之转过头来，"说实话，你在这方面不太有信誉，现在清醒一点儿没？去把光脑拿来写个保证协议，这样才显得没那么敷衍。"

他说完笑了一下，又继续精心地熬那锅粥。

顾晏看着他的背影没说话，乌沉沉的眸子动了一下。他似乎想说点儿什么，但话在舌尖转了一圈就拐到另一个方向："你之前说……新公寓找好了？"

"对。"

"在哪边？"

"白马街那一带，离南十字律所也很近。"

"布置怎么样？"

"还不错，房东是个艺术家，在房子里挂满了自己的画，非常干净。"燕绥之说。

也许是之前的针剂终于缓慢地见效了，也许是热水确实能让人舒服一些，顾晏比刚起床的时候略微精神一些，但听完这话之后，他又是一阵长久的沉默。

他重新接了一杯热水，倚靠着琉璃台，看着燕绥之瘦白的手指搅动着瓷勺，沉声问道："什么时候走？"

燕绥之笑了一下，转过头来没好气地问道："你这么急着赶我出去？"

"没有。"

"没有，那你十分钟问我两回？"

顾晏垂下目光，一时间没说话。

燕绥之以为他被自己堵得哑口无言，又闷回去的时候，顾晏却突然开了口："我不问，你就不走了？"

他的声音微哑而低沉，明明很平静，却莫名让人有点儿触动，就像是一罐浓醇的美酒，看似封得严严实实，但又在不经意间透露了一条缝隙，能让人窥到内里。

燕绥之活了四十三年，冲动的、充沛的、夸张的表达见得太多，那些人总是来势汹汹，好像不在他这儿撬开一条缝，不得到一点儿回应就誓不罢休。他兜着圈子，客客气气地避让了那么多年，到头来最吃的居然是顾晏这一套。

他搅着粥的手停了一会儿，抬起眼。

顾晏的眸光一直落在他身上，比什么都轻……又比什么都沉。

在他身后，隔着客厅柔软的地毯，几米之外是那片透明的玻璃墙，墙外八棵新种的灯松在夜风中簌簌摇晃，一部分灯松虫适应了新环境，零星地冒了出来，绕着散发冷香的灯松针叶上下飞舞，像是散落在暗夜中细碎的星火。

燕绥之朝那边扫了一眼，似乎是叹了一口气，轻声道："顾晏。"

"嗯。"

"你托乔弄的灯松，今天送到了。"

"看到了。"

燕绥之收回目光，看向他："我听菲兹说，你其实不那么喜欢灯松。"

顾晏顿了一会儿，淡淡道："不是特别喜欢。"

"那么……等我搬走了，这些灯松是不是没人看了？"燕绥之问完笑了一下，状似随意地说，"我跟房东签了一个试住协议，原本打算等你回来打声招呼再过去，后来打算等你烧退了，明天再走。现在这些灯松被运过来了，我只好再改一下主意。所以，你不问的话，我可能真的就不走了。"

燕绥之说着，把手里的瓷勺搁下，又不紧不慢地拿了一块软巾垫手，把砂石锅盖子盖上。

米粥汩汩的微沸声被闷进盖中，窗外的夜风声依稀可闻，星星点点的荧光绕着灯松飞舞，暖黄色的落地灯灯光铺散在大片柔软的地毯上。

屋内温暖而安逸。

顾晏就这么靠在身边的琉璃台上，握着玻璃杯，看着燕绥之有条不紊地做着事情，然后沉沉开口："不知道是不是因为发烧，头脑有些不清醒，你让我产生了一点儿误解。"

"什么误解？"燕绥之头也没抬，依然在忙。

"……误以为我可以说一些荒谬的话，或是做一些唐突的事。"

燕绥之停了手，终于转头看向他，挑眉道："比如？"

顾晏垂着目光看向他。燕绥之也没有躲开，只是神色复杂地沉默了一会儿，然后很轻地叹了一口气。

聪明人之间从来不用把话说得太明白，一个动作就能懂。

"这就是你之前说的荒唐想法？"他问。

"嗯。"

那些学生时代里压抑的、沉默的、青藤蔓草般无声疯长又无疾而终的东西，那些在办公室的窗玻璃旁、桌角的阳光里、阳台外煌煌的城市灯火中悄悄冒头的荒谬心思，在横跨过十年漫长的时光后，就交付在了这样一个简单又平静的音节里。

顾晏转头看了一眼窗外，灯松和飞舞的漫漫萤火依然在夜色下摇曳。

这其实是他未曾料想的，当初让乔帮忙的时候，他其实忘了燕绥之只是暂住，终究是要搬出去的。他更没有想到，灯松送来的时间这么巧……

如果不是因为他出差让燕绥之多等了一天，如果不是因为发烧打乱了燕绥之的计划，那么这些灯松种下的时候，燕绥之可能已经不在这里了。

他可能会一个人坐在偌大的客厅里，和光脑中堆积如山的文件默然相对，然后偶尔在休息的间隙，抬头看到那些无声的萤火……

但这是他自己的事，不应该成为别人或走或留的理由。

顾晏的目光重新落在燕绥之身上："我吃过药了，烧很快会退，那些灯松种在庭院里也并不碍事，这些都不用在意。"

他替燕绥之把这些芜杂的干扰因素都划掉，沉默了好一会儿才沉沉开口："所以，你还走吗？"

燕绥之看着他，片刻之后道："我的行李箱其实已经收拾好了。"

"另外，虽然现在看起来不太像，但我依然是你曾经的老师。"

顾晏"嗯"了一声。

"因为一些缘故，我其实从没有想过自己……"燕绥之斟酌道。

顾晏垂着目光，他穿着衬衣长裤，靠在琉璃台旁，就像在安静地听着某份卷宗里的细节，眼睫毛在下方投了一片阴影，即便站在他面前也看不清他的眼神，所以也不会给说话的人带来什么心理负担。

燕绥之看着他隐在阴影里的眼睛，思忖了片刻，终于继续道："但是很奇怪，我现在居然觉得这是一件好事。"

顾晏愣了片刻，而后猛地抬眼，乌沉沉的眸子一转不转地看着他。

燕绥之任他看了一会儿，又偏开头，翘着嘴角有些无奈道："别看了，不走了。去餐桌边坐着，粥真的要煳了。"

这种时候，谁还管粥？

但是燕大教授紧跟着补了一句："熬了一个小时，如果真煳了我肯定就气走了，毕竟这是你的房子，也不能把你气跑是不是？"说完他还半真半假地嘟囔道，"烧一点儿没退，净来厨房捣乱。"

顾晏："……"

顾晏感觉自己的发烧可能又重了一点儿。不过这也确实提醒了他，毕竟他还在生病，别自己没好还传染给别人。于是在粥隐约散出一丝煳味的时候，顾晏顺从地出去了。

燕绥之看见他朝餐厅的方向走，便收回视线，把砂石锅下面的开关关掉。好在粥煳得不厉害，打开盖子闻起来还不错，食料都被熬化在里面，浓香稠糯。

他拿了碗勺，避开锅底盛了两碗，端过去搁在餐桌上，转头却见顾晏从楼梯那边走了过来。

"刚才上楼了？"燕绥之和他面对面坐下，拿瓷勺搅了搅糯香软烂的米，随口问道。

顾晏"嗯"了一声，没多说，认真地喝着粥。

燕绥之尝了一点儿，虽然他很少做这些，但自认为手艺还算过得去。

顾晏闷不吭声，即便生着病，吃饭的时候也很讲究礼仪。

吃完最后一勺，他看了燕绥之一眼："味道很好。"

乍一听是句难得的人话，但是高烧没退的人吃什么感觉都是淡的，根本尝不出味，好个屁。

燕绥之领了他这句瞎话，半真半假地挑眉说："真的？那多吃点儿。"

顾大律师默默看了他片刻，还真起身又去盛了一些。

有些人病了，食欲很差，因为尝不出味就只吃一点点，对恢复并没有什么好处。顾晏虽然难得生病，但以往病起来还真是这样，一天下来都吃不了几口，没想到这回碰上了一个能盯着他的人。

不过燕绥之自己却吃得不多，他的胃只能适应少吃多餐，粥也只盛了小半碗，还吃得格外慢，更多时候是在等对面的人。

顾晏搁下勺的时候，燕绥之刚好吃完最后一口。

厨房的消毒洗碗柜里其实分有不同隔层，但一般情况下没那么讲究，顾晏却细心地将两人的碗勺分别放在了两个隔层里。

燕绥之看了一眼，当时没说什么，只催着顾晏赶紧回房再睡一觉，养一养药效。他跟在顾晏后面上了楼梯，楼下厨房和客厅的感应灯光一盏一盏地在两人身后熄灭。

走了几级台阶的时候，燕绥之觉得似乎少了点儿什么东西。他一时没反应过来，又走了几步，余光瞥到楼梯边的墙角时，才突然想起来——之前收拾好放在那边的行李箱不见了。

他愣了一会儿，走回三楼才发现行李箱已经回到了自己房间。这下，他总算明白之前熬粥的时候，顾晏为什么不是从餐厅过来端碗，而是从楼梯那边过来的了。

燕绥之看了会儿箱子，忽然心里痒痒的，起了点儿逗弄的心思，不紧不慢地下了楼，走到顾晏卧室门外，敲了两下门。

门并没有关严，敲了两下自己就开了。

顾晏正站在床边喝水，闻声转头看过来。

他身材挺拔，这样微微侧身时，衬衫牵拉出来的褶皱刚好能勾勒出手臂和腰腹间恰到好处的肌肉弧度，实在赏心悦目。

“这位顾同学。”燕绥之干脆倚着门，上下扫了顾晏一眼，噙着笑意，明知故问道，“你什么时候偷偷收了我的行李箱？”

顾大律师把玻璃杯搁在床头柜，一脸平静地矢口否认：“没有。”

“不是你，难道它长了脚自己蹦上来的？”

顾晏淡淡道：“没有偷偷，顺手。”

说话间，他已经走到了卧室门边。

不过燕绥之本来也只是来逗他一句，没什么别的要说，所以冲他抬了抬下巴，道："行了，洗漱一下赶紧睡吧，我上去了。"

顾晏垂着的手指微微抬了一下，似乎想做点儿什么或者说点儿什么，但是又略带顾忌地收了回去。事实上，这一整晚他都这样，说话的时候会刻意偏一点儿角度，时刻都注意着，避免把感冒传染给燕绥之。

这种细微的在意，燕绥之当然全都看在眼里。

顾晏最终还是什么都没做，只是沉声说了一句："晚安。"

第四章　理念不合

上午，南十字律师事务所一楼，一前一后进门的燕绥之和顾晏在楼梯前碰到了菲兹小姐。她的手里正抱着两个摞在一起的纸盒，高过了头顶，看起来摇摇欲坠。

她正蹬着细高跟，小心翼翼地往楼梯上迈，忽然从旁边伸出一双手，把箱子接了过去。菲兹手里一轻，人还没看到，先夸了一通："我的天，总算来个人帮忙了，谢谢！这么好看的手，让我猜猜是谁……"

结果这话还没说完，就听见身后的人扭头就是一个喷嚏。

"顾？阮？"菲兹小姐闻声转头，看到燕绥之和顾晏一人戴着一个口罩站在后面，而燕绥之刚巧偏着头打了第二个喷嚏。

昨天夜里信誓旦旦地说自己体质好得很的燕大教授，今天起床就被狠狠打脸了，俨然有了感冒的征兆，原因自然不必说。

偏偏菲兹小姐一脸讶异，哪壶不开提哪壶："你怎么也感冒了？"

燕绥之说话带着轻微的鼻音，听起来懒懒的："不知道，可能是因为昨晚逗猫被舔了一下吧。"

菲兹小姐一时没明白这跟感冒有什么关系："没被咬到吧？如果被咬到了，一定要记得去打针。"

顾大律师在旁边默不作声，燕绥之的余光瞥到他，要笑不笑地冲菲兹道：

“假的，开个玩笑，只是不小心着了凉。”

顾大律师听不下去这种胡说八道，抬了抬手里的纸盒，问菲兹：“谁的？帮你带上楼。”

“十分钟前收到的特别快递，寄给迪恩的。”菲兹道，“可能是一部分案件要用的东西吧。”

“迪恩？”燕绥之疑问道。

这段时间他在南十字律所大楼里待得不多，和有几位律师只有一面之缘，名字和人都对不上号。

“三号办公室的那位圆脸律师。”菲兹解释道，“实习生菲莉达小姐的指导老师呀。”

燕绥之点了点头：“哦，他很少在办公室。”

“是，经常出差。”菲兹说道，“他偏好有争议的案子，希望能给自己多加点儿筹码，打响知名度，那样相对更容易获得一级律师的申请资格。这不，今早又接了一个案子。”

燕绥之：“什么案子？”

“摇头翁案知道吗？”菲兹说道，“两个月前，全联盟都在讨论的那个。最近几天大家的关注点都在基因修正和感染上，暂时盖过了它，但它依然是一个很有热度的案子。”

两个月前燕绥之还没醒，自然对这个案子所知不多。不过听菲兹的口气，这案子的热度似乎很高，说没听过反而比较奇怪，所以他也没多问，只冲菲兹点了点头。

菲兹冲头顶某个办公室的位置指了指：“其实原本找的律师是霍布斯，老家伙一直迟疑着没有松口，后来一级律师初审通过，上了公示名单，他就更不会接了。今早他去了医院，说自己有初期感染的症状，刚好把案子推了，转到了迪恩手里。”

“霍布斯被感染了？”顾晏皱了皱眉。

菲兹道：“对，早上接到的电话。他说他出了点儿疹子，其实还没确认是什么性质。虽然我不太喜欢他，不过还是希望他是阴性吧。”

正说着话，高级事务官插了句话进来：“顾？劳驾来一趟，有份文件需要大律师集体签字，你昨天不在。”

纸盒是燕绥之送进三号办公室的。

意料之中，迪恩律师刚接手案子就出门忙活了，没在办公室，是实习生菲莉达小姐代他接收的，令人意外的是洛克也在这里。

“我老师进医院了，嘱咐我这几天先跟着迪恩律师。”洛克苦着脸对燕绥之道，“今早迪恩律师出门的时候，给了我们一部分案件资料——”

他两手一拉：“这——么多！老实说，我不太想碰这个案子。”

洛克一脸愁容，还想抱怨几句，但是看到从隔壁办公室出来的大律师，只得讪讪地把话吞回去：“呃……回头再聊，我先回去干活了。”

燕绥之冲他摆了摆手，站在楼梯扶手旁朝下面看了一眼，等了一小会儿，没见顾晏上来，便径自开了办公室的门，把大衣和围巾挂在衣架上，刚要在办公椅上坐下，顾晏便进了门。

一般而言，顾大律师的洞察力非常敏锐，总能注意到其他人没注意的细节，而且非常善于抓住关键。于是，燕绥之刚要跟他说点儿什么，就见他不经意地朝办公桌的边角扫了一眼，然后动作就顿住了。

顺着他的目光，燕绥之就看到了那盆常青竹。

顾晏出差前，那盆常青竹还是生机勃勃的模样，颜色生翠，根根挺拔，窄叶一簇一簇，蓬松青亮，气质十足。但现在，不过是一天一夜的时间，它就七零八落地歪斜着，俨然一副惨遭毒手、快要咽气的样子。

燕绥之心说不好。

他抵着嘴角咳了一声，顺手抓起一只玻璃杯，打算用“倒茶”作借口，畏罪潜逃。

顾晏两手撑着办公桌，仔仔细细看了常青竹的惨状，最终实在是看不下去了，收回视线，撩起眼皮，道：“南十字这边养死的盆栽不少，死这么快的还是头一回。”

话音刚落，外面突然传来一声惊叫。

惊叫的人是实习生菲莉达。

在他们面前的办公桌上，别人加急寄给迪恩律师的纸盒敞开着，依稀可见里面的长钉、刀片以及几张吸水纸。纸上涂抹着各种谩骂的字句，凌乱而诡异，颜色棕红，像干涸的血迹。

“这是什么……威胁吗？”菲莉达的声音紧绷，小姑娘头一回见到这种东西，毫无心理防备，看起来像是要哭了的样子。

“不算是。”燕绥之说。

威胁总是为了提要求，而这两个纸盒更像是纯粹地发泄不满和恐吓。对于这种东西，律所其他人倒不是头一回见。

菲兹他们很快聚了上来，看了眼箱子的内容就一脸了然。高级事务官处理起这种事驾轻就熟，几个玩笑便把菲莉达和洛克他们逗得展颜，又让人迅速上来把纸盒收拾了。

菲莉达和洛克慢慢冷静下来，终于意识到不是什么别的原因，就是因为迪恩接的案子才有这一茬。

摇头翁是个什么案子？燕绥之在心里嘟囔了一句，总算起了一分好奇。

他垂眸顺手在智能机上搜了一下。一输入关键词，各种案件报道就出来了——两个月前，红石星上某个住宅区有一位老人无故失踪，于两天后在一个地下仓库被发现。彼时，老人身上满是被虐待的痕迹。而令人讶异的是，主要的痕迹都是他自己弄出来的。被发现的时候，老人已经是痴傻状态，蹲在一个铁笼子里，一边呜呜地哭，一边有节奏地摇着头，所以这个案子被人取了那么个代称。

这个案子刚发生的时候并没有引起多大的议论，毕竟联盟那么大，星球那么多，每天都有数不清的事情和信息，这种发生在某一角的案子很容易被淹没在汪洋里。

但很快，警方发现受害者远不止一位老人，他们在不同星球上一共发现了七个位置偏远的废弃仓库，里面一共有将近三百个同样状况的老人们。而这些老人们几乎都指认出了犯罪嫌疑人，这本是好事，但有一点……老人们的精神都有问题。

案件还没正式开庭，联盟各处就已经为此事争执起来。老人们的模样实在令人动容，犯罪嫌疑人表现出的态度又令人厌恶，所以争论的趋势倾向哪边不言而喻。大规模的争执往往最终都要找一个承力点，而这个承力点理所当然地落在了代理律师的身上。

燕绥之看了几篇报道，神色淡定。

不过，有一篇报道提到了几个类似的旧案，他的目光在界面某一处停留了很久。顾晏注意到他的反常，朝他毫无遮掩的全息屏瞥了一眼，看见了某个熟悉的案名。

那是燕绥之不到三十岁时打的一场案子，顾晏对此再熟悉不过。因为他曾经花了很长一段时间给这个案子做分析报告，又在报告完成后将它彻底废弃……

顾晏的眸光一动，从全息屏移到了燕绥之的脸上。从他的角度只能看到燕绥之垂着的眼睫，看不到对方眼里的情绪。

燕绥之的脸被全息屏的光映得有些冷淡，他似乎在走神，不知道时隔多年后重新看到曾让他背过骂名又背过盛名的案子，他会在想什么，又会是什么心情？

过了片刻，顾晏看见他的睫毛动了一下。

燕绥之忽地从全息屏上抬起了眼，撞到顾晏的目光时笑了一下："偷看我的屏幕干什么？"

养死别人的盆栽装聋作哑，给别人扣帽子倒很理直气壮。

顾大律师嘴唇动了一下，却没回答。

燕绥之手指一滑，收起全息屏，冷不丁问了顾晏一句："我忽然想起来，你好像说过，一度认为自己跟我理念不合？"

顾晏没想到他会突然问这个，顿住步子，朝那盆无辜丧生的常青竹瞥了一眼："转移话题，还是想算旧账？"

燕绥之"啧"了一声，心说昨晚的顾同学多讨人喜欢，时刻与他保持距离，却又有一点点缠人，怕传染还催他上楼早点儿睡，但又抱着胳膊倚着门目光沉沉地送他，就连今早他下楼打了第一个喷嚏，显露出感冒的征兆时，顾晏的反应也格外有意思——一脸稳重地翻了半分钟药盒，然后默不作声地掩住了额角开始自我反省。

燕绥之在旁边看得忍俊不禁。

他虽然当惯了大尾巴狼，但早上睁眼的时候，其实还是有点儿不自在。然而顾大律师的一系列反应解救了他，以至于他那点儿不自在只存在了不到半个小时，只意思了一下就烟消云散。

那之后，直到来律所，他都热衷于一件很有意思的事——逗顾晏。

事实上，这件事他早在十年前就已经很熟练了，没想到十年后居然变本加厉，唯一的区别在于，顾同学已经不会再被气跑了。

燕绥之要笑不笑地冲顾晏道："你怎么见了阳光就变脸，居然怀疑起我的动机？我只是对你的想法有点儿好奇。"他说着停了片刻，又坦然地笑了笑，"事实上，我对你的很多事情都抱有好奇心。"

这样的想法在他的身上大概是破天荒头一回，他其实从来都是不容易亲近的，永远游走在所有人的安全距离之外，不给别人进入他生活的机会，也从不过分涉足别人的生活。

"不用解释你有什么样的想法，因为人们的想法总有分歧，只要你觉得是值得的，以后记起来也不会后悔，就可以去试试看……"这是他以前常说的话。

顾晏曾经也是听众之一。

但现在却不同了，燕绥之就像进入了一块专门为他留了门的属地，适应了一圈后，终于开始主动亲近人了。

这大概算是一种别样的特殊待遇，顾晏当然不会推拒。

"确实有过理念不合的想法……"他低声重复一遍，沉吟片刻，"对那时候的我来说，那其实不是一段特别愉悦的体验，所以……我有点儿不知道该从何说起。"

"记得有一年酒会，我在阳台看夜景的时候，你来问过我一个问题，关于……保持初衷？"燕绥之试着回忆了一会儿，又轻笑一声，"有点儿记不清了。是那个时候吗？"

"你居然记得？"顾晏有些讶异。

燕绥之："我记得的事情，可能比你以为的要多得多。"

顾晏看了他片刻，点了点头，道："算是吧，不过那其实只是导火索。"

"这还是个连锁反应？"燕绥之挑了挑眉毛。

其实算不上是什么连锁反应，与其说是当年的顾晏突然发现自己跟燕绥之理念不合，不如说是他突然意识到，自己一直以来所抱有的初衷，似乎不足以全然投到现实中。

他还没有多做解释，燕绥之却已经敏锐地捕捉到了源头。

或者说燕院长虽然不亲近人，但在那些年里学生有可能会经历的挣扎与转变，他其实都有了解。

他问了顾晏一句看似没头没尾的话：“我没记错的话，你本籍是赫兰星？父母是……军人？”

梅兹大学尊崇德卡马的传统，向来不会过多关注学生的来历和背景，这并不是师生或同学间常聊的话题。不过当年的燕绥之还是从顾晏的只言片语中知道了一些简单信息。

不过仅此而已。

别人对赫兰星也许所知有限，燕绥之却不一样，他清楚地知道，赫兰星在三十年前发生过一次跟星际海盗的冲突，那是数百年来最大的一次冲突，折进去的军人数不胜数。

那次冲突后，赫兰星得到了海盗头子三百年不进犯的承诺书，同时也多了数十万的孤儿，全都是军人后代。所以他一直将这个默认为敏感话题，以大学间的师生关系来说，并不适合多问。

顾晏闻言点了点头，回答印证了他的猜测：“嗯，都是军人，不过他们都已经过世了。”

燕绥之看着他，倏然理解了他会有理念挣扎的原因——赫兰星军人的品格，就是绝对忠诚，绝对正义，绝对的自我奉献。

如果他的父母都是军人，并且刚好是为了母星民众而战死的军人，那么他们所坚持的信念，往往会以一种根深蒂固的方式溶于后代的血液中。

他曾经在赫兰星的福利院见过很多军人的后代，无一例外都是这样的。

顾晏看到了燕绥之的表情。

很奇怪，不知道是不是因为昨晚的经历给了他足够的底气，现在几乎不用对方开口，他也能清楚地知道对方在想什么，连猜测的步骤都免了。

他补充了一句：“不过我不算孤儿，父母过世后，我一直跟外祖父住在一起，他是一位法官。”

一位非常严肃而板正的法官，所以顾晏的骨子里灌注了极为鲜明，甚至近乎执拗的理念——来自军人的忠诚、正义、自我奉献，以及来自法官的公平和严谨。

即便在他进入大学，早早做好要干律师这一行的打算时，这种理念也不曾改变过。

他并非对这个行业一无所知，恰恰相反，因为外祖父的关系，他对律师的了解比很多人都早。

但人总是这样，尤其是年轻人，意气风发中带着一点儿无伤大雅的清高自傲，在做情景假设时，总会下意识地构造一个理想化的局面和结果，并且笃定地认为自己一定会如何去做，然后达到何种目的。

学生时代的顾晏比很多人都要稳重、自持，但年轻人会有的傲气一点儿没少，甚至更多一些，而他坚持的那些东西，又比很多人更认真一些。

这才是矛盾的伊始。

“高中时候，我听过你的一次讲座。”顾晏道，“你当时说过，律师每天都在和各种谎言打交道，甚至其中一部分律师连自己也常在说谎。很多人知道自己的当事人是有罪的，但是辩护到最后，他们总会忘记这点，并觉得他们的当事人比谁都无辜。久而久之，就不会再想‘谁值得相信，谁是正义的’这种问题了，因为这让他们很难快乐地享受胜利——”

他说得不紧不慢，似是在边说边回忆。

燕绥之惊讶的是，顾晏居然记得这样清楚，话语内容都相差甚少。因为在他的印象里，那个坐在前排、像薄荷叶一样冷冰冰的学生，全程都没有动笔记过什么。

“你当时对那个提问的学生说，希望她能记住这个问题，偶尔去想一下，因为这代表着学生时代最单纯的初衷，希望每个人都能保持得久一些。”顾晏说完沉默了几秒，又道，“我那时候其实很惊喜。”

燕绥之挑了挑眉，忍了一会儿还是没忍住，道：“我恰好记得那场讲座，也……刚好记得你。恕我直言，我以为你是去打发时间混学分的，一点儿也看不出你在惊喜。”

顾晏：“……”

不过，由于燕大教授半开玩笑似的打岔，顾晏因为回忆而无意识蹙起的眉心松了开来，表情有些无奈。

燕绥之抬了抬下巴：“继续，你面无表情，其实特别惊喜，然后？”

有那么一瞬间，顾晏似乎想刻薄一下或是干脆堵住某人的嘴，但他最终还是继续说了下去：“我当时以为碰到了一个与自己理念完全重合的人，而在那之前我刚好对你有一些认知，所以我很高兴。但后来再想起这段话时，我发现你只是刚好避开了其中的矛盾。”

因为燕绥之说的是给那些年轻学生的建议，事实上并没有真正回答那个女生的问题，更没有说明自己的想法。

燕绥之想了想，道：“那个问题其实非常难，有的人从最初就避免回答，避免自寻烦恼；有的人几十年都纠缠在其中，也没找到答案。而在你们那个年纪，我所说的话很容易成为某种引导。我给出的答案，很可能成为你们今后数十年的思维限制。”

“嗯。”顾晏点了点头。

这种考虑他当然知道，即便燕绥之不说他也知道。但那时候的他没有往这方面想，只下意识地觉得燕绥之的话给了他触动。

直到他碰到了那桩旧案。

那个嫌疑人是一家曾经很有名的医院的副院长，牵扯进了一桩医疗命案里。说起来，那时候的情况跟这次的摇头翁案有一点儿像，犯罪嫌疑人的态度惹人厌恶，大众舆论也几乎是一边倒。

不过燕绥之当初的辩护也证明了，控方的证据确实存在漏洞。

如果所有人的经验直觉，包括犯罪嫌疑人的反应都能表明他真的有罪，最令人痛快的方式就是让他应罪伏诛，但偏偏证据上还能找到一些缺漏，这该怎么办？

在最初接触到那个旧案时，让顾晏态度转变并陷入沉默的，其实不只是单纯的理念不合，而是他自己内部固有理念的矛盾和冲突让他有点儿不知所措。

军人父母遗留给他的是最为朴素、纯粹的道德观和正义观，他希望那个犯罪嫌疑人毫无转圜余地，结结实实地被扔进大牢。

但法官外祖父言传身教的法庭公正，又让他又万分在意证据链的完美无缺，还有绝不能丢弃的无罪推定。

“那段时间，与其说是在做旧案分析，不如说……我是在不断假设论证。如果我接到了那个案子，我会不会跟你做一样的选择，而那个选择是否能够说服我自己，贴合我所有的固有理念。”顾晏道。

那段时间，他耗费了巨大精力而做出来的分析，几乎已经能够说服自己了，甚至在分析那个案件的过程中，他本身也有了前所未有的变化。

结果，在收尾阶段刚好碰到了燕绥之的那场生日酒会。

他问燕绥之那个问题，其实只是想再确认一遍。可是燕绥之却说，他压根儿不会去想什么初衷问题。

“我那时候刚好陷在瓶颈里，有点儿钻牛角尖。”顾晏道，“当时听了你的答案，觉得之前折腾时间费劲做分析的自己傻透了。”

看，你努力解释论证了那么久，其实对方根本没想过这些。

偏偏那时候他刚意识到自己内心所抱有的某些想法，所以对燕绥之的每一句话都看得异常重。

燕绥之联想到顾晏之前的回答，神色微动：“所以一毕业，你就抱着某些想法，并且被我彻底气跑后，再没有过音讯了？”

顾晏：“……”

“不过……”燕绥之忽地笑了，“我很高兴。”

“为什么高兴？”顾晏看着他。

“因为你绝不是那种为了心安理得，就会扭曲理念去盲目迎合现实的人。”燕绥之道，“我的学生，这点儿我还是知道的。”

事实上，在后来近十年的时间里，被打磨得越来越沉稳、成熟的顾晏，其实很感谢当初那个旧案。如果不是那段近乎自我折磨的论证和分析，他可能还要花费更久的时间才能给自己一个答案。

燕绥之看着顾晏，眼里含着明亮的笑意。这是他一度非常欣赏的学生，在经历了这么多年的现实磨砺后，依然内心强大、正直纯粹，讨人喜欢再正常不过了。

但是燕大教授是个嘴欠的，他听完这些话，又忍不住继续逗了顾晏一句：“现在呢？”

顾晏：“嗯？”

“你现在觉得跟我的理念还合得来吗？”燕绥之好整以暇地问道，“你好好回答。”

“要是不太合呢？”顾晏眸光一动，反问道。

燕大教授笑眯眯地说：“那就不妙了，我说不定要先浇死你庭院里那一片花花草草，再去看看有没有比你更讨喜的学生， 毕竟理念不合是件大事。”

十年前，某个人这么半真半假地气人的时候，顾晏摔门就跑。但现在不同了，这是他的办公室，他不用跑。可把某个人赶出去，他又不忍心。

唯一的办法，只有封口。

菲兹小姐进门的时候，感到办公室内的氛围异常紧绷。

顾晏正端着杯子靠在桌沿喝水，问她：“有事？”

“没什么。”菲兹下意识摇摇头，指了指旁边，“我找阮野。”

顾晏非常绅士地抬了抬手，示意她自便。

于是菲兹朝实习生的办公桌看过去，燕绥之正靠坐在椅子里，手里拿着一张仿真纸页，抬头冲她笑了笑：“抱歉，菲兹小姐，我刚看到你传过来的文件。”

菲兹奇怪地“咦”了一声：“你怎么又把口罩戴上了？”

燕大教授张口就是一句瞎话：“哦，刚才连打了好几个喷嚏，就又戴上了。毕竟我们顾老师花了一晚上时间，好不容易退了烧，再被我传染就不好了。”

因为双唇被掩在口罩后面，他的声音显得闷闷的，又带着一点儿感冒的鼻音，听起来比平日还要温和一些。

菲兹没多想，恍然大悟地跟着点头：“那倒是，毕竟办公室的门一关就是个密闭空间，就算没什么接触，也很容易中招。”

刚才近距离接触完的两人衣冠楚楚，不动声色地看着自己面前的文件资料。某种意义上，也算是一脉相承。

“啊——这么说，你总算看到我传给你的文件了？”菲兹伸手点了点燕绥之手里那张仿真纸页，“上回乔治·曼森案，除了委托金的尾款，法律援助协会又给你额外发了一份奖励金。毕竟实习律师能有那样的表现实在很令人欣慰，你太棒了。”

“谢谢。”其实燕绥之装模作样地拿着看了半天，但根本没看进几个字，只是在听菲兹说话的过程中一目十行地扫了一遍，“所以我只需要在这里签字确认一下？”

“是的。”菲兹小姐笑嘻嘻的，好像她才是拿到奖金的那个，“你看一下资产卡有没有收到这两笔款项，收到就签个字。”

菲兹小姐的转账效率，在来南十字的第一天燕绥之就见识过了，所以他看都没看资产卡，就要在文件末尾签字。

还没落笔，顾大律师先咳了一声。

菲兹小姐：“？”

顾晏一脸平静，头也不抬地翻了一页文件：“没事，嗓子不舒服。”

下回你咳早一点儿——这是上一次差点儿签错名时，燕绥之胡乱扣锅说的话，没想到顾晏居然真的记住了，还一本正经地配合了一回。

燕绥之龙飞凤舞地签上“阮野”的大名，嘴角忍不住翘了起来。他觉得自己真是迟钝，以前只觉得顾同学生气的时候好玩，怎么没发现他听话的时候也这么有意思呢。

菲兹乐呵呵地说：“这样一来，你半年的公寓租金都不用再操心了。”

“确实，不过我不用搬去新公寓了。”燕绥之头也不抬，语气非常自然。

“啊？不搬了？”

都住在一个别墅区，抬头不见低头见，根本没有隐瞒的必要。燕绥之的目光扫过顾晏，冲菲兹眨了眨眼，玩笑似的道：“昨晚趁着顾律师发烧，意志力薄弱，我连哄带骗地让他松了口，他勉为其难地同意把阁楼再借我住一阵子。”

“是吗？”菲兹小姐先是替他高兴了一会儿，接着扼腕叹息，“顾，你发烧的时候都这么好说话吗？早知道我当初没钱住别墅的时候也找你试试了，没准儿就有个帅哥室友了。”

燕绥之笑着附和：“是啊。”

顾大律师一脸冷漠。

“签好的文件传给你光脑了，还有什么事吗？”燕绥之问。

菲兹点了点头：“确实还有一件事，周六所里打算给实习生办个餐会。”

“餐会？”

“是的，其实前两天就有这个打算了，刚刚确定下来。”菲兹说，“一方面，大家都认为你们这一批实习生的表现确实很不错，短短时间内就已经有了非常突出的成绩——这主要是在说你。另一方面，刚才菲莉达小姐受了点儿惊吓，事务官们不希望任何一位学生在南十字留下不好的回忆，所以也算一种安抚。”

她顿了一下，又一脸八卦道：“其实是因为上次的马屁酒会你们两个都回避了，上面的合伙大老板们都没见到你，好奇心压不住。”

合伙大老板们？

燕绥之朝顾晏看了一眼，刚巧顾晏也看了过来。

他们之前就觉得，南十字律所里也许有某些人跟爆炸案有关联，所以这个餐会的起因是单纯的好奇还是掺杂了别的什么，很难说。

“好的，我知道了。”燕绥之道。

第五章　第二被告

迪恩律师收到恐吓快递的事被报道了出去，第二天就成为网络上谈论的话题之一，不过讨论热度依然不能与“感染”相提并论。

几位高级事务官在办公室发了一整天脾气，一边找人公关一边嚷嚷：“这都是谁嘴上没把门捅出去的？”

这使得整个律所的气氛格外紧张，空气里都蹿着火星，一句话说得不对味都有可能烧起来。

高级事务官们的暴躁不无道理，因为总有那么一些莽撞无脑的人，在这种时候容易产生模仿心态。原本他们可能只在“摇头翁”案子的报道下骂上几句，但在看到恐吓快递的事情后，会有人意识到：啊！原来还能这样！

于是接下来三天，律所收到的快件数量顿时翻了几倍。

最初收件人还老老实实地写“迪恩”，后来就开始乱写，什么“霍布斯、艾维、莫尔”都有，就连菲兹和顾晏也没能幸免，简直防不胜防，搞得南十字律所不得不开始拒收所有快件，然后请警方介入。

正常情况下，南十字各位大律师是相互独立的，谁接了什么案子，最多随口问两句，不会有过多的交流和干涉。但这么鸡飞狗跳了几天后，整个律所的人都关注起迪恩的“摇头翁”案来。就连被隔离在春藤医院的霍布斯都不例外，他特地拨了自己学生洛克的通信，问了律所这边的情况。

除此以外，那些相似的、有过争议的旧案，也越来越频繁地被提起。

“所以说，我以后打死也不会接这种案子。”吃午餐的时候，洛克戳着盘子里的奶油蘑菇酱，信誓旦旦地说。

菲莉达则说：“我这几天在考虑……想转去检察署或是法院试试。”

几人安抚了她几句，接着不知谁提了一句：“燕院长二十多岁办的那件案子也被翻出来了，你们看见没？”

桌上众人点头道：“看到了。”

他们和顾晏不同。燕绥之对他们而言是前院长，或尊敬或崇拜，都是隔着距离的，说白了就是半个陌生人。他们不会去想自己的理念跟对方的合不合，毕竟不管合还是不合，都没有什么实质影响。

他们甚至根本不会去考虑燕绥之的理念，只带了八层厚的滤镜议论了一阵。

“死者为大，燕院长那么好。”

死者为大的某院长在吃羊排……

“没想到燕院长年轻的时候也被骂过。”

“什么叫年轻的时候……”

“呸，不是，就是指毛头小子刚毕业的时候。”

“毛头小子这个词用在燕院长身上，我怎么听着这么别扭？”

“不管怎么说，我突然受到了鼓舞。”这是洛克小傻子。

“什么玩意儿？”

“争议案子偶尔还是可以接一接的，只要不被寄炸弹。你看，燕院长被骂过还当了院长，成了一级律师，那我以后被骂骂，说不定也行呢？”

燕绥之：“……”

不得不说，关于燕绥之的话题聊完之后，众人一扫之前的丧气，再次活泼了起来。不过燕绥之知道这只是暂时的，以后当他们真正碰到这些事，还会再次经历纠结的抉择。

也许有人会成为第二个顾晏，也许有人会成为第二个柯谨，也许两者皆不是。

在用完午餐回律所的路上，洛克突然问燕绥之：“你怎么了？”

燕绥之一愣：“嗯？”

小傻子虽然傻呵呵的，但对朋友的关心倒是很真诚。他说：“也是因为恐吓快递，还是那些报道？我感觉你好像有点儿心不在焉。”

“有吗？”燕绥之挑眉道。

“有。”洛克道，“刚才吃饭的时候，你就这样一边用消毒纸巾擦手，一边走神。我算了一下，你十根手指反复擦了有五分钟吧。”

燕绥之愣了一下，然后哭笑不得地说：“习惯而已。”

这三天的时间里，“摇头翁”案竟然又有了新的进展。警方在几处现场都发现了新的证据，认定“摇头翁”案还有一个重要的同案犯。

当然，案件的进展情况，警署向来主张封锁，以免影响犯罪嫌疑人的抓捕。

南十字律所这边之所以能听到一些只言片语，都是因为迪恩律师。

有说警署已经开始铺网了……

有说同案犯已经被缉捕归案了……

有说同案犯又逃了……

这天，燕绥之吃完午饭回到办公室的时候，听到的版本已经更新到 5.0 了。

“对了，同案犯确认了。”洛克第五次神秘兮兮地用这个句子开了头。

燕绥之敷衍地“嗯嗯”两声，示意自己听着，问：“这次是迪恩律师在洗手间透露的，还是接通信时无意聊到的？”

洛克也知道自己弄错过好几回，不好意思地挠了挠腮帮子：“不，这次是我老师说的。”

霍布斯？

燕绥之瞥了他一眼：“你老师不是在医院隔离吗？哪儿来的消息？”

“他老人家不是一直没能确诊嘛，今早去做最后一项确认检测，在检测口那边亲眼看到的。”洛克说完又补充了一句，“摇头翁案联合办案小组的负责警官和我老师刚好认识，今天也在医院，说他有点儿公务在身，没多提别的。但是——”

洛克做了个“你懂的”的表情：“还能有什么公务啊，是吧！”

“也许吧。”

洛克嘀咕道：“你说那个二号嫌疑人是病人还是医生？”

“不知道。”

不过说到医生……

燕绥之想起在黑市街见过的蓝眼睛医生，他后来又去那边转过两次，却没再见到那个人了。

一楼，高级事务官的办公室里。

亚当斯一边回复新邮件，一边对顾晏说："……差不多就是这么个情况，警方找上门的时候，那个同案犯张口就要委托律师，而且目标明确，委托函一个小时前发过来了。我本来想替你拒绝掉，让对方另请高明，但是考虑到两点——"

他把智能机的全息屏幕翻转了一个角度，正对顾晏，让他足以看清上面的邮件内容，然后接着道："一方面，我还是要问一下你的意见，虽然我觉得这没什么好考虑的。另一方面，我刚才收到了法律援助委员会那边的邮件，说那个同案犯在发委托函的时候，同时向法律援助委员会提交了一份申请说明，现在委员会也倾向于让你出庭。"

亚当斯说着，异常不爽地"哼"了一声。

顾晏当然明白他在不爽什么。

一级律师的初审名单正在公示期，而他和霍布斯两者之间总要出局一个。相较霍布斯而言，他年轻太多，历来这么年轻就成为一级律师的人太少，不到万不得已，评审委员不会以这种理由来筛人。

现在这种有争议的案子扣到顾晏头上，如果他真的接了，就会陷入一种两难的境地。如果公众对犯罪嫌疑人恶感太强，而他庭辩表现不错，不论是无罪还是减刑，公众对他的评价都会受到影响。但要是他表现平平，甚至敷衍了事，那他作为律师的职责就完全没有履行。

反正无论如何都不是好事。

可这对委员会来说倒是省去了不少麻烦，如果他受影响，委员会便不用费劲在霍布斯和他之间犹豫不决，顺理成章地留下一个就行。这就是委员会倾向于让顾晏接受委托的原因。

顾晏正在翻看亚当斯给他的一部分案件资料，翻完后，他把仿真纸页重新放回桌面，平静道："可以接。"

亚当斯："？"

他一口咖啡呛在喉咙里，咳了个惊天动地："开什么玩笑！"

顾晏看着他："没开玩笑。"

"一级律师啊！朋友！一级律师！你！哎哟，你气死我了——你说，你难不成已经傲到看不起这个了？"亚当斯要闹了。

顾晏："当然不是。"

"那是什么？"

顾晏："如果我们接案子的第一反应是会不会影响到公示，影响成为一级律师，是不是有点儿本末倒置了？"

亚当斯依然瞪着他。

"你去看一眼一级律师名录，有几个是为求稳妥而缩手缩脚的人？"

亚当斯愤愤地说："很多！"

"你冷静一下再说。"

亚当斯说："我很冷静！"

"至少我认定的一级律师不是这样。"

亚当斯不满地质问道："你认定，你认定，你报个名字我听听？"

顾晏端起咖啡，一脸平淡地喝了口，看起来是不打算再跟他纠结这个问题。

亚当斯单方面跟他对峙了好半天，然后崩溃地抓了抓头发："你是不是想看我跳楼？高级事务官不是人啊？看见没，我这一把头发，都是为你掉的。"

"我认识你的第一天，你的发际线就已经这样了。"

亚当斯："……"

他跟顾晏合作多年，也是多年的朋友，当然知道对方性格什么样。顾晏从最开始就不会为了"一级律师"刻意改变什么，对他而言，"一级律师"是努力的状态而不是目的。

半个小时后，亚当斯青着脸妥协，给委员会重新发了一封邮件："行吧，我再探探情况，如果差不多就接。明天给你个准话。"

顾晏从亚当斯办公室出来的时候，智能机屏幕上放着案件资料的拷贝件，那上面附有一张在春藤医院拍到的照片。照片里，警长带着一队穿制服的警员，将那个同案犯围在其中。

那人身上还穿着隔离区的病号服，但看上去并不像普通感染者那么虚弱，反倒一脸傲慢。

那张脸对顾晏来说并不陌生，至少有过一面之缘，就是在赫兰星飞往德卡马的飞梭机上，那个被确诊为阳性的黑发男人，姓季。

“什么事被亚当斯‘骗’过去那么久？”顾晏回到办公室的时候，燕绥之问了一句。

“没什么，可能要接个案子，具体结果要等明天才知道。”案子还没确定下来，顾晏也没有多说。

但是燕绥之却很敏锐：“什么案子？会影响公示？”

“你很在意这个？”

燕绥之搁在桌上交握的手指优雅地点了点，挑眉道：“要看你问的是哪种在意了。如果是我自己的话，公示期该怎么过就怎么过，没什么特别的。如果是你的话，我当然希望你越顺利越好。”

顾晏手里拿着两杯咖啡，一杯他正喝着，另一杯显然是刚倒的，给谁的不言而喻。

他走到燕绥之的办公桌旁，将那杯咖啡递过去，垂目问道：“为什么？”

“什么为什么？”

“为什么希望我越顺利越好？”

燕绥之挑起眉，斟酌了一下，嘴欠地说道：“大概是……出于一种长辈的关爱吧。”

顾晏：“……”

顾大律师面无表情地收回那杯咖啡，转头就走。

“哎——别跑！”燕绥之弯着眼，伸手抓住他，“过会儿陪我去一个地方。”

独来独往惯了的燕大教授主动拽人陪，再加上那双弯弯的眼……这比什么哄人方式都有用。

能拒绝的人也许有，但肯定不姓顾。

傍晚的黑市街比白天热闹很多，毕竟这更符合那些店主们的生物钟——入夜才是一天真正的开始。

以往到了夜里，“牛鬼蛇神”就都出来了，但这些天被警方盯久了，这里装正常杂货街装得自己都信了。尽管这样，依然有些胆子大的借着夜色掩护，瞄准往来行人，塞一些小广告。

燕绥之和顾晏在这条街上走了不到一百米，就被强塞了不下五份小广告。

“学业深造，技能提升，生活复合多元化……”顾大律师生平真没主动来过这条街，他皱着眉头，看了一眼手里的宣传页。

燕绥之一手插兜，优哉游哉地解释：“办假证的吧。”

顾晏翻了一页：“傻瓜式自助游，全程无忧。”

燕绥之：“星际偷渡？”

顾晏的眼神已经变得凉飕飕的了：“设备维修。”

燕绥之：“不记名设备交易和改装？”

顾晏：“隐私权最大化，保障生活健康与安全。”

“反登记反追查吧。”

顾大律师面无表情地冷嗤一声，开始往外放冷气：“所以你让我陪你来这里，就是来接这些广告的？”

“当然不是，这条街我来了两次，注意到了一间店面，但不太适合一个人去。”燕绥之道。

“什么店？”

燕绥之一抬下巴：“刚才给咱俩塞小广告的人已经没剩几个了，你注意到了没？”

顾晏扫了一圈。

还真是这样，那些人手里拿着的纸页原本就不算多，嬉皮笑脸地在街上发了一阵，又各自懒洋洋地散了。但他们并不是回到各自店面，其中有很大一部分人都吊儿郎当地晃去一个地方。

那是一间并不起眼的酒吧。

门庭只有窄窄一道，挤在众多店面里，敷衍地牵了两条装饰灯，花花绿绿的，和整条街的风格完美融合，就连店面招牌都脏兮兮的，上面发光的字母忽闪忽灭。

“Over 酒吧？”顾晏粗略一扫。

谁这么会取名？

燕绥之没忍住，转头笑了一下，又正色道：“没关系，我第一天也没认出来，后来走近了，才看清人家前面还有个‘L’。”

Lover。

“我一开始以为那是个专供情侣约会的地方。”燕绥之说，“这条街上的小酒吧、小酒馆不少，就没在意它，直到那天我发现这里的店主们似乎特别喜欢去那里。”

黑市上的这些店面相互毗邻不是一年两年了，大部分店主都认识彼此，并且有很多消息上的互通。但有很多事情是不能放在明面上聊的，而这种鱼龙混杂的地方往往会有一两处信息集散地。

小酒吧就是个不错的选择。

这种时候最容易说到什么话题呢？当然是跟基因修正小作坊有关的，毕竟这是害他们被盯梢的罪魁祸首，怎么可能不抱怨几句？

如果能混在其中，多少能听到一些东西。

“那地方并不容易混进去。”顾晏一眼就看出了门道。

燕绥之点头：“那是自然，警方也不傻，肯定也试过。”

防止警方混进去的办法只有一个，就是增加伪装难度。伪装成某个独立个体并不难，难的是伪装成跟其他人有牵连关系的人，因为牵连越多就越容易露出破绽。

其中恋人的伪装难度很高。因为就算是真正的恋人，感情里哪怕出现一丁点儿矛盾，都很容易让人看出来不对劲，更何况是伪装的？

燕绥之和顾晏不动声色地看了一会儿，除了那些相互熟悉的店家外，进去的黑市街租客或路人，还真都是成双成对的，怪不得说一个人不合适……

“所以现在进去？”顾晏总是很干脆，抬脚就往那边走。

“等一下。”燕绥之说。

“怎么？”

“你看看那家酒吧的气氛，觉不觉得自己太……衣冠楚楚了？”燕绥之似笑非笑地看着他。

顾晏打量了自己一番，默然几秒，接着一脸平静地松了领带和领口，又脱下大衣搭在手臂上，一边解着袖扣，一边撩起眼皮朝燕绥之看过去：“这样行了？”

燕绥之欣赏了片刻：“还差一点儿。”

他说着，伸手抓了两下顾晏的头发：“这样就更好了。”

麻雀虽小，但五脏俱全。

这家灰扑扑、脏兮兮的小酒吧，门面窄得活像被挤过，但迎宾员、泊车员等，该有的都有。

燕绥之和顾晏进门时，负责迎宾的服务生……不对，服务金刚，一边颔首一边紧紧地盯着他们看了好几眼，手臂和胸前过度饱胀的肌肉几乎要从制服里爆出来。

这是打手假扮的吧？

他挤出一个仿若神经抽搐的笑容，粗声粗气地说：“欢迎光临！黑桃还是红桃？”

黑桃？红桃？

弄这种明晃晃的暗号，大概生怕别人不知道你们有鬼。

燕绥之心里虽然这么说，面上却一派自然，他笑着道：“什么？我没太听明白。”说着他又后退一步，抬头重新望了一眼酒吧的名字，“我们只是路过，看到名字就进来了。怎么，你们在玩什么游戏吗？”

他语调微挑，似乎有些兴致，但又不过分好奇。

这时候，顾晏恰到好处地皱了一下眉，对这个酒吧表现出了一丝轻微的排斥。他轻拽了燕绥之一下：“换一家？”

他声音不高，但足够让服务生听到，又因为他的小动作，服务生的目光下移，看到了他的手——他拽燕绥之的时候并没有五指交握，而是只用两三根手指钩了一下，放松又自然，还多了一分亲昵。

大块头服务生当即就被两位的演技骗过去，打消怀疑，咧着嘴试图表现友好：“是的，我们在搞活动。黑桃和红桃凭感觉任选一个，一会儿会获赠一个相应的礼物。”

两位律师默默地听他编。

这种酒吧筛查严格，但不会完全拒绝路人，甚至是欢迎路人的。因为在被警方盯住时，他们需要真正的客人来当幌子。

“什么礼物？”燕绥之问。

服务生编不下去，眨眼故作神秘：“现在当然不能告诉你们。”

燕绥之冲顾晏挑了挑眉：“你选？我的运气向来不怎么样。”

顾晏依然一副没什么兴趣的模样，淡淡道：“随意，挑个你喜欢的。”

他对这酒吧的态度越是冷淡，服务生的疑心就越小，因此服务生当即附和道：“没错，选个喜欢的就行。”

“是吗？那我喜欢方片。”

服务生：“……”

这位壮汉的目光露出一瞬间的狐疑，但很快正色，依然在履行他的职责：“呃……我们只有黑桃和红桃两个选项。”

燕绥之点点头，又笑了一下：“真没有方片？”

服务生的反应也有点儿奇怪，他似乎更犹豫了，甚至有一点儿刚才所没有的……恭敬？

他的目光在燕绥之和顾晏两人之间来回几次，最终下定决心道：“好吧，好吧，我知道了……E 区接待！”

跟着领路员往里走时，燕绥之不动声色地放慢了脚步。

在他身后，那个服务生在门边木然矗立，敲了敲耳扣，语气毫无波澜地跟人吐槽：“刚才来了两人，我差点儿以为…… ”不知道他说了句什么，又接着抱怨道，“说起来，老板呢？我在门口被小情侣们瞎了三天眼，能不能放我回保镖岗？”

不知道对面回了句什么。

服务生骂骂咧咧一句，再次敲了一下耳扣，那是切断通信的动作。紧接着他抬头冲新进门的客人道：“欢迎光临！黑桃还是红桃？”

客人：“红桃。”

服务生喊道：“A 区接待！”

燕绥之挑了眉，跟着领路员进了内厅。两人在 E 区角落的一个卡座坐下。

整个酒吧里灯光昏暗、暧昧，驻唱歌手也不知道哪里在痛，哼哼唧唧地哼唱着。这里的卡座设计很对得起酒吧招牌，弯出一个类似“L”的弧度，半包围住坐在里面的人，有种开放中混杂着私密的感觉。

燕绥之进门的时候粗略扫过酒吧，发现这里一共分为 A-E 五个区域，而每两个区域之间用水墙半隔开。

他们两个挑的位置就紧靠水墙，算 C 区和 E 区交界处。从他们坐的角度能看到所有 E 区和部分 C 区的卡座。

顾晏一进到酒吧里，就感觉自己被某人骗了——明明有些客人穿得比他们还正经。

“C 区第三个卡座，那个人帽子、口罩都没摘。”顾晏说着，不咸不淡地瞥了燕绥之一眼，合理怀疑刚才某人弄乱他的头发，只是单纯的手欠。

燕绥之抬头看过去的时候，那客人刚巧侧身跟旁边的人说话，看不见模样。

“长得太突出，打扮就得随大流一点儿。”燕绥之收回视线，噙着笑意冲顾晏眨了眨眼睛，“别学那一两个另类，容易引起关注。”

这时，服务生热情地递上酒单：“点单后我们会送过来，调酒吧台不接受直接点酒。”

燕绥之随便点了几种，服务生便离开，去问其他刚落座的客人。

分到哪个区乍一看是服务生随机安排，但每个区的客人疏密相差很大——E 区的人很多，A 区最嘈杂，时不时还有大嗓门夹杂着一句骂声，B 区其次。C、D 两个区的人却非常少，到处是空座。

“除了路人，答红桃的都去了 A 区？”燕绥之说着，又扫了眼自己周围，“E 区应该都是路人。”

有几对情侣从进来起就亲个没完没了，离他们最近的一对声音很大，想忽略都不行，一看就是纯浪的路人。

那么黑桃呢？

剩下的那三个区又是怎么分配的？

如果真是“黑桃、红桃、路人”这么分的话，为什么还要分成五个区，三个区就足够了。

顾晏不动声色地朝 C 区的几个卡座抬了抬下巴。其中有一个人在起身去拿酒的时候，对另一个位置上的人点头聊了两句，接着在路过另一个卡座时，他玩笑似的拍了拍里面两人的肩膀。

应该都是认识的。

顾晏想起燕绥之刚刚文不对题的回答，问：“你为什么选方片？”

“陈章告诉我，他去黑市街自报家门时说了一句话。”燕绥之道，“他说‘是方片先生介绍我来的’，于是刚才服务生问那个问题时，我突然想起来了。”

如果除了红桃、黑桃之外，还有两个隐藏答案——方片和草花，那么五个区就可以解释了。A、B、C、D 是扑克的四种花色，在他们的暗语中，分别代表着四种角色，而 E 区则是显而易见的路人，不管他们回答红桃还是黑桃，都会被安排在这里。

没多会儿，一个扎着辫子的年轻调酒师玩了几个花式，端着两个托盘走到了 E 区。

“刚才在门口选了花色的，你们的礼物来啦。”

年轻情侣们捧场地吹起了口哨。

“谢谢，那先从你们开始。”调酒师眨了一下眼睛，走过去问其中一对，“你们选的是红桃还是黑桃？”

“黑桃。”

“喏——”调酒师将左手的托盘递过去，那上面每杯酒都是黑色的，“一杯星云，夹一颗冰块放进去试试。”

那对情侣拿了一杯照做，冰块进去的时候，生出一捧细密的气泡，像一团星雾，跟黑色酒液接触的过程中瞬间变色，泛着明蓝，边缘又微微泛紫，还真挺像宇宙星云。

那两个年轻人配合地发出一声惊叹，调酒师万分满意，又转向另一对。

“也是黑桃？好吧。”他再次把左手的托盘递过去。

送出去三杯星云，其中还有一对情侣说自己没选，调酒师笑着说：“那送你俩一人一个吻吧。”

说完他把两个托盘递给路过的服务生，居然真的拉起那两位客人的手，一人啄了一下。客人反应不及，哭笑不得。

没多会儿，他便转到了燕绥之和顾晏面前。

“你们选的什么呢？”他说，“红桃还是黑桃？该有红桃了吧？”

燕绥之特别坦然道："方片，有礼物吗？"

"方片？"

调酒师果然一愣，目光下意识地朝C区瞥了一眼，又飞快地收回。

两人了然。

调酒师很快意识到燕绥之在开玩笑，哈哈笑了两声："那怎么办，我没有准备给方片的酒，要不这样，送你个热吻吧！"

靠在椅背上的顾大律师突然纡尊降贵地开了口，语气特别冷淡："红桃，谢谢。"

燕绥之笑起来，伸手从没人动过的那边托盘里拿了一杯酒，礼貌地比了个"请"的手势，示意这位调酒师赶紧走。

调酒师下意识转了身，走了没两步又想起什么般，回头说："啊，对了，那杯是大地之心，你用——"

还没说完，燕绥之就已经拿起桌上调节氛围的香薰烛，用火烤了一下杯壁。那杯酒原本下层透明，上层浮着一抹红，被火一烫，那层红色的倏然翻滚着渗透下去。

"……香薰烛烤一下。"调酒师慢了半拍，嘟囔着说完，叹了口气伤心地走了。

燕绥之把杯子往顾晏面前推了推："你挑的酒你喝。"然后他当着顾晏的面，把智能机的备注界面调出来，改成了"醋熘顾晏"。

顾晏没开口，一脸平静地端起杯子，喝掉那杯大地之心，又撩起眼皮沉沉地看了燕绥之一眼："我觉得有必要提醒你一句，我记忆力很好。"

"威胁？"燕绥之挑起眉。

"不是。"顾晏淡淡道，"告知。"

他说着把空杯放回桌上，道："今晚来这里的目的是不是达不成了？"

燕绥之"嗯"了一声，有些遗憾："看来是这样。"

他们原本打算从那些店主的聊天和抱怨中挑拣些关于基因调整的有用信息，但这么一分区，他们显然听不到什么了。

顾晏站起身，道："那走吧。"

说话间，C区有两个人走了出来，其中一个戴着帽子和口罩，正是之前燕绥之没看清的那个人。他们似乎要穿过 E 区往外走，灯火摇晃过去，从那人脸上一掠而过。

燕绥之看到了一双蓝色的眼睛。

是那位医生！

灯光紧接着从燕绥之和顾晏身上绕过，那双蓝眼睛看了过来。

上次在楼道里，燕绥之戴着口罩，但眉眼是露着的。不知道昏暗的光线下，对方有没有看清他的模样，对他的眉眼还有没有印象。如果很不巧地留有印象，那这次再碰到就不太妙了，有点儿警惕的人一定会起疑心。

蓝眼睛的目光投落到这边时明显愣了一下。

燕绥之心说：自己的运气是好不了了，这眼神明显是认出来了。

现在的人观察力、记忆力都这么好了？燕绥之仍然觉得有点儿诧异。

跟蓝眼睛并肩走着的是一个中年男人，头发梳得一丝不苟，一身行头，看着就价格不菲。他一边翻看智能机，一边在跟蓝眼睛说话，后半句话伴着酒吧音乐，隐隐约约传进燕绥之耳里。

“其他的就没什么要交代的了。我去港口，需要送你去医院吗？刚好顺路。”

酒吧里除了针对路人的 E 区，其他区域都是“内部人士”，估计没几对情侣，至少这两人绝对不是，他们一看就是来谈事情的。

中年男人没有听到回答，纳闷地抬起头，这才注意到蓝眼睛的目光。

“在看什么？”他顺着蓝眼睛的视线看过来，表情倏然警惕起来。

心里有鬼的人才会这么敏感。

但他显然在这酒吧里有些地位，面色稍微一变，两个往来的服务生都停住了脚步。

事实证明，燕大教授真正想要飙演技的时候，演技还是很到位的。他用比那个中年男人还疑惑的眼光，低头打量了自己一番，然后重新看向蓝眼睛，目光中含着不解和莫名其妙的意味。

被人认出来了怎么办？只能假装自己根本没记住对方了。

蓝眼睛收回目光，冲那个中年男人道：“没什么，职业病。”

中年男人放松下来，笑了一下，道：“这能有什么职业病？”

“刚才灯光在他脸边晃出一片红色，我以为是感染起的疹子。”蓝眼睛如此说道。

“哦，这样。”中年男人哼笑，“我刚才说的你听见没？问你回不回，我刚好送你。”

蓝眼睛摇了摇头：“我回 B 区，慢走。”

他的声音闷在口罩里，似乎刻意压着嗓子，让人听不出本音。

那个中年男人也没逗留，冲两个警惕的服务生挥了挥手，示意没事，一边穿大衣一边朝酒吧大门的方向走去。他抬手翻大衣领子的时候，袖口缩了一截，露出手腕上戴的东西。

顾晏站在桌旁等燕绥之拿东西，目光刚好从那东西上扫过。

那是一串手链，看起来像是乌木之类的东西，削磨成珠。在那些黑色的大颗圆珠中间，吊着一个菱形的红色金属片，正是扑克牌的“方片”。

奇怪的是，这种样式的串珠顾晏居然觉得有点儿似曾相识。

两人从酒吧出来的时候，黑市街依然热闹。那个中年男人钻进一辆豪车里，带着另外两辆车离开了这条街，显然对防追踪经验丰富。

燕绥之和顾晏也上了车，自动驾驶开启，带着他们往城中花园的方向行驶。

“刚才怎么回事？”顾晏问，“那个戴着帽子、口罩的人你见过？”

“我之前来黑市街找过那家做基因修正的作坊，当时便衣和警员太多，各家都很收敛，查不到什么明确线索，只在楼道里见过那个人。他应该是作坊里的人之一，本职是医生。”

“医生……”顾晏思索片刻，“还有什么特点？”

燕绥之：“蓝眼睛。”

顾晏：“除此以外？”

燕绥之：“男的。”

顾晏：“……”

一个蓝眼睛的男性医生。

多细致的特点。

照这个条件在德卡马筛选，没有百来万人，也有几十万吧。

就在顾晏有些无语的时候，燕绥之突然朝他伸出手。燕绥之修长的手指放松地微屈着，蒙住顾晏下半张脸，家里那款洗手剂浅淡、干净的香味萦绕过来。

顾晏一时弄不明白这人要做什么，只愣了一下，燕绥之便撤开了手。

“怎么？”顾晏疑问道。

刚问完，燕绥之的手又蒙了上来。

顾晏：“……”

“做个试验。”燕绥之说。

这么来来回回好几次，顾大律师终于耐不住了，一把抓住他的手腕：“试完了？”

燕绥之“啧”了一声。

“干扰因素太强。”说完他看到顾晏凉丝丝的表情，莞尔道，“记忆力很好的顾律师，问你一个问题。”

“说。”

“假设我对你而言是个陌生人。”燕绥之这次掩住了自己的下半张脸，只露出清晰好看的眉眼和一部分鼻梁，“光线很暗，而你只看到了我上半张脸。”

他回忆了一下，又更正道：“准确说来，不是看到，而是这样一扫而过。那么好几天后，你冷不丁再见到我，这次没有任何遮挡，光线依然昏暗，你能立刻认出我吗？”

顾晏：“……”

别说挡脸了，没脸都能认。

顾晏偏开头道：“还是换个路人假设吧。”

不过假设或是试验都只是为了确认，事实上他们不做这些也能有个大致答案。

在昏暗的灯光下，那样简简单单的一瞥会有印象吗？当然有。

“如果第二次穿着类似的衣服，跟前一次一样戴着口罩，在同样略微昏暗的灯光下，确实有立刻认出来的可能。摘了口罩，反而可能性不大。”顾晏说。

因为在那种前提下记住的并不是真正的五官细节，而是那个场景。百分之七十复刻那个场景时，就很容易让看过的人产生联想。就像那个医生两次都戴着帽子和口罩，露出一双蓝眼睛，燕绥之很快就认出来了。

是那双蓝眼睛长得特别好认吗？不是。一条大街上蓝眼睛的人能占三分之一，根本不能算什么特征。燕绥之能认出来，只是因为对方的装扮跟之前很像。

“刚才在酒吧，我想错了方向。”燕绥之道，“那个蓝眼睛医生看过来的时候，我下意识认为他对楼道里的我有印象，并且认出来了。现在细想又觉得不太对。那天在楼道，他可能根本没有看清我的样子，也就无所谓有没有印象。他刚才之所以愣一下，是因为本身就认识我。”

“他认识我，我可能也认识他，或者见过他。”燕绥之笃定道，“但远没有到熟悉的程度。”

如果熟悉，即便只露出眼睛，燕绥之也肯定能认出来。所以他可能只见过这个人一两面，但没有仔细看过对方的脸。

一个见过但不算熟悉的蓝眼睛医生。

这比刚才假设的范围缩小了一大圈，但对于两位律师来说依然不算好找。除了法院警署看守所，医院大概是他们去得最多的地方，打过交道的医生也数不胜数，蓝眼睛的同样很多。

好在刚才那个中年男人说过一句还算有用的话。

他说：“我去港口，需要送你去医院吗？刚好顺路。”

两人把行车地图调出来，黑市街到港口自动规划出三条路线。

燕绥之把上次见过蓝眼睛步行离开黑市街时所走的方向，和现在这三条路线相结合，当即筛除两条，只剩下最后一条。

“在这条路线两边的医院……”顾晏点了两下，地图上这条路线两边所有医疗诊所都被打上标记。

一共三个卫生中心和一所医院。

“区立中心医院。”燕绥之念出那所医院的名字，挑眉道，“那就怪了——”

如果是春藤、中央、夏花之类的医院，他倒能有些答案，偏偏是这所区立中心医院。

这所医院他还真没去过。

线索到这里似乎断了一截，又变成了云山雾罩的状态。

第六章　贺拉斯·季

这天夜里，燕绥之接到了房东的通信，他愣了一会儿才反应过来，七天的试租期居然快要过了。

“你考虑得怎么样？”房东说，“应该住得不错吧？不瞒你说，我后续合同都准备好了。”

燕绥之道：“很抱歉，我应该租不了了。”

顾晏端着一杯水，原本只是上楼来跟燕绥之说声晚安。结果一听到“租”这个字，顾大律师当即改了主意，靠在门边不走了，大有通信聊多久他就等多久的架势。

燕绥之干脆摘了耳扣，改成外放。房东的声音清清楚楚地在房间里响起来，还有点儿委屈：“为什么？我这么好的房子，租金还不贵，上哪儿找更好的？”

顾晏一脸冷漠，喝了一口水。

燕绥之道：“确实，不过我可能满足不了你的条件，所以很遗憾。”

房东反应不过来：“什么条件？”

“你忘了？”

房东不知想到了什么，好半天没说话，估计是遭了雷劈。

燕绥之等了一会儿，只等到了突如其来的忙音——房东二话不说切断了通信，看来刺激不小，燕大教授哭笑不得。

沙沙的脚步声缓缓接近，一片影子投落下来。

燕绥之坐在床边，不紧不慢地给房东发了一条信息，嘴里却说着：“你把我的房东气走了。”

他抬起头，看见顾晏站在面前，弯腰把那杯水搁在床头柜上，又双手插着口袋重新站直身体：“为什么赖到我头上？”

“算了，这不重要。”燕绥之一边打字一边逗着顾晏，“刚刚我忽然想起一些事。”

“什么？”

“今晚酒吧的那杯大地之心，我很多年前就尝过，大概十一二岁的时候吧。”燕绥之说，“那时候家里的管家会调酒，我那天百无聊赖，骗着他给我调了一杯。”

他说着话语一转，玩味似的问顾晏：“你那时候是不是刚出生？”

顾晏：“……”

他面无表情，看起来有点儿头疼，大概是疑惑自己为什么会容忍这么个不爱说人话的混账。

燕绥之过了嘴瘾，又赶紧撸了两把薄荷叶子算作安抚：“还以为你又要被我气跑了。”

顾晏看着他，低低沉沉地“嗯”了一声：“我也这么以为，但是脚不想动。”

“那就不动，这是你的房子。”

顾晏却说：“这是你的房间。”

燕绥之愣了一下。

“你有权要求任何一个人从这里出去。”顾晏说，“包括我。”

他希望燕绥之能试着把这里当成一处归属，不受限制，不受打扰，想独处时可以理直气壮地将任何人拒之门外，也不用碍于任何原因四处辗转，搬来搬去。

顾晏的声音沉缓如水，明明说得很平静，却让燕绥之心里倏然一软。

他忽然不知道该说什么。

平日里混账话、玩笑话从没少说，好像碰上什么他都能应接自如，但真到了有些时候，他却嘴拙起来，总找不到合适的词。

燕绥之看了顾晏好一会儿，忽然带着笑意，轻叹了一口气："我上一回这样找不到词，还是十来岁过生日的时候。"

父母十几年如一日地说着温柔的祝福语，他也十几年如一日找不到合适的词汇去匹配，最终只能佯装随意地回一句"放心"或是"没问题"。

但对着顾晏，这样的回答又太过随意。

"我好像撞了个大运。"他说。

"不会。"顾晏低声道，"我有所图的。"

他当然不是什么无欲无求的圣人，他其实很贪心。

在习惯一个朝夕相处的同伴之前，他希望燕绥之能先习惯这个归属地，就像习惯一个家。这样，如果以后碰到摩擦或分歧，燕绥之想到的会是回到自己房间，而不是离开这里。

这并不是简简单单一句"好"就能做到的，但刚好，他有足够的克制力和耐心。

大清早，南十字律所的气氛就活像丧葬馆似的。根本原因在于高级事务官亚当斯顶着一张上坟脸，楼上楼下来回晃了好几遍。

所里大律师不多，都各有各的事情，根本没来办公室。实习生像留守儿童似的，撑起律所里百分之八十的人气。这帮年轻学生有点儿承受不来这种氛围，纷纷摸出智能机，在联络群里疯狂议论。

安娜：事务官先生早饭吃到虫了？怎么好像浑身不痛快。

亨利：虫做错了什么？

洛克：我们又做错了什么？

菲莉达：崩溃，他第七次从我这边路过了，现在正在茶水间绿着脸喝咖啡，再过十分钟，你们会看到我渴死的尸体。洛克，你人呢？

洛克：洗手间。亚当斯先生什么时候下楼，我什么时候回。

菲莉达：……

亨利：好了，我看到菲兹小姐蹬着高跟鞋去堵枪眼了。菲兹小姐今天真是美极了。我去茶水间偷听一下是怎么回事。

安娜：一路走好。

两分钟后，亨利的消息蹦了出来：啊……我总算知道是怎么回事了！

菲莉达：别卖关子，说！

亨利：摇头翁案，二号被告的辩护律师定下来了，是顾律师。

一听跟顾晏有关，安娜、菲莉达都蹦出来了。

安娜：啊？怎么回事？为什么是顾律师？你确定？

菲莉达：不可能吧，顾律师不是正在公示期吗？

亨利：我不知道，我只知道亚当斯先生差点儿想用开水洗头，好冷静一下。

群里静默五秒，然后所有人不约而同地开始疯狂召唤燕绥之。

看到群内聊天内容的时候，燕绥之刚从顾晏的飞梭车上下来。他揉了揉自己被振麻的手指，纡尊降贵地看了一眼群里小傻子们的讨论后，回复道：？

实习生们被这种级别的敷衍震住了，又愣了几秒，而后开始一句接一句地蹦豆子：

——阮！你看到刚才亨利说的没？

——顾律师真接“摇头翁”的案子了？

——你今天怎么没在律所？

——能让顾律师把亚当斯先生支走吗？

燕绥之回道：没看。对。我在春藤医院。不能。

众人发了一串串长长的省略号。

那之后他们再聊了些什么，燕绥之就没看了。他回完信息就收起了界面，跟锁了车的顾晏一起进了电梯，直奔春藤医院感染中心十一层。

这天早上刚到南十字，顾晏就去了高级事务官亚当斯的办公室，五分钟之后顾晏拿着签完字的委托函出来，徒留亚当斯一个人在里面以头撞柱、撞桌子、撞书柜。

“在聊什么？”顾晏问。

“在聊你的事务官会不会被你气死。”燕绥之笑着道，“据说剧情已经发展到他杵在茶水间，要用开水洗头了。”

顾晏：“……”

感染中心这边异常忙碌，他们刚出电梯，就差点儿跟一位小护士迎面撞上。两人眼明手快，绅士地扶了一下小护士的肩膀。

“抱歉。”

“没关系，没关系——”小护士连忙摆手，又冲后面招呼道，“林医生，电梯到了。”

林医生？

燕绥之循声看去，就见一个熟人匆匆往电梯这边跑，正是上次帮他们弄基因检测的林原。

“咦？是你们两个？”林原愣了一下。

也许是黑市街那个医生弄出来的后遗症，燕绥之见到他时，先下意识看向他的眼睛。

很遗憾，不是蓝色。

“怎么来这儿了？感染中心可不是好玩的。”

“来会见当事人。”顾晏道。

“当事人？”林原问，“谁？”

“一个感染患者，姓季。”

林原“啊”了一声，表情变得有点儿古怪。

“怎么？这个患者有什么问题？”

林原医生可能碍于职业礼貌，敛了神色，有些尴尬地说道：“也不是问题，呃——还好吧。不妄议，不妄议。”

他摆了摆手：“这两天警署一直盯着这边，我没想到辩护律师会是你们。我们打过几次交道，好歹算朋友，多嘴提醒一句这案子好像挺容易惹麻烦的，医院这几天都被弄得没个消停，你们还是……小心点儿吧。”

“谢谢。”

玻璃电梯降了下去，把林原他们往楼下送。

燕绥之瞥了一眼林原的背影，跟顾晏一起穿过走廊，说道：“林医生最后想说的话，好像并不是让我们小心一点儿。”

顾晏“嗯”了一声：“看得出来，中途改口了。”

“他原本打算说什么？”燕绥之若有所思。

那个口型像是要说“别”这个字，只不过林原抿了嘴唇又松开，最终还是只说了“小心一点儿”。

可是他想说别什么呢？

别掺和？别接这个案子？别为那个嫌疑人辩护？

“这倒不是重点。”顾晏道。

重点是他为什么会提醒这些。

这么说起来，林原有时候的表现确实值得琢磨。两人略微回想了一番——在酒城因为烫伤就诊那次，林原就顺手帮过燕绥之一个忙。

当时燕绥之的医疗记录一片空白，这其实有点儿反常。正常人，譬如熊孩子约书亚就第一时间发现了，并且很诧异。但林原没有，如果不是约书亚嚷嚷，他甚至都没有注意到这个问题。

现在想来，他究竟是真的没注意，还是看到了，但刻意没提？

即便被约书亚提醒了，他也没去细究“医疗记录为什么会一片空白”，甚至把一次诊疗内容分成三部分来写，帮燕绥之把记录做得好看一些。

春藤医院的医生已经贴心到这种程度了？

还有上次的基因检测。

林原说，原本安排的医生不是他而是卷毛，只是因为卷毛医生有位表姐死在医疗事故里，那两天抽不开身，所以碰巧改成他来代劳。

究竟是不是真的碰巧？

他当时离开检测室时，也对燕绥之他们说了一句“小心一点儿”。那时候，燕绥之下意识以为他是让他们小心使用设备仪器，但如果不是呢？

如果他是在提醒燕绥之和顾晏谨慎一点儿呢？

燕绥之回想片刻，又摇了摇头，说：“不能细想。”

“嗯？”

“抱着某种猜想去看问题，越看越觉得处处吻合，疑人偷斧。”燕绥之挑眉道，“再想下去，恐怕就都是我主观臆造的东西了。”

“你还会主观臆造？”顾晏瞥了他一眼。

在法学院历届学生的眼里，燕绥之做什么事都从容淡定，少有感性或过分主观的时候。

燕大教授一本正经地说：“当然，比如我现在看你，就主观臆造了很多东西，想知道吗？”

顾晏直觉不是什么好事，斩钉截铁道："不想。"

燕绥之"啧"了一声："你怎么这样？"

这层走廊最里面的特殊病房前，人最多，也最安静。

病房门口守着六名警员，左三右三地坐在长凳上，两名负责盯着房内的人，两名负责盯走廊往来的人，还有两名警员在跟医生、护士交谈。

燕绥之和顾晏走过去的时候，负责盯走廊的两名警员瞬间警惕，老远就冲他们抬了抬下巴，问："什么人？找病房的话别在这里找，去前面！"

"摇头翁"案联盟各处关注度都不低，这些警员压力不小，估计没好好休息过，各个双眼下都吊着横占半张脸的黑眼圈，语气自然也温和不到哪里去。

"律师。"顾晏言简意赅地表明身份。

"哦——你就是那位辩护律师？"守在门口的六名警员全都看了过来，就连交谈中的医生、护士也跟着投来了目光。

听说那个当事人的嘴比蚌都紧，怎么也撬不开，一定要等律师到了才肯开口，是根十足的老油条，留守的警员和相关医生、护士都万分头疼。

早在律师真正就位之前，他们就已经迁怒过一遍了。这会儿见到顾晏，所有人都摆上了一张晚娘脸，活像吃了隔夜饭。

医生："患者刚做完晨检，护士正在给他调营养机，你们现在可以进去了。"

"他目前是什么情况？"顾晏问。

说到这个，医生就拉着一张脸："患者的反应相对其他人要慢很多，虽然检测呈阳性，但目前并没有出现相应的症状。"

整个感染中心，所有感染者都备受煎熬，要死要活，偏偏这个牵涉到大案子的犯罪嫌疑人屁事没有。早中晚三次营养针按规定还不能少。打完针，他就天天趴在窗台上招虫子逗鸟。

今早他还说了句特别气人的话："来医院没几天，我居然胖了三斤。"

燕绥之和顾晏进病房的时候，小护士正拉扯着营养机最后一根针管，冲窗边的人道："请您侧头配合一下，最后这针要扎在耳根。"

小护士在自己耳朵相同的位置比画了一下，试图让病人低下头。

那人一头黑色短发，个头算得上高，手臂肌肉很结实，除了那身病号服，浑身上下找不出第二个跟“病人”沾边的点。

他冲小护士调笑地眨了一下眼睛：“有客人来了，我先迎个客。”说完，他转头就朝顾晏这边走来。

小护士一针又没扎上，一脸无奈地跟在后面。

他个子高，腿长，走个三四步，小护士就得一溜小跑才能追上，还得他配合低头，不然手里的针都扎不到位置。

顾晏轻轻皱了下眉。

刚见面就这么不讨喜，也算一种能耐。

“啊，居然是你，幸会幸会。”他冲顾晏伸出手来，“贺拉斯·季。”

“顾晏。”

借着他俩说话的机会，燕绥之冲小护士微笑了一下，招了招手，无声说：“给我。”

小护士没反应过来，被他的笑弄得云里雾里，愣愣地就把手里最后一根连着针头的管线给他了。

贺拉斯·季又朝燕绥之转过来，挑眉问：“你是——”

燕绥之：“我是顾律师的实习生。”

“哦，幸会。”贺拉斯·季说着又伸出手来。

燕绥之坦然握上，抓住对方的时候不轻不重地一拽，贺拉斯·季微微踉跄了半步，被燕绥之一针戳在耳根处。

他扎针可不像小姑娘那么讲究轻重手法，对准位置就行，所以体验很不美妙。

“咝——”贺拉斯·季被扎得一痛，倏然撒开燕绥之的手，下意识捂着耳根抽了一口气。

燕绥之转头问小护士：“扎准了没？”

小护士点点头，小声说：“准的。”

燕绥之又冲瞪着眼睛的贺拉斯·季道：“不用谢。”

贺拉斯·季：“……”

谁要谢你了！

小护士看看难伺候的病患，又看看冷冰冰的律师，还有带着笑的实习生，突然想起了什么，脸色一变。

她急忙从托盘里拿了两个专用口罩出来："我说感觉你们脸上少了什么，进病房前应该有护士给你们发口罩的呀。是忘了吗？赶紧戴上。"

燕绥之自己都忘了，道："刚才只顾着聊这位季先生的病情了。"

这话刚说完，门外的小护士匆匆推门进来，一脸惊慌："我刚刚忘了——"

"这个？"燕绥之冲她晃了晃手里的口罩，"没事，补得很及时。"他说着把手里的口罩递给顾晏一个，自己戴上了另一个。

小护士还是不放心，她指了指无声散着水雾的墙角："这栋楼是全天不间断消毒的，一会儿没戴应该不至于出什么问题，但是保险起见，你们一个小时后再去检测一下。"

"对，说明是我忘了把口罩给你们。"门口的小护士歉疚极了，"不会收任何费用，实在对不起。"

"没事，我们会记得过去的。"顾晏戴上口罩。

燕绥之又冲小护士道："对了，把这间病房区域的监控先关一下，劳驾。"

律师会见当事人的时候不受任何监控，之前都是在看守所会见当事人，管教们知道规矩，会主动关掉各种监控设备。但这次情况比较特殊，医院这边未必会记得这些。

小护士一愣："哦哦，好的。我去这层的监控室说一下。"说完，她便忙不迭抱着医用托盘跑了。没过一会儿，房间顶上一角的小红灯便熄了。

在看守所的时候，监控小红灯一熄，犯罪嫌疑人总会下意识地放松肌肉，但贺拉斯·季的脑子长得跟一般犯罪嫌疑人不一样。他瞥了那个熄了的小红灯一眼，似乎更不爽了，然后他就把这种不爽又加注到了实习生身上。

他抬手将自己的头发朝后捋了两下，再转回身来，脸上挂着勉强算得上客气的笑，对顾晏道："这种场合实习生也起不了什么作用吧，挺碍事的，能请他出去吗？"

顾晏一脸平静地说："不能。"

贺拉斯·季："……"

他嘴唇动了一下，有点儿欲言又止，不知道是想骂人但忍住了，还是想反驳但没找到词。

他绷着脸，过了一会儿突然开口：“我之前就听说过你的名字，好像最近还上了什么公示名单？我以为这么年轻就能当上一级律师的人会特别有职业操守。律师的职责难道不是维护当事人的利益？这个实习生真的很不讨我喜欢。”

顾晏：“过奖，不过我并不是一级律师。”

真正的一级律师就在旁边，顶着个“碍事实习生”的帽子，刚气完人，正在装无辜。

“我当然会维护你在这件案子里应有的利益，这点毋庸置疑。至于实习生……”顾晏拉开一把椅子，冷淡地瞥了贺拉斯·季一眼，不咸不淡地反问，“他作为我的实习生，讨我喜欢就够了，为什么要讨你喜欢？”

贺拉斯·季快气炸了。

顾晏：“还有什么问题？”

贺拉斯·季抿着嘴唇缓了几秒，点头道：“好。”

他走回病床边坐下，智能营养机跟着他的脚步嗡嗡移动，自动挪到了床边。他又重复了一遍：“好。”

说完，他的目光落到顾晏身上，深棕色的眸子眯了起来，重新打量起自己请来的律师：“我还是头一回碰到你这样的律师，还有这样的实习生，能说有其师必有其徒吗？”

某种意义上，这话也没说错，只不过师徒关系反了。

燕绥之朝顾晏瞥了一眼，笑着对贺拉斯·季说：“过奖。”

贺拉斯·季：“……”

我并不是在夸你们好吗？

他又抬手把自己两鬓的头发往后捋了一下，在这过程中，脸色几经变换，最终平静下来：“行吧，虽然刚才的交谈并不那么……令人愉快，但你的能力应该还是值得相信的。”

顾晏没答他这句，而是在椅子上坐下：“说说案子。”

“你们说，我记录。”燕绥之坐在顾晏身边，膝上搁着一面简易版记录页，手上握着一支电子笔。

贺拉斯·季想了想，问道：“从哪里说起？解释警方掌握的那些证据？还是这段时间我都去了哪里，做了什么？”

燕绥之挑了挑眉。

这个贺拉斯·季的反应总跟常人不一样。

没有一上来就强调自己的无辜，说明他确实跟案子有关联，或者他并不在意自己会不会被认定为无罪。

没有找到切入口，说明他对案子并不完全清楚，一时间无法下脚。

没有沉默以对，也没有抵触情绪，说明现在的局面不存在“被迫”，而是他自愿的。

还有刚才贺拉斯·季对待监控的态度……

有什么人会在这种场合下希望监控开着，或者说担心监控关闭？

很明显，贺拉斯·季怀揣着一丝担心和不安，他担心监控关闭之后会有人对他不利，所以希望监控一直开着。

燕绥之面上不动声色，心里却已经将这个当事人的状况条理清晰地理了一遍——贺拉斯·季应该是感受到了什么威胁，出于自我保护的目的，将自己安置在警方全天候的盯守之下，甚至不介意干脆被关押一段时间。

这个隔离区的特殊病房有监控、有警方，有不断往来确认他身体状况的医生和护士。因为他犯罪嫌疑人的身份，这些医生、护士还不能关门，不论是做检查还是治疗，都要在警方的眼皮子底下。

这里对贺拉斯·季来说，大概是最有安全感的地方了。

如果真是这样，那他在隔离病房还能长胖，能招虫逗鸟，就太容易理解了。

不过这终归只是一种猜想，具体还得再看贺拉斯·季会说些什么。

顾晏一点儿情绪都没放在脸上，听了贺拉斯·季的话，他也没多言，只从存储器里调出案件资料翻了两页，道：“从红石星十月三号那天开始说吧。”

他收到的案件资料其实只有一部分证据信息，其余的高级事务官亚当斯还在整合，估计这两天能再打包一份给他，但他并没有把证据一个一个扔出来问贺拉斯·季。

按照联盟律法规定，上庭之前，这些证据信息是不能直接告知犯罪嫌疑人的，犯罪嫌疑人也无权翻阅。这就像一名律师不能同时为同案的两名被告人做辩护，怕有人沟通串供一样，都是防止犯罪嫌疑人编造谎言、洗脱罪名的手段。

证据中显示，红石星那名老人于十月三号带了工具去边郊钓鱼。那片湖附近没有任何摄像装置，根据现场痕迹来看，应该是被犯罪嫌疑人引到了林子外的路上，弄晕后塞进车内，再带去了位于黑岩区的一处废弃仓库。

黑岩区曾经矿线多，地下的贮存仓库也多。后来经过几十年甚至百年的时间，矿线被开发得差不多了，需要换线，那些仓库就都成了废弃地。

因为宜居星球多，地也多，那些废弃地很少会被修缮改造，挪作他用——这是很多星球老矿区的常见情况。

“摇头翁”案中的仓库就都是这种。跟“摇头翁”案中大多数老人们的情况一样，那位叫作麦克•奥登的也是个寡居老人，所以失踪很久都没人注意到。

他在十月三号傍晚被困缚于黑岩区九号中型仓库，装在一个铁笼子里。笼子一侧装有一个铁槽，槽内分两个区域，一个放水，一个放食物。老人如果饿了、渴了，就得趴在那侧栏杆上，伸手去槽里捞点儿吃的或喝的。

奥登老人含糊的话语表明，他被人“切开了皮肤，扎了针”，还认为“有狼和怪物往身上扑，必须将它们弄开，所以抓、挠、割、撞，什么方法都试了”，这应该是他身上那些虐待痕迹的由来。警方的证据则表明，奥登体内有某种致幻毒剂的残留痕迹。

这种毒剂先会让人出现幻觉，然后逐渐陷入疯癫。

奥登老人被找到的第二天，体内的毒剂残留痕迹就开始淡化，第三天就检测不出来了。

这些细节在纷纷扬扬的报道中没出现过，顾晏还是今早从亚当斯那边收到第一批案件资料时才看到的，看完他就带着燕绥之直奔医院。

一方面是尽早会见当事人，另一方面……这种致幻毒剂的反应状态，让他们想起了柯谨。

这一行做久了都会有点儿职业病，非常忌讳毫无证据的推论。每当来了直觉，他们总会下意识去找点儿印证，找得到就保留猜想，找不到就理性忽略。这大概是“无罪推定”的日常生活版。

但这次算个例外，他们从早上拿到案件初期资料，就总会想起柯谨。直到他们见完贺拉斯•季，这种并无证据的联想依然没有淡化。

两人从病房出来的时候是上午十点，贺拉斯·季说了一个小时，给他们编了一套假得不能再假的说辞。燕绥之那张简易版的记录页，怎么打开的就怎么关上，一个字都没记。

但他们并不意外。

一个撬不开嘴的人，总有他想瞒着的东西，怎么可能一上来就交代实话？

这种情况他们见得多了，脸色一点儿没变，全程淡定地听着。燕绥之还问了几个问题，活像他信了似的。于是贺拉斯·季编得更来劲了，喝了两口水就一直编到最后一分钟。

临走前，贺拉斯·季指了指燕绥之的记录页："你不用记点儿什么？"

燕绥之扶着门框，回头瞥了他一眼，似笑非笑地说："那倒不用，就是放在非联盟时期，史书也用不着把各星皇帝漏气出恭的细节都记下来。"

说完，他就摆了摆手关门而去。

徒留贺拉斯·季一个人坐在床边，愣了两秒，然后拖着尾音骂了一句脏话。

跟出恭放一起的漏气能是什么意思，不就是说"放屁"吗？

他们经过护士站的时候，碰到了之前那个病房里的小护士。对方急急忙忙跑过来，塞了一张单子给顾晏："刚好一个小时，这是单子，你们再去检测一下。检测中心在三楼。万一……我是说万一真有问题，我们会负责的！"

"谢谢。"顾晏道，"病房的监控可以开了。"

电梯里只有他们两个，燕绥之靠在扶手上："这贺拉斯·季挺有意思的，似乎是个急脾气，又似乎不是。"

随便一两句话就能轻易地气到他，但是他又总能很快把脾气压下去，不会因为在气头上，就一时冲动乱说话。

对方的谎话编得很糟，糟到一眼就能拆穿。这其实会给人一种"心机粗拙"的感觉，好像只要找到漏洞反驳他几句，让他防线崩溃，他就兜不住要说真话了。

但燕绥之和顾晏很默契，没有一个人出声反驳。

因为他们知道，这只是"好像"而已。

"这样的当事人，你以前碰见过吗？"燕绥之问。

"偶尔。"顾晏说，"不过你好像碰到过不少。"

燕绥之愣了一下，又挑起了眉。

电梯下得很快。

他瞥了一眼跳成“3”的数字，略带促狭地问：“你不是毕业之后就跟我断绝关系了吗？怎么我接了什么案子，碰到什么当事人，你都这么清楚？”

叮——电梯门应声而开，顾大律师默不作声，一身正气，抬脚就走。

燕绥之有点儿想笑。

某些同学对着不相干的人张口闭口都是“我的实习生”，说得平静又正经，好像再习惯也再正常不过，可怎么对着他这个当事人，就跟被缝了嘴似的呢？

哦，发烧的时候例外，夜深人静的时候也例外。

某人充分演示了一下什么叫作闷着骚。

检测中心很忙，毕竟现在感染者一批接着一批。

外面的等候席已经坐满了拿着单子的人，燕绥之看了眼他们的号码，也没去跟人挤，干脆跟顾晏远远地站在落地窗边。

“水槽和食槽都检测不到毒剂残留，如果那位奥登老人被发现的时间再晚一点儿，检验人员在他体内也检测不到任何反应。”燕绥之说，“那……所谓的致幻毒剂就完美隐匿了。”

顾晏点了点头：“无论是警方还是公众，在找不到其他佐证的情况下，恐怕都会认为那些老人们的精神失常是过度恐惧导致的。”

“当初柯谨出事的时候，我不在德卡马。”燕绥之道，“后来也只听你们提过几句，他那几天都是一个人待在住处？”

顾晏回忆了片刻：“应该是。”

那个逍遥法外的李·康纳给柯谨寄邮件的时候，顾晏去看过他，陪着柯谨喝了几次酒。那时候柯谨的状态很消极，但不至于到无法照顾自己的地步。再说，有乔跟着他，顾晏还是放心的。

后来因为有些案子上的事情要处理，他出差十天，在回来的飞梭机上接到了乔的信息，说柯谨进医院了。

顾晏赶去医院的时候，发现乔的脸色比墙皮还难看，他坐在病房外面的长椅上揪着头发，异常沉默。

柯谨状态消极的那阵子，乔还不像现在这样，他没有理由寸步不离地看着柯谨，毕竟关系再好也不能从早盯到晚，完全不给私人空间。而那阵子乔也没怎么休息，中间还发过一次烧，那两天换柯谨照顾他。

不知道是因为有事可以分散注意力，还是故意装出来的，柯谨那几天看起来已经几乎恢复正常，还会因为乔故意搞出的糗事笑出来。

烧退之后，乔接到了两个很重要的投资会通知，他原本打算直接推了，又被柯谨拦住。柯谨说自己好多了，乔离开几天，他不至于怎么样。

乔一开始死活不放心，后来怕把柯谨的情绪搅乱，再加上当时有心理医生建议，要他别否定柯谨的要求，更别给柯谨压力，他就勉强答应了下来。

柯谨怕乔担心，说好每天晚上给乔发一条信息。

实际上，柯谨并不是只在睡前发一条信息。最初两天，他会时不时跟乔聊两句，说他起床了；说他在弄简单的食物；说阳光很好，他在阳台看书，结果睡着了；说他做了好多稀奇古怪的梦……还说这么闲下去，他就真的不想工作了。

单从信息其实很难看出他的状态好不好，因为信息太容易伪装情绪了。

但那个时候的乔很好骗，而且他太希望柯谨恢复了，所以总下意识往好的方向想。

再之后柯谨的信息就陡然少了很多，他只在临睡前说两句。

乔又开始担心起来，以至于第二天的投资会全程盯着智能机，像在梦游。那整个白天他都没等到柯谨的信息，晚上便没忍住翘了投资会，直奔港口。

从他开会所在的星球到德卡马，即便是最快的飞梭机，也要花费两天时间。那两天大概是他最难熬的时刻。

只有柯谨睡前发来“晚安”的时候，他才能稍稍放松一些。

乔到达德卡马的时候是凌晨三点十分。他从港口一落地，就开着飞梭车直奔柯谨的公寓，然后在半路中接到了他这辈子都不会忘记的一个通信。

柯谨的声音听起来很低，让人有种说不上来的难过。

他说：“乔，我好像不太好……你可不可以来看看我？”

乔那天几乎把半辈子的罚单都收齐了，飞梭车开出了飞梭机的效果。即便这样，他赶到柯谨的公寓也花了一个半小时。等他到的时候，柯谨已经蜷在卧室地毯的角落睡着了。

而柯谨再醒过来，就是后来的那种状态了。

凌晨三点十分的那个通信里说的话，成了柯谨最后一句正常的话。

之后的这么多年，乔一直很想听柯谨用那种清早起床的懒散音调，抱怨骨头都睡散了；或者说又是个晴天，但他好不容易休假，不想出门；又或者说弄了点儿食物，但看起来很不可口，如果乔真的不介意也可以去蹭一顿。

最不济，一句简简单单的“睡了，晚安”也行。

但是再也没有了。

第七章　林原医生

“撇开工作上讲究的那些，只当单纯聊一聊，你觉得柯谨的精神崩溃，有可能是人为的吗？”燕绥之看着窗外来去如龙的车流，说话用着闲聊般的语气，目光却微微出神。

顾晏：“也许。”他略作停顿，又道，“不过找不出什么动机。”

燕绥之点了点头：“也对。”

当时的柯谨因为精神状态不好，处于长期休假的状态，不接触工作，也不怎么接触外人，应该不会看见不该看的，听见不该听的，有什么值得别人动手的呢？

“当时乔其实有过怀疑。”顾晏又道，“柯谨进医院安顿下来后，他第一件事就是把那幢公寓楼道内的监控调了出来，仔细看过那段时间的录像，但没有其他人去过柯谨家。”

燕绥之点了点头。

他又出了一会儿神，右手还无意识地揪着盆栽的一片叶子，有一下没一下地捋着。

顾晏等了两秒，有些无奈地抓住他罪恶的手，捏着他的手腕，抖灰似的晃了两下：“手指松开，你这时候又不洁癖了？”

燕绥之一愣，默默松开手指头，放过了那片可怜巴巴的叶子，毕竟人家医院把盆栽养这么大也不容易。同时他又瞄了眼自己的手腕，顾晏筋骨分明的瘦长手指还没拿开。

他上一回看到相似的一幕还是在城中花园里，左边那幢别墅的猫一路滚过来，一爪子钩住了顾晏这边院墙上攀爬的藤花，死活不撒手，好像不薅两朵下来不算完。

刚巧他和顾晏要出门，正走到院门口，就见那家主人追过来，一把捞住那只猫崽子，捏着它的爪子抖晃半天，连哄带骗才让它把花松开。

顾晏刚才的动作就跟那邻居如出一辙。

把他这堂堂老师当什么了？

燕大教授瞥了眼自己被捏着的手腕，又睨着顾晏，道："好玩吗？"

顾大律师收回手指，从容不迫地回了一句："还行。"

燕绥之："……皮痒了你。"

屏幕上叫到了他们的排号，燕绥之和顾晏前后脚进了诊室，就见医生手里拿着熟悉的简易检测仪，给顾晏和燕绥之一人一个。

没过一会儿，两人手上的检测仪"嘀"地响了。

"我看看感染情况。"医生依次接过检测仪，先看了顾晏的，点头道，"阴性，没有问题。"

接着医生又看向燕绥之的，然后就开始等……

燕绥之："怎么？又卡了？"

顾晏皱起眉："又卡了？什么意思？"

"上次——就你出差那回。"燕绥之道，"我早上起来有点儿感冒的征兆，就顺路去卫生中心查了一下，碰上个接触不太良好的检测仪，屏幕眨巴了半天才出结果，挤牙膏似的。"

他这话其实说得夸张，有玩笑的成分在里面。人家检测仪冤得六月飞雪，明明只是忽闪了两下。

医生跟着笑了一下："哦？上次也这样？那你这运气够可——"

"以"字还没说出口，医生的眉心就拧成了麻绳，他把屏幕往燕绥之面前一伸，道："怪了，检验结果不明，你看——这个依照规定，要去隔壁楼用精细设备再查一遍。”

“还有这种结果？”燕绥之有些讶异。

医生以为他有点儿慌，安抚道：“没事没事，别多想。结果不明，不代表你就感染了。我们这里为了提高效率，用的是巴掌检测仪，有时候体内会有干扰状况，比如其他性质的高烧或者有些成因相似的过敏，都可能会影响结果。”

顾晏对此经验十足，当即不多废话，拉着燕绥之就下到一楼，直奔隔壁楼。

隔壁楼他们并不陌生，正是之前来测过修正时限的基因大楼。

刚才那位医生给他们新开了一张单子，来的过程中他们也没细看，这会儿展开一看，才发现巧得很，连楼层和门牌号都不陌生——刚好是林原医生的办公室。

“这么巧，又找林原？”燕绥之嘀咕。

顾晏：“正常，所谓的精细设备其实就是做基因检测的那个，不找林原找谁？”

“你怎么知道？”

“上次在飞梭机上用过。”

燕绥之愣了一下。

顾晏发烧回来的那回，燕绥之其实猜过飞梭机上的检测不会太顺利，不然顾晏也没必要找借口说自己还在二轮谈判。不过猜测是一回事，从顾晏的嘴里证实了自己的猜想又是另一回事。

他这次好歹有医生安抚，有顾晏陪着，心里不觉得有什么。

但那次顾晏发着高烧，周围又全是不相干的陌生人，在没有人安抚也没有人照顾的情况下，突然得知自己的检测结果不明，想必心情不会好到哪里去。

“紧张吗？”燕绥之在上楼的过程中问他，“上次在飞梭机上，等待精细设备检测的时候忐忑吗？”

顾晏答得特别干脆：“不。”

啧，死要面子。燕绥之心想。

林原医生这间兼顾坐诊的办公室并非是一人独享，里头放了两张办公桌，每张桌子上有一些简单的绿植和装饰，外加一台便携光脑，桌下还有两个落地工具柜。

办公室大门敞着，燕绥之走在前面敲了敲门。

“怎么来这里了？”林原一脸疑惑，“有要我帮忙的事？”

燕绥之把单子递过去，说明来意。

林原点了点头：“哦，这样，那行，我——”

话还没说完，他摘了搁在桌面的智能指环就嗡嗡振动了起来。智能指环贴着一个金属框架，就连振动的声音都比平时大了一倍。

“抱歉，接个通信。”林原比了个手势，起身走到窗边接通信去了。

燕绥之并不着急，没什么问题急了也没用，真有什么问题也不急在这一时半刻。

林原和另一位医生的共同地盘中规中矩，墙上一张紧靠一张，张贴着许多医院自制“牛皮癣”——什么xx疾病介绍、xx设备介绍、定期体检以及某些医疗套餐的介绍。

燕绥之往桌边一靠，左右也没什么事，居然中规中矩地看起那些文字来。

最初他只是打发时间，一目十行地扫过去。看了一会儿后，他的目光突然锁在了某一排，皱着眉不动声色地拉了拉顾晏的袖角。

顾晏先朝他的手指瞥了一眼，这才跟着他的目光看过去。

燕绥之看的是基因检测仪的详细介绍，里面甚至包含出了故障怎么检修，如果碰到什么问题怎么处理最恰当等信息。

在第六行的中间位置，清清楚楚地写着这样一句话：如基因检测仪遇到非正常关闭，为保护数据信息，重新启动后仪器设定会恢复默认模式，非正常关闭前所测数据将自动备份并传入云端数据库……

他们忽地想起来，上次来做基因检测时，楼层的电停了几秒钟，虽然大楼能源系统很快就自动续上电了，但检测仪还是关闭了片刻。

照这张宣传单上的说法，来电后他们重启检测仪，关于燕绥之的那部分检测数据就会被即刻传到云端。

那样的话，能看到他基因数据情况的人就多了去了。

甚至包括之前想要害死他的人。

两人看着宣传页上那句话，心里咯噔了一下，各种问题翻涌而来。

上次的停电是意外还是有人有意为之？

临时接手负责检测的林医生……又在扮演什么样的角色？

林原医生似乎在接某个病人家属的通信，正和和气气地对着通信那头好言安抚。

“对，那是正常反应……药物依赖性？目前来说还没有过这种情况，应该不会……没关系，如果您实在不放心，可以带他再来做个检查。”

他说话间，还转过头看了燕绥之和顾晏一眼，抱歉地冲他们比了个手势，示意他们稍等一下，自己马上就好。

燕绥之冲他笑了笑，然后低头玩起智能机。

两秒后，顾晏小指上的尾戒嗡嗡振动起来。

来信显示的是“实习生”：找借口下楼，我得看看数据有没有被传到云端，又详细到什么程度。

紧接着，一个通信界面又弹了出来，请求人依然是“实习生”。

顾晏选择了接通，摸出耳扣扣上：“喂。”

燕大教授冲顾晏眨了一下眼，将备忘录上写好的对话调出来给他看。

上面写着：

——喂？

——李小姐？

——你快到了？

——我还需要做一个测试，大概二十分钟左右。

——你很赶时间？

——好的，我跟医生说一声，过会儿就下楼。

顾晏：“……”

哪儿来这么多戏？李小姐又是哪位？

燕绥之又想起什么来，在下面飞快补了一句：附近有个公证厅，李小姐是公证员。

顾晏：“……”

燕绥之眯了下眼睛，无声催促他赶紧演。

顾·影帝·晏瘫着他那张英俊的脸，垂着的眸光凉丝丝地落在全息屏上，说不上来是在抗议还是在讥嘲剧本。

林原医生已经往办公桌这边走过来了，通信显然已进入尾声。

“好的，那就这样？”

“没事，我应该的。”

“再见。”

林医生过来的时候，顾晏动了一下手指，一脸淡定地把燕大导演的剧本给删了。

他一手按着耳扣，淡淡地“嗯”了一声，等了片刻后，又道：“好，一会儿见。”然后他干脆地挂断了通信。

独断专行的燕大导演对于顾晏歧视剧本的行为颇有微词，但不得不承认，他自由发挥出来的好像是比剧本自然。

顾晏挂断通信后，摘下耳扣对林原道：“抱歉，我需要下楼接个人，你一直在？”

林原愣了一下：“啊？哦，对，我这会儿没什么事，都在这层。怎么？检测来不及做？”

顾晏瞥了一眼墙上的钟，用一种公事公办的平静语气道：“约了公证人，她赶时间，提前来了。”

林原对律师的工作倒有些了解，恍然大悟地说道：“哦——取证是吧？在咱们院？”

“对，需要我那个当事人的一些检测数据。”顾晏说着，拍了拍燕绥之的肩，示意他出门。

燕绥之原本还想提醒两句，听他说完这些，顿时放心地出了门。

“检测数据？”林原闻言愣了一下，又点了点头，道，“没关系，去吧。单子搁在我这里，等你们完事了再来。不过别太晚，病毒感染结果不明毕竟让人不放心。”

他说到最后的时候，看着顾晏的眼神幽幽的，活像在看当代周扒皮，好像在说“你那实习生有没有被感染都没搞清楚呢，你居然还拽着他下楼工作”。

顾晏被看得特别冤。

老实说，关于燕绥之的感染结果，他比谁都在意。但偏偏现在的境况有些尴尬，林原落到了他们的怀疑名单上，他实在不知道“把感染检测暂缓一会儿，去查数据上传”和“把燕绥之单独留在这边做检测”哪个更糟心。

他一只脚都已经迈出办公室大门了，听了林原的话，脚步又是一顿。

在办公室里看不到的地方，燕绥之拉了一下他的衣袖，示意他放心，然后冲林原笑了一下：“要不了多少时间，况且真感染了，这一时半刻也起不了什么作用，我们过会儿上来。”

顾晏皱着眉看他。

林原：“呸呸呸，你怎么能这么咒自己。”

他这种对自己不大上心的态度实在有点儿恼人，以至于进了电梯，顾晏的眉头都没松开。

燕绥之跟顾晏并肩站着，就算不转头，也能感觉到顾晏正盯着他，可能还想训人。他顶着那束目光熬了一会儿，终究还是没绷住，抬手捂住了顾晏的眼睛：“好了，好了，别看了，吃不消了。”

他笑了一下，原本想再开个玩笑把话题带过去，逗顾晏两句，但临到开口，又蓦地想起以前那些小事，诸如那套被塞进柜子的黑色被子，还有死活送不出手的白色安息花。

于是他又忽然觉得，如果真开玩笑，就有点儿太辜负眼前这个会为他担心的人了。

“下回不这么说话了，别瞪我。”燕绥之温和地笑了笑，又道，“不信的话，晚上回去我可以拟个保证协议。”

顾晏原本正要把他的手拿开，闻言握着他的手腕没动。

燕绥之又道：“我也很怕感染，这病毒传染性那么强，我要是感染了，你也跑不掉。”

话说完，不知道哪一句戳准了顾晏的脾气，燕绥之感觉他的手指力道松了一些。

过了片刻，顾晏薄而好看的嘴唇动了动，说：“我跑什么。”

“重点放错了。”燕绥之没好气道，“你既然没感染，我天天跟你鬼混在一起，怎么会有感染的可能？”

顾晏："……"

这话就很不讲理了，鬼混在哪里？

但燕绥之没管，继续安抚："我倒觉得，有可能是之前的基因修正对结果起了干扰。"

其实顾晏原本也是这样猜想的，只不过……关心则乱。

几句话的工夫，电梯落到了一楼，"叮"的一声就要开门了。

"一楼了。"顾晏捏了捏燕绥之的手腕，示意他别捂着眼睛阻挠人走路。

收回手的时候，燕绥之终究还是没忍住，半真半假地调笑了一句："以前怎么没发现你睫毛这么长，眨一下眼睛就挠我一下手心，是不是有点儿居心不良？"

顾晏："……"

张嘴就是污蔑。顾大律师十分头疼，直接推着肩膀把某人请出了电梯。

春藤医院各栋楼的大厅里都有数据查阅设备，跟云端数据库有链接。当然，跟数据库有链接的其实不止春藤医院，全联盟的医院都有这样的设备，所有数据都是通连的，方便转院或是其他承接性行为。

理论上只能在知晓身份序列号的前提下查阅相应的病患数据，但这也就针对普通人，真要是别有用心的，稍微动用一点儿脑子，就能把想查的人查得清清楚楚。

在出电梯的时候，燕绥之拨了一个通信。

"真找公证员？"顾晏问。

"当然。"

做戏做全套。

燕绥之一脸坦然："那个不讨喜的当事人在医院这些天都检测了什么，分别是什么结果，确实是很重要的数据资料，找公证员很正常。"

在公证员来之前，他们已经站在数据查阅设备旁边了。

设备旁有位医务人员，一直笑盈盈地守着，像个站岗的，有谁需要来查阅什么，他就会帮忙操作。

"需要查什么？哪个科室？"白褂子年轻人彬彬有礼地问道。

燕绥之瞥了眼不远处的摄像头，冲白褂子道："来取证。"

"取证？"白褂子愣了一下。

顾晏给他看了律师证明。

这几天因为贺拉斯·季住在这边，上面下了通知，说过案件会有取证的需要，希望医院各位工作人员积极配合，不过需要出示证明。

白褂子很快反应过来，依然很有礼貌："好的，呃……需要我怎么做？"

顾晏道："不急，等公证员过来。"

"行。"白褂子道。

顾晏打量了一眼设备，问道："病人每回做检测，数据都会实时上传？会有遗漏吗？"

他问得很不经意，在白褂子听来毫无异常，就像是担心要查询的病患数据不全而顺口问一句。

白褂子道："放心，不会有遗漏的。"

平日里他在这边可能不怎么能跟人聊天，大多是公事公办地讲一些操作问题，反反复复就那么几个词。这会儿左右要等人，他索性又多解释了几句："其实也不是都实时上传。一般来说，当天全院所有的检测数据在检测完都会被仪器设备自动备份，这个备份其实是备在各科室的数据库里，到晚上零点之后才会按照不同科室门类传到云端。毕竟病人的情况医生总要先看一眼，仪器也不能保证完全不出错。"

"这样啊。"燕绥之点了点头。

白褂子干站着可能有点儿无聊，又问了一句："除了取证，还有别的什么要查吗？这里什么都能查。"

燕绥之心说：这位小年轻可真上道，刚要抬脚就给递梯子。

他笑着说："是吗？几年、十几年前的也都有？"

"有啊。"

"那查查我自己吧。"燕绥之顺着话说，"前几天才来做过检查。"

白褂子没觉得有任何问题，上前帮忙操作了一下，然后把界面留给他们："填一下身份序列号，再选取日期区间，点查询就行。"

燕绥之伸手点了一下光标，但刚输完两个数字便顿住了。

白褂子纳闷："怎么？界面卡了？"

燕大教授心说：不，我脑子卡了。

这个假身份他虽然适应得还不错，但从来没有刻意记过身份序列号，之前每回办事，序列号都是跟身份验证绑定的，也没要他一个数字一个数字地填。

燕绥之扭头看了眼顾晏："老师，帮个忙？"

当着外人的面，他也不方便乱喊。只不过以前喊"老师"，要么是随口，要么是调侃，眼下这么老老实实，带着点儿服软的语气，还是头一回。

顾晏默默消化了两秒，一声不吭开始翻智能机，很快就翻到燕绥之当初的报到证，把屏幕给他看了一眼。

这回燕大教授总算上了心。

他上心的时候，记忆力向来很好，只扫了一下，便把那串长得令人发指的数字记了下来。

白大褂这才明白他为什么卡住，在旁边哈哈笑了几声，道："没事，就这串序列号，我从初中背到大学，基本隔几天忘一回。每到这种时候，我就很羡慕酒城啊、赫兰星啊那些地方的人，据说那边的序列号都特别短。"

"人少，正常。"燕绥之随口应了一句，在输完序列号后敲了"查询"。

界面缓冲了几秒，接着跳出来一条记录，突兀又清晰地列在屏幕中央。

他那天的检测结果，真的被传上来了——

姓名：阮野。

项目：基因检测。

浏览次数：6。

再往后是检测时间和一些不相干的简略概述。

燕绥之面色未变，目光在那个"6"上停留了一会儿。

片刻之后，他才抬手点了一下那条记录，界面一换，详细的检测结果页面弹了出来。

粗略一扫，比当初设备屏幕上显示的还要再详细一些，附有很多说明，下面的页码显示一共有六页。单看这详细程度，如果真有人来查他这份检测结果，想知道的差不多都能知道。

燕绥之面无表情地翻看着，到第五页时手顿了一下。

因为那页的页尾有一句话——是否进行过基因修正。

燕绥之手指一划，页面轻轻翻到最后。

第六页的开头第一段只有一个字：否。

燕绥之一愣，又把这两页来回翻了一遍。

清清楚楚，真的是“否”。

是否进行过基因修正：否。

基因修正延续期限：未检测到修正痕迹。

基因修正存续状态：无。

燕绥之看了一会儿，又默默切回到之前的界面。

是叫阮野，时间也对，序列号更没问题，确实没找错，那结果就显而易见了——他的数据在上传前被人改过了。

这种信息修改，对燕绥之来说其实是一种帮忙，可以避免被有心之人看到他基因修正的情况。

至于这位暗地里悄悄帮忙的人是谁……

燕绥之和顾晏对视一眼，心下了然。

他们打着取证的幌子下楼，本就是想在上传记录里找到一些有用的蛛丝马迹，没想到收获颇丰，远超预想，而且还不是什么坏消息。

叮——大厅感应门在提示音的轻响中应声而开，一位高挑的小姐穿着公证厅的制式正装走了进来。她站在门口张望了两眼，便将目光投了过来。

燕绥之用手肘顶了顾晏一下，提醒道：“李小姐。”

那位在燕大导演剧本里出镜过的李小姐接收到了讯号，走过来问道：“顾律师？”

顾晏点了点头：“李颖小姐？辛苦跑一趟。”

李颖客气地笑笑：“不辛苦，我们公证厅离这边只隔了一条街，我就当出来散步了。”

“需要公证的资料是？”李颖也是个雷厉风行的性格，没多寒暄和废话，直奔正题。

顾晏抬手一指查询机："一些检测单和就诊记录。"

"好的。"李颖走近了一些，调出公配智能机屏幕先拍了两张照。

联盟有通行的一套公证程序，流程操作全部内嵌在各个公证厅配置的智能机内，实时的机内监控将虚假公证的比例尽可能降低。

公证员都叫来了，不可能浪费人力。

况且按照经验来说，就诊记录和检测单确实属于重要资料。顾晏干脆调出了贺拉斯·季的委托函，函内对辩护律师的行为有一定程度上的授权，像检测单这种基础性的资料，顾晏有权不过问当事人直接调取。

他照着委托函，将上面贺拉斯·季的身份序列号输进查询设备里。

从"摇头翁"案推测案发时间起，到今天为止，贺拉斯·季所有的就诊记录瞬间跳了出来。前后不到三个月，就诊记录一共二十二条，其中有十四条是住院这几天大大小小的检查记录。

李颖一直在用智能机拍录全过程，在看到屏幕上跳出贺拉斯·季的大名和照片时，她轻轻地"啊"了一声，似乎有点儿意外："当事人是这位啊……'摇头翁'案吗？"

"嗯。"顾晏点头，将那二十二条记录全部导了出来。

"之前的报道还说这位很难找到辩护律师。"李颖说。

这种报道顾晏之前也看到过，都是拜迪恩律师那堆恐吓邮件所赐。迪恩自己倒没怎么样，只是各种报道添油加醋了一番，这使得很多律师都不愿碰这个案子，免得惹一身腥。

顾晏："清早刚确认。"

李颖恍然大悟："怪不得。"

"什么怪不得？"顾晏看了她一眼。

查询机"嗡嗡"地往外吐着导出的资料，李颖道："我是说，怪不得没有看到什么消息，但我敢说，明后天就会有铺天盖地的报道说这件事了。"

顾晏一愣，又很快恢复平静："随意，不干扰司法的前提下不算坏事。"

"也对，舆论引导好的话，对打赢官司也有帮助。"

顾晏看上去对这个说法并不赞同，但并没有要多说的意思。他把资料整理了一份给李颖，自己留了一份，保持着恰到好处的礼貌：“劳驾。”

李颖接过资料，很快走完智能机上所有的公证流程，在末尾处签了字。

等她签完再抬头时，顾晏正在跟守机器的白褂子说话，于是她冲看起来斯文温和的燕绥之轻声道：“你是顾律师的实习生？”

燕绥之点了点头，笑道：“你好。”

“刚才顾律师有点儿欲言又止，怎么了？”李颖闲聊似的问了一句。

那么瘫的脸你都能看出欲言又止？燕绥之瞥了顾晏的背影一眼，趁着没被发现，对李颖笑了一下，道：“他所说的不算坏事应该不是指引导舆论给自己加筹码，只是不希望和这件案子相关或者潜在相关的人，关注点始终停留在恐吓快递上。”

那种负面的东西会在不知不觉间改变很多人的判断和选择，包括律师，也包括法官。

李颖好奇道：“真的吗？”

顾晏已经跟白褂子说完了话，转过身来。燕绥之看着他，又开始笑着满嘴跑火车：“假的。”

李颖：“……”

“开个玩笑，我猜的。”燕绥之冲走过来的顾晏眨了一下眼睛，“但是我觉得我对自己的老师还算了解。是吧，顾老师？”

李颖又看向顾晏。

很多人都会这样，对于处于舆论中心或者即将成为舆论中心的人有些好奇，包括好奇他们的真实想法。

不过顾晏的目光还没从燕绥之身上移开，不知道他们用目光交流了些什么，因为背对着其他人，旁人看不到顾晏的眼神。

总之他虽然没答话，燕绥之却笑了起来。

不愧是师徒，一不小心就让其他人觉得自己有点儿多余。

李颖忽然觉得自己刚才的问题有点儿唐突，还好只是问了实习生。

她挑起漂亮的眉毛，收好资料，冲两人道：“没什么事的话，我就先走啦。”

顾晏转头冲李颖道：“打算去哪里？我们开车送你过去。”

“回厅里，几步路而已，用不着送。刚起步就得踩刹车，就这样还容易开过。”李颖开玩笑说，“下回如果在医院还需要公证，都不用拨通信，站在大门口喊两声，我们前台就能听见。”她说着也没耽搁，摆了摆手转身就走了。

只是，走出门口的时候，李颖又回头看了一眼。

那位顾律师一手插在口袋里，另一只手的手指冲实习生招了两下。尽管距离有点儿远，也看不太清他脸上的表情，大概依旧是正经而冷淡的模样，但给人的感觉就是跟刚才很不一样，好像在逗人似的。

李颖忽然觉得很新奇，果然看上去再冷冰冰的人，都能显出所谓的“亲疏有别”。

回到电梯里，燕绥之问：“刚才跟那男生说什么？”

“问他查询机能不能直接改记录。”顾晏说。

“他怎么说？”

“不能改。”顾晏说，“而且记录在上传云端前，有可能接触到这份记录的，只有科室负责的医生。”

那天负责燕绥之的医生严格来说有两位，一位是原本安排的卷毛，一位是林原。但那两天卷毛不在，所以就只有林原了。

重新回到楼上的时候，林原的脸上戴着护目镜，看起来刚去过研究室。

“这么快？”

“嗯，公证没那么费时间。”顾晏答道。

“行，那我调试一下设备，赶紧检测吧。”林原把护目镜摘了。

确定他没有恶意，检测就很好配合了。

这种检测不像上次的基因修正，不用脱上衣，只要把管线和金属针探入颈部就行，也不妨碍聊天。

在这过程中，燕绥之和顾晏试探了几次，但林原似乎完全没有意识到那种试探，又或者意识到了，却避而不谈。

等了大约十分钟，检测结果终于出来了。

林原看着仪器屏幕，道：“……是阴性。”

燕绥之问道：“为什么迟疑？”

林原翻看着屏幕上的页面，目光专注，皱着眉，似乎在思考着什么。

燕绥之和顾晏走了过去，站在他旁边看向屏幕，结果只看到了满页天书。

“有什么问题？”燕绥之问。

林原正在思考，闻言分出一丝神，有些心不在焉地回道：“你很久以前还做过一次基因修正？怎么说呢，扫到了一些很特别的片段，具体什么情况现在还不好说，只能说它对你有些影响，导致你做这些检测时很容易受到干扰。”

“哦。”燕绥之目光动了一下，顺着他的话道，“不过这些年我没觉得有什么问题，一定要说一样的话，大概也就是胃不太好。”

顾晏在旁边又补了一句：“体质有点儿寒算吗？”

林原：“嗯……嗯？”

他从思考的状态抽离出来，眨了眨眼，说：“你说谁寒？”

“我。”燕绥之道，“有点儿怕冷，其他没什么。”

林原“哦”了一声，摆了摆手，道：“不是这种影响，其实算不上有害，目前也看不出会引起什么病痛或是别的问题，具体还要进一步检测。你之后还有时间吗？这个检查可能费时比较久，要进研究室查。”

燕绥之：“大约需要多久？”

“半天。”林原说，“我要先准备一下研究室的设备，大概下周吧，你抽个半天时间？”

燕绥之说：“可以。”

林原朝顾晏看了一眼，提醒似的问燕绥之：“你不用问一下你这位老师的意见？”

顾晏干脆地说：“我没有意见。”

林原“唔”了一声，点点头：“我给你们开个单子，下周安排好时间跟我说一声。”

“那你留个通信号给我吧。”燕绥之说，“免得我来了你不在办公室。”

“我下周应该都在。”林原说着，还是给他报了一串通信号。

第八章　房东

两人跟林原简单聊了几句，便要离开办公室。

林原出于礼貌，将他们送到了办公室门口。

办公室的门半开着，三个人站的角度也十分巧妙，不论是办公室的摄像头还是走廊的摄像头都拍不到。

燕绥之在这时候顿了一下，撩起眼皮看向林原，笑意温和，透出一股跟外表完全不相符的成熟："哦，对了，我现在就有一个问题想请教一下林医生。"

林原一愣："什么？"

"我没记错的话，你刚才说了这么一句话。"燕绥之不紧不慢地说。

"哪句？"

"你刚问了我一句，'你很久以前还做过一次基因修正？'。"燕绥之说，"我在想，一般在什么情况下，才会下意识用'还'这个字呢？"

林原："……"

他突然明白了一个真理——打死也不要跟律师拼细节。

而且这帮律师都很混账，他们有个习惯——如果发现了什么破绽，他们不会立即就说，而是不动声色，一本正经地给你喂话题，聊得你彻底放松下来，再冷不丁把破绽摊在你面前，然后你就措手不及地傻了。

林医生很倔强，他嘴唇动了两下，继续垂死挣扎："这句话有什么问题？

没有吧。”

燕绥之点了点头，也没有立刻反驳，而是轻描淡写地说道：“我今天一共挑过两个人的破绽。”

林原：“还有一个是谁？”

燕绥之一摊手：“你看，你又说了‘还’，为什么呢？”

林原：“……”

他又明白了一个真理——律师问的话永远不要乱接，会傻。

“在很多时候，用这个字眼意味着一句潜台词，就是‘我对其中一个很了解’，所以会直接略过这一句潜台词，直接问还有一个呢——”燕大教授说话不太爱费劲，声音不高，大概也就他们三个人能听见，语气又带着点儿语重心长的感觉，很悦耳……也很让人头疼。

他停顿了一下，又看向林原，笑着问：“是吧，林医生？”

“……”林医生不想说话。

他感觉自己像站在法庭上，被辩护律师说得无从开口，有一点点懊恼，还有一点点着急。

然而片刻之后他就发现，燕大教授还有办法让他更不想说话。

只见燕绥之堂而皇之地调出智能机屏幕，手指轻巧地敲了一阵虚拟键盘，然后“叮”的一声，林医生的智能机响了。

林原一脸呆滞地看去，发现一条新信息，来信人就是他面前这位刚加的联系人。

信息内容看起来特别有礼貌：林医生，关于这次当事人的感染怪状，有几个专业问题想跟你聊聊，你这两天有时间吗？

林原：“……”

屁！你俩那当事人知道你们这么关心他的身体吗？

顾大律师眼看着林原医生的脸都绿了，为免人家交代之前就被气死，缓缓点了下头，说了句：“辛苦了，告辞。”然后忙不迭把某人拉走了。

这一整天，林原医生像是被气出了窍，始终没有动静，但与之相反的是，大大小小的网站很热闹。

只半天的工夫，顾晏的名字就被挂得哪儿都是。哪里有“摇头翁”，哪里就有他。这传播速度比李颖预测得还要快。

菲兹和亚当斯几乎把顾晏的办公室当成了茶水间，一个下午跑了三四趟，最后干脆赖在会客沙发上不走了。

“你看，我就说别接这个案子，别接这个案子，你偏不听。”高级事务官亚当斯简直操碎了心，他把鬓角的头发扒开，强行凑过去让顾晏和燕绥之观赏了一番，道，“一天，长了六根白头发，你们数数。”

燕绥之道：“不，九根了。”

亚当斯一听更来劲了，戳着自己的头皮控诉顾晏：“我原本好歹能算得上英俊吧，你这一个案子硬生生把我耗老了。”

顾晏朝火上浇油地看了燕绥之一眼：“……”

这是人多没办法，不然早把这张嘴堵上了。

不过亚当斯虽然长了白头发，但心还是向着顾晏的，毕竟是合作多年的朋友。他最终还是收起了歇斯底里的模样，把飞起来的毛捋顺了，坐回沙发里叹了口气：“不过你也别太担心，我已经在联系一些朋友了，尽量不让舆论一边倒。最近寄给你的快递也要格外注意，查一遍再开。”

菲兹秀了回手艺，给他们每人端了杯刚煮好的咖啡，然后安抚道：“放心，肯定不会有问题的。”

亚当斯好气又好笑地看着她：“小姐，你跟我说说你哪儿来的自信？”

菲兹一脸理所当然：“你这儿来的啊。”

亚当斯叹了口气，又冲顾晏道：“案子既然接了，你就放宽心去打吧。其他的我努力。”

顾晏在这种时候依然很理性，看起来丝毫不受报道影响，只简单说了几句话就让事务官先生和行政人事官小姐放宽了心，在他这里吃吃喝喝了一通，拍拍屁股就下楼了。

迎来送往了好几回，直到夜里准备睡觉，他都没顾得上去看一眼网上纷纭的报道。

夜里零点十二分，装了一天死的林原医生终于回复了那条信息。

其实燕绥之选择当面发信息，并不是要故意气林医生，而是有他的考量。

为什么林原会帮他，又为什么选择悄悄地帮他，一个字不提？

当然，不排除林医生白衣天使做久了，做好事不留名，但更符合逻辑的答案是，他被人盯着，或者说他为了避免被人盯上，不想轻易提这件事。

所以他才选择发信息。

一来，信息内的理由冠冕堂皇，哪怕林原的智能机并不是完全隐私的也没关系。

二来，信息给了林原充分的考虑时间。

有些问题当场问出来，会给人一种心理上的压力，好像他不立即给个答复就过不去；而在有压力的情况下，很多人会下意识地选择否定的答案，以回避压力。

但信息就不一样，你可以选择回，也可以选择不回，什么时候想明白了，什么时候给答复，而经过考虑后的答复更理性一些。

林医生回复的信息就充分体现了他的理性：很抱歉，刚看到，我明天早上不用坐诊，有什么问题可以一起问。

还刚看到……说得跟真的一样。

燕大教授突然发现，这些人演起戏来一个比一个精，相比而言，反而是他自己演得最不上心。

不过这样的回复刚好证实了他的猜想。

燕绥之顺手截了个图，挑出“醋熘顾晏”的界面发了过去，配字：看，演技跟你不相上下。

给顾晏发完后，他又配合着林原医生回复了一条：谢谢，去办公室找你？或者找个方便的地方？

林原医生秒回信息：不客气。医院前面有一条春林街，街角有家咖啡店，那里的早点不错，明天八点见？

燕绥之回：好。

正说着，顾晏的信息来了：直线距离不到四米，发信息？

燕绥之收到信息，干脆起身下了楼。

他敲开主卧的门，就见顾晏刚从卫浴间出来，湿漉漉的头发向后耙梳着，露出英俊的脸。他还没来得及穿上衣，正在把尾戒状的智能机往小指上套。

听见门口的动静，他转头看过来，发梢的水珠因为这番动作滴落下来。而他身上那些恰到好处的肌肉纹理和线条，足以说明楼下的健身区并不是个摆设——尽管这些天因为频繁出差，他去的次数屈指可数，但依然保持得很好。

“怎么不说你还在洗澡？”

“洗完了。”顾晏把智能机转了一圈戴好，弯腰从床上捞起一件上衣穿上。

动作间，腰腹的肌肉绷得更漂亮了。

他把卫浴间里没散的水汽一起带了出来，那股温热潮湿的水汽弥漫到门口，使得靠在门边的燕绥之眯起眼，像是一只被热风撩到的猫。

他忽然觉得顾同学大概是故意的。

那一瞬间，自救心理倏然占了上风。于是燕大教授在二楼门口转了一圈，等顾晏拎着上衣要往这边走的时候，转头就把门关上了，然后脚步匆匆地上了楼。

重新靠回床头的时候，燕绥之回味了一下刚才条件反射似的举动，有点儿哭笑不得。

白长这么多岁，出息？

这大概是燕大教授头一回这么损自己。

楼下主卧半天没动静，不知道顾同学是不是被他弄得无话可说了。

又过了好一会儿，智能机里来了一条“酯熘顾晏”的新信息：我是鬼？

这话看着眼熟，似曾相识。

只是风水轮流转。

燕绥之想了想，回复道：突然想起点儿急事。

“酯熘顾晏”回道：什么急事？

燕绥之余光瞥到收件箱，然后发送信息：房东找我。

“酯熘顾晏”也很快回复：不租他的房子了还找你？

燕绥之正经了些，继续输着字：联系还是要保持的，那位房东我其实有些在意。

“酯熘顾晏”这次只发了一个“？”。

燕绥之回复了一句：他那样的房子要找租客太容易了，之前何必一直等着我去看？不觉得有些奇怪吗？

当然这些都是借口，他上楼的那一瞬间，只因一股强烈的直觉支配了他那双腿。他倒不介意多待一会儿，只是他在楼下可能讨不到什么便宜。

早上的春林街暴雨倾盆，雨水顺着风浇灌在咖啡厅的落地窗上，一阵猛过一阵，将店内、店外隔绝成了两个模糊的世界。

天色太过阴黑，以至于早八点晦暗得像凌晨。咖啡厅里灯火通明，客人却很稀落，老板一个接一个地打着哈欠，招呼店员往靠窗的一桌送餐点。

“早上好，一杯马式浓调黑咖啡，一杯热巧。”服务生将托盘里的东西一样样放下来，“两份松子酥皮馅饼，一份煎肉蔬果卷，还差一杯蜂蜜牛奶，稍后给你们送过来。”

“早上好，谢谢。”林原显然对这里很熟悉，还跟服务生打了个招呼。

他今天难得没穿白大褂，只穿了一件米色外套和牛仔裤，看上去比之前高挑、年轻许多，看着反而有些不习惯。

“我本来可以睡个回笼觉的。”他耷拉着眼皮对对面坐着的两人说。

服务生已经走远了，他们周围的位置都空着，雨稍急一点儿都能盖过他们的声音，除了他们自己，其他人都听不见他们之间的交谈声。

“这好像是你定的时间，林医生。”燕绥之提醒了一句，手里的银匙搅动着黑咖啡。

林原似乎被店长传染了，接连打了好几个哈欠。他抹了抹眼角泛出的生理性泪花，目光在燕绥之和顾晏之间打了个来回，道：“我是处理一个研究报告睡得晚，你们两个怎么也跟一晚上没睡似的。”

说话间，服务生又端着托盘来了：“蜂蜜牛奶，热的。”

燕大教授眼睛都不眨就开始说瞎话：“我是因为隔壁院子里的猫闹了一晚上，太吵。”

然而隔壁的猫早就被人处理过了，冤得不行，要知道自己这么被污蔑，准得挠花某人的脸。

燕绥之胡编乱造了个理由，又开始坑害别人：“至于顾老师为什么没睡好，我就不清楚了。”

顾晏瞥了他一眼，直接将他端起来的黑咖啡截了过去，把那杯蜂蜜牛奶搁在他面前，冲林原轻描淡写地解释道：“楼上的住户不消停，扰人睡眠。”

燕·楼上的住户·绥之："……"

林原哪儿懂他们这些哑谜，听了顾晏的话还颇有同感地点了点头："理解理解，我楼上那位大概天天在家打篮球联赛，还不铺地毯。"

服务生最后又来了一趟，搁下餐厅赠送的一小份鲜果，道："好了，几位如果还有什么需要可以按铃叫我，我就不打扰了，用餐愉快。"他说完点点头离开了。

直到确认不会再有闲杂人等靠近，三人这才心照不宣地奔向正题。

林原说："聊之前，我需要先确认一下——"

他的手指在燕绥之和顾晏之间来回指了两下："你们之间，该知道的都知道？没有什么需要回避的？我需要有个数，也好清楚这次聊天能聊到什么程度。"

这话说的是"你们"，其实问的是燕绥之。

燕绥之毫不避讳，笑着道："没什么需要回避的，我能听的他都能听。"

林原点了点头："好。"

其实他刚才的问话已经表明了他的身份和立场，一是，他确实知道一些事情；二是，他跟燕绥之和顾晏并不对立，甚至是为他们考虑的。

燕绥之老老实实地喝了一口蜂蜜牛奶，问道："我的基因修正是你做的？"

林原："是我。"

"所以当初是你从酒店把我弄出来的？这个智能机也是你留的？包括假身份、绑定的资产卡，还有那张单程飞梭机票？"

"不全是。"

"什么意思？"燕绥之疑问道，"还有别人？"

林原喝了一口热巧克力，终于精神了一些："其实是这样的——"

"那时候有一位长辈，算是我曾经的老师吧，托我帮这个忙。其实最初我不太想乱蹚浑水，我是救人的，不是帮别人改头换面、隐姓埋名的，尤其还是在未经登记和授权的前提下，很容易出纰漏。"

燕绥之："那你为什么后来又改主意了？"

"因为知道了需要修正的人是你。"林原说。

这话听着就很奇怪了，燕绥之开始重新打量林原："我们之前认识吗？我对人脸的记忆应该不算差，但我确实对你没有印象。”

“确实不认识，不过我在很早以前就知道你了。”林原说，“因为我弟弟。”

“你弟弟？”

“不是亲弟弟，是我旧邻居家的儿子，他母亲跟我母亲沾着远亲。”

远得不能再远的关系，除了姓氏一样，再找不出任何相似的点了。

林原对那对邻居最深的印象就是：总有吵不完的架，屋里永远是鸡飞狗跳的，并且隔三差五就能听见碗碟摔砸的声音。

那时候林原还在念中学，每天早晚乘快轨往来于两点之间。十次回到家，起码有八次会在楼道里捡到邻居的儿子。

那时候那个孩子顶多六岁，就坐在楼道台阶上呜呜地哭。

邻居家的争执隔着密码门都能听见，林原也不好把哭着的孩子强行塞进门，就只好领回自己家，给点儿零食，给点儿玩具，那孩子就慢慢开心了起来。

领的次数多了，那孩子几乎就成了他半个弟弟，就连林原爸妈都这么说。

但林原一家在那里住了几年后就搬走了，在那之后，林原见到那个弟弟的机会骤然减少。两人的关系也日渐疏远，可能以后也不会再有什么交集，那时候的林原一直是这么认为的。

结果没几年，他就听说老邻居家出了事。

男主人中年后遭遇危机，酗酒越来越严重，原本只是吵闹的关系慢慢发展成动手，且一次比一次严重。十岁刚出头的儿子为了保护母亲，也总是一道遭受拳打脚踢。

“我有几回碰见他，他脸上、身上都是伤，让人挺不好受的。”林原说。

那段时间里林原跟那个弟弟的联系又多了起来，并且给他处理过很多次伤口，慢慢就成了熟练工。他那时候又刚好要升大学，便干脆选择了学医。

林原上大学的第一年，那个弟弟十三岁，他的母亲在一次毒打中，忍无可忍地冲进厨房，抽出了一把水果刀……

“他母亲的案子是你接的。”林原看向燕绥之，“很多年前的事情，你可能记不得了。”

这么多年来，燕绥之接过的案子太多，林原没提之前，他确实不记得还有那么一桩案子，听了几句后，倒是被勾出一些模糊的回忆。

“有点儿印象。”燕绥之说。

“如果不是你的话，他母亲当时的境况会很麻烦。”林原道，“那之后我那个弟弟就非常崇拜你，但他很腼腆，不好意思跟别人说，就总跟我念叨，还说以后大学也要学法。”

燕绥之莞尔：“学了吗？”

林原轻轻摇了一下头：“没有，他有遗传性的病症。你知道的，赫兰星那一带这种情况不少见。那时候的基因修正手术可不像现在成功率这么高，作为治疗手段还很不成熟，死在手术台上的人数不胜数。”

燕绥之略微出神了一瞬，垂着目光“嗯”了一声：“确实不少。”

那个时候林原还在医院轮岗实习，没有完全毕业，也没定下明确的就职方向。可自从知道那个弟弟过世的消息后，他就钉在了基因大楼。

可即便他再怎么学有所成，再怎么完善基因设备，再怎么提高手术成功率，那个曾经让他们一家都跟着心疼的孩子已经不在了。

“这就是我愿意蹚一下浑水的原因。”林原的语气温和又笃定，“我那个弟弟有点儿傻，总对我们家说好人有好报，后来也总这么说你。这些年在医院待久了，见多了生离死别，有意外的，有人为的，自己都变得麻木起来，好像不麻木一点儿都做不稳手上的活。但可能被他念叨多了的缘故，那句话我其实也挺信的。或者说不是信，是希望。我希望好人有好报……所以怎么可能对你袖手旁观。”

“谢谢。”

“那倒不用。”林原道，“我夹了一点儿私心的，倒希望你别太介意。”

燕绥之没反应过来：“什么私心？”

“你的假名，我私心用了弟弟的名字。”

“你弟弟的名字？”燕绥之揪着模糊的印象回忆了一番，“我记得你弟弟不叫这个，记错了？”

“没记错，他原本的名字叫盛野。后来改成了他母亲的姓，跟我母亲算一家，姓阮。”

燕绥之了然。

听了林原的初衷，他忽地想起在酒城第一次见面的场景，有些感慨，又有些没好气："别的不说，你演技是真的厉害，当初我烫了脚去你诊室，你那反应就跟完全不认识我一样。"

林原干笑着摆了摆手："没那演技，没那演技，不是装的，是真没认出来。基因修正起效和失效不一样，不会立刻有反应，得有几天缓冲过程。我当时给你做完修正术就走了，确实不知道修正完成之后你的长相。"

那天在酒城，他是真的没认出燕绥之，还是在光脑上点开病患诊疗单后，看到"阮野"这个名字，才恍然反应过来面前的人是谁。

那一瞬间很容易让人产生错觉……就好像他跟弟弟阮野只是联系渐疏，多年没碰面。他忙于工作，而阮野则在他看不见的地方，沿着生命线继续悄然长大。然后在某年某月某个上午或者下午，懒懒的阳光顺着窗子爬进诊室，他碰巧接到一个前来就诊的年轻男生，对方也许有点儿小毛小病，但三五天就能好，无伤大雅。

而他在看见诊疗单上的名字后，则会一愣，然后大笑起来，说："好久不见，差点儿认不出你了。"

想起那些往事，林原有些怔愣。

等他再回过神，对面的顾晏正用银匙轻搅着黑咖啡，燕绥之则又慢慢喝了一口蜂蜜牛奶，目光落在他身上，温和平静。

他们应该还有很多问题想要问，毕竟刚才聊的内容不知不觉偏向了他自己，而对燕绥之他们来说，还有很多事情依然不清不楚，被掩盖在云雾之中。

但他们谁都没有催促的意思，就好像他们只是单纯来陪他吃一顿早餐，陪他回忆一个故人。

林原忽然觉得，之前打过的交道都变得模糊起来。

这就是两个内心温柔的好人，符合他对"朋友"的一切定义。

这就够了，其他都不再重要。

"说远了，有点儿走神。"林原抱歉地说。

"没事。"燕绥之笑了笑，"我不觉得回想这些人和事是在占用时间。是吗，顾老师？"

林原有点儿摸不着头脑："不是，等等啊，谁是谁老师？你不是……那什么……院长吗？"

说到"院长"两个字的时候，他下意识放低了声音，吐字哼哼唧唧的，很含糊。说完他才反应过来，其实周围没有杂人，不用这么小心翼翼。

先前燕绥之也说过这个称呼，但林原以为那是因为不确定他的身份和知情程度，所以连称呼都很注意不露马脚，现在看来好像根本不是那么回事？

"我是啊。"燕绥之慢条斯理地喝着牛奶，说，"但是某人以前做学生的时候总拉着脸，可能挺想造反的。毕竟我很开明，不介意让他过过瘾。"

谁要造反？

顾晏无奈地瞥了他一眼，但略作细想，这话从某种意义上来说也算没错。

于是顾大律师动了动嘴唇，最终还是没做反驳，挑着眉，一脸淡定地端起了咖啡杯。

林医生心说：闹了半天原来就是逗着玩儿的，我真是一点儿都不懂你们这种师生。

"好吧。"林原又问，"我知道你们还有想问的，有什么说什么。"

"你之前说，帮我做基因修正是受一位长辈所托？"燕绥之问，"我很好奇你的那位长辈是什么人，他为什么救我？又是从哪里得知我可能会有危险的？"

"他说是因为听到了一通通信，具体的他不愿意多说，因为说多了就真会把我搅和进去。对了，他是雅克的养父。"林原下意识解释了一句。

说完他又反应过来对面两位对"雅克"这个名字并不熟，于是道："上次你们说有点儿印象的，那位跟我一个办公室的卷发医生，就是原本要给你做基因检测的。"

"哦，卷毛医生？"燕绥之和顾晏都点了点头，表示想起来了。

"对，他的养父。"

这就奇怪了，燕绥之根本不认识那位卷毛医生，对他的印象，不过就是擦肩而过的随意一瞥。那他的养父又是哪位？这一竿子叉得是不是有点儿远？

"你应该不认识他。"林原说，"他托我帮忙的时候是这么说的，说你不认识他。"

燕绥之更觉得奇怪了："我不认识？不认识他为什么救我，也是因为以前接过的案子？"

"不是吧。"林原摇头道，"他说是要还债，具体的其实我也不太清楚。"

"还债？"燕绥之发现林原不比他们清楚多少，顿时有点儿哭笑不得，"你当时都不问问清楚就来蹚浑水了？万一是诈你的呢。"

"那倒不会。"林原笑了笑，道，"辫子叔……哦，就是那位长辈虽然是爱开玩笑的性格，挺不受拘束的，但关键时刻很靠得住。我很小的时候就认识他了。那时候我贪玩出了意外，在医院住了两个月，刚好跟雅克，就是你们所说的卷毛同病房。他来陪卷毛的时候，总会顺带着一起逗我，一来二去就熟了，要真不是好东西，我那时候就该被拐卖了。"

"他教过我不少东西，没上大学前，那些简单的伤口处理、急救包扎之类的都是跟他学的。上大学之后，有些专业方面、弄不明白的也会问他，所以能算我半个老师了。"

看得出来，林原对那位长辈非常尊敬。

但会教专业的东西……

"也是医生？"顾晏问。

林原说："对，以前是。"

"为什么说以前是？"

"后来因为一起医疗事故辞职不干了。"林原又补充道，"这个是他唯一不太爱提起的话题，所以我知道的不多。好像是手术没成功，病人过世了。我后来琢磨着，估计是基因方面的手术，那时候这种手术成功率很低。不过我倒觉得这种事其实跟他关系不大，毕竟他又不是负责做手术的医生，他天天都蹲在研究室，就是医疗事故也扯不到他头上啊……"

他嘀咕着说完，抬眼一看，却发现燕绥之的目光落在某个虚空的点上，似乎正在出神想着什么。他看起来心情有了变化，至少不像之前那样放松温和，因为眉心是皱着的。

"怎么了？"林原在他面前晃了一下手。

"嗯？"燕绥之回过神，皱着的眉心依然没松，"他什么时候辞职的？"

林原想了想："很久了，具体哪一年我也记不清了，大概二十五六年前？"

燕绥之沉默了一会儿。

单从他的脸上很难看出他究竟在想些什么，这让人莫名觉得有点儿忐忑。

林原踌躇着刚想开口问两句，就瞥见顾晏握住了燕绥之搁在桌面上的手腕。

他听见顾晏低声问了一句：“怎么？”

燕绥之的表情缓和了下来，看得出来他本来没打算说什么，但被顾晏询问之后，还是答了一句：“想起我父母了，他们也是手术出了些问题。”

他说着，反手拍了拍顾晏的手背算宽慰，目光重新落在林原身上，道：“可能是我想多了，不过时间确实有些巧。”

但是……再结合那位长辈所说的救他的理由——为了还债，巧合是不是多了一些？

燕绥之问：“你有那位长辈的联系方式吗？帮我拨个通信，我想跟他谈一谈。”

林原在通讯录里翻出备注着“辫子叔”的那条，然而很不巧，他接连拨了四五次都没人接听。

“过一会儿再试试，可能现在正忙。”林原说。

“那么，有他的照片吗？”

林原：“你等等。”

关于医疗事故和燕绥之父母的关联，林原不敢细想，因为担心那位敬重的长辈真的跟燕绥之父母的手术有关系。

林原点开自己的智能机，翻找得极其专注，一方面希望能找点儿什么转移一下燕绥之的注意力，另一方面也希望能多帮到对方一点儿。

然而这世上有种东西叫墨菲定律。

他担心自己找不到照片，于是他还真就没找到，翻遍了智能机所有角落，愣是一张没有。

“居然真的没有，说来也真是……我跟他认识这么多年，居然连张合照都没拍过。连他的社交平台我都翻过了，万年没一条状态，空空荡荡的，更别提照片了。”

燕绥之提醒道：“卷毛医生呢？他有吗？”

林原的笑容更尴尬了："这个……不太好问。"

"怎么？"

"小时候卷毛跟他养父关系很好，特别亲。但是卷毛大学毕业那阵子，两人不知怎么闹崩了，后来卷毛的亲生父母又来找他，一家人恢复了联系，这就更尴尬。总之，他们两个现在几乎是断绝关系的状态。在卷毛面前提辫子叔，和在辫子叔面前提卷毛……说不上来哪个更找死一些。要不然辫子叔也不会选择找我帮忙给你做基因修正了，肯定先找卷毛，你说是吧？"

他解释了一通，又显露出一些羞愧来："这么看来还真是抱歉，其实除了给你做基因修正，我在这件事上基本就是个局外人。如果能再多给你提供些信息就好了……"

林原自我纠结了一下，最终还是调出了信息界面，给卷毛拨了个通信，只是等待接通的表情活像进了灵车，好在对方并没有让他在灵车里躺太久。

"喂？雅克？啊，对……不是，没有忙不开，不用急着赶回来。你最近还在中心医院？老人家怎么样了？哦，那就好。那什么……问你一件事，你那有辫子叔的照片吗？发一张给我？他的通信我怎么也拨不通——"

这话刚说完，他就顶着一张灵车炸了的脸，把耳扣摘下来了："他直接挂了通信……"

不过燕绥之却抓住了另一个词："等等，你刚才说中心医院？是指区立中心医院？卷毛在那里？"

林原点了点头，有点儿茫然于他的重点："对啊，我上次跟你们说过吗？他家里有人因为小作坊的事故去世了，呃，就是他亲生家庭那边。然后他的外祖父母伤心过度也进了医院，好像还不肯转来春藤，所以他有些烦心，挂通信也正常，就是照片可能要不到了。"

燕绥之又朝顾晏看了一眼，两人目光交汇，想起了同一件事。

当时在酒吧碰到的那位蓝眼睛医生去的也是区立中心医院。

但是……在他的印象里，卷毛医生的眼睛好像是浅棕色，或者金棕色？总之并不是蓝色。

就在燕绥之试着回想这些的时候，林原的智能机振了一下。

"见了鬼了，他居然把照片发我了！"林原看着新信息，满脸诧异。

他傻了两秒便干脆地把屏幕翻转过来，伸到燕绥之和顾晏面前：“喏——辫子叔长这样，你曾经在哪儿见过吗？”

燕绥之看着屏幕默然片刻，干巴巴地说：“有点儿眼熟。”

“是吗？”林原惊讶了一下。

顾晏也看着他：“眼熟？”

燕绥之点了点头，语气毫无起伏地说道：“说来挺巧，他跟我的房东长得一模一样。”

顾晏：“……”

林原：“……”

林原干笑一声，说：“居然还有这么巧的事。”

真的巧吗？这其实已经根本不是巧合了，而是这些“巧合”本就目的明确，径直奔到了燕绥之身边。

他当初醒来之后没有用那张飞梭机票，转而去了南十字律所。如果房东一直在暗中关注着他的举动，想要知道这些并不困难。

那个用来安置他的公寓租期结束，他自然需要新的住处。房东可以算好时间，以合适的身份出现。

房东上回就说过，自己认识很多曾经在南十字工作的学生，通过这些关系线，和想要跟帮燕绥之找房的洛克碰上面，再简单不过。

难怪燕绥之因为出差错过看房后，房东会愿意重新安排一次时间，也难怪他会愿意给七天的试住期，让燕绥之先安顿下来，就连房租的支付方式都跟着改了口。

“你之前有觉察吗？”林原问。

燕绥之摊了摊手：“很难不觉察，毕竟除了原定房租超出我现在的承受范围，其他几乎是为我量身定做的。时间很巧，就连卧室里摆放的照片和装饰都巧得很合我的心意。”

“房租多少？”林原有点儿诧异，“既然都奔着你去了，辫子叔干吗把初始租金定高？为了不那么显眼？他也不怕你一看初始租金就跑了？”

燕绥之默默喝了一口牛奶，含糊地说：“听起来没什么，但他可能忘了我现在只是个实习生。”

顾大律师听不下去了，开口帮房东说了一句话：“那个租金其实定得很巧妙，刚好压在一般实习生的承受线上，正常学生商量一下就能租。他显然考虑到你是个实习生，只是没想到你连钱都不存就敢租房。”

燕绥之：“……”

他怎么找了个这么会拆台的人坐旁边？

林原缓和了一下场面：“……这样的租客确实闻所未闻。”

燕绥之哭笑不得：“你的早餐要凉了，医生。”

先塞两口吃的闭嘴好吗？

林原低头拿起煎肉蔬果卷，咬了两口，他又笑起来：“这么看来，虽然辫子叔万分努力，你俩能碰上面依然靠的是狗屎运。”

燕绥之嗤笑一声，边吃早餐边给房东发了一条信息：什么时候回德卡马？

过了大约五分钟，房东才回复：被五万只鸭子闹到耳鸣，刚看见。原本今天就该在德卡马了，但是临时有事，得在这边耽搁一天，明天到吧。

燕绥之发信息过去：五万只鸭子？

房东回：被一屋子的人围追堵截，逼我找人来场黄昏恋。不提这个了，找我有事？

燕绥之敲着字：没什么，想请你喝个下午茶。

他们的关系已经熟到能约下午茶闲聊的程度了？不至于，这意思基本就表示有话要谈。

房东显然也是明白的，只不过他想的方向不太对，回了一条：怎么？你改主意了？在两者之间决定选房子？

燕绥之没对顾晏开屏幕隐藏，顾大律师刚好看到了这段对话，手指一拨，越俎代庖地把信息界面关了。

对面的林医生一口卷饼噎在喉咙里，他噎得满脸通红，捞起热巧克力猛灌的时候，智能机响了起来。

“喂……”他匆匆忙忙点了“接受”，这才发现居然是个视频通信，“辫子叔？”

耳扣还没被林原塞进耳朵里，对方的声音隐约从里面传出来：“你干什么了，脸红成这样？对面坐着漂亮姑娘啊？”

这声音不是辫子叔又是谁？

林原一脸尴尬地朝燕绥之和顾晏看过去：“没有，不是，吃早饭噎着了。至于对面——”

他话还没说完，房东直接开口打断道：“有个事还挺急的，你先听我说。”他说着又突然停顿了一下，“你在餐厅？”

视频里，从房东的角度应该能看到林原背后的大致场景。

“嗯。什么事？”林原问。

房东道：“我最近跟那位有点儿接触。”

“哪位？”林原一时没反应过来。

房东“啧”了一声：“还有哪位？我让你帮忙的那位，你在餐厅我能怎么说？”

林原总算反应过来辫子叔说的就是燕绥之。

他朝燕绥之和顾晏看了一眼，刚要张嘴，房东又开了口：“我觉得他可能察觉到什么了。最近正乱，你那边说话、做事注意点儿，别被他揪住什么小辫子，别让他起疑心。”

“辫子叔，我觉得这事——”林原说。

房东：“什么你觉得，你就当接了一次私活，其他的都别参与。他那边我回头再解释。”

林原再次试图开口：“我的意思是——”

“不管什么意思，总之你记住，你什么都不知道，所以也没什么能让他知道的。不过你也别紧张，我就是来给你打个预防针，他应该还不至于这么快逮住你，对于这点，我还是有点儿信心——”

林医生被堵得实在找不到开口的机会，干脆把视频通信的镜头改成了全景模式，然后手指一滑——屏幕上他的脸就换成了燕绥之和顾晏。

房东嘴里的那个“的”字刚出声就戛然而止。

对面丁零当啷一阵响，镜头滚了好几圈——房东的智能机掉了。

一阵兵荒马乱后，房东那边的镜头重新恢复正常，能看见他正坐在一个花园小庭院里，背后一堆不知是邻居还是亲属的老头们和老太太们正在哇哇哇地聊天。

房东应该是坐在一个秋千板上，抱着绳小幅度晃着。他瞪了林原好半天，又瞪了燕绥之好半天，然后深深地叹了口气："哎……你们怎么这么会挑时间。"

燕绥之笑了笑："过奖。"

房东气得牙根疼："我是在夸你吗？"

他又转头看了一眼那帮老头们和老太太们，冲其中一个跟他长得很像的老太太招了招手，道："彩虹果好吃吗？"

"特别甜！"老头们和老太太们很给面子。

"下次回来再给你们带两箱。"房东说，"还记得我这几天跟你们说的吗？别乱吃东西，水现喝现倒，别出去乱跑，别接触感染的人。毛姆先生过会儿就到，对他别客气，就当使唤我一样，但别离他的视线太远。"

"还有，妈你别装腿疼，别让毛姆手足无措地把你塞进医院，他以前是军人，可不是军医。"

之前招手的老太太冲他喊："不是我想装的。"

"怎么？还有人逼你吗？"房东道。

老太太继续喊："算了，不告诉你。"

房东一脸无奈地摇摇头，转过来对着视频这边的燕绥之他们道："我母亲舍不得我上午走，装腿疼硬是多留了我半天，还报废我一张飞梭机票。"

老太太叉着腰过来，伸手敲了一下他的后脑勺："说了我不是故意装的。"

"好吧。"房东举手投降，"嗯嗯"地应和，"我把老人们安排好了，现在就去港口，明天早上应该就能到德卡马。我到了给你通信，你们可以一起再来看看房子，租期、价格都可以好好聊。"他说着又眨了一下眼，最后一句话加了重音。

虽然通信里不方便直接聊，但是这种亮明身份，把话说开的状态却很令人愉快。

挂断通信之后，燕绥之和顾晏又跟林原聊了一会儿。

"医院上传到云端的数据，我那个是你改的？"

"不然还能有谁？"

"你看过那条的浏览记录吗？显示着该记录被浏览过六次，除了我自己点的，剩下五次都是你？"

林原一脸"果然"的样子："上传之后，为了确认显示出来的结果有没有更改，我只在设备上查询过一次，剩下四次另有其人。”

尽管他说自己只是帮忙做了个基因修正，没有接触过什么更深的事情。但他所表现出来的，却没那么简单。

“你是不是还知道些什么？”燕绥之问，“比如那天的停电，真的是意外？”

林原摇了摇头：“说不好，我发现停电后问过原因，他们说是楼下研究室设备故障导致的。但确实有点儿巧，我想……应该是有人在试探你。说起来，在那之前，你有过什么会让人起疑的行为吗？比如会让人觉得你这个实习生有点儿不对劲之类的？”

燕大教授很有自知之明地咳了一声：“要这么说的话，可能每天都有那么几件吧。”

林原：“……”

虽然他并没有把伪装的这层皮裹得很严，但也不至于到处都是怀疑他的人，总得打过交道有过接触，严格说来，无外乎发生在几个集中处——

有可能是南十字律所，毕竟一个实习生如果表现得不对劲，最容易察觉的应该就是律所内部的人。

也可能是春藤医院，他在这段时间因为身体缘故进过的医院都是春藤系的，虽然有林原暗中帮忙，但也不能保证不会有某份检查或者资料，被有心人注意到。

或者……是法庭。

酒城那次基本都是顾晏的事，他参与得不多。但是天琴星上乔治·曼森的案子，他可是全权负责的。也许是法官，也许是坐在对面的控方，也许是庭下旁听的某些人，比如曼森家族的人。

而这三处地方居然难分高下，可能性都很高。

“不管怎么说，谨慎点儿总是好的。”林原说，“如果停电是故意的，那就代表有人想看你的检测结果，以此来确认一些事情。我想着既然他们要看，与其把你的那份数据删除，不如稍微改一下，免得对方看不见还不死心，再找别的茬。”

燕绥之点了点头：“费心了。”

三人随意聊了一些，一顿早餐吃成了上午茶。

临走的时候，林原突然想起什么般拍了一下脑门："对了，你第二次基因修正没剩多少时间了。需要我再给你补做一个吗？"

燕绥之略微思索了一下，摇头道："暂时不用，我也不能总占着你弟弟的名字。"

"不过我想知道，修正失效的话，是慢慢起效，还是瞬时起效？"燕绥之摸了一下自己的脸，"上一次出差几天回来，就有人说我长得有些不一样，不过不明显。但那之后我去过天琴星，又回到德卡马，这段时间区间比之前长，却没人提过我有新变化。"

林原点头道："放心，一天一张脸，那谁受得了。这种暂时性的基因修正就是这样，前期会有细微的变化，但主要变化都在昏迷的那段时间里，之后的变化就会很小。现在已经算后期了，后期反而稳定，每天的变化几乎为零。所有的变化会在失效的最后三个小时里发生，那段时间可能会有高烧或休克的情况，总之不会好受，你一定要记得提前来找我。"

他说着又有些懊恼："早知道应该给你做个三五年的。"

本来预备着把燕绥之送远点儿，等安全了再说，没想到这人根本送不走。

燕绥之哭笑不得："你怎么不干脆做永久的呢？"

林原居然一本正经地说："我还真考虑过，不过以防万一，没那么做。"

联盟正规的基因修正大多是有年限的，永久性的基因修正所占比例不到百分之十五。因为在公众的认知里，关于基因修正的科普一直在强调，现今的技术只有基因修正术"生效"和"失效"的概念，不能无损回溯。也就是说，你如果选择做永久性的基因修正，但凡出现了问题，只能选择叠加新的基因修正来弥补，而不能让自己完完全全恢复成基因修正前的模样。

"我对我原本的长相还算满意，一辈子回不去，我可能要跟你结仇的。"燕绥之开玩笑说。

林原摆了摆手："也不至于。我现在搞的就是这方面的研究，最近刚巧有突破，试验的成功率已经到百分之七十五了，只不过还没往上报。等过一阵子，稳定点儿再说吧。"

他最终又额外强调了一句："失效前务必记得来找我，不然三个小时大变活人很吓人的！"

第九章　临阵健身

和林原开诚布公的谈话出乎意料的顺利，但有可能响应了先辈那句“有得必有失”，下午跟当事人贺拉斯·季的沟通就糟糕透顶。

这个当事人对暴雨深恶痛绝，看到雨水不断地被泼到窗上，就特别烦躁。他整个下午都坐在窗户前，一直看着外面，问什么都跟牙疼似的哼两句。

一时间很难判断他是故意拖着不想交代，还是真的对暴雨这么抵触。

好在这件案子没这么快被提上法庭，顾晏还有充足的时间跟他慢慢耗。

一个小时的会见时间几乎完全被耗在了沉默里，不过在最后，一直盯着窗外的贺拉斯·季的眼神有一瞬间的变化，他眼珠一动，就像雕像倏然活了似的。

燕绥之注意到那一瞬，为了防止惊动到贺拉斯·季，他提醒顾晏的动作特别小，抱着胳膊的手指在顾晏手臂上轻轻挠了两下。

顾晏：“……”

燕绥之低声道：“看我干什么，看窗外。”

让贺拉斯·季眼神活起来的，是窗外一只扑棱而过的鸟，它狼狈地转了一会儿，便找了个屋檐角落躲雨。

见那鸟在檐下蹦蹦跳跳，贺拉斯·季讥讽地笑了一下，道：“傻鸟。”

这就是他会见中说的全部了。

这场暴雨耽误了德卡马不少人的工作，以至于大家想忙都没地方忙。南十字这天大律师出奇的全，而且都在傍晚准点下了班。

燕绥之和顾晏在楼下的餐厅随便吃了一点儿晚饭，便回到了城中花园的别墅。

难得有时间在屋子里待这么久，顾晏不想回房间，拉着燕绥之坐在沙发上。

人就是这么奇怪，家眷也好，亲朋也好，简简单单几个字，就能产生一种奇妙的化学反应，好像有了这些称呼调剂，什么无聊的事情都变得有意思起来。

哪怕是窝在沙发上看新闻，看案件资料，看一场电影，或者单纯地享受一本书，都比以前多了一丝惬意。

更何况，沙发旁落地玻璃窗外的夜景很好，那几株灯松顶上有玻璃遮着，暴雨对它们的影响有限，泥土的浓重潮味反倒让灯松虫出来得更多，星星点点，安静又浪漫。

然而……有些人丝毫没有这方面的细胞，一点儿也不配合。

燕绥之在沙发上窝了一会儿，就搁下手里的纸页，目光落在了客厅另一头没开灯的地方。

顾晏顺着他的目光望去，就看到了自己的健身区。

燕大教授莫名想起自己讨不着的便宜，鬼使神差道："顾晏，健身区借我用用。"

顾晏一头雾水，觉得这人想一出是一出："怎么了？"

燕绥之一脸深沉："想起我以前住处落灰的器材了。不过以前每天会晨跑，自从来了你这里，连晨跑都取消了。"

顾晏："……我不得不提醒你，最初两天我晨跑的时候敲过你的门，敲完之后我收到了一条你隔着门发给我的信息。"

他说着就开始调证据，把智能机屏幕翻出来送到燕绥之眼前，接连两条信息并排靠着，每条的内容都只有两个字，言简意赅：不去。

现在假惺惺地要锻炼了，真是见鬼了。

燕绥之抬手就把那两条罪证给删除了，然后摊手道："我就是想锻炼了，借不借吧？"

顾晏垂着眼皮，面无表情地看了他一会儿，去一楼的房间里翻了一条白色的新毛巾，自己也拿了一条。

他把毛巾往燕绥之头上一盖，顺势轻拍了一下："借，我也一起。"

燕绥之拽下毛巾，乌黑的头发被弄得有点儿乱，心说：一起什么一起？一起锻炼完后共同进步，对我来说，不还是白做功吗？

但是没等他表示异议，他人就被顾晏牵着走了过去。

这下好了，托这双不听话的脚的福，不练也得练了。

某种程度上来说，燕大教授是个很难对付的人。他独断专行起来，总是一脸笑意，满嘴歪理，偏偏能把对方绕得晕头转向，稀里糊涂就妥协了，还觉察不出什么错。

但这是普适性的、对付外人的，到了顾晏这里就毫无作用了。

燕绥之想劝说顾同学放弃锻炼，别瞎凑热闹，最好能让他独自增肌、默默成长。于是在前半段时间里，他的手脚很忙，嘴也没歇着，时不时对顾晏进行一波精神污染和干扰。

顾律师不为所动，掐着点结束了第一组，从器材上下来，弯腰拿起地上搁着的能量水。

刚拧开盖子，某位教授就“哎”了一声，冲他抬了抬下巴，道：“我喝两口，有点儿渴。”

顾晏又瞥了一眼墙上的星区时钟，把能量水递过去，用瓶口碰了碰他的嘴唇，没好气道：“半个小时嘴没停过，不渴就怪了。”

作为一个昏睡数月、醒来后身体又一直不太强健的人来说，就算底子不差，也不太适合一上来就运动得太剧烈。顾晏一直关注着他的运动强度，以免他心血来潮超出负荷。

不过即便这样，半个小时对燕教授来说也很有效果了。他不停还好，一旦停下来就是汗液长流。但同样都是半小时，顾晏却连喘都没喘一下。

他扶着器材重重地喘了几口气，然后接过能量水，小口小口地喝了一些，又试着哄骗了一回：“你看，这点儿强度对你根本不起作用，汗都没出几滴，练着多没意思。”

健身区的落地灯在一角发着温和的光，他的脸一侧背着光，睫毛投落的阴影被拉得深而黑，眸光从那片阴影里睨过来，带着半真半假的玩笑意味，在顾晏身上打了个来回。

他说着，又喝了一点儿能量水润喉咙，汗液顺着他微仰的下巴滴落，又顺着脖颈拉出的筋骨线滑下去，很快便湿了一片。

顾晏看了一会儿，结果听见燕绥之轻轻“咝”了一声。

“怎么了？”

“从器材上下来的时候，被这破玩意儿的柄撞了一下腰。”燕绥之解释说，“刚才没什么感觉，这会儿却一碰就痛。”

“我看看。”顾晏闻言拉了他一下，撩开他的衣摆看了一眼。

刚硌完还看不出青不青，他伸手在那块儿轻按了两下：“这边？”

燕绥之抓住他的手紧了一下，看得出来是真的硌重了。

顾晏压着他的肩膀缓了一会儿，而后站直身体道：“我去拿药。”

“哪儿有那么夸张？”燕绥之说完就见顾晏已经走到了柜子那边。

看着他在药箱里翻找的背影，燕绥之一脸若有所思。

上次药箱被清空后，他们重新补过一批新药，里面当然也有化瘀青的喷剂，磕磕碰碰后喷完揉按一会儿就能好。

喷剂在汗淋淋的皮肤上用了没什么效果，燕绥之也不琢磨什么锻炼了，干脆上楼洗了个澡。

顾晏上来的时候，他的头发刚吹得半干。

燕绥之看到了他手里的喷剂：“还真打算用药？一看到这种东西，我就觉得自己好像上了年纪。”

顾晏无视了他的胡说八道，朝床和沙发椅各扫了一眼：“趴床上，还是趴沙发上？”

燕绥之：“……”

谁让他硌到的是后腰呢，除了趴下，也没别的选择。

燕大教授突然觉得自己白瞎了半个小时的锻炼。

他一脸复杂地来回打量一圈，干脆怎么舒服怎么来，趴在了床上。

床塌陷下一些，顾晏坐在旁边，他上来之前也洗了澡，温热的躯体伴着沐浴剂的清淡冷香浮散开来。

顾晏伸手将燕绥之的衣服下摆撩开了一些，又因为两人是靠着的，燕绥之腰间露出的一截皮肤碰到了顾晏的衣服布料。

不知道是不是洗了澡的缘故，燕绥之被硌的地方终于泛出青色来，在他肤色的衬托下，突兀得有些惊心。

顾晏盯着那块儿看了一会儿，手指摩挲过去，动作很轻。

燕绥之缩了一下。

“疼？”

“不是，痒。”

药剂冷不丁喷上来的时候几乎是冰的，不过还没等他反应过来，顾晏温热的手指已经揉按上去，把药剂揉得跟体温一样，又过了一会儿后，那块皮肤甚至开始微微发热。

燕绥之的身体很僵硬，因为顾晏一开始手上的力道总是重不起来，弄得他痒得不行。

不过顾晏显然很细心，一直根据他的细微反应调整着力度，手法很快便娴熟起来。燕绥之的痛感也越来越轻，到最后几乎可以称得上舒服。

燕绥之的身体一点点放松下来，枕着手臂安静了好一会儿，突然轻声开口道：“顾晏。”

“嗯？”

“你是不是有点儿怕我？”

顾晏的动作顿了一下。

接着，燕绥之感觉自己的额头被摸了一下。

他没好气地抓住那只手，从额头上拉下来：“拐弯抹角说我说胡话？”

“你从哪里能看出我怕你？”顾晏低沉的声音太适合夜色了。外面暴雨倾盆，偶尔还夹着雷电，他却始终平静温沉。

“不是指那种怕。”燕绥之说，“是有点儿小心翼翼。”

他说着干脆翻过身，看着顾晏的眼睛说道：“你这么聪明，应该明白我的意思。”

顾晏沉默了片刻，“嗯”了一声。

不知道为什么，明明就是这么简单的一个音节，却让人莫名有些沉闷。

他皱了一下眉，目光落在旁边的落地灯上，有些出神，片刻后，他开口道：“爆炸案发生后的那几个月，我失眠过一阵子。”

这大概是他第一次谈论起那段日子，说完一句后总会沉默一下。

“其实不是真的睡不着，只是我不太希望自己睡过去。”他说，“因为那阵子总会重复做一些梦，梦见同学聚会的时候，劳拉他们跟我说‘弄错了，爆炸不在你那个酒店，你已经恢复了工作，又新接了某个案子，也许某一周会回学校做个讲座’。”

这个人总是这样，说起那些曾经有过的浓烈或直白的情绪时，声音总很平静，却偏偏听得人很难过。

“那些梦的场景总是很真实……有时候醒过来，我会有点儿分不清真假。所以我给自己找了很多事情来做，晚上我会看很多卷宗，包括那些年各种冗长的爆炸案资料。其实那些案子的关联性并不大，就只是单纯地都叫‘爆炸案’而已。”

但总觉得不太甘心，总觉得也许是自己漏掉了某个关键字眼，也许关联藏在某个不起眼的角落中；总想着，一定有些什么没有发现的复杂原因，否则好好的人怎么会说不见就真的再也不见了。

顾晏又一阵沉默，然后说：“最近还是会梦见一些事，梦见菲兹他们匆匆跑来跟我说‘弄错了，没有什么实习生，都是一些荒谬的臆想’。关于你的最后一个消息还是爆炸案，最后一次聊天还是十年前。”

燕绥之看了顾晏好一会儿，生平头一回感到一种难以表述的心疼。

“没弄错。”他看着顾晏的侧脸，然后倾身过去抱了他一下，“我活得很好，身上连旧伤口都没有留下。托你的福，恢复了工作，接过新案子。等这些乱七八糟的事情都解决了，也许某一周，我会回到学校做个讲座，第一场的效果可能不会很好，会有人吓晕过去也说不定。”

顾晏的声音响在他耳边：“我知道。”

他很理智，也很清醒。

他知道那些就只是梦而已。

也许是因为现实好得出乎意料，所以夜里总要有些梦来提醒他别太忘形。

顾晏低声说：“我在适应。”

窗外依然是瓢泼大雨，雷声却已经远去了。

遥控器在沙发扶手上，窗帘还没有拉上，大片潮湿的雨水在玻璃上蜿蜒出纠缠的痕迹。

许多年前的某一次生日酒会也是这样，酒会结束时碰上了少见的暴雨，原本要离开的人纷纷笑闹着回来，重新在客厅聚集，围成一片，聊着一些久远而模糊的话题。

那时候，顾晏就坐在燕绥之的身边，手肘架在沙发扶手上，支着下巴沉静地听着。落地灯勾勒出顾晏英俊的轮廓，但不管他说什么做什么，总会显出几分冷淡来，以至于某位学姐忍不住逗了他一句："以后找了女朋友，不会还这样吧？"

当时的燕绥之听得笑了。

只是没想到，十年后，他会在某个相似的雷雨夜里，依稀窥见那副冷淡面孔下暗藏的情绪，沉默又汹涌。

"你把药喷我床上了。"燕绥之从床上坐起来，拎着被子说。

顾晏瞥了一眼湿痕，浓重的药味确实有点儿熏人："楼下有新的。"

燕绥之绷着脸略微适应了一下腰后的伤处，穿好衬衫说："我跟你一起过去，拿那套黑色的。"

顾晏愣了一下，这才明白他的意思。

燕绥之单手扣了两颗衬衫纽扣，拍了拍顾晏，道："我觉得黑色起码比其他颜色好看一点儿。什么时候你能半点儿不硌硬地往我身上盖黑被子，往我手里塞安息花，应该就不会再做那些梦了。"

顾晏："……"

某人每天都在琢磨些什么倒霉办法？

"老师会害你吗？"燕绥之又装起了大尾巴狼，挑眉问，"去不去？"

顾晏无奈又顺从："去。"

两人一前一后下楼，从客房柜子里翻出一套黑色的被子。顾晏抱着被子，看得出他对那颜色非常嫌弃。

关灯上楼的时候，燕绥之想起什么来，问了一句："你为什么借我阁楼，而不是客房？"

顾晏理所当然地道："你又不是客。"

况且阁楼的空间跟客房没差，说是阁楼，面积却一点儿也不小。

燕绥之有些好笑："说得好像你接待过什么客人似的。"

顾晏找不出反驳的话，便没吭声。

其实不过是他的一点儿私心，阁楼在主卧的正上方，他偶尔能听见楼上的一些动静，显得这幢房子更满一些。

换完被子后，燕绥之因为难以忍受浑身的药味，又进卫浴间简单冲洗了一下。顾晏靠坐在床边等他，随意刷了两下智能机里的案子资料。

他以前觉得自己是个克制力还不错的人，随时都能够进入工作状态，或者说，他几乎没从工作状态中脱离出来过。而他现在却发现，消极怠工谁都会有，只不过以前没有被开发出这种潜力而已。

他翻了两页，又起身下了楼。

这种时候就有点儿庆幸药箱曾经大换血，他没记错的话，新买的药品里有消炎药的冲剂，也有基础万能药。

顾晏一一翻看着那些药，每一盒的说明都看得很认真，甚至连口味都没忽略。

这大概是他看药看得最认真的一次。

他在里面挑了一种几乎喝不出什么味道的消炎药剂，然后接了两杯温水，往其中一杯里倒入了消炎药。

在这方面，顾晏太了解燕绥之了，如果直接让他吃消炎药，他肯定死要面子、满不在乎地说："吃什么药，没到那程度，不至于。"

他弄好一切上楼的时候，燕绥之已经冲完澡准备睡了。

顾晏状似随意地把水杯递给他："你出了那么多汗，又洗了个澡，喝点儿水再睡。"

燕绥之接过杯子，刚喝一口就疑惑地问："这水怎么有股味道？"

顾晏不动声色地喝着自己杯子里的水，心说：这人嘴巴怎么这么刁，说明书上写着无色无味都能被他喝出区别来。

"什么味？"

"说不上来，有点儿甜。"

这天早上，燕绥之睁眼的时间并不比平时晚，长久以来形成的生物钟，让他很难长时间地处于沉睡状态。

窗帘一夜都没拉上，外面雨过天晴，太阳出来得格外早，在房间里投下大片明亮的光影。阳光的角度很不巧，有点儿晃人，但他只是懒洋洋地眯起眼，没有伸手去挡。

“醒了？”低沉的声音传进燕绥之的耳朵里，是顾晏从楼下上来叫他起床。

燕绥之“嗯”了一声，没睁眼，懒懒地问道：“你什么时候醒的？”

“五点多吧。”

“两点睡五点醒，你不累吗？”

“还行。”顾大律师想想，补充了一句，“可能因为晨跑和健身。”

燕教授不想说话。

顾晏问：“起床吗？”

“不。”燕绥之斩钉截铁地说。

顾晏：“不是约了房东？而且傍晚还有所里的酒会。”

燕绥之：“联盟主席来约都不见。”说完他有些没好气地转头问顾晏，“你知道我现在什么感觉吗？”

“什么感觉？”

“像抱着整个德卡马做了五百个仰卧起坐。”燕绥之的语气毫无起伏。

顾晏：“……”

这大概是过量运动的通病，当时没什么感觉，一觉醒来就感觉脖子以下都不是自己的。

“真不起？”顾晏问。

“你要不去找把铲子来试试。”燕绥之说，“反正我不想动。”

顾晏：“……”

梅兹大学的任何一个学生都知道，燕院长说什么都理直气壮。但理直气壮不起床的一幕，这辈子大概也就只有顾晏能看见了。他不只是能看见，还是罪魁祸首。

顾晏显然找不到能铲人的铲子，也没打算找，只能“将就”一下，以手代劳。

燕大教授为了保住自己的命，忙不迭下了床。

这天的早饭是顾晏做的，他又在牛奶里悄悄给燕绥之加了点儿消炎药剂。

他把餐盘搁在桌上，燕绥之正扣着衬衫的袖扣下楼，姿态依然放松而优雅，看不出什么问题。

“你做的？”他在餐桌边站定，扫了一眼桌上的早餐，居然很丰盛，乍一看还挺唬人的。

结果他一抬眼，就瞥见顾大律师正把智能机某个界面收起来。

虽然看不清字，但花花绿绿的图片很明显……

“临时抱菜谱？”燕教授记着健身的仇，毫不客气地拆穿了他，眼睛瞬间弯了起来。

顾晏的指节抵着薄唇咳了一声，在餐桌边坐下，把那杯热牛奶往他面前推了推：“不能保证口味，试试看，难吃的话出去补一顿。”

燕绥之站在桌边，拿着叉子尝了一块：“超出预想，味道不错。”

他就那么站着，斯斯文文、不紧不慢地尝了半盘，又毫不吝啬地夸了一句：“还真挺好吃的。”

顾晏：“你可以坐下慢慢尝。”

燕绥之一脸淡定地喝了一口牛奶：“还是不坐了。”

顾晏：“怎么？”

燕绥之撩起眼皮：“你说呢？”

顾律师：“……”

顾晏突然理亏。

燕绥之刷了两下早新闻，一目十行地扫过几个标题，还没从标题的内容中反应过来，他就觉察到面前的人影一晃。

他抬眼一看，发现顾晏也站了起来。

“干什么？”燕绥之疑惑地问。

“反省。”顾晏淡淡地说。

说是反省，不过是陪燕绥之一起站着而已。顾大律师生平颇讲公平，这种时候更是陪得心甘情愿。

燕绥之愣了一下，一时没忍住，搭着顾晏的肩膀笑出声：“反省完了，要改正吗？”

顾律师默默地喝着咖啡，裁剪合体的衬衫和西裤将他衬得英俊挺拔，正经得像站在法庭上。他淡声说："不改。"

燕绥之："……"

燕绥之在心里给自己送了一支安息花。

但同时他又很高兴，高兴于顾晏的放松，那些所谓的"小心翼翼"好像已经被昨天彻夜的暴雨冲刷淡化，慢慢从顾晏身上褪去了。

最好再也别出现。

这天的早晨新闻恐怕还是些老生常谈的东西，大半篇幅都被感染状况占据，剩下就是摇头翁案。

燕绥之随意戳进最顶上的感染新闻看了一眼，见跟之前并没有什么区别，他便没有细看，又随机挑了一条摇头翁的新闻看。

摇头翁的新闻现在三句不离顾晏，从他过往成就分析到一级律师的竞争，再到对他接案子的猜测……几乎写了一篇小论文。

无稽之谈，全是放屁。

燕绥之在心里评价了一句，也没跟顾晏提。他相信这种毫无营养的报道并不会影响到顾晏，但会浪费顾晏的时间。

不过他自己倒是把跟顾晏相关的新闻逐条看了，之后才注意到页面某个不起眼的角落里窝着一条小新闻。

"看这个。"他搭在顾晏肩上的手指敲了几下，"赫兰星飞往德卡马的飞梭机二号冷却芯故障，导致十二号客舱温度失控……"

"哪一班飞梭机？"顾晏也跟着皱起眉。

燕绥之把报道中的某一行挑给他看："原本应该昨天晚上到德卡马的DH42号。"

"有人受伤？"

"有，十二号客舱的客人有不同程度的烫伤，最严重的是二十二到二十八这几个座位上的，因为离冷却故障的动力池最近。"

发生事故的时候，舱内的客人刚好都在睡觉，座位全部调成了床铺模式，这使得受伤程度更为严重。

看完报道的重点内容，两人对视一眼。

燕绥之当即拨通了房东的通信。

通信接通的时候，房东先生口齿含糊，似乎正在吃东西："怎么啦？"

"你到德卡马了？"燕绥之问。

房东抱怨说："别提了，本来这个时候该到了，结果被堵在轨道上了，前面有班飞梭机出了故障。"

"你原本订的票是哪班？"

房东似乎是哼笑了一声："你觉得呢？"

"DH42 那班？"

"是啊，是不是特别巧？"房东说，"我也是吃早餐时听到公告才知道，那班的票我都还没退呢。还有更巧的——"

燕绥之已经猜到了："你的座位就在十二号舱？几座？"

"二十四座。"

"果然……"燕绥之给顾晏递了个眼神。

如果不是房东的母亲多留了他半天，让他不得不推迟归期，那么现在躺在急救医疗舱的就是他了。

房东说："不排除真的是巧合，但是……我们各自都小心一些吧。"

燕绥之说："尤其是你。"

"错啦。"房东说，"我在小心和躲事这方面经验丰富，大可放心。你在出事的方面经验丰富。"

燕绥之哭笑不得，但又无法反驳。

"我没事，就是有点儿撑。这班飞梭机为了补偿延迟时间，安抚大家的情绪，两个小时喂了我们三顿早饭。"

房东说："我这会儿最大的风险就是有可能会被喂成猪。放心吧，我现在要做的是，诱哄我妈说出那个让她腿疼的人，其他的等到德卡马了再联系你。"

第十章　律所酒会

跟房东的会面没能如约进行，南十字律所安排的酒会也出现了一些计划外的人。

傍晚时候，燕绥之和顾晏在酒会门口碰到了两个刚从车上下来的熟人。

“乔？”顾晏一愣，“你怎么来这边了？”

这不是南十字内部的酒会？

乔被这么一问，愣得比顾晏还明显：“什么意思？怎么我不能来吗？”他转头看了看灯火通明的庄园式酒店，纳闷道，“你们律所给我递的邀请函啊。”

顾晏：“南十字递的函？”

他对南十字律所的归属感并不强，只有简单的合作概念。工作多年没换地方，也只是因为跟事务官亚当斯是朋友。

所以在越是亲近的人面前，他越少称南十字为“我们所”，都直呼名字。

乔当然知道这一点，他刚才只是愣神，这会儿反应过来改口道：“对，南十字那个姓高的合伙人跟我说的。看你们这么惊讶……通知不一样？”

燕绥之说：“之前一直说是内部酒会，欢迎实习生的，临时改了？”

顾晏问：“你什么时候收到的？”

“前几天。”乔说，“我之前以为你一定又找借口避开了，就拒绝了高先生。昨晚才知道你俩也来了，便改了主意，还特地没吭声，想给你们个惊喜。

现在看来，好像只有惊没有喜嘛！”

乔大少爷半真半假地抱怨了一句，然后还特别自然地转过头拍了拍柯谨的肩膀：“是吧？”

柯谨的注意力有些分散，听了他的话，好半天才有所反应，黑白分明的眼珠缓缓转过来。

乔对他总是有万分的耐心，等到对上柯谨的视线，他才笑起来，又冲顾晏说：“看，他也赞同。”

顾晏一脸无奈：“还有哪些人你知道吗？”

“我听到的消息是说，你们那位合伙人高快过生日了，决定热闹热闹。当然，我觉得他主要目的是想再拉一拉几个财团家族的关系网。所以……曼森、巴度、克里夫这些人肯定会来。哦，还有我这种自由散漫型的。”

乔大致列举了几个，又说：“现在看来，内外通知不一样啊。怪不得，我就说这种聚会你怎么可能参加，我都觉得无聊透顶。”

两方消息一对线，不论是燕绥之、顾晏，还是乔都有些没兴致。

“我可真讨厌被骗。”乔说，“要不干脆别进去了，咱们自己——”

他这话还没说完，酒店里出来几个人，脸上堆着笑意迎了过来。都是南十字的合伙人，还有事务官们，亚当斯也在里面，冲顾晏挤了好几下眼睛。

这么一来，想跑也跑不了了。

乔大少爷倒是毫不避讳，笑呵呵地挤出一张上坟脸，跟燕绥之他们一起被迎进了酒店。

酒店前后两座山庄似的双子建筑，中间夹着一个巨大的玻璃花园，酒会就在布置好的花园里。

燕绥之一进去就看到了瑟瑟发抖的实习生们，像是一窝鹌鹑似的，挤在角落里一张不起眼的餐桌前。

“阮——”洛克看到燕绥之时就像见到了救星，但又碍于场面没敢提高嗓子，只能疯狂招手，“阮——这边——”

比起其他人，他们倒是更有意思一些。

于是燕绥之抬手示意了一下，便朝他们走去。

顾晏进主会场扫了一眼，也跟了过去，接着是乔少爷和柯谨……

洛克没想到自己这么厉害，一招就招来四个人，扭头就给了自己一巴掌：“让你乱叫唤！”

这几个实习生跟燕绥之的关系一直很好，但见了顾晏就像老鼠见了猫，更别说还有乔这种一看就是金主级别的陌生人。

“顾律师好，这两位是？”实习生的眼神可怜巴巴的，看得人都不忍心了。

燕绥之转头看向顾晏，顾晏坦然地转头看向乔，乔一脸无辜。

“算了，给你们介绍一下——”燕绥之没忍住，笑了起来。

不过他刚要介绍，就被乔少爷抢先道：“乔，大你们几届的学长。你们都是梅兹大学的吧？”

他的自我介绍向来只提名不提姓，可能比起背后的家族，他更希望强调自己这个散漫的个体。

洛克他们连忙点头：“对的，都是。”

这种自我介绍直接略过了其他身份，只说是学长，让几位瑟瑟发抖的实习生们放松了一些。

“哦。”乔说，“我跟你们顾律师同级，不过年纪上要虚长几岁。严格来说，你们顾律师是要喊我哥的，你们喊什么就自己看着办吧。”

顾晏：“……”

实习生：“……”

燕绥之很讶异，他仗着众人不注意，垂着的手拽了拽顾晏的衣袖：“乔居然比你大？”

他一直以为这两人同龄，甚至因为性格差异，总觉得顾晏要年长一些。

对于这种小动作，顾大律师十分受用。

不过他还没回答，乔少爷本人已经听见了关键字眼，耳朵很尖地应道：“对啊，不知道吧？我比他要大，只不过留过几级，就成了同届。”

这种事他说起来特别坦然，瞬间让实习生们感到亲切。

“您也是法学院的吗？”菲莉达一脸好奇，毕竟法学院从来没听说过这号学生。

“你看我像吗？”

“呃……”

“我觉得你们院长应该不会允许法学院有我这样胡闹的学生。”乔少爷说得理直气壮，“我也不是受虐狂。”

有一些傻子就有这样的本事，一句话就能让在场的诸位统统中枪，从实习生们到顾晏，再到燕绥之本人，无一幸免。

乔大少爷看见他们一言难尽的表情，顿时哈哈大笑起来：“好吧，不逗你们了。再说下去，你们顾律师头一个要跟我翻脸。”他说着又指了指柯谨，声音温和下来，“这位才是你们法学院的亲学长，跟顾同龄同级，姓柯。”

专门负责给柯谨做治疗的心理医生说过，不要对他太过区别对待，平常怎么样就怎么样，这样不容易刺激到他的情绪。

但在日常相处中，其实很难做到这一点，无论是同学还是朋友，总是或多或少会把他作为特殊的人照顾，只有乔一直在努力奉行。

作为法学院的学生，多少听说过柯谨的事，所以洛克他们非常识趣，礼貌地叫着学长，并没有多问。

“你们来这里多久了？”燕绥之朝花园更里面的地方望了一眼，问洛克。

“有一会儿了。”

菲莉达没忍住，悄悄说：“不是说只有咱们所里的人吗？是我理解有问题还是什么，怎么搞这么大场面，里面那些人大半都在各种报道里露过面。”

“我刚才悄悄打听了一下，还不止这些呢。”安娜说，“明天还会有一拨人到场。”

“如果忽略掉那些假惺惺的客套话，环境还是很不错的。”乔说，“我看这个角落就挺好，咱们就坐在这儿喝酒得了。介意吗，姑娘们和小伙儿们？”

实习生们倒是挺喜欢他的，连忙摇头，笑笑说：“不介意不介意。”

但是显然，这个愿望并不是那么容易达成的。就算他们无视掉那些客人，那些客人也不会放过他们，有的是出于客套寒暄，有的是为了套近乎。总之，他们这个角落并没有安静过，端着酒杯来打招呼的人络绎不绝。

实习生们非常绝望。

其中不乏一些对燕绥之很好奇的人。

“那位鼎鼎大名的实习生呢？”

“我可是听说了。”

“对啊，曼森家那个案子。”

这几乎能总结出一套标准的开场白。

顾晏和乔总是最先跟来人打招呼，一个不冷不热，一个吊儿郎当，两个人就能挡去大半的酒，坚持要留下来聊几句的，又总会在燕绥之这里碰壁。

基本流程大概是这样的——

“哦，你就是那个实习生？”

燕绥之装傻：“谁？”

“不是你吗？那个接了曼森家案子的。”

燕绥之：“不是我接的。”

“弄错了？”

“法律援助委员会随机发放过来的。”

对方：“……”

“我听说过你在法庭上的表现，非常值得夸赞。”

燕绥之：“那您可能更需要夸赞我的老师，基本都是他远程指导的功劳。”

“年轻人谦虚是好事，但也不用这么谦虚。一个实习生能把案子辩得那么漂亮，也不是光靠老师就行的。”

燕绥之：“是的吧，还靠现代通信。”

对方：“……”

“至少你在庭上的表现很棒，据说非常镇定。”

燕绥之：“还行，腿倒是一直在抖。谢谢法庭辩护席的设计，完美挡住了我的下半身。”

对方：“……”

“我当时有幸坐在旁听席，辩护点非常棒。一个实习生能做到这点，真是非常令人惊讶。”

燕绥之：“那就用不着惊讶了，本来也不是我找的辩护点。”他说着还转头，一本正经地冲顾晏道，“老师，这位先生在夸你。”

这人倒是记得自己还披着实习生的皮，说话风格、用词用语跟当院长的时候就是不一样。但并没有让来客愉悦到哪里去，打发对方的同时，他也在心里默默记下了这些对他很好奇的人。

“我的妈。”洛克掰着指头数，“刚才的都是些谁呀？咱们所的几位合伙人大佬，还有那个秦先生，智能金属方面的巨头吧？克里夫，联盟用的飞梭机三分之一是他家的吧？不过他好像更偏向于货运？还有那个巴度先生，他家……他家干什么的来着？”

“搞药剂吧。”菲莉达说，“反正牛鬼蛇神什么都有。”

七点左右，有人姗姗来迟，打破了酒会的聊天格局。

那一行人少说有十来个，大部分人止步于花园门口，像些尽忠职守的侍卫。

真正进花园的只有三个人，其中两个是一对兄弟，五官有些像，气质却截然相反。那个年长一些的一头短发，看人的时候，目光总是一扫而过，带着一股傲慢感。

很巧，在不久之前，燕绥之还跟他打过照面，就在天琴星的法庭上。

他是曼森家的长子——布鲁尔·曼森。

服务生端着托盘迎过去，布鲁尔·曼森看也不看，随意从里面拿了一杯酒。他食指上的戒指在灯光的映照下晃过一片光，戒指上是三枚黑钻和一个硕大的“K”，显露出张扬的财气。

落后布鲁尔·曼森半步的是曼森家的二儿子米罗·曼森。他的头发比他哥的略微长一些，且一丝不苟地朝脑后梳过去，一侧滑落了几根下来，再配合他的那双眼睛，看谁都透着一股戏谑的意味。

他在进门的时候也挑了一杯酒，还没跟人打招呼，就先挑着眉自顾自地喝了几口。他也有一个跟布鲁尔一样的饰品，三枚黑钻拥着一个硕大的“K”，只不过不是戒指，而是耳钉，戴在他右耳上，显露出张扬的……骚气。

剩下那人则是两人的助理。

“对了，乔治·曼森怎么样了？”

跟这两位相比，曼森家的小少爷就真的……只是个小少爷而已。燕绥之没见到他的人影，便问了乔一句。

“再有几天应该就能出院了。”乔说。

“还没恢复？”

“其实前几天就恢复了，只不过他一直不说话，也不理人。”乔撇了撇嘴，默默喝了一口酒。

外面还没有透出什么风声，但是昨天早上乔从内部得知消息，赵择木应该就是对曼森小少爷下手的人，不会有错了。

得知消息之后，他就去了曼森的病房，想告知一下结果，但是他满嘴跑火车地说了半天，始终没有进入正题。

最后还是曼森自己突然从窗外收回视线，说：“你以前可没这么磨叽。”

这是这么多天里，曼森小少爷第一次主动开口，之前他不是在恹恹地发呆，就是在睡觉。

乔哼了一声，又沉默片刻，说：“是赵择木。”

曼森听完，表情一点儿也没变，更没有露出丝毫意外。他只是又把视线投到了窗外，过了一会儿才说：“嗯……我知道。”

“你知道？”乔当时有些惊讶。

不过在那之后，曼森就再也没说过话。

“我后来想想也对，也许他那天瘫在浴缸里，并没有真到喝晕的地步。”乔低声嘟囔着。

他那时候才突然明白，为什么曼森醒来之后一直那么恹恹的，好像对什么都带着一股厌弃感，可能就是因为他知道是谁做的那些事。

“但是为什么呢？我一直没想通。”

“赵择木自己怎么说？”顾晏问。

乔说：“警方那边，他的说辞是因为曼森比较混账的那几年，做的一些事、说的一些话让他觉得很受辱，好像赵家只配跟在曼森家族后面提鞋。再加上，前段时间赵家和曼森家族的合作出了问题，赵家几乎成了弃子，他有点儿不甘心，想做点儿什么重新引起曼森家族两个大儿子的重视，比如清除障碍……这种鬼话谁爱信谁信，反正我不太信。”

他想了想，朝布鲁尔・曼森那边瞥了一眼，说：“他的说辞让布鲁尔和米罗也来了个警署一日游。不过也就只是一日游，没什么别的事。”

曼森兄弟进门进得相当艰难。因为他们刚站定，酒会里的人大半都围了过去，一轮寒暄客套完毕，刚到手的酒杯就已经空了。

“好歹让我先坐下。”布鲁尔·曼森跟其中几人开了个玩笑，“你们打算把我撂倒在门口吗？”

他们哈哈大笑着朝某一个沙发走过去，人群散开一些后，布鲁尔·曼森的目光扫到了燕绥之他们闲聊的角落。

米罗·曼森跟着看过来，戏谑的目光先是在燕绥之和顾晏身上停了一会儿，最终落在了乔的身上。

他跟布鲁尔·曼森打了个招呼，手插着口袋不紧不慢地走了过来。布鲁尔·曼森在他后面皱了皱眉，但也没阻止，只远远地冲顾晏他们这边点了一下头，就在人群的簇拥下走开了。

米罗·曼森大老远地就冲乔举了举杯子：“瞧我看见了谁！你怎么会来？”

乔也冲他举了举杯，却没有喝，只理所当然地反问道：“有朋友在这里，我为什么不来？”

“哦——我以为有你父亲在的场合，你都绝对不会出现呢。”

“他现在在吗？你找出来我看看？”乔说得很不高兴。

他跟布鲁尔·曼森还能装装客气，跟这位就半点儿好脸都不愿给了。

“不在吗？那明天也该到了吧。”米罗·曼森装模作样地扫视了一圈。

他说话有点儿拖腔拖调的，听着不太舒服。

乔翻了个白眼。

“年轻才俊，顾律师？”米罗·曼森不再逗乔，他碰了碰顾晏的杯子，转而看向燕绥之，眯起眼睛道，“这一定就是顾律师的实习生了。”

他端着酒杯，小手指冲燕绥之指了一下，一脸遗憾地说：“我听布鲁尔说，你那天在庭上的表现令人印象深刻，我一直很懊恼那天为什么要去赶赴一个约会，否则就不会错过了。”

这话就说得很不是东西了。开庭的时候，他的弟弟乔治·曼森还在医院生死未卜，他居然还要去赶赴约会。

最不是东西的是，他居然就这么毫无负担地说了出来。

新闻报道里写的都是“两个哥哥面容憔悴，神情严肃”之类的，也不知是哪个瞎眼的看出来的。

燕绥之以前跟这人打的交道不多，但短短几句话就能感觉出来，他比哥哥布鲁尔·曼森要嚣张一些，不怎么知道收敛。

“作为补偿，我要跟你喝一杯。”米罗·曼森说，“你的杯子呢？”

燕绥之挑了挑眉，刚想说点儿什么，就感觉自己手里被塞了一只玻璃杯。

他低头一看，一杯牛奶。

米罗·曼森气笑了：“……顾律师什么意思？”

顾晏还没开口，燕绥之就笑着说：“我换过三次胃，就是因为仗着年纪小，毫无顾忌地喝酒，胃里都是酒精性溃疡。这两天刚好还有点儿出血，实在不敢喝酒。当然，如果曼森先生坚持的话，我豁出第四个胃也是可以的。”

这话听着有点儿瘆得慌。

米罗·曼森不小心想象了一下，再看自己手里的酒也有点儿倒胃口。

“就这样吧。”他绿着一张脸，在燕绥之的牛奶杯上敷衍地碰了一下，转头就走了。

把骚气逼人的米罗请走，燕绥之一转头就看见脸色发绿的乔，他一言难尽地看着他，问：“你换过三个胃？”

燕绥之：“这你都信？”

乔：“……你语气特别诚恳。”

燕绥之的语气更诚恳了：“我还去世过一回呢。”

乔：“……”

大少爷一脸不满地看向顾晏：“你的实习生把我当傻子，你管不管？”

顾晏淡定喝了一口酒：“等会儿再管。”

乔：“……”

毕竟人还没到齐，重头戏在第二天，再加上来客舟车劳顿，这天夜里并没有延续到多晚。

律所给所有人在酒店安排了房间，上到曼森他们，下到实习生们，不过待遇上还是有区别的。曼森这些客人一家一层，每层还有单独的密码锁和管家，所内的大律师们也都是顶级套间。而实习生则住在前楼，两人一个套间。

不知道是按照什么顺序排的，总之排到燕绥之这里，刚好单了出来，他一个人住。

顾晏当时听到房间安排就皱了眉。

乔大少爷其实是个很细心的人，也注意到了这点，发现了落单的燕绥之。他其实没考虑那么多，只是本着“朋友的实习生就是我的实习生”，干脆把顾晏和燕绥之都圈到了自己的这层来。

“这一整层就我跟柯谨两个人住，多无聊。”乔说。

这种一层一个管家的，有点儿像一个整居，密码大门进去就是客厅、餐厅、小型泳池和活动区，分别通着几个套间型的卧室。

乔把柯谨安排在其中一间，自己则住在最方便照看他的另一间。

“这样照顾起来也麻烦，怎么不干脆住一间？”燕绥之在旁边看得纳闷。

顾晏低声说：“最开始为了方便是住一间，后来有人乱写报道，那样对柯谨不好。”

燕绥之明白了：“不过，我怎么没看见什么报道？”

“被乔摁下去了，那之后他一直很注意。”顾晏看了一眼这层酒店的布置，“这边私密性挺高的，不过他已经养成习惯了，在他自己家也这样。”

“嘀咕什么呢？”乔过来说道，“你们挑两间呗。对了，顾，你急着睡吗？不急的话，陪我喝两杯。”

刚才的酒会他们没什么兴致，就也没怎么喝酒。这会儿外人没了，乔看上去似乎有些心事。

顾晏拍了拍燕绥之，低声道：“你先挑一间，我去跟他聊聊，刚好也有事要问他。”

乔的房间只开了一盏地灯，并不明亮的灯光将阳台整块儿落地窗映衬出一片水色，足以让两人看清酒瓶和酒杯，又不会影响聊天的兴致。

乔大少爷夹了点儿冰块扔进杯子里，“当啷”几声轻响格外清晰，反衬得夜色非常安静。

他倒好酒，把其中一杯搁在顾晏面前，自己拿起另一杯喝了一口，冰冷的酒液在舌侧转了两圈，才被缓缓咽下去。

顾晏也没催他，端着杯子沾唇喝了一点儿，目光落在窗外模糊的夜景里。

这就是顾晏作为朋友的好处了，他有足够的耐心等你整理好情绪开口，如果你实在不知从何说起，他还会在恰当的时候帮你轻描淡写地起个头。

“因为曼森的事？”顾晏甚至没有去看乔的脸色，就这么提了一句。

乔挑起眉：“这你都能看出来？”

他诧异完，又点了点头，了然道：“也对，你哪次看不出来。确实有这个原因在里面，可能是因为昨天去了趟医院，看到了曼森的样子。后来我又跟警方联系了一下，见了一次赵择木，就想起不少小时候的事情来。”

“我跟你说过的吧，小时候我们关系其实很不错，比现在好太多了。也许父母之间的交往夹着很多利益链在里面，但我们玩得挺纯粹的，对脾气就在一起玩，不对脾气就滚蛋。赵择木比我们大一些，以前我跟曼森两个总是闯祸，他会在关键时刻帮忙救我们的小命。曼森那傻子蠢事干得最多，他帮曼森收拾烂摊子的次数大概是我的两倍有余……”

“你说人是不是挺有意思的？就算是过命的交情，说疏远也就真的慢慢疏远了。现在一个躺在医院里，一个坐在看守所里，以后估计也不会再有什么往来的机会了。最讽刺的是，我居然因为这样一件事，跟曼森的关系又慢慢好了起来。”

“……我不太愿意相信赵择木会因为他所说的那些理由做这样的事，曼森应该也不愿意相信。”

乔又喝了一口酒，拧着眉心问：“为什么？你看我跟你就没这些问题，后来认识的朋友也都没这些问题。”

顾晏说：“认识得太早了。”

乔愣了一下：“嗯？”

“认识得太早了，三观和意识还没成形，还没经历变化最大的阶段。你在变，对方也在变，很容易就背道而驰了。”

乔点了点头：“也对，咱俩认识时都已经大学了，已经快定形了，合得来就是合得来，再怎么变，顶多就是微调。”

顾晏“嗯”了一声。

乔看着楼下的花园，树影被灯光映衬得一片斑驳，不知道在想些什么，片刻后才嘟囔道：“我们这群人，可能还是受家里影响吧。如果赵择木背后不是那个要依附别人的赵家，如果曼森跟老家族没有关系，我小时候就远远地住到外祖母那边去……”

顾晏想了想，说：“那你们可能根本不会认识。”

乔：“……”

这位少爷被堵了个结实，佯装不满地闷了半杯酒，转而又扑哧笑起来。

顾晏斜眼看他：“喝多了？”

乔大少爷摆了摆手：“没，被你这么冷不丁拆个台，还挺有意思。”

“哎，你知道吗？我小的时候，几家之间经常会搞那种下午茶聚会，父母会邀请很多有生意往来的人。大多数来参加聚会的人会把孩子也带上。大人有大人的圈，小鬼有小鬼的圈，相当于提前建立人脉，很少有人会错过这种机会。但是我记得有几家就从来不带孩子，不仅不带，还都藏得挺好的。”乔少爷瘫靠在椅子里，放松地回忆着很多事情。

“藏得住？”顾晏随口问道。

乔点了点头：“有心的话，能保护得很严。当然，真发展成我家、曼森家这样的，还是挺难藏的，没到这种体量的都有办法藏。我印象里，小时候见过一对非常低调和善的夫妻，想不起具体的长相了，但我记得夫妻两人就跟画一样好看，好像姓林吧？我们小时候总说，那对夫妻的孩子得多好看啊，但从来没见过。不仅没见过，连叫什么都没人知道。最初觉得挺可惜的，后来……又很庆幸。”

顾晏听着觉得有点儿不对味，看向乔：“庆幸？”

乔没立刻回答。

他喝完了杯子里的酒，又夹了半杯冰块，给自己重新倒了一些。金棕色的酒液顺着冰块渗透下去，很快将冰块的棱角磨圆，杯壁上蒙了一层薄薄的水汽。

乔用拇指抹了一下那层水汽，说：“我前几天不知怎么的，做梦梦到了小时候，那时候我跟老狐狸关系挺好的……”

他这话题起得突然，而且居然主动聊起了他爸，这让顾晏有些惊讶，同时也隐约意识到……乔所谓的心事，应该是指这个。

“我记得每次去马场，我爬不上马镫又闹着要骑，他都会把我扛到肩上，到处溜达着看马。他那时候年纪其实已经不小了，我姐都大学毕业了，已经开始学着接触公司的事务了。”

他兀自回忆了一会儿，又道：“真的……还挺好的。”

“他其实对家里人一直很好。”乔说，“但是后来我发现……他对外人就不一定了。我有几次听见他在接通信，跟老曼森或是谁商量着一些事情，具体内容记不太清了，大概是说搞垮谁谁谁的资源线或是逼一逼谁之类的……”

他很不乐意回忆这些，说起来语气也不自觉变得焦躁。

“总之，我当时年纪不大，那语气听得我很不舒服。在那之后，我像突然得了疑心病，一旦听说谁出了点儿什么事，就开始不自觉地往老狐狸身上想，尽管连个猜测的依据都没有。”

乔喝了一口酒，把那种情绪压下去，缓了很久，才耸了耸肩冲顾晏道：“再之后的事你是知道的，可能是受心情的影响，我真的病了很久，断断续续地一直在发烧，现在脑子这么傻，估计也是拜当初所赐吧。”

关于乔断断续续生病的这事，顾晏是知道的，他所谓的留级也是在那段时间里，但顾晏不知道生病的原因居然是这样。

可能是彻底跟父亲闹翻的缘故，之后的乔就完全走上了一条相反的路。

他的父亲讲究交朋友看利益，乔就纯看心情。除了那几个小时候在一起玩过的发小，其余的脾气相投就是朋友，互不对盘的就滚蛋。

他父亲工于心计，他就没心没肺，一切随意；他父亲善于往自己手里捞好处，他就往外送，对所有朋友掏心掏肺。

“其实老狐狸消停很多年了。”乔说，“我让我姐拽着他，免得他跟曼森家走得太近。这些年其实还挺有成效的。所以我也一直不想提这些，即使说了，除了给人添堵也没什么意思。但是最近老曼森家几乎被那俩兄弟完全接管了，跳得很凶。我听我姐抱怨，曼森家最近又开始扯上老狐狸了。”

乔少爷一脸糟心：“鬼知道他们能干出什么疯事来，我最近几天没睡好。”

顾晏：“怪不得。”

“什么怪不得？”

“之前听米罗·曼森说，你父亲明天到。一般这种场合你都是能避则避。”顾晏说，“这次却这么反常，我正打算问问你出什么事了。”

乔原本心情糟糕得很，这些事情他压了很久，如果不是因为最近曼森兄弟重新扯上他父亲，他可能也没有跟人说这些事的冲动和契机。

说出来了本就会轻松一些，听到顾晏的担心，他的心情更是由阴转晴。

他生活的环境本该充满了猜忌、争斗和虚与委蛇，但因为顾晏这样的朋友，一切都很不一样。因为他们听到事情的第一反应永远不会是猜疑，而是“你有没有事”“你还好吗”。

“不管了，走一步看一步。我姐盯着公司那边，我盯着这边。已经讨厌了这么多年，我不希望那老狐狸变得更让我讨厌。”乔说。

他一口喝完最后一点儿酒，又咣咣倒了满杯，冲顾晏道：“我好像从来没正经给你敬过酒。”

顾晏：“怎么？”

“什么怎么，补上啊！”乔笑着在他杯子上碰了一下，“敬我最好的朋友。”

顾晏挑眉应下，也干脆地喝完了杯子里的酒。

乔大少爷来了劲，拎着酒瓶又要往他杯子里倒。

顾晏按住自己的杯口：“免了。剩下的你自己留着喝吧，我那实习生的鼻子尖得很。”

乔很纳闷：“闻到又怎么样？怕他馋了偷喝啊。”他说着，又“哟”了一声，“我其实纳闷很久了，你干吗管他吃管他喝，这不让碰，那不让动的。太奇怪了吧？”

顾晏站起身，把酒杯搁下，揉按了一下脖颈，道：“你不也这么管着柯谨？”

“那不一样啊！”乔说。

顾晏：“怎么不一样？”

乔大少爷朝柯谨房门的方向瞥了一眼：“我很欣赏他，也很喜欢他的为人。”

顾晏点了点头，透过落地窗看了一会儿外面的夜景，然后平静地说道：“那就一样。”

乔站在原地消化了一分钟，没消化明白，愣愣地问：“不是，你等等，什么一样？”

顾晏轻描淡写地瞥了他一眼：“我很欣赏也很看重这个实习生，所以在某些事上管着他，有问题？”

因为他的语气太过理所当然，以至于乔下意识地点点头，说：“没问题。”

顾晏没再多留，打了声招呼便出了房门。他刚穿过半个客厅，身后乔少爷的房门又被猛地拉开了，惊呼声穿膜入耳：“你说你什么？”

可能因为太激动，尾音都“劈叉”了。

这么大的动静很难被忽略。

对面一扇卧室门应声而开，燕绥之趿拉着拖鞋出来了。

乔少爷虽然很震惊，但还不至于坑自己的朋友。在他心里，顾晏这种人会有欣赏的人，简直八百年难得一见。在他搞清楚原委之前，这么贸然地把话嚷嚷得尽人皆知实在不好，会让顾晏很尴尬。

乔少爷认为自己别的优点不多，但至少能算个贴心小棉袄。

“小棉袄”一见燕绥之，瞬间咬住舌尖，把“劈了叉”的尾音咕咚咽了回去，强行扭转话题，问：“你还没睡啊？怎么出来了？”

燕绥之举了举手里的玻璃杯：“洗完澡有点儿渴，出来倒点儿水喝。”

“房间里不是有水池？”

“是啊。”燕绥之在客厅接了一杯温水，好整以暇地说，“但是你们叫得那么大声，不找借口出来看一眼，似乎有点儿亏。”

从头到尾没叫过的顾大律师感受到了冤屈。

乔棉袄很紧张，他盯着燕绥之小心地问了一句：“你听见我们叫什么了？”

顾晏纠正他：“哪儿来的‘们’？”

燕绥之靠着水池的台面，不紧不慢地喝了一口水：“有点儿模糊，所以我出来了。要不你们再说一遍？”

顾晏：“……”

“嗯……稍等，我先弄清楚。”乔一把勾住顾晏的脖子，把他往自己的房间里拐。

嘭——房门重新关上了。

卧室里的灯依然只亮着阳台那盏，气氛非常适合说秘密，乔少爷觉得很刺激。他按着门把手，仿佛回到了梅兹大学刚入学的那一年，每天夜里他都企图拐带顾晏搞卧谈会，然而顾晏这个冰棍一晚上谈不出三句话。

但是今天，一切都不一样了。

乔压低声音问顾晏："我没理解错吧？"

顾大律师默然片刻，终于还是没忍住，刻薄了一句："你反射神经没跟着来德卡马？"

乔大少爷大度地应了这话，说："就当是吧。但这不能怪我，主要原因在你。这种事要是放在别人身上，都不用说，我两眼一瞄就能看出来。"

顾晏："……"

根本不知道这位少爷哪里来的自信。

"但是你的话，我当然要多确认几次。"乔说，"谁让你冷不丁丢这么个炸弹给我，我不蒙谁蒙！"

他还挺有理。

但是这句话满满都是让人吐槽的点，顾晏想刻薄他几句都不知道该从哪儿下嘴，只能没好气地看着他，等着听他还有什么高论要谈。

事实证明，乔少爷果然不负所望。

他不知道想起了什么事，兀自琢磨了片刻，然后问了顾晏一句："嗯……你能确定你欣赏的真是这个实习生本人吗？"

"我觉得你有必要把这句话解释一下。"顾晏说。

乔迟疑了一下，这话要解释起来就有点儿麻烦了……

其实他一度认为，顾晏对那位前院长的态度有点儿不一样。那位院长估计是顾晏人生里最为欣赏也最为不合的人，尤其是大学快毕业那阵子，顾晏的状态十分反常，乔的感觉也最为明显。

其实乔后来一直都有注意，虽然顾晏跟那位院长不直接联系，但顾晏对那位院长的动态和消息始终很在意。只是这个话题并不适合讨论，所以乔一直没敢问顾晏。后来那位院长碰上了爆炸案，这事就更不适合提了。

乔照顾柯谨的几年里接触过不少心理医生，爆炸案发生后的那段时间里，他担心顾晏会受到打击，于是拐弯抹角地向几位医生询问过。

不过事情不方便说得太清楚，那些医生能给的建议也有限。

乔只能挑挑拣拣，选几个不容易出岔子的建议照做。比如不能在顾晏面前完全回避燕绥之这个人，但又不能提得太多，次数要由少逐步到正常，语气要慢慢从难过到自然。

花几个月的时间给顾晏营造一个心理暗示——事情会过去，难过会平复。

他一度觉得这种方式勉强起了一点儿作用，至少后来别人再提起燕绥之，顾晏面上不会表现出太明显的情绪。

但他也很清楚，这个作用其实也有限。要让顾晏完全放下，还得靠时间，多久不好说，反正不会这么快。况且也不会有像燕院长那样的人足以让顾晏觉得欣赏。所以他刚才听见顾晏说那话的时候才会大吃一惊，其中很大一部分原因就在于此。

不过就在刚才，乔忽然意识到，那个实习生阮野其实跟那位燕院长有一丝丝像——当然，并不是指长相，而是某个角度、某个动作有那么一点儿相似。

这种感觉他曾经也有过，但那时候没深想，这会儿再想起来，心情就有点儿复杂了。

乔大少爷觉得自己过于敏锐，一不小心窥见了天机，但这种事说出来不太合适。作为一个聪明又贴心的朋友，乔大少爷在暗中悄悄拍了自己一巴掌，心说天机不可泄露，让你多嘴。

他把差点儿要问出来的话咕咚咽了回去，摇头冲顾晏道："没什么，我就是太惊讶了，再跟你确认两遍。"他说着，朝房门的方向看了一眼，然后又深深看向顾晏，"算了，这样也挺好的。"语气颇有种历经千帆的意味。

顾晏："？"

乔没有给他疑惑的时间，很快转移了话题，委婉又同情地问道："你这闷罐子需要我帮你撬撬缝吗？"

顾晏："那倒不必。"

"为什么？"乔大少爷自己的事情都还没搞定，就替朋友操碎了心。

谁知顾晏说："他现在不需要了 。"

乔："什么？"

顾晏瞥了他一眼，一脸懒得搭理的模样，径自走了。

乔："？"

燕绥之还在客厅里，他坐在单人沙发的扶手上，长腿优雅地交叠着。看见顾晏出来，他转头把空玻璃杯搁在茶几上，问道："聊清楚了？"

顾晏："不算特别清楚。"

燕绥之起身朝顾晏走去，就见乔扶着门框，仿佛经受了极为严重的精神摧残。

“怎么了？”他问了一句。

“没什么，不用管我。”乔依然撑着门框。

顾晏转头看了他一眼。

乔连连挥手：“快走快走，别看我，我反省一下人生。”

于是，顾晏和燕绥之各自回房睡觉去了。

乔少爷觉得自己今晚又要失眠了。

也幸亏是失眠了，他才在夜里看到了一些事情。

凌晨三点十分，乔在智能机上翻完一本闲书，又去柯谨房里检查了一下被子和地温，然后回到了自己的卧室准备睡觉，这时忽地发现对面楼里的某一处有点儿光。

那幢楼也是山庄式的建筑，只不过内里的布置跟他们住的这幢有些区别。据他所知，南十字律所的实习生们以及一部分初级事务官和助理都被安排在了那边。

那个光点并不算明亮，隔着窗帘，更像一个一晃而过的光斑，很快就消失了，之后也再没动静。

当时乔没觉得有什么，以为是谁夜里起来，懒得开大灯，只开了智能机或者腕表上的灯来照明。

所以他只是在落地窗前顿了一下，便揉着眉心回到了床上，很快睡了过去。

第十一章　燕院长

花园酒店的早晨并不寂静，时而会有鸟鸣由远及近，经过落地窗，再到更高的楼顶去。

南十字办酒会本就是给客人提供了一个变相的短假期，大家怎么放松怎么来，没人规定要几点见面、几点做什么，所以八九点的时候，楼下的玻璃花园里只有几个稀疏的人影用着早餐。

乔大少爷揉着鸡窝头出房门的时候，顾晏正坐在沙发里看卷宗，而燕绥之则坐在扶手上，搭着顾晏的肩膀，有一搭没一搭地跟他讨论卷宗里的内容。

听见动静后，两人同时抬头冲乔打了个招呼：“早。”

乔大少爷觉得自己大清早就瞎了狗眼，他哼了一声“早”，一口闷了一杯黑咖啡，苦大仇深地搭着一条毛巾上了跑步机。

“我叫了早餐，一会儿就到。”燕绥之扭头冲他说了一句。

窗边光线充足，将乔大少爷掉到颧骨下的黑眼圈照得清清楚楚。

燕绥之吓一跳：“怎么黑眼圈这么重？昨晚没睡？”

乔干巴巴地说：“托你们的福，三点才睡。”

他斜对着沙发背后的大片窗玻璃，一边跑步，一边百无聊赖地数着对面大楼的窗格。有几间房里的人已经起床了，窗帘大敞着。乔大少爷凭借他傲人的视力，能看见人影在里面走动。

“又不用工作，那些实习生们起这么早干吗？”乔感慨了一句，“酒会算加班吗？”

燕绥之闻言，回头透过窗子看了一眼对面，他在阳光中眯起眼，大致一扫：“还真都起来了。”

“也不是，那不还有一间房子的窗帘是紧闭的吗？”乔说。

“哪间？”燕绥之有些纳闷。他刚才一扫，那几间房里住着的实习生们明明都醒了，他甚至能看见洛克他们趴在餐桌上吃饭的身影。

乔朝某扇窗户一指：“喏——那间。估计跟我一样没睡好，昨晚三点多我还看见里面有光晃过去呢。”

燕绥之皱起了眉：“你指的哪个？左起第六间？”

乔点了点头：“对啊。”

顾晏闻言也皱着眉转过身，朝对面看过去：“你确定？”

“确定。”乔说，“我昨晚看见的时候，还停了步子无聊地数了一下，就是第六间。有什么问题？”

燕绥之放下手里的虚拟页面：“如果你确实没数错的话，那就真有问题了。因为第六间是安排给我的房间。”

半个小时后，酒店的中央监控室里，值班员手指飞快地翻找着视频。

燕绥之两手撑在台面上，抬头看着二十几块不断跳动的屏幕。顾晏则抱着胳膊站在他身后，目光同样落在那些屏幕上。

乔把中央监控室的大门关上，拍了拍经理的肩膀，道：“别紧张别紧张，本来也不是个什么大事。主要我最近睡眠质量很差，大晚上的看到点儿东西，不弄明白心里总放不下。我连续一个多礼拜没睡好了，今晚要是再有点儿什么影响睡眠，我不小心猝死在这里，你说是不是也挺糟心的？”

经理被他的话吓了一跳，连忙摆手说：“不不不，您别开玩笑了！这不是正查着呢，我一定给您弄清楚。不过说实在的，您其实大可放心，我们酒店的安保在这个区域说第二，没人敢说第一。要不诸位也不会选择在这里休闲下榻是不是？”

这个经理只负责实习生所住的这幢楼，在他头上还有更高的管理人员。就他的职权来说，让客人进监控室完全没问题，但是这一批客人来头都不小，他有点儿怕出事，所以惴惴不安地想往上报。

但这位乔少爷和那位律师偏偏摁着他，说没什么大事，不用惊动其他人。

事实上也确实没有惊动其他人，连进监控室都没让别人知道。

这会儿除了他们几个，其他客人该用餐的用餐，该休闲的休闲，该聊天的聊天。员工们、经理们对这里发生的事情也都一无所知。

乔笑了："是，就是知道你们酒店的名声，所以才让你别紧张，你就当我们来闲逛一圈。你看，我们也没瞎碰什么设备，都是你们值班员在操作，你就在这儿盯着，行吧？"

他不由分说地拖了一把椅子过来，仗着身高优势，把经理一把摁在了椅子里，又把他领子上的工作耳机给摘了。

经理抹了一把鬓角的汗，心说：这少爷自说自话做决定的本事真是一绝，语速又很快，完全不给人反驳的空隙。

经理只得慢半拍地点点头："也行吧。那个……耳机？"

乔拿着耳机在手里摆弄着："借我看看，一会儿就给你，别这么小气。"

经理捏着鼻子点了点头，内心却十分崩溃，心说：你们不就看个监控吗？怎么搞得活像要劫持监控室一样。

这种酒店的工作耳机是特制的，跟市面上智能机的配套耳扣很不一样，乔倒真挺好奇的。他吊儿郎当地往柯谨的椅背上一靠，一边拨弄着耳机，一边看上面的快捷指令。

柯谨大多数时候都很安静，他像被裹在一个蚕茧似的世界里，目光散漫地在监控屏幕之间游离，也不知道在想些什么东西，偶尔也会在燕绥之或者顾晏说话的时候，缓慢地把目光移过去。

他的眼神大多时候是空洞的，像是随意找了一个点发呆。还有些时候会透露出一些困惑，似乎有什么东西始终在阻止他理解周围人的话语。

这种困惑堆积到一定程度，他就会突然焦躁起来，然后就是一片兵荒马乱。

所以乔为了避免这种情况，总会时不时吸引他的注意力，不让他长时间盯着一样东西或者一个人。

乔特地一边拨弄着耳机，一边发出各种絮絮叨叨的嘟囔。好几分钟后，柯谨的目光终于从上一个定点收回来，慢慢转头，盯上了他手里的耳机。

“酒店特制的，你看这边有火情警报、服务、权限开门之类的……知道这些都是干什么用的吗？你看……”

每当柯谨看过来，乔连说话都来了劲。一个小小的耳机，愣是被他连介绍带解释的描述夸得天花乱坠。

旁边的经理听得一愣一愣的，就连燕绥之都忍不住回头看了一眼。

乔这时候根本注意不到别人，他笑嘻嘻地说着话，时不时抬起眼看向柯谨的眼睛。

柯谨在不知不觉中侧坐在椅子里，两手搭着扶手，认真地看着那个耳机，看起来像是一个正在听课的乖巧学生，这副模样看得乔的心都软了。

他有心想多说一点儿，奈何一副破耳机能夸的实在有限。他说了一会儿终究还是停了下来，伸手拨了拨柯谨的发梢说：“好像又长了不少，晚上给你修一修怎么样？”

柯谨看着他，见他有一会儿没再说话，便换了个坐姿，注意力又被花花绿绿跳动的屏幕吸引过去。

问话得不到回答的情况每天都在发生，这对乔来说实在太常见了。他早就习以为常，每次都是一笑而过，转而再找另一件事来逗柯谨看他。

他这些年的话越来越多，一件小事能说半天，也是这样潜移默化养成的。

只不过这一次，柯谨的目光从他脸上移开的时候，他有点儿说不出来的难过。他拨了拨手里的耳机，盯着柯谨的侧脸看了一会儿，忍不住轻轻推了柯谨两下，嘟囔道：“你再看我一眼嘛。”

柯谨被他推得轻晃了两下，目光先是看向了他的手，又慢慢看向他的脸。

乔少爷的心情就又好了起来，他抬头冲那经理抬了抬下巴，道：“谢谢你的耳机，真是个好东西。”

经理：“？”

乔收回目光的时候，瞥到了燕绥之和顾晏。

那两人正看着他这边，大概是看到了他刚才难过的模样，燕绥之问乔：“怎么了？”

乔摆了摆手："没事，可能是因为接连几天没睡好，有点儿打不起精神。"

"回去再睡一会儿？"顾晏说。

乔直起身："用不着，生物钟早被柯谨带跑了，大白天喂我安眠药都不管用。看你们的屏幕吧，别都看着我。"乔大少爷说着，还双手合十冲他们拜了拜，求放过。

"哎？乔是不是……"燕大教授收回目光，拱了顾晏一下，低声问道。

他以前很少会过问这些事情，哪怕再亲近的学生，他都像是隔着一层雾，不多限制、不多干涉。

现在他其实也没变多少，但在顾晏面前会时不时显露出一些好奇心。

他刚问完，一抬眼就发现顾晏看着他的目光十分无奈。

"你这是什么眼神？"燕大教授"啧"了一声。

顾晏淡淡道："没什么，只是觉得你在某些方面的迟钝程度比乔还惊人。"

燕绥之："……"

放屁。

他何德何能跟小傻子乔相提并论。

"我以前只是没动闲心去想而已。"燕大教授没好气地解释完，又狡辩了一句，"疑罪从无是说着玩儿的？"

顾晏抱着胳膊，一只手松了松握拳，指关节抵着下唇。他看着跳动的屏幕，"嗯"了一声，算是给燕绥之这段瞎话的回答，要多敷衍有多敷衍。

又过了片刻，燕绥之也重新看向屏幕的时候，顾大律师又纡尊降贵地开了金口："所以你'疑罪从无'了我多少年？"

燕绥之："……"

值班员突然敲了暂停键："找到了，喏——昨晚凌晨的走廊监控。"

这家酒店的视频存档是每十分钟一次，这些视频文件也都是十分钟一个依次排列的。为了方便，值班员把乔提供的时间范围放宽了一些，选取了那部分视频按顺序播放。

播放速度被调快了几倍，偌大的屏幕定格在长长的走廊中。

值班员说："这是两点开始的。"

很快，走廊之中出现了两个人，从走廊两头面对面交叉走过。

“这是什么人？”燕绥之问。

经理说：“这是值班的安保，凌晨两点、四点、六点都会有安保全层走一遍，以确保安全。”

这两个人确实穿着黑色的制服，从走廊中走过时，虽然会左右看看，但并没有靠近某扇门，所以也不存在进“第六间房”的可能。

之后走廊又仿佛静止了一样，除了灯光偶尔会有明暗变化，就再没有过别的情况。

直到四点左右，那两个值班的安保又出现在走廊里，同样交叉走过，扫了一眼走廊的情况便离开了，依然没有在某个房门前多停留。

“难不成鬼干的？”乔有点儿不信，转头对值班员说，“窗外的监控呢？会不会从窗子那边进的？”

“应该不可能，那侧墙的壁面很平滑，不太好爬。”经理说。

但是为了让人安心，值班员还是把监控视频调了出来，同样选取了两点到四点之间的。

这个监控点在花园，是从花园往上拍的角度，所以那一整面墙壁和各个窗户都一览无余。

播放同样调快了速度，夜视镜头中的所有东西都泛着微微的绿，看久了，人的眼睛都有些不舒服。

“放完了。”不知不觉时间一下子过去了，值班员按下了暂停键。

乔揉着眼睛愣了一下：“这就放完了？不可能吧？”

值班员指了指屏幕上的时间：“您看，这都凌晨四点了。”

乔皱起了眉，这份凌晨两点到四点的监控视频里，非但没有看到什么鬼祟的身影爬墙，甚至连他所说的“第六间房”的光点都没有。

“不过这个角度确实有可能看不到那个房间里的光点。”经理打着哈哈说，毕竟他总不能直说可能是这个乔少爷半夜眼花，看错了吧。

值班员翻来覆去地把视频放了七八遍，乔的眉心都揪了起来，他摸着脸有点儿尴尬：“见了鬼了，我真弄错了？”

燕绥之却突然拍了拍值班员的肩膀说：“麻烦把三点十分的那段视频重放

一遍给我看看。”

值班员把那一段视频单独挑出来：“就这一段？”

燕绥之伸手点了点：“还有它前十分钟和后十分钟，三段视频连起来放。”

值班员一头雾水地照做了。这样挑出来之后，视频播放起来要短一些。值班员心想，既然着重要看这几个视频，那么肯定有什么细节是要注意的。

于是他自认为机智地问了一句：“播放速度呢？要调慢点儿吗，或者可以局部放大。只不过这种夜视影像局部放大出来的效果可能没那么好。”

燕绥之点了点屏幕一角的播放速度：“调到最快，也不用放局部，拉全景。”

值班员和经理面面相觑，但是本着客人至上的原则，还是一脸茫然地照做了。视频的速度被调到最快。在这种播放速度下，墙角的枝叶在风中摇摆的姿态跟抽了筋似的，隔一会儿颠两下，隔一会儿又颠两下。

一遍很快放完，依然没能在“第六间房”看到什么一闪而过的光点。

乔少爷自己都放弃了，挠了挠腮帮子干笑了一声：“那个……”

顾晏却朝他压了一下手掌，示意他先别说话。

“嗯？”乔凑过去。

顾晏冲值班员说：“劳驾，把走廊的那段视频调出来再放一遍，也用这个速度，全景。如果方便的话，跟楼外这段一起。”

“什么情况？”乔少爷好奇道，“看出什么来了？”

“也许。”顾晏没把话说得太满，但是他差不多明白燕绥之的意思了，“还需要确认。”

乔：“……”

每每跟这帮律师混在一起，乔大少爷总在怀疑自己可能不是瞎的就是傻的。

但偏偏他亲近的人是律师，最好的朋友是律师，最好的朋友最亲近的人还是律师！

他可能冥冥之中中了什么诅咒。

值班员再次一头雾水地照办，他把大屏幕分成两块，一块重复播着刚才楼外的三段监控视频，另一块则按照顾晏的意思播放走廊的监控视频。

为了证明自己不瞎，乔少爷抱着胳膊，瞪着眼，聚精会神地盯着走廊那块。十分钟后，他接受了自己“真的瞎”这一残酷事实。

燕绥之道："好了，我知道了。"

值班员一愣，赶紧按了"暂停"。

燕绥之敲了敲屏幕，斩钉截铁地说："这十分钟和上十分钟，两段视频里有一段是假的。"

"啊？"经理一愣。

燕绥之说："走廊的光不对。"

"什么意思？"经理连忙让值班员把这两个十分钟的监控视频重播了一遍，发现走廊的光线在中段微微亮了一些。

这种变化很细微，视频放得不够快都意识不到，只有快到燕绥之和顾晏要求的这个程度，才能勉强感受到那一点光线上的明暗忽闪。

即便这样也依然很容易被人忽略，毕竟正常人的注意力都在有没有可疑的人员上，不会太在意光线。

被燕绥之这么一提，经理也轻轻"咦"了一声。

这家酒店走廊上的灯跟联盟大多酒店用的是一种类型，晚上九点到半夜两点是最亮的时候。两点往后，随着时间推移和天色变化一点点变暗，但这个过程非常缓慢，往往等你意识到灯光暗了些的时候，其实已经过了很久。

这种变化过程很难第一时间就察觉到，因为它是无声无息且平滑的。

"是哦，好好的怎么会闪一下？有人动过灯？关了什么东西？还是开了什么东西？"经理意识到这个细微的明暗忽闪很关键，但一时间还没有反应过来究竟哪里不对。

燕绥之跟值班员打了一声招呼，接过他手里的播放控制键，将视频倒回，重新放到那个微亮的光时，他"啪"地按下暂停键。这个光刚好在第二段视频开始的那个地方。

他说："这两段是重复的。"

有人把前十分钟的监控内容填充在后十分钟里。

所以在第一段视频里无声无息缓缓变暗的灯光，会在第二段开头亮一些，再重复那个肉眼难辨的变暗过程。

这段走廊里没有人，没有任何活动的东西，没有可参照的对象，除了安保巡逻的那几处，剩下的时间里常常一整夜都是那个静止画面。

于是填充的人认为，重复放一段不会有大问题，只要把监控时间改好了，很难会被发现。

但对方偏偏碰上了燕绥之和顾晏。

“不止这段。”顾晏指了指正在不断重播的那段楼外的监控视频，“这边也有两个是重复的。”

他轻拍了一下燕绥之的手，占了播放控制器，把楼外监控的视频拆开，三点以及三点十分两段视频并列放在大屏幕上，同时从起点开始播放。

这就万分直观了，因为左右两个视频里，除了角落显示的时间不一样，剩下的所有步调都完全一致，左边墙下的花树抽搐两下，右边的也抽搐两下。

左边的草坪起了微澜，右边也来了一个浪。

顾晏转头冲乔说：“所以你昨晚没看错。”

之所以没有看到光点，是因为本该出现光点的视频被替换了。

经理顿时一个激灵！

监控视频都被改了，这可不是什么简单的事情了！

“怎么办？”经理像没头苍蝇似的转了两圈，一只手还在空空的领子上来回摸着。

片刻之后，他又猛地反应过来，压着椅背问值班员：“昨天也是你值班？”

值班员哪敢接这个锅，连番摆手：“不是我，不是我，我早上六点接的班，昨晚是巴里。”

“巴里一个人？”经理皱着眉问，“不是规定过夜值班要两个人吗？”

他三两下调出工作用的智能机屏幕，把排班表翻出来一看：“昨晚不应该是巴里和丹两个？”

“对，一般是两个。”值班员支支吾吾地说，“但是……但是偶尔有特殊情况，跟组长请个假也行……毕竟夜里监控中心其实没什么忙的。”

经理的脸都黑了。

值班员又连忙解释了一句：“真的是偶尔才会这样。一般请假了，组长会另找人替，有时候干脆他自己来替。但最近感染的人很多，人手有点儿紧张，所以……所以上次组长请示过您，说人手实在不够，夜里只有一个人怎么办。您说……先、先克服一下，正让人事官招人呢。”

有一就有二，能克服一次就能克服第二次。

经理也不是个不讲道理的，顺着值班员的话一回想，就想起来好像是有那么一回事。他尴尬地站在原地愣了一会儿，然后懊恼地低骂了自己一声。

“怎么着？找得到人吗？”乔问。

经理连番点头：“放心，放心！对面就是员工宿舍，我给组长拨个通信，让他把巴里带过来问问。”

他边说边拨了通信，对面一接通，他就急急道：“你现在在哪儿？昨晚监控室为什么只有巴里一个人值班？丹呢？出疹子？药物上瘾？都什么乱七八糟的。我不管你现在在哪儿，先给我把巴里叫过来，我在监控中心这边等他。你也一起过来！”

燕绥之提醒说：“低调点儿，先别声张。”

经理应了一声，把同样的话嘱咐给那个倒霉组长。

经理挂了通信，想了想，又让值班员把那两处监控从头捋了一遍。这样重复的片段一共有三处，走廊占了两个，一个是凌晨三点整到三点十分的，一个是三点四十到五十的，楼外则是三点十分到二十。

“所以……”经理有点儿忐忑地说，“如果真的有不明人士，大概是三点之后的几分钟进了那个房间，四十几分出来。乔先生，您看到的光点——”

“我印象中是三点十分左右，刚出头吧，十一、十二分也说不定。”乔说。

“别的角度还有监控吗？”乔想了想又问经理，“比如视角更高一点儿的，正对着窗户的？”

经理摇头：“不可能在那种角度设监控啊，哪有对着客人窗户拍的道理。就这么些监控，每年还时不时要接受一些隐私方面的投诉呢，众口难调啊。”

说起来有个不算笑话的笑话，全联盟监控装置最少的地方，排名前三的分别是酒城、红石星和德卡马。

著名的破烂地、著名的政治中心以及著名的销金窟。

前者是没人管，后两者是总有人拦着，不让装。

经理一脸愁容地等了五分钟，才收到组长的通信，但他下一秒就大叫了起来：“巴里不见了？什么意思？不在宿舍？”

他瞥了燕绥之他们一眼，又比了个手势示意他们别急，冲通信那头的组长说："其他地方看过没？通信联过几次？一次都没通？你再找找！"

又五分钟后，监控中心的门被敲响了。

一个穿着酒店制服，戴着监控组长名牌的人匆匆进门，"啪"地背手关上门，脸色煞白地冲经理说："找遍了，真找不到。"

又二十分钟后，终于有人找到了巴里。

酒店的员工宿舍往东两百米有一家小酒吧，酒吧外面有个造型夸张的喷泉池。巴里脸朝下，上半身浸在喷泉池里，被发现的时候已经没救了。

这样一来，这就不是什么低调不低调的问题了。

顾晏他们斩钉截铁地报了警。

法旺区警署专用的银豹警车沿着悬浮路线疾驰，在市区高架的上空呼啸而过，在空气中划出三道并列的车痕。

他们拉着"乌拉乌拉"的警笛，一路畅通无阻，没花多少时间就赶到了法旺区边郊的悍金花园酒店。

三辆警车在市区内没碰到什么阻碍，反倒是在悍金花园酒店的大院门口犯了愁。

因为酒店外面堵满了记者的车。

打前锋的警车疯狂鸣笛，酒店的安保铜墙铁壁似的站了一排，连推带搡才给警车开了一条道，三辆车这才得以鱼贯而入。

警长带着两车警员从车上下来，大步流星地进了酒店大楼。

余下的一车警员一溜小跑，扯着警戒线把整个酒店的院门围了起来，又在管理人员的带领下，去了员工宿舍东边的那个喷泉池。

"肖警长。"酒店总经理等在门口，跟警长打了声招呼，"辛苦跑一趟了。"

肖警长在法旺区当值很多年了，对悍金花园酒店的管理人员并不陌生，有好几个都不是第一次打交道。

他皱着眉朝院门外瞥了一眼，不满地说："你们这里有人嘴很松啊，事情还没查，消息先漏出去了，外面那帮记者到得都比我们早。"

总经理无奈道："您误会了，不是我们漏消息，那些人也不是刚刚才到。准确来说，他们都不是因为出事才来的，只不过恰好让他们碰上了。"

围在外面的车光看标志就能知道，大多是些没名堂的网站。那些网站为了能搏点儿热门新闻，事事都奔在最前面。这次南十字的酒会，请的都是能叫得出名字的人，对这些网站来说，那就是满盘的肉，嗅着味道，早早就来等着了。

“门外那帮哪儿能被叫作记者。”总经理说，“真记者听了要黑脸的。”

“算了。”肖警长问，“那些人呢？”

“那帮贵宾？”

“嗯。”

“这会儿都在花园里。”

酒店的玻璃花园里，南十字律所这次邀请的人三三两两地坐着，人比昨晚的预热酒会还要多，气氛确实前所未有的紧绷。

肖警长跟着总经理进来，他先是泛泛地冲花园里的众人点了点头，算是打招呼。接着在耳边扣上扩音耳扣，道：“很抱歉，让诸位在享用假期的中途见到我和我的警员们。事实上我们也不想打扰这种美好的聚会，但工作还是要做的。关于那位可怜的员工，我想诸位多少听说了一点儿。我相信这件事跟在场的大多数女士们和先生们无关，但是例行公事，我们还是需要做一下笔录，希望诸位体谅一下我们的工作，同时也可怜一下那位不幸的员工。”

在场的客人们没什么异议，但脸色也好看不到哪里去。

“怎么了？”肖警长盯着离自己最近的一位客人问道，“您看上去好像很不乐意。”

“不是。”那位客人扭头看了看周围人，冲警长道，“我没有不乐意，我很乐意配合您的工作。脸色不好只是因为……好好的酒会碰上这种事，多少有点儿糟心。”

他这话大概能代表在座大多数人的心情，作为东道主的律所合伙人高先生就是其中脸色最难看的一个。听了客人的话，他有些抱歉地扫了众人一眼，尤其是身份显赫的曼森兄弟。

在看到米罗·曼森毫不掩饰的臭脸后，他又万分头痛地收回视线，用力地揉起了太阳穴。

当然，也有一些人对于“死了个员工”这种事并不在意。

燕绥之他们右前方的位置，有一块花圃，围出了一处卡座，几个单双人的高档沙发椅里坐着三个人，他们面前的大理石方几上搁着几份早茶，还散落着扑克和牌九。

其中一人一边听着警长的话，一边拨弄着几张扑克牌，翻书似的发出“哗哗”的声音，一副百无聊赖的模样。

菲兹小姐窝在燕绥之旁边的单人沙发座里，朝那个方向瞥了一眼，然后摇着头“啧啧”了一串。

“菲兹小姐，你舌头怎么了？”燕绥之明知故问，提醒她别太明显。

“没，看到不喜欢的人舌头就疼。”菲兹喝了一口咖啡，“那个克里夫特别傲慢，昨晚就把我气得够呛。要不是因为他是客人，我肯定不给他好脸色。”

她说的克里夫就是正在摆弄扑克牌的男人，联盟三分之一的飞梭机都打着他家的印记。他家早年跟星际海盗有些来往，玩过军火，搞过矿，家底丰厚，就是不够“白”。后来跟曼森家族合作，便转到了飞梭机这一块，做起了正经的星际货运。

虽然他家的事业重心已经转移了好几十年，但他家上上下下的人都带着一股联盟早期军火贩子的腔调。

以前跟星际海盗打交道的时候，必然没少见血，所以现在看到“死人”之类的事情，他家的人都极其淡定，根本不当一回事。

扑克牌在他手里哗哗作响的动静其实并不大，基本都被肖警长的声音盖住了。但燕绥之还是在喝水的间隙朝那边看了几眼。他看见克里夫百无聊赖地把手里的扑克牌丢在方几上，喝了点儿咖啡，又顺手把那些扑克洗了一遍，然后用食指挑开一张，丢开，再挑开一张，再丢开。

这显然是在打发时间，挑牌的动作也很随意。

但人越是在随意的时候，就越会显露出一些下意识的想法。

克里夫丢牌的时候，并不是全然乱丢，而是一种花色丢在一个方向。红桃、黑桃丢得远一些，方块近一些，草花顺手扔在面前。

肖警长说了一长串，终于注意到了这位的无聊之举，朝他看了一眼。克里夫挑了挑眉，勉强给了警长一个面子，停了手里的动作，手指拨了拨面前的几张草花，然后靠向沙发背，换了个舒适的姿势。

肖警长提高了声音说：“那么，就这样？诸位先回各自住的房间，我的警员会分别过去给大家做笔录。记住，你这一晚住在哪里，就在哪里等，不要随意更换地方。谢谢配合。”他说完，拍了拍手掌。

花园里的人陆陆续续站起来，警员分散着人群，安排众人回房间。

其中两个走到燕绥之他们这边。

乔招了招手：“走吧，我们四个昨晚住在一起。跟我们上去吧。”

警员点了点头，一边跟着他们往电梯走，一边简单地问着各人的身份。

顾晏的回答也很简单：“南十字的出庭律师，这是我的实习生。”

警员有些讶异，他朝前楼那边看了一眼，问：“实习生？刚才听经理说，你们律所的实习生和大律师不是都安排在那幢楼吗？”

“对。”乔说，“但他们是我的好朋友，我昨晚缺人喝酒，就把他们叫来一起住了。”

警员点了点头，在纸页上草草记了一下，说道：“那方便说一下你们原本的房间吗？”

顾晏道：“我住 701，他住 406。”

警员一愣：“等等，406？就是昨晚说有异动的 406？”

燕绥之点了点头：“没错。”

“那不排除昨晚的异动是冲着你去的。”警员说了一句。

这么一提，乔像是突然想起什么似的，纳闷道：“对啊，这可真奇怪，为什么刚好盯的是你的房间啊？你就是个实习生而已……”

燕绥之靠在门边，不紧不慢地替众人按下电梯停靠的数字楼层，似乎是随口回了一句：“是啊，挺奇怪的。”

这个警员看起来很精干，话不多，除公事以外，跟众人交流并不多。进电梯是第一个，出电梯是最后一个，始终绷着一张公事公办的严肃脸。

等在电梯门外的管家一见到他们几人就行了个礼，然后在电子大门的旁边按起了密码。

警员扫了一眼整个走廊，确认了一下这层楼的出入口以及安全通道，问管家：“这一整层楼都是你负责？”

“您是指服务还是安全？”

“都有。”

“服务方面主要是由我负责，安全有专门的安保人员。这种豪华楼层一般会安排六至八个安保人员，不过因为出了事，他们现在都在楼下开紧急会议。”

警员点点头，又问：“安保人员平时的站位大概是什么样？”

“电梯口、电子密码门旁、安全通道旁，主要是这三个地方。”管家说。

“你呢？二十四小时都在？”

管家指着走廊尽头的一个单间：“我一般待在那里，基本保持随叫随到。”

警员点了点头：“所以如果房里有人进出，或者房外有人离开，至少都会有人看见？”

“我想是的。”

“好的，谢谢。”警员说。

打开密码门，管家比了个“请”的手势，将乔他们送进门，自己留在门外。

“介意我先看一下套房的构造吗？”警员问向房主乔。

乔点头：“当然，随意。”

他把柯谨安顿在客厅的沙发上，目光跟着警员，有些好奇：“我们算是有嫌疑吗？我以前也碰见过一些案子，因为没什么嫌疑，他们做笔录的时候好像没这么认真。”

警员调出智能机的工作界面，简单记录了几句话，解释道：“工作方式有区别吧，不同警署的要求可能也会有些出入。警长要求我们记录得细致一点儿，并不是认为你们有嫌疑。我可能需要简单拍摄一下？”

乔耸了耸肩：“自便，总得配合一下你们的工作。”

“谢谢。”

警员在偌大的房间里走了一圈，智能机也跟着拍了一圈。

“好了。”警员扫了一眼，“哪里比较方便做笔录？沙发可以吗？”

“当然可以。”

警员打开录音搁在茶几上，说道：“先说说你们是什么时候来到这个花园酒店的吧。”

乔：“昨天傍晚，四点多还是五点来着？”

顾晏：“四点五十。”

警员有些讶异："记得这么清楚吗？"

小警员职业病犯了，但凡碰到这种出乎意料的回答，都会抱有一丝怀疑。

燕绥之想起刚进律所的那一天，弯了眼睛微笑着说："我这位老师有一条铁律，总要比约定时间提前十分钟到达地点。"

警员："哦？"

燕绥之："被大学课程荼毒的结果。"

乔扑哧一声笑起来，附和道："确实，柯谨以前也有这毛病，谈判课还是什么来着是吧？"他冲警员半解释半开玩笑说，"他们整个法学院的人都有毒，特别讲究这些东西。八成是因为以前的院长是个笑面大魔王，要求太高，习惯就好。"

燕绥之端起水杯的手顿了一下，瞥了乔少爷一眼，心说：胡说八道，我本人就没这毛病。

警员点了点头："哦，怪不得。所以你们昨晚酒会的开场时间是五点？"

"对。"

"刚才说到场时间……你们一起的？"警员问。

"在门口碰上的。"乔说起事来倒是毫无保留，"准确地说，我就是知道顾的毛病，才特地挑了那个时间到场，因为准能碰上。"

"之后就一直在酒会场上？"警员问。

"对，就在刚才那个玻璃花园里。"

"中途离开过吗？"

乔眨了眨眼："去洗手间算吗？我去过三回？"

警员本来可能就是习惯性一问，但既然乔少爷这么配合，他也就顺着多问了一句："都是一个人？"

乔摇头："不是，跟柯谨一起。"

警员："……"

他动了动电子笔，在页面上画了两下，可能有点儿不知道怎么记。

"呃……你们呢？"警员默默转移对象，问燕绥之和顾晏。

燕绥之非常自然地朝顾晏投去询问的眼神："去过两次？"

警员："……"你为什么要问别人……

他动了动笔，又不知道该记什么了。

好在燕绥之又道："我们昨晚倒是没喝什么东西，去两次都是因为我想洗手，一个人去有些无聊。"

警员："……"

不是，洗个手还能怎么"有聊"？

"酒会什么时候结束的？"警员觉得自己有必要跳过洗手间这个话题。

"十点左右吧？"乔说。

"然后就回到了这里？"警员问顾晏和燕绥之，"这期间你们有去过前楼吗？我的意思是，你们的房间原本安排在前面，有行李放在那儿吗？还是直接来这里入住的？"

"去过。"燕绥之说，"去看了一眼房间，不过并没有行李放在那里。"

"所以，那个406房间实际上是空的是吗？"

"差不多吧。"

警员点了点头，记录下来："那你最近有遇见过什么麻烦事吗？比如，不小心得罪过什么人，或者招惹了什么人？有类似的情况吗？"

燕大教授心说：那多了去了。

不过他面上还是微笑着摇了摇头："我看上去很容易得罪人吗？"

警员忙说："哦，我不是这个意思。"他又问道，"那你们昨晚都分别在哪个房间？"

乔指了几下："这个，这个，还有这个，在这三个房间里。"

"四个人，三个房间？"警员问，"怎么分配的？"

乔："我俩喝酒，实习生在那边，柯谨在这间。不过怎么这也要问？跟案件没什么关系吧？"

这话说完，燕绥之倒是有些意外地朝乔少爷瞥了一眼。

他之所以这么说，十有八九也是考虑到大律师和实习生之间交往过密，会对顾晏有些影响。

这位少爷平日里粗枝大叶，所有的细心估计都用在了柯谨和顾晏身上。

警员被乔反问一句，没再多说，换了个话题："根据报警记录，是你昨天夜里发现 406 有光的对吗？”

“对。”乔指了指自己的卧室，“就在窗前，经过的时候看到的。你刚才也看过构造，很容易就能看见对面。”

“然后早上你们就去监控中心了，是吗？”

“是的，想弄清楚怎么回事。”乔说，“免得我晚上又睡不着。”

“发现监控有问题的也是你们？”

“嗯。”

警员大致问了一些时间节点以及从昨晚到现在他们所知的其他人的动静。

他看上去非常认真，能想到的问题都问了一遍，细细地做了记录，前后花了大约两个小时，直到管家送来午餐，他才起身道：“好的，谢谢配合。”

临走前，警员又问了他们一句：“真的没有碰到什么麻烦吗？或者你们如果有什么猜想，也可以告诉我。毕竟，如果你们昨晚没有临时变更住处的话，今天可能又是另一个结果了。”警员说着看向燕绥之道，“我想，或许还是跟你有些联系的。”

“我也很迷茫。”燕绥之道，“不过……也许对方只是想找个空房间落脚？”

警员似乎还有些不甘心，但最终还是点了点头：“这几天如果有需要的话，你们可能还得配合一下。”

“当然可以。”

“另外，我的同事们还在对其他客人做笔录。你们今天下午就暂时别离开房间了。”

有上次亚巴岛的经验，乔很配合地点了点头：“行吧。”

警员交代完便离开了。

午餐是在房内用的。

因为不方便出去，酒店的诸多娱乐设施也暂时派不上用场，酒会原定的重头戏也无法如期进行。

乔把柯谨安排在客厅里阳光最舒适的地方，自己百无聊赖之下上了跑步机，打算把早上被打断的锻炼继续下去。

顾晏和燕绥之则坐在沙发上看卷宗。

乔把跑步机调到了高速，跑步的同时，嘴还闲不住：“那个做笔录的小警员，问题真不是一般的多。”

因为跑步的关系，他说话的节奏随着呼吸，断成一节一节的。

“很明显在套话。”燕绥之说。

“怪不得，你俩做笔录的时候话那么少。”乔下意识回了一句。

回完他又觉得哪里不对。

“套话？套什么话？”乔有些纳闷。

更准确地说，一般人不会因为警方多问几句就觉得对方是在“套话”吧？除非真的有话可套。

乔忽然发觉这事确实有很多疑问。

比如，为什么实习生的房间为什么会成为目标？除非这个实习生的身上有点儿特别之处……

比如，为什么警员多问几句，实习生就很警惕？有什么可警惕的呢？除非有隐情……

特别之处？隐情？

乔仔细回想了一下……

平日里单个事件倒还好，这会儿串在一起想，他才发现这个实习生何止有点儿特别，好像从出现起就没有不特别过……

实习生该有的，他都没有；实习生没有的，他全都有。

有时候顾晏还没说话呢，实习生就先说起来了，哪有半点儿学生的样子？倒像是个老师。还有顾晏在实习生身上破的无数次例……

乔一度以为顾晏只会因为燕院长反复破例呢，谁知道——

乔少爷想到这里突然愣了一下。

顾晏耗了十年，真的那么容易转移注意力？

甚至自打实习生出现后，顾晏对爆炸案的态度都不一样了，就好像……

嗯？等等！

乔蒙住了。

他脑中突然冒出了一个惊人的猜想！

虽然很荒谬，但是如果猜想是真的，好像一切就都说得通了……

那一瞬间，醍醐灌顶。

乔头一回体验这种滋味，活像有人兜头泼了他一瓶冰镇啤酒。他顶着一头的“冰块”，看着沙发上聊着案子的两个人，神情恍惚地试探了一句：“……燕院长？”

然后，他看见那个实习生头也不抬地回了句：“说。”

乔瞬间一脸煞白：“……”

应完那个字，实习生忽地反应过来，抬头轻轻地“啊”了一声，然后说：“抱歉……”

但是抱歉也不管用了。

乔少爷已经傻了，整个人都“冻”住了。

可悲剧总是发生得毫无征兆。

他人是“冻”住了，跑步机却依然在滚动着。于是他重心一斜，扑通一声，被跑步机抡跪在地上，还保持着“惊吓过度”的呆滞表情。

如果上天再给乔一次重新来过的机会，他会选择把嘴巴缝起来。

可惜这个世界不能倒带。

刚被跑步机抡出来的那一瞬间，乔少爷的大脑是空白的，他甚至没有意识到自己发生了什么事，就觉得膝盖有点儿疼，手掌有点儿麻……

等他彻底反应过来，他已经条件反射地一手捂住脸，一手拽住裤腰。

两只胳膊肘分别被人架住，乔知道那是匆忙来扶他的顾晏和燕绥之。

“脸伤了？”燕绥之问，“哎，你别捂着。”

顾晏试图去拉开他的手，想看看他的脸究竟怎么回事。

乔少爷死活不撒手，他摇摇头，含糊地说：“没事——没事——别拽别拽，我缓缓。”

“先让我们看看有没有流血。”燕绥之说，“屋里有药箱，起码先处理一下，你不能这么闷着。”

乔依然不抬头：“没碰到脸，我用手撑住了。”

“那你捂着干什么？”

乔少爷捂着脸崩溃了一会儿，故作平静地说：“惯性。”

顾晏毕竟是乔的好朋友，一听就懂。

燕绥之疑问道：“什么惯性？”

顾晏：“……丢人先捂脸。”

这是乔少爷的人生信条。

乔少爷有记忆以来，姐姐尤妮斯就是这么嘱咐他的——丢人的时候，要么捂住别人的脸，要么捂住自己的脸。

本意可能是逗他玩儿，但是两三岁的乔少爷是个名副其实的小傻子，照做的次数多了，就习惯成自然了。

对此，顾晏也不是第一回碰见。

乔少爷腾出一只手无声地冲顾晏比了个拇指，表示你说得对。

燕绥之：“……”

对这时候的乔少爷来说，抬头见人比受伤流血可怕多了。

不如行行好，放他一马。

“真没伤到？”燕绥之又确认了一遍，“膝盖呢？”

乔摇头。

燕大教授有些无奈地看了这小傻子一会儿，脑中蓦地想起刚才那一幕。

万分魔性地重播了几遍。

他终究还是没忍住，拍了拍乔，算作安慰，然后抵着顾晏的肩膀无声又混账地笑起来。

顾晏：“……”

客厅的另一角落，坐在阳光里的柯谨手指突然抽动了一下。他盯着乔看了很久，像是不能理解他出了什么事，又像一个极致困倦的人企图从朦胧模糊的意识中挣扎出来。

他茫然了片刻，似乎在努力思考发生了什么，却又怎么都做不到。他的睫毛翕张了几下，目光明显变得焦躁起来。

又过了好一会儿，他才意识到他可以站起来，走过去。

这么一个简单的动作却让他有些慌乱，起身的时候手指不小心碰到了旁边搁着的水杯。

哐当——玻璃碎片混杂着水溅了一地。

乔原本能在那里捂到世界尽头，水杯的脆响却让他把“丢人”扔到了一边，几乎是在听见声音的同时就抬起头，直起上身。

他看见柯谨与他隔着一段距离站在那里，瞳孔的颜色被阳光映照得很浅，非常无措。

柯谨在安静的时候状态会好一些，舒适温暖的环境对他有益。相反，一切突发状况，尖锐的声音和破碎的东西都容易引发他的失控。

眼看他越来越无措，乔张开手冲他展示了一下，表示自己并没有受伤，接着满不在意又略带尴尬地笑了一下：“我今天的腿脚可能有点儿笨，一不小心摔了个马趴。”

他这么一开口，柯谨的注意力又被引开了，无措的模样收了一些。

乔不动声色地抓住打算收拾玻璃碎片的燕绥之和顾晏，顺势借了把力让自己站起来。

“咝——”乔搓了搓自己的膝盖，絮絮叨叨地对柯谨卖了一会儿惨，假装自己走不动，可怜巴巴地半蹲在那里。

柯谨听他说完，缓慢地反应了一会儿，抬脚朝这边走过来。

把柯谨从碎玻璃旁引开，确认他不会再去看那一地狼藉，乔这才按了“客房服务”的按键。

原本挺安逸的下午茶时间，因为这些突如其来的状况，被搅得兵荒马乱，人仰马翻。

好在管家很快安排了保洁人员，清理起来干净利索，一点儿玻璃碴都没剩下，又仔细地铺了新地毯。

因为刚才那惊天动地的一摔，乔获得了柯谨自始以来最长时间的关注，甚至似懂非懂地揉一下乔的膝盖。

乔大少爷就像达成了史诗成就一样，高兴得忘乎所以，一时间甚至忘记了自己是因为什么才被跑步机抡出来。

十分钟后，两名保洁人员收起新地毯的包装纸膜，礼貌地打了一声招呼，离开房间，还体贴地替他们关好了密码门。

柯谨两手握着一只玻璃杯，里面是新倒的温水，他似乎暂时忘记了刚才打碎过一只杯子，小口小口地喝着水。

房内一时变得安静下来，比起之前的兵荒马乱，气氛似乎很不错……

就有鬼了。

乔大少爷从房间拿了条毯子来，刚在沙发上入座，就和对面的燕绥之来了个面对面。

乔："……"

活生生的人提醒着他一系列活生生的事实——实习生就是院长。

就在不久之前，他刚形容过对方是"笑面大魔王"——当面。

再久一些，他说过法学院的学生全是受虐狂——还是当面。

他好像还说过，能气到顾晏不容易，有那火候的至今就一位——哦，这倒没有当面，而是发的信息，能留证据能回顾的那种……这还不如当面呢！

他还说过什么来着？

乔大少爷觉得往事不能细想，想得他连呼吸都痛。

他忘了是谁说过这样的一句话来着：说这辈子无论取得多大成就，转头见到老师依然会尿。

这话在其他人身上真假不论，至少现在，此时此刻在这间客厅里，他还真的有点儿尿。尽管他思来想去，都不知道自己有什么理由可尿。

真说起来，难道不该是身份被揭露的那一方更紧张吗？

但他可能是瞎的。

不知道别人怎么想，反正他死活没能从某院长身上看出有丝毫紧绷的神色。可同时，这种反应也更加证实了一点——淡定成这样的，不是那位还能是谁？

正常人的话……好歹要再挣扎一下吧？

但他转而一想，这种情况再挣扎，作用也不大。以院长的性格，可能就干脆些了。

乔大少爷抹了把脸，不太敢直视燕绥之，只能转而去盯顾晏。

他崩溃地抱怨："你怎么不告诉我，不方便说实情没关系，你可以在恰当的时候让我闭嘴，别说话啊！"

顾晏："我其实说过。"

"什么时候？在哪儿？怎么说的？"乔绞尽脑汁试图回忆。

顾晏：“月初，酒城，皇帝的新装。”

要说别的，乔可能想不起来，可“皇帝的新装”他倒真的记得，还有什么“皇帝烫了脚”之类的。

但是……没有前因后果，这是人能听懂的吗？

“皇帝的新装？”燕绥之闻言挑起一边的眉头，看向顾晏。

顾晏：“……”

顾大律师觉得，再这么让乔小傻子乱问，迟早把自己也搭进去。

“晚点儿跟你算账。”燕绥之要笑不笑地说了一句。

第十二章　后遗症

乔仰头在沙发上靠了半天，一手还有一搭没一搭地揉着胃，企图帮自己消化消化。想问的东西太多，一时间居然不知道从哪里开口。

就在他直起上半身，打算说些什么的时候，因为运动搁在大理石方几上的智能机突然振动起来。

他点开屏幕，只瞥了一眼就是一声脏话。

“怎么？”顾晏问。

乔一副活见鬼的模样，毫不介意地把屏幕摊出来给两人看——屏幕上没有显示名字，只蹦跳着一张中年男人虎着脸的照片。

乔说：“老狐狸居然给我拨通信了。”

乔口中的老狐狸是他的父亲德沃·埃韦思先生，是一个放在全联盟都响当当的人物。

不过大多数人对埃韦思先生的印象都停留在各种新闻报道中，埃韦思先生总是带着平易近人的礼貌笑意，一头银发打理得很整洁，发尾带着一点儿未褪的金色。

即便已经过了盛年，人渐衰老，也依然是个绅士。

埃韦思家接连几代人对外都是这种气质，所以大众好感度非常高。

祖辈从最初的军工用材起步，到后来转民用，再涉足各个领域，埃韦思家总能进行得特别顺利，这跟他们的家族气质和形象也不无关系。

到了乔少爷这代……大概是基因突变——姐姐凶，弟弟傻。

不过，乔少爷屏幕上的德沃·埃韦思先生却很罕见。

屏幕上那张一跳一跳的照片里，德沃·埃韦思正坐在书房，两眼瞪着镜头，一手抄着玻璃烟灰缸，似乎下一秒就要往镜头这边扔过来。

什么绅士、什么礼仪都不见了，跟他一贯的公众形象相差甚远。

这种情况一看就是乔少爷的手笔，也只有他能把大众眼中的绅士埃韦思先生惹成这样。

乔虚空弹了弹屏幕，欣赏着他父亲暴跳如雷的英姿，嗤了一声，嘟囔道：“又手抖了吧……”说着就毫不犹豫地挂断了通信。

“不接？”顾晏问。

“不接！他肯定是手抖了。这么多年，他什么时候给我拨过通信，有事都是让尤妮斯转达的。”乔哼了一声说，“你是不知道，去年我就上过一回当。就他住院那次，我以为真有什么事，想也没想就接了。结果你猜怎么着，老狐狸一听我的声音，就说‘打错了’，说完就把通信给挂了。这换你能忍？反正我不能忍。”

结果这话刚说完，新的通信请求又跳了出来。

他的屏幕设置还没改，角度依然是平摊着的，通信请求一出来，燕绥之和顾晏就看得清清楚楚。

依然是那位暴跳如雷的老父亲。

“又来？”乔挑起眉尖。

连着两次手抖的可能性实在太小，这回大概真的有事。

乔迟疑了两秒，还是绷着脸，捏着鼻子点了确认。

“有事？”他连招呼都没打，接通就丢出这么一句。

对面不知怎么了，突然窸窸窣窣一阵响，接着一个女声传过来，低声嘟囔了一句什么，道：“喂！”

乔愣了一下：“尤妮斯？你拿老……你有事拿你的智能机啊，你拿他的干什么？生怕我接啊？”

“我有病？”姐姐尤妮斯道，“就是他拨的，临到说话了，又把耳扣扔我手里。不多废话，我们去不了悍金花园酒店了。”

“……哦，拍手叫好。”乔哼了一声，“不是，他拨过来就为了让你说这个？警署都封场了，谁进得来啊，还用他特地告诉我？还告诉得这么迂回。你们在哪儿？”

尤妮斯道：“就在法旺区。我们原本已经在去酒店的路上了，途中突然收到那边的消息。老头子不放心你，所以我们先在这边住下了。”

这话刚说完，尤妮斯旁边隐约传来了德沃·埃韦思先生饱含威严的声音：“放屁！”

尤妮斯一点儿不怕他，继续跟乔说：“别理他，他就是听说出了命案，心里不踏实，找借口跟你通话呢，还死要面子矫情一个小时了。”

“胡说八道什么东西！”德沃·埃韦思毫不绅士地在那边训斥。

尤妮斯：“怎么胡说八道了？上次在天琴星，你不也催着我给这傻子拨通信吗？”

乔：“……尤妮斯女士，我还听着呢，你能不能注意点儿用词？”

尤妮斯：“你闭嘴，等会儿。”

她那边似乎是跟德沃·埃韦思兜起了圈，德沃·埃韦思怒道：“说什么废话，你把耳扣给我！”

“晚了。”尤妮斯说。

“你抢我智能机干什么！”德沃·埃韦思又在一番乒乒乓乓中说。

这对父女对吼时，嗓门一个比一个大，即便乔没有开公放，燕绥之和顾晏也能听个七七八八。

燕绥之出于礼貌，跟乔比了个手势，示意他跟顾晏先回避一下。

结果乔大少爷磊落得很，冲他们摆摆手，用口型道：“跑什么，犯不着，又不是什么机密。”

他们说话间，耳扣里传来一串噔噔噔的高跟鞋脆响，接着是锁门声。

尤妮斯放低了声音：“不扯那些了，酒店的事你小心点儿……可能跟曼森他们那边有牵扯。”

“什么意思？你们怎么知道跟曼森有关？听见什么消息了？”乔问。

顾晏和燕绥之看向他。

“没有。”尤妮斯道，“警署只是简单地跟我们说了一声，你们那边出了点儿事，一个监控室的值班员是吧？”

“嗯，是啊。”

“所以才奇怪。一个值班员联想到曼森他们，是不是有点儿勉强？但是老头子就这么觉得。”尤妮斯顿了一下，说，“我觉得咱们之前对老头子跟曼森家的关系可能有点儿误会，以前的事情可能没我们想得那么简单。”

乔沉默了片刻。

这一两年里，他偶尔会产生一种跟父亲德沃·埃韦思关系也不至于那么差的错觉，比如刚才。

一方面是德沃·埃韦思确实在慢慢跟曼森家疏远，另一方面是尤妮斯在当中调和。可一旦提起“以前”相关的话题，他就又会产生一丝淡淡的厌恶。

尤妮斯想了想，又道：“不过那些事现在想翻也有点儿麻烦，信息不全，想避开老头子的关系网就更难了，毕竟负责某些案子的处理人就不简单。”

乔抓了抓头发，对这种话题本能地排斥，他听完就含混地“嗯”了一声。

对于尤妮斯的话，他的感觉很复杂。

一方面，如果他这几十年对自己父亲的猜测是个误会，其实是件好事，他甚至还有点儿期待。但另一方面，他又担心查出来的结果是给以前的猜想板上钉层钉。

“也有可能不是那些人做的。”乔忍不住说了一句。但是一说完，他又想咬掉自己的舌头，因为这话听起来实在很像某种鼓动。

果然，尤妮斯等的就是他这个态度。

她立刻道：“对，也有那么几件边缘化的事情。当时负责处理的律师、法官、警署也许跟那些疯子家族们没关系，但是……”尤妮斯说着又陷入了难题，“这其实很难认定，谁能肯定哪个是真没关系，哪个是装没关系？”

有埃韦思这个家族名片在背后撑着，他们曾经办什么都要比别人容易些，消息比普通人来得快，查东西比普通人来得简单。有的人耗费数十年才能摸到边缘，他们可能起点就在中心。

但真到了某些时候，他们又会因为盘根错节的家族关系止步不前，比普通人更受束缚，最后反倒又要向那个关系圈外的人求助。

"哎？对了，顾呢？他是律师，又是少有的可以放心的人，你要不……"尤妮斯说。

乔心说：我面前三个律师呢，哪个都挺让人放心的，一点儿也不"少有"。

他朝沙发上的几人看了一眼。

老实说，对于这种事情，他根本不想把自己在意的人牵扯进来，最好一根指头都不要碰，免得真查出点儿什么，脏了他们的手，还影响关系。

但是……如果真的提都不提，完全对朋友保持缄默，同样也不是好事。

乔少爷觉得自己半个脑子都要纠结散了，他实在不擅长这种需要反复考量斟酌的事情，闲不住地用手把脸搓得变了形："他比我还小几岁呢，根本没接触过那些啊。"

"那还有年长一些的吗？"尤妮斯说着忽然又有些遗憾，"哎——"

"你哎什么啊？"乔丧着脸。

"想起一个人，要是他还在的话，倒是能问问。"尤妮斯说。

"谁？"

"你们那个法学院的前院长。"尤妮斯说。

乔有点儿震惊："你跟他还有交情？我怎么不知道？"

"废话，我哪天见了谁还要跟你汇报？再说了，家族的事情你不是一点儿都不想沾吗？那你知道个屁！"尤妮斯骂完他又说，"我和他也算不上有交情，因为集团里的一些事情，打过几次交道，但我倒是能确定他跟曼森之流扯不上关系。而且我也是这几个月才发现，他早年办过的一件案子其实跟以前那些事有点儿关联……"

乔愣了一下："什么案子？"

"挺早的了，一个医疗案子。"尤妮斯说。

医疗案子？

乔愣了一下，他不是法学院的受虐狂，所以对燕绥之的人生经历知道得并没有那么细致，大多数还是从顾晏那里听来的。

在他所知道的那些历史里，医疗案子倒还真有……顾晏当初写了一个月的分析报告，后来又废了的那个旧案不就是吗。

他正在脑子里快速搜索着，尤妮斯又说道："算了，说这些也没什么用，人都没了。”

乔：“……”

“起死回生”了解一下？

燕绥之和顾晏都没有什么变态癖好，对偷听别人的家庭对话也没什么兴趣。即便牵扯到了曼森家族，也可以等挂了通信再问乔。所以当尤妮斯的音量降下去之后，顾晏和燕绥之都自觉闭了耳朵。

他们这时候的注意力更多地放在了德沃·埃韦思那张扔烟灰缸的照片上，因为他们在德沃·埃韦思的书桌角落看到了一个很有意思的装饰品——一个做成扑克牌“草花”造型的摆件。

“你觉得呢？”燕绥之拨了拨顾晏手指上的智能机，低声问道。

顾晏朝他瞥了一眼：“嗯，过会儿问问。”

两人说着一抬头，就发现乔大少爷挂断了通信，耳扣还没摘，幽幽的目光直勾勾地盯着燕绥之，带着迟疑、期待、纠结和……尿，活像压了什么话，欲言又止。

燕绥之：“？”

顾大律师：“？”

“有话说话。”顾晏说。

“都是学生，我看两眼还不行了？”乔少爷难得敏锐，捕捉到了他语气中的微妙成分，“以前开一回讲座，底下几百人盯着，你怎么不挨个发眼罩呢？”

顾晏：“……”

乔惯性作了个死，逗完顾晏，一转头就看见燕绥之正冲他微笑。

乔：“……”

当初在学校太无聊，乔为了能跟柯谨和顾晏一起混，选修过法学院的课，讲课的就是院长大人。那大概是乔在大学里做的最后悔的一件事，那课上得他感觉自己的头发都薄了一层，一度搞得他很恐慌，觉得自己迟早要秃。

结课那阵子，他抓着柯谨跟顾晏的裤腿哭了三天，才勉强混到合格线。

之后有很长一段时间，他看见法学院的楼都绕着走。同时还落下个毛病，他看见院长毫无理由地冲他笑，就有阴影。

他这毛病持续了小一年才好，但这会儿突然又有了复发的趋势。

原本斟酌好的开场白就这样被燕绥之笑没了，乔少爷的问话到舌尖有些犹豫："我……其实我从刚才到现在都很蒙，脑子有点儿转不过来，问题挺多的，都能问吗？"

"你问，我听听看。"燕绥之笑了笑。

他想问燕绥之为什么会变成这副实习生的模样，但转而又想起之前顾晏让他帮的忙——找一个话少嘴紧的专家，帮忙安排一次基因检测。

现在看来，给谁安排的，不言而喻。

他还想问，你既然没死，为什么不恢复身份，还要做基因修正？

但这个问题的答案同样很明显。

谁会放弃一个有名望、有地位、生活优渥的身份，转而去做一个毛头小子实习生？

乔一句话都还没问呢，就自己先想通了大半，也差不多能明白燕绥之现在的处境。他的嘴唇张张合合好几回，最终问道："院长你……这个状况还有谁知道？"

这个问题问出来，就说明他已经猜了大半。

燕绥之笑了："这不挺聪明的嘛。"

他跟顾晏两人简单解释了一下现在的情况。

乔大少爷倒是有点儿受宠若惊："所以……实际上，你主动告知的就只有我跟顾？连劳拉他们都还不知道，却告诉我了？"

顾晏无声地看着他："……"

"你别这么看着我。我知道是沾你的光，托你的福。"乔冲顾晏说。

事实上，这话也确实不假。

虽然在他眼里，院长是个什么事都不当事的人，但并不好亲近。当年在学校里，他们就从不曾听燕绥之提过私事，可见不是容易漏话的人。

这样的人，怎么会被他一句话就试出身份来呢？

无非是他跟顾晏一起的时候不设防备，非常放松；又或者，他并不介意让乔知道这件事情。但乔在这方面很有自知之明，他对于燕绥之来说，唯一的特别之处可能就是"顾晏最好的朋友"。

一切待遇大概都基于这一点。

可这并不妨碍乔大少爷感动，他本来就是“你对我释放善意，我就加倍砸回给你”的人。更何况这都不只是善意，还有难能可贵的信任。

于是，乔少爷当即举着手指开始表忠心：“好了，不开玩笑，放心，我最讨厌辜负人。这事儿到我嘴里就是终点了，未经你们同意，我一个字也不会透露出去，关系再亲近的都不行。乱说一个字，我就把舌头切了给你们下酒！”

燕绥之温和地婉拒了：“那倒不必，自己留着下吧。”

乔：“……”

他不太想再讨论舌头给谁下酒的问题，干脆换了个话题：“对了，之前你们说要问我什么来着？就是我跟尤妮斯快要讲完通信的时候。”

顾晏问：“我们刚才看到了你屏幕上的照片，埃韦思先生的书桌上有个装饰摆件？”

乔愣了一下，显然没想到会是这种问题：“好几个呢，你们说哪个？”

他干脆调出老父亲那张暴跳如雷的照片，把书桌桌面的部分放大，竖着屏幕送到燕绥之和顾晏面前：“这一排不都是摆件吗？”

燕绥之指了指那个“草花”：“这个。”

乔“哦”了一声：“据说是别人送给他的，有点儿年代了，进家门的时间比我还早，保不齐，我得叫它一声‘哥’。”

“为什么送这个？埃韦思先生爱玩扑克？”

“哪儿啊！他玩起扑克来，就是给全桌送钱的，爱个屁。”乔说，“这东西是别人送来拍马屁的。”

“送草花拍马屁？这个角度是不是太新颖了？”

“不是，这个其实有含义的。”乔解释说，“我听我姐姐说，很早之前……具体是四十多年前还是五十多年前，我也弄不清了。尤妮斯女士不把我当人，每回讲故事时间之类的细节都有出入，搞得我总以为是她瞎编的，而且很难求证。反正差不多那些年，有大家族牵头，想搞一个集团联合之类的东西，把更多的资源集中整合起来。”

联盟内可居住的星球数量多得难以计数，它们是一个整体没错，但彼此间的差距也很明显——有繁华如德卡马这样的，也有破烂如酒城的；有海盗永远打不着的红石星，也有永远都在打的赫兰星。

联盟上下有意缩小这样的差距，但单凭某一部分的努力，永远不够。

“那个联合集团的初衷大概就是这个吧。”乔说，“这其实是个挺理想化的东西，但响应的还不少，主力军就是赫兰星出生的那帮商人，他们比较……善良、热情。尤妮斯小姐的原话，真假不知。据说，酒城如果跟赫兰星一样‘特产’商人，没准儿也是主力军。”

“当初那些人还当真聚在一起商讨过，毕竟还没正式搬上台面，所以商讨的时候也不那么严肃。前前后后商讨了好几年吧，从我姐还是胚胎，商量到我姐能操着流利的联盟官话凶人——尤妮斯小姐原话。我姐说，她四岁还是五岁的时候有幸参与过一次那种派对，那回是在木托大雪山的山庄里，那帮人喝着酒玩扑克的时候，又聊起联合的事情。可能是酒喝多了，聊到兴头拿扑克牌的花色搞起了事。”

“哦？花色什么说法？”燕绥之问。

乔再次强调：“以尤妮斯小姐不到五岁的记忆做担保，这内容的准确度有限，随便听听吧。说是草花代表家族还是什么来着？方片代表金钱财富，黑桃代表忠心，也可能是工人？红桃……呃……不太记得了。”

燕绥之却点了点头：“我知道了。”

“嗯？”乔愣了一下，“我都不知道我在扯些什么，你就知道啦？”

“联盟古早时候的经典扑克花色论。”燕绥之说，“草花是权杖的杖头，象征权利和地位；方片是古早时候一度流行过的菱形钻石，代指财富；黑桃是箭尖，代表士兵；红桃代表信徒。”

“如果放在那个所谓集团联合里，草花指代的应该是有声望、地位的家族，诸如你家和曼森家，这些家族能提供最广的人脉和资源；方片代表出钱为主的角色；黑桃则代表出力为主的角色；至于红桃……”

乔少爷举一反三，学会了抢答：“红桃可能就献上一颗心吧，纯凑热闹……有用？”

顾晏：“……”

“有用，不要小觑那些凑热闹的，凑热闹的达到一定规模，往往能影响最终结果。”顾晏提了一句。

“啊——那就难怪了。”乔少爷说，“据尤妮斯女士说，那个倒霉的联合设想讨论来讨论去，也没落实下来，后来就不了了之了。那个什么花色理论也就是当晚参与人之间的一个玩笑吧，但后来偶尔会有人借那个理论拍拍马屁，比如送老狐狸一个草花摆件，不就是拐弯抹角地表示‘你有地位，你有名望，你好厉害’之类的吗？”

他回味了一下，又点评道：“这事儿吧，初衷挺好的。但是没成也在意料之中，估计是人太多了，人少点儿或许能成。我记得好多年前，不是有个匿名财团帮扶过酒城吗？据说那个匿名财团就是两家人悄悄合作的。虽然酒城有点儿扶不起，后来财团也不知道因为什么没落不见了，但至少最初能成啊。”

乔还在嘟囔，在他眼里，那个联合是个不了了之的夭折品，花色论更是某个雪山夜里的闲聊扯淡，都是陈年旧事，没什么多提的价值。

但是燕绥之和顾晏却不这么觉得。

他们觉得这些“陈年旧事”根本没有像乔和尤妮斯以为的那样终结在数十年前，反而以另一种……也许早已扭曲的形式延续到了现在。

酒吧里的扑克花色分区、德沃·埃韦思书桌上的摆件，甚至克里夫把玩扑克时的习惯，似乎都跟这个有牵连。

还有布鲁尔·曼森的戒指，米罗·曼森的耳钉……

现在想来，那三枚黑钻组成的图形就是草花，没有“把柄”的草花K。

关于监控室值班员巴里·约翰逊的死，警署全员依然在紧张地调查。

在悍金花园酒店下榻的客人没一个简单的，法旺区警署不敢掉以轻心，几乎调用了全部警力，一边查着巴里，一边在查闯入406号房间的人。

他们的调查进展属于警署机密，不可能轻易泄露，否则容易打草惊蛇。外面还有那么多记者及狗仔队全程跟进，以至于酒店内进驻的警员们警惕性很高，一个个都三缄其口。

整个下午，悍金花园酒店内异常热闹，又异常沉寂——人比什么时候都多，气氛也比什么时候都丧。

到了夜里用餐的时候，这种氛围才终于缓和了一些。警方似乎缩小了嫌疑圈，很多客人得以重新自由活动起来。

其中一小部分散户对于这种人命意外很忌讳，一刻也不愿在酒店里多待，餐点也不想用，一直闹着要先行离开，可很快又被肖警长在院子里拦下。

“女士们、先生们，当然，我们并不是要限制你们的自由。”肖警长说，“而是这次的案子实在有些古怪，为了你们的安全着想，请尽量不要选择在夜里出行。如果一定要走，最好选择明天白天。”

那部分客人很不满，在院子里跟他起了一些不愉快。

肖警长顶着一张棺材脸，说：“我替祖辈们感谢诸位的问候，但我依然要说，劝你们多留一夜，压力最大的其实是我们警署全员。因为这意味着我们要保证你们在这一夜的安全，为自己说的话负责。如果不是真的为你们着想，我何必没事找事？”

他成功说服了一部分人，最终坚持离开酒店的只有两三位客人，其余的都选择改为白天离开。

而那些背景更为雄厚的客人，也许见惯了风雨，一个个都异常淡定，该用餐的用餐，该喝酒谈事的喝酒谈事。

乔趴伏在二楼栏杆上，看着楼下三三两两聊笑的人，嗤了一声，感慨道：“哎，你看，从他们脸上可一点儿都看不出今早出过命案。”

顾晏站在他旁边，垂着眸子，居高临下地淡淡扫了一圈楼下：“正常。”

他们都不是第一次跟这些人打交道，对这些人的脾性了如指掌。

“真没意思。”乔大少爷向来跟这些人混不到一块儿去，“要连人命都看得这么淡，那这日子过得可就真没意思了。那个肖警长十有八九是个二傻子，把这窝狼放一起多住一天，多容易出事，还不如早早驱散了呢。”

顾晏朝他瞥了一眼。

这位二傻子居然还喜欢嘲讽别人。

“这里面有些人的嫌疑还没解除。”顾晏说。

警署不方便明说，担心得罪人，就会借不安全之类的正当理由，想尽量留下更多的人。一是不容易惊动对方，二是如果最终解除了嫌疑，也不用担心闹得不愉快。

“这样吗？”乔问。

他一直在用智能机跟谁聊着天，时不时动手回两句。

“经验之谈。”顾晏说。

在他们身后不远处的沙发卡座里，燕绥之正一口一口、慢条斯理地吃着晚餐。柯谨安静地坐在他旁边，状态看上去还不错。

乔大少爷回头看了那两个人一眼：“老实说，我之前还嫉妒过，心说一个小小的实习生有那么讨人喜欢吗，怎么连柯谨都对他特别一些？现在我算是明白了……这其实还挺令人高兴的，说明柯谨在某些方面比我敏锐，也许有一天他突然就好了呢。”

智能机又振了两下，乔咬着舌尖看了一眼，表情有些无奈。

他简单地回了几个字，肉眼可见地敷衍完对方，又问顾晏：“说起来我很好奇，你究竟是什么时候知道他是院长的？难不成一眼就认出来了，所以收了他当实习生？”

顾晏：“不是。”

他就算魔怔，也不至于看见一个略为相像的人就怀疑对方是燕绥之。

顾晏回忆着那天的情形：“第一次在律所见到他的时候，我很不喜欢他。”

他不喜欢任何跟燕绥之相像的人，因为不管再怎么相像，那些人都不是燕绥之，却又总会让他想起燕绥之。

这种感觉太熬人了，没人会喜欢。

“真的假的？”乔说。

“真的。”顾晏靠着廊柱，朝燕绥之的方向瞥了一眼，又淡淡地说道，“菲兹把他安排过来的时候我其实很排斥，一心想找个由头把他送到视野之外，越远越好。”

这种情绪和想法占了上风，以至于那天的他罕见地有些反复无常。

“那你为什么又破例收下了他？”乔很好奇。

“因为看到了他少得可怜的资产余额。”顾晏道。

“哦，我就知道。”乔说，“你向来心软。”

顾晏没说话。

心软吗？也许吧。

只是当初看到那个资产余额的时候，他忍不住想象了一下，如果燕绥之真的遇见这种事情，身无分文还处处碰壁……又蓦地有些难受。

“所以，你其实也花了一阵子才认出来吧？”乔说着又满意地点了点头，“这样我就心理平衡了，显得我观察力勉强还行。”

“也不是，那天晚些时候我就已经开始怀疑了。单是气质相似还能说巧合，连偶尔流露的说话语气都像，就太少见了。”

乔：“……得，转一圈还是我最傻。”

顾晏瞥了他一眼。

乔扭头看向卡座，又飞快收回视线，继续摆弄着智能机，这期间还在有一搭没一搭地聊着。

顾晏不急不慢地喝完手里那杯酒，突然开口：“你憋了一整个下午了，究竟想问他什么？”

“什么？”乔冷不丁被戳穿，下意识驳了一句，转而又叹了口气，“好吧，你怎么知道我有事想问他。”

“……在这边站了五分钟，你看了那边不下十次，中间发着呆咬了一回指甲，还有一直没消停过的智能机。”顾晏忍不住刻薄了一句，“很荣幸，我长了眼睛。”

言下之意，不瞎都能看出来。

“哎……我姐，尤妮斯女士！她可能受了中午电话的刺激，一直揪着我讨论老狐狸以前涉及的事情。”乔说，“至于院长……我确实有事想问他。”

乔说着，又转头朝卡座那边看了一眼，刚好对上了燕绥之的目光。

燕绥之：“？”

乔立马㞞兮兮地收回视线，背对着卡座，拱了拱顾晏：“其实问你也差不多。你知道院长都办过哪些跟医疗方面有关的案子吗？很早以前。”

“据我所知，就一件。”顾晏说。

乔抓了抓头，有点儿发愁：“所以还真是你写过分析报告的那件？你说我如果直接去问他那件案子的情况和细节，他会不会不太高兴？”

毕竟那案子当初没少给燕绥之引非议，这样的情况下，应该很少有人乐意旧事重提。

其实，在问出这个问题之后，乔少爷还有些忐忑。他小心地观察着顾晏的细微表情和反应，等对方回答的模样活像一只一脸委屈的金毛大狗。

顾晏被他看得面无表情：“……你晚餐吃错东西了？”

“没有！不是。”乔少爷有一点点无奈，又有一点点无辜，“我这不是担心你也不乐意提那件旧案子嘛。”

顾晏愣了一下：“不会，你想多了。”

“哇——你这是旧账翻过去就死不承认了啊大律师？”乔的表情做作又夸张，声音却没有很高，至少后面沙发上坐着的两人不会听见。

乔继续说道：“当年是谁因为那件旧案子心情不好，恨不得方圆八百米统统划成无人区？”

这话就夸张得离谱了。

但这是乔大少爷的说话习惯，顾晏早就适应了。他想了想，一脸淡定地说：“我心情好了也一样，况且真划出八百米无人区，你又是怎么存活下来的？”

乔：“我不一样，我人见人爱啊。”

顾晏仿佛见了鬼。

乔大少爷说完这句话，自己先扭头默默呕了一下：“算了，不恶心你了。伤敌一千，自损八百，我也恶心得不轻。不过说实在的，要不是你跟院长成了这个状态，我也不会在你面前提这个案子——”

这就是乔大少爷作为朋友的可爱之处，虽然有时候因为没心没肺而浑身冒着傻气，但只要是他注意到的事情，他总是很贴心。

别的不说，这点还是很能触动人的。顾律师心想。

不过他刚想完，乔这个话痨紧接着说道：“——以免勾你想起愁云惨淡的往事。说起这个，我比对案子更好奇的是，你们究竟是怎么达成共识的？你一不主动，二不温柔和善，三不会说好听的话，没准偶尔还气人家两回。”

乔少爷说着一转头，就对上了顾晏那张能冻死人的脸。

“看我干什么？我说错了？”

顾晏：“……”

没有，反驳不了。

非要挑刺的话……

“最后一句不太准确。”

“怎么不准确？”

“他气我更多。”

这时候的顾律师跟在法庭上的他大相径庭，至少这句话就说得没那么冷漠有力，底气也没那么足，还带着一点儿无奈。

乔默默抹了一把嘴，抬着下巴，斜睨着顾晏，傲然地问：“老实说，我都怀疑你这种人不会说什么软话。所以你做什么都是纯靠意念吗？”

顾晏：“……”

“你这样不行。”乔说，“你知道攻城容易守城难吗？你这是什么表情？你这样看着我是什么意思？”

顾晏从他身上收回视线，淡淡的目光一滑而过：“没什么，只是奇怪了一下，你这么会说怎么还是单身。”

乔一箭扎心，呕出一口血。

“我们……不聊这个了。”乔说，“那你当年的分析报告还找得到吗？要不现在给我一份？我先研究研究？”

顾晏摇了摇头：“我删的时候你不是看见了？”

“那……我问问他？”乔小心翼翼地转过头看了燕绥之一眼，又默默掏出了智能机，“等等，我先买份保险。”

顾晏：“……”

顾晏沉默了一会儿，然后说道：“别问他了。”

“他对那案子很排斥？”

“不是。”顾晏道，“不至于。前段时间网上总有人把那件医疗案翻出来说两句，他应该都看见了，没什么特别的反应。但是……”

“但是什么？”

顾晏没说话，准确地说他不知道怎么形容。

网上时不时提起那件旧案子的时候，燕绥之的表情总是很寻常，目光一划而过，偶尔会有些出神，但并不会持续太久，就好像经人提醒，在回忆一件稀松平常的事情。当年的纷纷议论，也好像早就成了过眼云烟，并没有在他心里留下什么痕迹。

但有两点顾晏现在回想起来觉得有些奇怪。

一是，燕绥之似乎更喜欢看那些骂他的旧言论。网上翻出旧案的时候，当然不可能轻描淡写地提一嘴就收，总会发散一下。普通的言论没有提的必要，正面夸赞的话，这些年里没少用在燕绥之身上，也不稀奇。所以有好些网站提起那件案子时，会顺带放两句当年的负面评论。

燕绥之看那些时会多停一会儿，看得认真一些，而且看完之后，他会显出几秒微妙的放松感。

二是，他没有亲口提过那件案子。哪怕是顾晏跟他说起当年的理念不合，说到跟那件案子相关的旧事时，他也没有主动提过那件案子。

他说起过“理念”，说起过“某个生日酒会”，说起过“讲座”和“初衷问题”，但唯独跳过了引发这些问题的旧案。

哪怕是“那件案子”这样的指代词都没有从他口中出现过。

当时的他避让得太过自然，好像话题自然而然地就跳到了后面，以至于让人难以确定，他是有意的还是无意的。

如果是无意的，倒没什么，但如果是有意的呢？

“哎——算了，我再跟我姐说说。”乔本来就在这事上有点儿㞞，还没等顾晏多说，他自己就先打起了退堂鼓，手指飞快地给尤妮斯发去信息。

很快，尤妮斯回复过来：我就知道你搞不来什么东西，不过也正常，毕竟顾那时候还小。

乔的嘴巴正如他保证得那么紧，即便是亲姐姐，也对燕绥之的“死而复生”一无所知，所以尤妮斯一直以为他在折腾顾晏。

她很快又来了一条：我下午托了几个媒体朋友，他们答应我晚上给答复，没准儿过会儿能收到点儿有用的信息。我也不指望你做别的了，就帮我祈祷吧。

乔少爷感觉自己活成了姐姐的吉祥物：“……”

十分钟后，尤妮斯突然拨来了通信。

“怎么了？”乔接通后下意识问道。

“什么怎么，有回音了呗！”尤妮斯没好气地说。

“我的天，你的那些媒体朋友们效率高得可怕啊，请问他们是住在网络数据库里吗？”

“放屁！少废话。”尤妮斯说，“他们给我发了个资料包，我过会儿也给你一份，你解了包先看着，如果可以的话最好让顾帮帮忙。他们律师看事情的角度总跟咱们不一样，没准儿能看出点儿什么来。”

乔：“你指望看出点儿什么？”

尤妮斯道：“我指望他能火眼金睛，一下就看出老头子跟那些疯子之间界限分明，什么不该做的事情都没做。但是可能吗？这哪是一时半会儿能说得清的。总之让他看看，看不出来也没关系。咱俩都耗了这么多年，更何况他呢。”

尤妮斯说着，已经把所谓的资料包发来了。

乔一看那包的大小就眼睛疼：“我的天，这是弄了多少？都是些什么？把联盟近四十年的卷宗打了个包吗？”

尤妮斯：“……就你话多！都说了是媒体朋友，找的东西大多是他们那行相关的。卷宗还在联系，能不能找到全面的还得看运气，毕竟过去太多年了。”

“好的，好的，是的女士。”乔说着，恭恭敬敬地把包接了，挂了尤妮斯的通信。

“媒体相关的……”乔嘟囔着，“不会是把全联盟能找到的、关于那件案子的新闻报道和视频记录什么全翻出来了吧？你帮我分担一点儿？”

他可怜巴巴地看着顾晏：“怎么样？”

顾晏：“解好了发过来吧。”

乔笑逐颜开：“哎，我就知道你最够意思！给你半个包吧！”

顾晏：“不用，给我一整份。”

乔愣了一下，才又明白过来，摇头道：“我突然觉得，幸亏你嘴被‘缝’过，否则不知道会有多少人一头栽在你手里。”

乔并没有闲着，那个巨大的资料包一边解着，一边从解好的里面随便挑了几个看了看内容。

“果然，好多报道。”乔说，“啊……还有些当初拟好没能发出的稿子。”他说着，就着手里的屏幕给顾晏展示了几个。

四五个页面排成了一排，乔不断打开新的，并排的页面数量还在不断增加。

顾晏一眼扫过去，这和摇头翁案顺嘴提到的那些不同，这都是当年原汁原味的报道。他大学时候写分析报告时，这类报道看了不下百篇。

页面无声划过，关键词宛如潮水一般扑进他的眸子里，明明已经过去了十年之久，重新看到时，依然能下意识想起下一句、下一段是什么，甚至依然能想起当时的心情，但又有些不同。

直到这些熟悉的报道中终于出现了几页陌生的、从未见过的内容，顾晏才回过神来。

“这是什么？”他伸手按住了一张页面。

乔翻看了一下文件信息：“啊，一个当初发出来又被删掉的报道。”

“删掉？”顾晏，“有说原因吗？”

乔念着备注：“当时的理由是案件热度早就过了，有别的内容要发，负责人就把这个撤了。”他说着收起备注又道，“小网站嘛，正常。就是当初写这报道的记者估计挺郁闷的，我姐那几个媒体朋友就经常追忆这种往事。”

第十三章　往事

那篇报道的内容并非是关于燕绥之接的那件医疗案的本身，看右下角的时间，应该是半年后了。被告人还是那个副院长，不过案子却换了，涉及的指控更多，证据更全面。

这一次没有任何漏洞，被告当堂定罪，大快人心。

这份报道的重点是一张照片。

照片拍的是那次庭审的旁听席，最后一排坐着一个年轻人，他面容素白，十分英俊，像精致的白玉石雕，斯文雅致中透着一股淡淡的冷漠感。

他平直的目光落在被告席上，长而浓密的睫毛在眼下投落了一片阴影。

也许是大多数旁听者都坐在前排，最后一排没有其他身影的缘故，他看上去安静而孤拔。

那份报道说，时隔半年，燕绥之悄悄来看了一场跟他无关的庭审，在看到被告被宣判后安静地坐了很久，又在众人散场前独自离开了。

报道里说，也许这位年轻的、风头正盛的律师，并非如一些人所认为的那样，也许他也想看到正义最终得以伸张。

顾晏的目光在那张照片上停留了很久。

报道的开端写着，那场庭审的时间是一月二十四号，这是燕绥之墓碑上刻着的、真正的生日。

报道的结尾是那个记者的署名——吉姆·本奇。

“我没看到过这份报道。”顾晏突然说。

乔没反应过来，一边随机点开新的文件，一边头也不抬道：“正常啊，不是说过吗？这份当年刚发就被删了，估计也没几个人看见。更何况，你找资料写分析报告已经是很多年之后的事情了，上哪儿看去？”

这份报道当年存活的时间可能不足几秒，没人看到，也再没人提。

所以顾晏在查旧案的时候，看到的只有最平直的判决书、纷杂的舆论以及各种报道中燕绥之说过的一些话。

比如有记者问他，为什么要坚持无罪时，他只丢了几个字：为什么不？拿钱办事。

还有其他一些直白又尖锐的言论。也正是这类的回答，让他在那段时间里处在风口浪尖，骂声不断。

那些回答会让人产生一种错觉，好像他后来的温和优雅，包括引导学生时说的话，都是经过包裹的。这就像是一段笔直的树干里突然横生的杂枝，突兀却又真实地存在着，全然有别于他后来给人的印象。

但不得不承认，这两种形象，至少有一个更接近他的本质。当年舆论里骂他的人只看到了其中的一面；后来全然忘记了那件旧案，一心夸赞他的人又只看到了另一面。

“你把这些都发过来吧。”顾晏说。

乔没有觉察到他情绪的微妙变化，或者说他藏得太好。

“现在就要？好啊，你等下，我这就给你发过去。”

乔的智能机展开了太多界面，他匆匆从堆积如山的资料堆里挣扎出来，又调出信息界面，滑拉了几下，在其中一个人名上点击了“发送”。

刚点完，乔少爷就愣了一下。

他看着显示正在发送的界面，大脑有一瞬间的空白，然后手忙脚乱地戳着屏幕，差点儿把智能机给撸下来扔掉。

这么大的动静实在很难忽略。

顾晏从那份旧报道的照片上移开目光，蹙眉看向他：“你在干什么？”

乔原地呆立半晌，然后“啪”地用双手捧住脸，张着嘴无声惊叫，活像是从那张名画《呐喊》里跑出来的。

“我……我干了件蠢事……你别骂我……”乔忐忑地说。

顾晏：“……你干得少了？我跟柯谨骂过你？”

乔：“好，你先抓住栏杆。”

顾晏：“……”

乔一闭眼一蹬腿，开始忏悔：“我发错人了……”

顾晏警觉地皱起眉：“发给谁了？”

乔：“院长……”

顾晏：“……”

两人同时感觉到了窒息。

一个是被死党蠢得上不来气，一个是㞞得上不来气。

“为什么会错发给他？”顾律师的脸都要冻裂了。

乔：“他在我这里的备注是‘顾的实习生’，跟你一上一下挨在一起……我一个手抖……”

“乔？”燕绥之的声音从沙发那边传来。

乔少爷仿佛听到了死神在召唤。

他僵着脖子，干笑着慢慢转身，心里疯狂尖叫“不——我不过去——”，腿脚却已经机械性地跟着顾晏走到了卡座旁。

燕绥之的智能机打开着，面前排开了一排页面。

显然，他不知道乔给他发了什么东西，下意识从里面点开几个看了一眼。

卡座这边的壁灯灯光斜落在他脸上，明暗阴影刚刚好，以至于旁人看不清他的表情，自然也摸不准他的心情。

可从那一排的页面来看……他好像并不打算看一眼了事。

乔少爷仿佛回到了十年前选修课结课的时候，两腿发软，脚步虚浮，内心忐忑。

顾晏在燕绥之身边坐下。

乔盯着顾晏的动作，他生平头一回这么期待顾晏可以“以下犯上”。他希望顾晏可以直接抓过燕绥之的手或者捂住燕绥之的眼睛，别让燕绥之看到那些。

再不行，就直接打横抱住燕绥之，二话不说地扔回房间。

很可惜，他的死党不是这个性格。

乔少爷顿时如丧考妣。

沙发微微下陷的动静让燕绥之动了一下目光，他从面前的报道中收回视线，又顺手一滑，将那一排屏幕关了，瞥了乔跟顾晏一眼：“你们刚刚私奔去栏杆那儿，就在研究这些？”

好像……语气还行？

正如之前顾晏所说的，不至于排斥，也没有什么明显的避讳。

乔摸着胸，之前被吓得贼快的心跳慢慢稳定了一些。

顾晏的手肘撑在膝盖上，摸了一下嘴角，刚想说些什么，乔已经一屁股坐在了柯谨旁边，破罐子破摔地道：“哎……算了，怪我手抖，既然这样了，我还是直说了吧。院长……我跟我姐想请你帮个忙。”

说到最后一句的时候，乔的神色变得很正经，还有些恳切。

不过这么说着的时候，他抓了一下柯谨的手来壮胆。

燕绥之朝他的手瞥了一眼，嘴角翘了一下，道：“哦？什么忙？”

乔：“说来话长。”

燕绥之：“……”

“所以我挑重点说了。”乔低声道，“我跟我姐……一直觉得，老狐狸跟曼森他们那些人勾搭的那些年里，干过一些……一些不太好的事情。这很大程度上导致了我跟老狐狸这些年里针锋相对，见面没一句好话。但是，我姐最近发现一些端倪，以至于她怀疑我们这么多年对老狐狸有很多误会。”

乔有些无奈道：“这说白了，其实是一些杂烂家事。但如果真的能找到一些事情，证明是我们误会他了，那……至少我们还来得及给他一个道歉。”

他垂着头，两手交握着晃了晃，沉默了片刻又道：“……我其实还挺期待那个道歉的。当然，如果事实证明不是误会，他就是个老混账，那我跟我姐……也……应该也不会包庇他。”

燕绥之点了点头：“所以，需要我帮什么忙？”

“我姐想重新查一查当年几个我们认为跟老狐狸有牵扯的案子，但是缺少一些切入点，也不想惊动太多人。”乔说，“所以迂回了一下，想从更边缘一些的旧案入手。院长你曾经办过的案子就在其中。”

燕绥之的表情有了微妙的变化，目光在灯下动了动。

他没有立刻说话，似乎是深深地看了乔一眼后，才晃了晃手指上的智能机，问道：“你是说你发过来的这些？”

“或者院长你还办过其他医疗方面的案子？”乔问。

“没了。”燕绥之说，“我看过很多，但办过的很少。”

“那……就是这件了。”乔说。

燕绥之点了点头，依然没有显露出不高兴的意思，语气很平静，也很寻常，就好像乔只是问他借了个火。

他道：“是想了解更具体的东西？”

乔：“对，可以吗？”

“当然。”可能是乔显得太小心翼翼了，燕绥之笑了一下，语气也跟着温和不少，“但是直接让我说的话，我可能不知道从何说起。你问吧，问什么我答什么。如果我记得的话。”

乔：“……”

他默默想了一会儿，发现自己对那件旧案的了解少得可怜。如果让他讲个故事，他大概三言两语就能把那件事讲出来——

不过就是基因手术出了医疗事故，但事故并没有那么简单，被人怀疑是医院企图借患者手术的机会，尝试基因方面的实验。而死去的患者又是几个未成年人，家长悲恸的反应牵动着大多数人的心，以至于关注度前所未有的高。但被告的那个副院长死不承认，态度油滑，又引发了后续的一系列舆论。

就这么些内容，还是当年围观顾晏写分析报告得来的，刚才那种走马观花似的扫荡根本看不出什么。

在这种了解程度下，乔发现自己居然连问问题都不知道怎么下嘴。

他默不作声，调出自己智能机里的资料，飞速看了一会儿，尝试着问了几个问题。

燕绥之每个问题都简单地解释了几句，而后又道：“其实这些，你发来的那些报道上应该都有。”

最重要的是，这种程度的问题，问上百八十个也没法探究出德沃·埃韦斯有没有牵扯进去。

乔耳根子都憋红了，他闷了一口酒，又翻了几个报道。

燕绥之看不过去了，有些好笑地提醒他：“你这么东一榔头西一棒子地问，我也不知道什么才是你跟你姐姐眼中的关键，不如你再看看手里已经有的资料，跟你姐姐商量一下，再问也不迟。”

乔一愣：“可以吗？如果……之后再来问，可以吗？”

燕绥之点了点头：“当然，这难不成还算时效？”

也许是有事要忙的缘故，乔没在大厅内多待，看曼森兄弟的黑脸不如回去看资料包。柯谨放下餐勺，几人就回到了楼上的豪华套房里。

在这过程中，顾晏一直注意着燕绥之的神情，至少有其他人在的时候，他始终没有任何情绪上的流露。

柯谨看上去不是很想睡觉，不愿意进卧室，乔把他安顿在了客厅，自己坐在他旁边的沙发里，活像一个回到学校的学生一样，一个字一个字地认真看起了资料。

燕绥之的目光从乔手里滑过，顿了一下便进了卧室。

“困了？”顾晏也没在客厅多留，跟在燕绥之身后进了房间。

“没，我去洗个手。”燕绥之说。

卧室里的灯还没开，房门就被顾晏在背后合上了。房内倒不至于一片漆黑，外面的花园晚灯和远处路过的车灯在屋里无声地划过光影。

燕绥之拿了开灯的遥控，在手里转了一圈，却又像忘了似的搁下了。接着他径自穿过屋里如水一般的光影，走进里间，没一会儿，哗哗的水声响了起来。

顾晏看了一眼遥控器，也没有急着开灯。他在原地站了一会儿，然后循着水声往里面走去。

洗手台的玻璃拉门敞着没关，燕绥之就像他以前的习惯那样，仔细冲洗着自己的手指。过了好一会儿，他停了动作，撑着洗手台的边沿，像是在黑暗中出了一会儿神。

几秒后，他突然轻轻说：“顾晏。”

“我在。”顾晏抬脚上了洗手台的台阶。

燕绥之转头看了他一会儿，突然伸手搭着他的肩膀，然后轻轻抱了他一下。燕绥之什么都没说，却莫名让人有些难过。

顾晏愣了一下，低声说："本来不想让你看见那些的。"

"没什么。"燕绥之的声音有些闷，却依然夹着一丝常有的轻微笑意，"没关系，一个案子而已，不是什么大事。"

顾晏拍了拍他的背。

顾晏的怀抱跟他平日里流露出来的性格一点儿也不一样，温暖的体温毫无道理地将人裹进去，气息一点点地侵入鼻息。

燕绥之在水中冲洗良久的手指就这么重新有了暖意，从指尖到手掌，再顺着血管充盈到了心脏里，像是潮水上涌填满了胸腔。

上一次有这种感觉，是在那间阁楼里，顾晏声音低哑地对他说，爆炸案之后总会梦见他还活着。

再上一次，是顾晏倚着门，抬眼看着楼梯上的他，沉声说晚安。

再往前，是别墅一楼的厨房里，顾晏垂眸看着他，跟他说出自己的想法。

然后就是一段漫长的空当，长到具体有多少年，他都快记不清了……

这种胸腔饱胀而酸软的感觉，总让人产生一种要说点儿什么的冲动。

燕绥之的目光掩在眼睫的阴影里，落在虚空中的某一点上。他安静了好一会儿，忽然低声开口："顾晏。"

"嗯？"

"当初为什么选我做直系老师？"

"因为之前听过你的讲座。"顾晏顿了一下，"而且……很早之前我在赫兰星见过你。"

"有多早？"燕绥之的语气有微微的讶异。

"八九岁的时候，在一所孤儿院里。"顾晏说。

那时候，每逢周末，他那位法官外祖父都会带着他去孤儿院。那里大多数孩子的遭遇都跟他很像，父母都是军人，在某场战役中过世。不同的是，他有外祖父，他们没有。

他不知道外祖父定时带他去孤儿院的初衷是什么，也许是希望他永远不要忘记苦难，也许是希望他受到感染做个善良的人。毕竟外祖父不是个热衷言辞和谈心的人，从来没有跟他说过什么。

不过他后来形成的性格，又确实跟这段经历脱不开关系。

他碰见燕绥之是在一个冬日的午后，那天太阳出奇的好，在孤儿院的草坪上投落下大片明亮的光。这比什么人工温控都舒服，所以很多孩子在草坪、秋千和游乐器材上玩闹，晒着太阳。

外祖父带着捐赠的物资去找负责人，留他在草坪上。

“怎么不带着你一起去？”燕绥之问。

顾晏淡声说：“谁知道呢，也许他指望回来的时候，能看到我跟其他人玩在一起滚成一团。”

燕绥之笑了一声，依然有些慵懒：“那你如他所愿了吗？”

“没有，我找了一张长椅，坐着等他。”

那张长椅的正面朝着那片热闹的草坪，一转头就能看见孤儿院院长所在的办公大楼，既不会太过无聊，又能及时看到出来的外祖父，是小时候的顾晏能找到的最佳位置。

他在长椅上坐了没一会儿，就看见一个身影从办公大楼里出来了。

他转头看过去，却发现那人不是外祖父，而是一个年轻人。

非常年轻，可能刚满二十。

对方穿着很讲究，显得身材修长高挑，从台阶上下来的时候，大衣衣摆被微风轻轻掀起，年纪轻轻却有了风度翩翩的味道。

那人从楼里出来后没有立刻离开，而是在草坪旁站了一会儿，看着那些玩闹的孩子们。阳光落在他的脸上，照得他皮肤很白，眼珠像蒙了一层清透的玻璃，反着亮光。

他很温和，却不怎么开心。

这是那时候的顾晏看着他，得出的结论。

没过片刻，年轻人就注意到独自坐在一旁的顾晏。他不紧不慢地走过来，微微弯腰问顾晏：“怎么一个人待着，跟人闹别扭了？”

他以为顾晏也是孤儿院里的其中一员，不知道因为什么没能参与到众人的玩闹中去。

“我等人。”那时候的顾晏这么回答道。

"等谁？"

"外祖父。"

年轻人点了点头，这才知道是自己弄错了。

说话间，草坪上负责照看孩子们的阿姨注意到了年轻人，走过来跟他打了一声招呼。

"那你等吧，我走了。"年轻人懒懒地冲顾晏摆了摆手，走去跟阿姨说话。

跟别人说话的时候，年轻人会带上笑意，显得更温和一些。

"我零星听见了几句，知道你是去捐钱的，也不是第一次去。"顾晏顿了片刻，又道，"不过我只碰见过你那一次。"

燕绥之听完有那么一会儿没说话，半晌才轻轻地"啊"了一声，说："有点儿印象。不过，后来再没碰见我也正常。我很少周末去，因为周末总会碰见很多人。那次也只是因为潜水俱乐部的安排临时有变动，才会选择在周末去赫兰星转转。"

听到潜水俱乐部，顾晏忽然想起燕绥之曾经说过的话，问："你那时候经常潜水？"

燕绥之"嗯"了一声。不知为什么，提到这个话题他又安静了一些。顾晏敏锐地觉察到他的情绪又低落了下来。好一会儿后，燕绥之才回忆似的低声说："不是那时候，很早就开始潜了，十五岁左右吧，一度很沉迷，觉得这项运动真是太奇妙了。"

"十五岁？"顾晏问道。

直觉告诉他，燕绥之正在一点点地尝试着，把心里的事情掏给他。

"嗯。那时候我父母刚去世……"燕绥之声音很淡，就像是在说什么稀松平常的事情，又或者过去太多年了，他早就没有那么深重的感触了，"我跟你说过吗？我母亲有赫兰星那一代人常会有的病，基因上的问题也遗传给了我。不过我没她那么严重。那年她状态很不好……你也许知道，得了那种病，寿命差不多也就到时候了。医院下过很多次通知单，让我父亲在做基因手术和好好陪她之间二选一。结果显而易见，我父亲选择做了基因源。"

那时候做基因手术，尤其是这种治病方向的手术，需要健康的基因源。一般人为了避免更多意外，都会选择身边亲近的人。

“最终上手术台的其实也包括我。”燕绥之说，“那种手术风险很大，包括提供基因源的人在内。”

他看着窗外，眼睛轻轻眨了一下，道：“我侥幸成功了，他们没有。”

人总是不乐意相信自己不想接受的事情，总会去怀疑那背后是不是有些什么。十五岁的燕绥之虽然被保护得很好，却依然会对此产生一些阴谋论。

“我的父母并不是直接在手术台上闭眼的……拖了几天。”燕绥之说，“我那时候就怀疑手术有问题，怀疑医生不怀好意，怀疑护士粗心，怀疑所有参与那场手术的人。但我父母很排斥那种想法，最后的那几天，他们一直在强调手术风险难以避免，不希望我钻牛角尖。”

那几乎构成了父母的全部遗言，他们希望他不要把人生耗费在这件事上，不要止步不前，不要被拖进泥水中，不要因此满怀疑虑。希望他依然能公正地看待别人，善意地接受别人，能过一场长久的、偶尔掺杂着惊喜的、普通却又幸福的人生。

这和那段生日祝福一样，几乎成了燕绥之后来数十年的魔障。

“遗言总不能不听，毕竟那是他们最后留给我的东西了。”燕绥之说，“所以那一年，我给自己找了很多事情来做，以免闲着。因为一旦闲下来，我就会冒出很多想法，一些不太美好的、阴暗的想法，跟他们希望的背道而驰。”

现在想来，他甚至有点儿记不清那一年都忙了些什么。因为不管做什么，心里都好像一片空茫的、毫无回音的荒野，心脏跳起来碰不到顶，落下来又没有声响。

他有时候走着路，会毫无来由地停下来，盯着路边的某一处出神，不知道自己要去哪里，也不知道转头会回到哪里。

他有很多钱，有漫长的、挥霍不完的时间，就是没有家。

“那时候觉得唯一能让心跳两下的就是潜水了。”燕绥之说，“深压之下吸进氧气的时候，会有种胸腔被灌满的感觉……”

那种饱胀得几近酸软的感觉，总会给人一种错觉——好像挺满足的，也好像不那么空荡荡的了。

那时候，他总是穿着潜水衣，坐在潜水船二层的边缘，湿漉漉的头发滴着水。他撑着双手，眯着眼睛看着望不到头的海，还有跃动得有些刺眼的阳光。

旁边有教练唠唠叨叨的说话声，他当成毫无意义的背景音，一边听着，一边出神。在略微休息一下后，再扎进更为旷寂的海里。等着氧气一下又一下猛地填进心脏。

这种滋味对十来岁的燕绥之来说，大概比世上任何一种毒物的魅力都大，太容易上瘾了。

直到后来碰到曼森小少爷的事故，在水下体验了一把缺氧的感觉，他又突然觉得……这事真没意思。

“这样看来，我也算挺不错的了，没有十来岁就走歪路，还努力把路线扭正，尝试过不少事情。如果他们还在的话，大概会拽着我夸得天花乱坠。”燕绥之想了想，笑了一下，“我母亲说话总是很夸张，父亲是个没脾气的，大概只会在旁边点头说‘你妈说得对’……”

他说着，兀自回味了一下，又道：“有点儿可惜，我听不到。”

无论做了什么，不管大事小事，哪怕只是路边碰见的一个趣闻，他都无人可说。

时间久了，就慢慢习惯不跟人提了。

他空落落了数十年，终于碰到顾晏。

“我不太会夸人。”顾晏突然说。

他声音低沉，有些哑。

明明是燕绥之在回忆，他却好像跟着经历了一遍。

他好像看见记忆里二十岁时候的燕绥之变得小了一些，眉眼青涩，骨骼显露出少年人特有的清瘦，始终站在人群之外，温和又孤独。

“嗯？”燕绥之应了一声。

“我不太会夸人，但你以后碰到什么、做了什么，无论有趣的还是无聊的，善意的还是阴暗的，都可以告诉我。”顾晏声音沉缓地说，“我想听。”

那声音甚至在燕绥之的身体里引起了微微的震动，那种涨潮般的酸软感又漫了上来。

食髓知味，燕绥之在顾晏这里体会得彻彻底底。

这样的顾晏让人无法拒绝。

燕绥之突然轻轻叹了口气，身体慢慢放松下来。

有那么一瞬间，他阖了一下眼睛，觉得自己好像又回到了二十多年前，还住在那幢旧居里：日子慢悠悠地过着，他懒洋洋地靠在窗台上，一边画着速写，一边半真半假地对屋里的人说“前两天碰到一点儿麻烦事……”。

很奇怪，在这一瞬间的想象里，屋里听他抱怨的是顾晏，而他并没有觉得哪里不好。

远处的悬浮路上又有车一划而过，车灯在屋内投下一片光亮，又倏然消失。

顾晏看见燕绥之在浮光里很轻地点了一下头，“嗯”了一声。

又过了片刻，像是在印证这种应答，燕绥之开口道：“那件医疗案……我知道你很好奇。其实不用那么小心翼翼，不是什么不能提的事，我只是不知道从哪里说起。”

原先顾晏还有些不知缘由，刚才听燕绥之说到父母过世的原因后，他忽然就明白了。

燕绥之的父母死于基因手术，那件案子牵扯的也是基因手术。

顾晏低声说：“那个被告……”

他语音有些迟疑，燕绥之已经接过了话头，他轻轻“啊”了一声，像是终于找到了开头：“那个被告，我的当事人比尔·鲁，曾经参与过我父母的那场手术。”

世事有时候就是这么讽刺，他因为父母的遗言压抑内心的猜忌耗费了十多年的时间，而复发只用了一天。

相似的手术意外，相似的结果，有关联的人。即便没有证据，也足以让他重新陷入十五岁时候的魔障里。

就好像这么多年压抑的东西终于找到了一处宣泄点，不管对错，只要能发泄掉一些就可以。

燕绥之希望被告人能锒铛入狱，希望他能体会一遍所有受害人体会过的东西，希望他能知道一个人孤零零、空落落地走上十年会是什么滋味，希望他一命偿一命。

他还想去赫兰星的公墓，对睡在那里的人说：“你们看，我当年的猜疑不是毫无道理。你们训了我那么一长串有的没的，是不是应该起来道个歉？虽然晚了十来年，但是没事，我很大度，可以勉强原谅。”

可惜睡在那里的人并不会真的听见，也不会如他所愿那般起来抱着他，笑着道歉。

“接到案子的前两天，我几乎没法坐下来好好看资料。”燕绥之有些自嘲地轻笑了一下，“那大概是我最不淡定、最不稳重的一回。后来总算能看进资料了，却发现控方的证据有一些漏洞。”

非常细微的东西，也许在一些粗判的案子中，会被所有人遗漏。

但他看到了，就难以忽略。

所有关注案子的人，包括他自己，都默认比尔·鲁是有罪的。

但漏洞的存在——哪怕漏洞是由于控方本身的疏忽，也意味着有万分之一的可能证明比尔·鲁无罪。

而只要有这样的可能，他作为辩护律师，就应该维护。

那几天，燕绥之把自己关在卧室里，在黑暗中坐了很久。

“我其实有过很多恶毒的想法，想故意忽略掉那些漏洞，甚至想利用言语陷阱让其他人也发现不了，或者在法庭上兜几个圈子，诱导证人不知不觉地说一些假证，填补上那些漏洞。如果我愿意的话，其实有很多种办法将当事人钉死在被告席上。”燕绥之停顿了片刻，又含糊一笑，低声说，“是不是有些阴暗？其实这已经是我美化过一百倍的结果了。我发现……就算是坦诚相告，我也没法把那些太阴暗的东西说给你听。”

“那时候脑子里几乎是发泄性地想了无数种主意，但是……”燕绥之轻轻地叹了一口气。

顾晏能感觉到他牵了一下嘴角，似乎依然想试着像平常一样，不那么在意地、甚至带着一丝笑地把话说出来。但他的嘴角又慢慢收了回去：“那应该不是他们两个想看到的……”

“你看，我拿父母就是没什么办法。明明已经过世十多年了，我还是不希望他们看见那些……”他又蓦地沉默下去，过了好一会儿又哼笑了一声，低声道，“好像他们还能看见似的。”

他其实……始终觉得自己不是什么好人。

但在那短暂又漫长的十来年里，他还是试着按照父母的祝福活着，不做太多出格的事情，不沉溺于无意义的东西，资助了一些福利院和孤儿院，帮了一些能帮的人，坚持了一些也许无关痛痒的正义。

然后他恍然发现，这些东西在不知不觉中已经刻入骨血了。

这大概是父母留给他的，这辈子也脱不尽了。

“我在屋子里独自待了三天，最终还是决定做无罪辩护。”燕绥之说。

他做了决定，但他并不高兴。

因为他会把比尔·鲁送出法庭。

“我当时有些不着调的想法，不希望自己过得太痛快，希望能有人骂我几句。就当是……借别人的嘴宣泄一下。”燕绥之又笑了一下，“说不上来是什么心理。”

所以他那次的态度格外奇怪，对外说着各种混账话，直白又尖锐，就像一个桀骜不驯、无视正义只管钱财和结果的讼棍。

然后如他所愿，在他本身最低落的时候，大部分人都在骂他，口诛笔伐，甚至包括一些蓄意的伤害。

那时候是个什么情景，简直让人不敢想。

顾晏也不希望他去细细回想。

“我看到过一份未发的报道，说后来比尔·鲁又被提上了被告席，那次审判你去了。”顾晏沉声引开了话题。

燕绥之：“嗯。”

比尔·鲁后来又被牵扯进了案子里，那时候的燕绥之已经查他有一阵了，匿名给警方投了证据。

那一次，涉及的案子更大，证据更多，而且应该再也找不出什么漏洞。

“我那段时间查了他很多东西，可是很遗憾，依然没能找到能够证明他跟我父母的过世有直接关联的证据。但那次的审判结果还算不错，一命偿一命，对那次的原告来说，算是一个可以接受的结果。”燕绥之说。

审判的那天燕绥之独自去了，在庭审开始的时候进了法庭，安静地坐在最后一排，安静地听着比尔·鲁一项项罪名成立，然后安静地离开。

那天是他二十七岁生日。

他还记得十来岁生日时，家里那位漂亮温和的女士端着相机，笑盈盈地逗他，院子里被他画着的那枝扶桑被风吹得微微晃动。这一切清晰得就像刚刚经历过一样。

然而他已经一个人走了十二年。

十二年好像很短，眨眼间就过去了，有时候却又显得格外漫长。

“我有时候会想，如果我找到的证据再多一些就好了。也许我父母也能在那场庭审上瞑目。”燕绥之安静了一会儿，又说，“但这其实也是个谬论，因为被告一命偿一命，真正‘瞑目’的其实是我。墓碑底下的人都睡了那么久了，哪儿还看得到。”

顾晏忽然明白他为什么总会洗手了。

就像他在最难过的时候，会故意引人来骂他一样。

他一个人独来独往了太多年，习惯把所有问题都揽到自己头上。不尽如人意时，他就会有些自厌，先于所有人将自己钉在被告席上，自己控告，自己判刑。

但不论受什么刑，他又总会站得板直。因为路还很长，他还要一个人走上很久很久。

房间里一片沉默，过了好一会儿，燕绥之听见顾晏闷声说道：“至少我看得到。”

他愣了一下，微微让开身体，便看见顾晏的眸子在夜色下蒙了一层光亮，沉沉地看着他。

夜色温沉，流光如水。

之前久远的生日祝福第无数次在他脑中响起：我们希望你永远无忧无虑，不用经受任何痛苦，不用特地成长，不需要去理解那些复杂矛盾的东西，不用做什么令人烦恼的选择。

燕绥之闭了一下眼，在二十八年之后终于能给出一个回答——

很抱歉，你们希望的这些，我好像一个都没能做到。好在运气还不错，碰到了一个人。

所以别担心，我们会过得很好。

第十四章　草莓

白鸽街是个很神奇的地方，在和它几十米相隔的另一边，是这一带最繁华的区域。

有悍金花园酒店偌大的庄园、配套的商场、娱乐设施以及其他一些生活所需的场所，中间夹着一块不大的居民区。悍金花园酒店的员工宿舍楼就安排在其中。

但白鸽街却人气寥落，常常一整条街都看不见几个人。临街商铺大多打着关门的字样，或者刷着大红条写着低价转让，或者惊爆甩卖。就这样依然引不来什么人，万分萧条。

唯一的例外就是，那家看上去活像毛坯房的酒吧。

酒吧名字很古怪，叫“老年人”，毛坯房的墙外用彩喷画着一对相拥的老人——他们就是酒吧老板。

这对老夫妻关门回家办了几天事，再回来就发现自家酒吧门口出了命案，吓得当场晕厥过去，直接被警车拉去了医院，把小酒吧留给警方当驻扎营地了。

一时间，白鸽街迎来了它最辉煌的时刻，到处都是人。大半是穿着制服的警察，还有一些是扛着器材的记者及狗仔队，他们在这儿混了好几天，早就成了老油条。他们挂着胸牌，进出自如，到处溜达。

但也有不这样的。

这天夜里，两个身影鬼鬼祟祟地从酒吧旁绕过，挑着刁钻的角度，给酒吧门口的那个喷泉拍了几张照片。

蹲在前面的人低头筛选了一会儿，存了其中一部分，备注：酒店监控员巴里的尸体在这个喷泉里被发现。

整理完，他冲后面的人招了招手，两人迅速穿过街道。

“是警长！快过来！”他一把按住跟班人的脑袋，拐进最近的一处暗巷里。

两人身后就是垃圾桶，酒鬼们的呕吐圣地，熏得人生无可恋。被按着头的年轻人低头看了眼自己胸前的记者证，心说：我仿佛办了个假证。

他一脸纳闷，忍了半天终究还是没忍住，揪住前面的人问道：“本奇老师，我们明明都带了证件，为什么要这样摸进来？”

这两个鬼鬼祟祟的身影不是别人，正是之前在天琴星上跟燕绥之和顾晏打过交道的记者——吉姆·本奇，以及他带着的助理记者诺曼·赫西。

本奇“啧”了一声，十分不耐烦：“为什么？这不是应该问你吗？我早说过，就去酒店门口拍几张，那些大佬的照片哪张不比这个喷泉有看头？不是你愁眉苦脸，一副要了你命的样子，嘟嘟囔囔地说要关注案情吗？”

赫西有一点儿委屈：“不是，我的意思是，我们为什么要跟做贼一样摸进来？您看那些记者，不都光明正大地在跟警方交流聊天吗？”

本奇捏着鼻尖，那股垃圾桶的味道始终萦绕不散，以至于他说话都是瓮声瓮气的：“唉——你还年轻不懂。”

赫西：“……”这怎么还跟资历有关系？

“谁想缩在垃圾桶这里呀？我也想大摇大摆地从警署面前晃过去，这不是……有点儿过节嘛！”本奇说着说着，脸上浮起了尴尬的神色。

“过节？”赫西好奇道，“您跟谁啊？要是哪个警员的话，咱们绕过他，跟别人谈不就行了吗？”

本奇挠了挠眉心：“那个……肖警长。”

赫西：“……”

这下可好，跟老大有过节，还能找谁？怪不得刚才一看到警长的影子，他就被本奇拖进了垃圾堆。

“为什么会闹出过节？”赫西更好奇了。在他眼里，本奇是一个能少一事绝不多一事的人，很少会给自己惹麻烦，有点儿势利，有点儿圆滑。

本奇言语含糊："挺早以前了，因为一些案子。我那时候有点儿较真，不是很讨人喜欢，得罪过他不少次，再加上半年前的爆炸案又惹他不高兴……"

赫西一听爆炸案就来了精神："您说的是那位院长的爆炸案？"

本奇哼了一声："废话，不然呢？还有谁？"

赫西知道在爆炸案热度最高的那段时间，本奇是跟过案子的，也知道他没有跟出什么结果来，热度散了，也就放弃了，还不准赫西在上面浪费时间。但赫西不知道，本奇居然还会因为爆炸案跟警署的警长闹出不愉快。

这稀奇程度不亚于狗丢开骨头改吃草。

"你眼睛瞪这么大干什么呀？肯定在心里嘀咕我呢吧？"本奇睨了他一眼。

赫西闷不吭声，摇摇头。

"你以为你想什么我不知道呀？"本奇哼了一声，"老实跟你说吧，你现在一腔热血干的那些事儿，我以前都干过。谁还没有个年轻的时候呀？"

赫西嘟囔："您现在也挺年轻的。"

本奇："别废话，总之这是过来人给你的建议。打个最简单的比方，你以为那件爆炸案真的一点儿问题都查不出来？只是有人不敢查，有人不让查而已。也许每个人手里都握着一些零星的线索，但就是凑不到一起去，所以拼不上。"

"那就凑一凑啊。"

"说得轻巧，你知道谁是哪一方的？你知道谁手里的东西有用，谁手里的东西没用？你知道你该上哪儿找什么人去凑？联盟这么大呢！"

赫西说到兴头上，伸手一指远处的悍金花园酒店，偌大的庄园式建筑，在夜色下显得沉稳而高贵。

"我还敢说，凭借职业经验和直觉，最近这些乌七八糟的事情，什么感染啊、什么基因事故啊，哪天如果真揪出幕后操纵者，那两栋楼里的人能倒一半。你信吗？"

赫西被他的气势唬住，点了点头："有点儿……也许……信。"

"有个屁用！有证据吗？有逻辑吗？知道来龙去脉吗？"本奇道，"要上下嘴皮子一碰，怀疑就有用的话，这世上也没什么麻烦事了。"

赫西张了张嘴，想说什么，但又没有找到合适的说辞。

“别张张合合的了，你又不是鱼。”本奇说，“这些大事也不是我们能操心得过来的，养活自己比较重要。”

赫西说：“但是，当记者的初衷……”

“初衷能当饭吃？”

直到两人从暗巷里出来，躲过警方，钻进一家亮着灯的门店，赫西才低声嘟囔道：“不能吃，但也不想丢。”

本奇听见了，表情有一瞬间的感慨，似乎想训两句，但最终还是没有开口，只叹了口气关上门。

“吃什么？厨师请假了，现在只有香肠和啤酒。”颇为富态的中年女士甩着抹布，一点儿也不热情地说。

本奇把一直跟在后面的赫西推到前面去，懒洋洋地说：“去吧，总缩在后面怎么实现你的初衷。”

赫西不是很爱说话，有一些腼腆：“呃……老板？”

胖女士补充：“娘。”

赫西：“？”

“老板娘。”胖女士说，“直接说吃什么，别一上来就问我案子的事，我又不是开座谈会的。”

也是，店面开在这里，少不了要被人问，这个胖女士估计被问烦了。

赫西点了点头，道：“老师，我请您吃夜宵吧！香肠、啤酒，两份，谢谢。”

“行！稍等。”

没过一分钟，胖女士就端着餐盘拎着酒瓶过来了。她倒也爽快，自己也拿了一瓶酒，在两人旁边坐下来，熟练地咬开瓶盖：“你要问什么，问吧！”

“哦，也不问什么，那天早上您看到什么了吗？”赫西聊天似的问。

“看到了呀，我那天早上在楼上，刚起床就看见那个人疯疯癫癫地跑过来。”

“疯疯癫癫？”赫西朝本奇看了一眼，“酒店不可能雇一个疯疯癫癫的人当监控中心的值班员吧？更何况，那个值班员据说还偷改了监控视频。”

胖女士灌了一口酒：“那我哪儿知道，我看到的他就是疯疯癫癫的。不过是挺奇怪，我之前见过那人来这条街，挺正常的。据说他那天早上下班还好好的，回宿舍的时候也还行。”

“据说？据谁说的？”

“又不是只有你们两个人来问过，我见过好几拨人了，从他们的闲聊里听来的。”

“哦……又是好好的突然疯掉了。”本奇嘟囔说。

“又是？什么意思？”赫西问。

“没什么意思，就是那个摇头翁案里的老人们不也是这样突然疯掉的吗？”本奇说。

赫西：“所以……这两件案子其实是有牵连的吗？老师，您是不是知道点儿什么？”

本奇呵呵一声：“知道个屁，我只是凭借丰富的经验和敏锐的职业直觉，恰好联想了一下。”

赫西：“……”

法旺区这一带的天气异常任性，简直冬如四季，前一天还是个暖洋洋的晴天，第二天就刮起了小飓风。

这种级别的飓风对房屋损坏倒不大，倒霉的是交通。原本打算离开花园酒店的宾客们霉气罩顶，应该是又走不了了。

燕绥之就是在狂风拍打窗户的声音中醒来的。被吵醒的瞬间，他其实是有些起床气的，眉心皱着，不耐烦地撩起眼皮。

昨晚看资料看得太晚，连房间都顾不上换，倒头就睡。于是他一睁眼就看见了顾晏的脸，近在咫尺。

以往顾晏雷打不动地要晨跑，总是起得比鸡早，反正不管燕大教授什么时候醒，顾大律师永远都在泡咖啡。像今天这样没醒的顾晏可不多见，燕绥之觉得挺稀奇。

外面天色还没怎么亮，燕绥之欣赏了一会儿顾律师的睡颜，打算悄悄起床。

宽敞的客厅一片安静，落地窗帘只拉了一半，暴风和狼藉都在窗外，偶尔裹挟着不知从哪儿拐来的雨点，一阵一阵的，噼里啪啦地砸在玻璃上。

天色阴黑，墙上的时钟显示刚到六点。

沙发旁的玻璃茶几上还搁着乔和柯谨留下的杯子，人倒是都进房间了，这会儿还毫无动静，显然睡得正沉。

燕绥之也没开灯，顺手把那两只杯子冲了一下，然后塞进了消毒柜，这才打开了冰箱。

套房里配了个偌大的冰箱，管家会在清扫房间的时候安排人把冰箱里前一天的清出来，再用新鲜的东西将它填满。饮品、水果、新鲜甜品等等，基本上一些大受欢迎的即食品都能在里面找到。

燕绥之朝窗外看了一眼，下意识把手伸向其中一支玻璃瓶。那是他比较偏好的一种金酒，口味很清爽，带着一点儿浅淡的豆蔻香。他不常喝，偶尔来一点儿，也不过小半杯。

冰箱里还搁着一小桶现成的配酒用的冰块，还有切好的黄柠片。

他都倒好了一小杯，搁了几个冰块和一片黄柠，脑中倏然冒出顾晏撩起眼皮的冷淡脸。

燕绥之："……"他又条件反射地把杯子搁下了。

燕绥之撑着吧台似的餐桌愣了一会儿，又兀自失笑。

"可惜了……"

他嘟囔了一句，把酒放在一边，又从满满当当的冰箱里端了一份草莓出来。

草莓分量不算多，顶多十二三颗，颜色鲜亮讨喜，整整齐齐地码在一只玻璃碗里，带着一股新鲜的甜香气，看得人很有食欲。

燕绥之吃了几颗，拿着玻璃碗进了卧室。

偌大的床上空空如也，残留着睡过人的褶皱，套间里面传来了哗哗的水声。

燕绥之循声过去，发现顾晏已经洗漱完了，刚关上水直起身。他的眉眼沾着水珠，轮廓越发清晰深刻，英俊极了。他眼皮很薄，抬起眼目光轻扫而过的模样，总会显得冷淡又禁欲。

这人明明是副薄情的长相，却比谁都情义深重。

"不准起床，不然抗旨是要杀头的。"燕绥之上了台阶，走到他旁边。

"帝国制度死很久了。"顾大律师一点儿也不给"昏君"面子，他抽了张除菌纸擦手，冲"昏君"手里的碗直皱眉，"怎么吃凉的？"

"晾了一会儿，没那么凉。"燕绥之挑了颗草莓给他，"吃两颗垫垫胃，回床上睡觉去。"

顾晏垂着眼看他，嗓音还有些懒：“理由。”

“催你睡觉还要给理由？”

“嗯。”顾晏应了一声。

“这才刚六点，大风天，外面连个鬼影子都没有，对门那两位估计还在做梦。”燕绥之说话间没注意，不小心捏坏了一颗草莓。清甜味道瞬间散开，汁水沾到了指缝，触感有些粘腻。

他微微皱起眉。

洗手的毛病具体是从什么时候形成的，他已经记不清了。

他二十五岁戒掉了上瘾般的潜水，二十七岁碰到医疗案，应该就是在那前后。有一天，他在清洗的过程中突然感觉到了针扎一样的刺痛，才发现手指尖已经因为他的频繁清洗而出现了伤口。

细小的、层层叠叠的，渗出了血。

但他只是看了一会儿，就继续清洗起来，洗干净所有血水，裹上了一层愈合胶布，然后异常淡定地在智能机里挑了一下，约了一名心理咨询师。

咨询师说会养出这种习惯，是因为他对自己的要求太过严苛，偶尔做出规格外的事情、冒出规格外的想法，或是没能实现某个认真许下的承诺，就会产生自厌的情绪。咨询师还说，这种习惯可以慢慢改，循序渐进，几个月或是半年，最重要的是除根。

燕绥之听完不置可否，道了谢就离开了，事后给咨询师寄了一瓶德卡马最好的金酒。

之后他更换了洗手剂、除菌纸，备上了一整盒愈合胶布，然后在那盒胶布用完的一个星期里，强迫性地把洗手的频率减到了原本的三分之一。

就像当初戒了潜水一样。

但咨询师有句话说得很对，这种事最重要的还是除根。本性难移，就没法完全改掉。

他垂眸看着手指间的草莓汁，恍然回到了最初发现这个习惯的那天。血水被稀释后也是这种样子。

只是他还没来得及去开水龙头，手指就被人抓住了。

“不脏。”顾晏低声说。

“不要把所有错处归到自己身上，不要独自把责任扛在肩上，你做的一切都在公理之下，你的手一点儿也不脏。”

燕绥之愣了一下，他看着顾晏良久，忽然明白自己之前为什么总是那么倒霉了。

不攒一攒运气，哪儿能碰到这么好的人。

屋外依然风雨大作。

口口声声要起床的顾晏总算被说服，老老实实靠坐在床头。

“我在客厅吧台上看到了这杯酒。”顾晏拿着燕绥之倒好的那杯金酒，朝他举了举说，“解释一下，燕老师？”

燕绥之一听他喊“老师”，就觉得没什么好事，懒散地说：“谁知道这杯子怎么来的，没准儿是乔梦游呢？反正不是我倒的。”

顾晏也不是第一天见他耍赖，早就习惯了。

“这种口味很少见。”他尝了一口，虽然放了有一会儿，酒已经醒过头了，但味道还不错。

燕绥之闭上眼睛，“嗯”了一声，一副想继续睡的模样。

又过了一会儿，他才闲聊似的说：“这酒的味道我很喜欢，刚进口有股很浅的豆蔻香，我一直觉得还混着更浅的金丝月季味，之后会有小红莓和甜木果味，但是单喝后味偏腻，加一片黄柠檬刚好。尝出来没？”

顾晏：“……”

这人恐怕是舌头成的精。

刚才就那么随便一喝的顾律师又抿了一口。

燕绥之后脑勺长了眼睛似的：“别偷偷摸摸再喝一口了，我知道你当年的品酒课没好好上。”

当初在梅兹大学，所有人大三都有一门必修课，叫品酒。大概是提前为学生今后的吹嘘扯淡打好基础。

学生们非常乐意上这课，一周一回，每次什么都不用带，只要拎上自己的酒杯包，进教室就把一套空酒杯在桌上排好，不同的杯子喝不同的酒。

一节课能喝到七八种，当然，每种都只有一杯底，浅尝辄止。

有时候能喝到口味非常棒的，有时候就一言难尽，这种惊喜和惊吓交错的感觉特别吸引那些年轻学生。

但是顾晏对酒的兴趣一直不太浓，再加上那时候特别忙，这门课缺勤了不少，光被燕绥之碰到的就有好几回。

他当然不是不会品，只不过喝不出燕绥之说的这么多层味道。

当初好好上课的人也一样，有的人能喝出丰富的层次，有的人能感受到比较明显的几种味道，还有的人认为就是“好喝的酒”和“难喝的酒”。

顾晏大概属于第二种人。

他把自己喝到的味道跟燕绥之对比了一下，总结道：“嘴太挑。”

燕绥之眼也没睁：“胡说八道。”

顾晏：“为什么喜欢这种味道？”

“很像我家花园的味道。”燕绥之说着又补充道，“小时候住的旧宅花园，围墙上挂着长藤月季，地上是白豆蔻、小红莓、扶桑，还有一株苹果树和一株甜木果，还有旱金莲和晚香玉……太多了。常年微调控温，所以看上去非常热闹。后来我试着在自己的住处复制那个花园，找高霖……哦，就是给你送灯松的那位，找他买了不少花种、树种。”

“种成了吗？”顾晏把酒搁在床头柜上，微微调整了一下姿势。

燕绥之很坦然：“他认识我之后，就再也不卖幼嫩的花种、树种了，觉得卖出去就是送死，说看见我的花园就心绞痛。”

顾晏：“……”

“你居然还笑？”

顾晏否认：“没有。”

燕绥之翘了翘嘴角：“别否认，你胸口动了一下。”

外面突然起了一声雷，窗户都被震出了嗡嗡的轻响，接着便是更大的雨。

“我以前非常不喜欢这种天气。”燕绥之又说。

他聊完一个话题，又很随意地开了另一个。

顾晏朝燕绥之看了一眼，从他的角度只能看到燕绥之乌黑的发顶。

但即便看不到表情，也能从语气中感觉到，燕绥之很放松。就像昨晚答应的那样，不管想到了什么，看到了什么，不管有趣还是无聊，哪怕只是路边新长出的一朵花，都可以说给自己听。

顾晏的心情忽然就变得不错。

准确地说，本就不错，这会儿变得更好了。

刚才喝下去的两口金酒慢慢起了点儿作用，明明量少得不足一提，却莫名让人有微醺的感觉。

他索性也阖上眼，顺着燕绥之的话问道：“为什么不喜欢？”

燕绥之笑了一下：“我十来岁的时候很懒，不喜欢做会出汗的事情，假期在家不是窝在花园里画画，就是窝在花园里看书。夏天不常会有暴雨吗，说来就来的那种，每次我都会被淋到，很狼狈。偏偏那时候少爷脾气，要面子，死活不承认是没看天气预告，忘了架伞的缘故。我母亲喜欢逗我，就总说她最喜欢暴雨天，她在屋里喝着茶，看着我在花园里四处逃窜。”

“后来他们过世了，碰到暴雨天，我也会站在窗边看看。不过没什么滋味，心情不是很好。一般那种时候谁找我谁倒霉。”燕绥之翘了翘嘴角，“一般碰上这种天气，我都会在办公室或者家里待着，喝一点儿这种金酒，以免气跑太多人。”

“所以你之前倒了一杯？”顾晏说。

燕绥之“啧”了一声：“听话听重点，你怎么老记着这酒。”

说到暴雨天，顾晏也少见地提了两句久远以前的事：“我小时候看见雨天也很头疼。”

“是吗？为什么？”燕绥之隐约能想起当年八九岁时候的顾晏，听到这话时，又故意在脑子里把顾晏那时候的形象往小缩了一圈，想想就忍不住带上了笑意。

“我的外祖父担心我跟傻子一样出去疯，滚得一身泥回来，一到雨天就给我一本法典，让我依次背法条。”顾晏现在说起来，还带着一点儿浅淡的无奈。

燕绥之：“你那时候多小？”

顾晏：“五六岁吧。”

“你是亲生的吗？光是《联盟商法典》《民法典》《刑法典》，三本摞起来就有你高了吧？”燕绥之又开始不说人话。

顾律师沉默了片刻，终于还是没忍住刻薄了一下自己的老师：“恕我直言，那可能是你五六岁的身高，不是我的。”

燕绥之转头逼视他，被顾晏准确地蒙住了眼睛。

外面的暴雨反衬出屋内的安逸。

他们好像是第一次这样有一搭没一搭地聊着无关痛痒的话题，偶尔挤对两句，偶尔会笑起来。到最后困意又卷了上来，两个人靠着几乎快要睡过去。

睡着前，燕绥之嘟囔了一句：“顾晏，有时间陪我去一趟赫兰星，带你去看看我的父母。”

顾晏“嗯”了一声，应道：“还有我的外祖父。”

第十五章　特别的重逢

说是补眠，顾晏也只补了一个多小时。

十点左右，他跟燕绥之已经坐在了客厅的沙发里，同样醒过来的还有乔。他伸着懒腰，顶着两个掉到脸颊的黑眼圈，在沙发上仰得像具“尸体”。

“困成这样何必自我折磨？”燕绥之搁了一杯新泡的咖啡在他面前，自己端着牛奶，挑了个最舒服的椅子坐下来，姿态相当优雅，一点儿也看不出来腰不太舒适。

乔少爷仰了半天，终于“诈尸”，坐起来搓了搓脸，灌下一杯咖啡，道：“浑身的肌肉都在提醒我，不能放纵。”

身材废了，以后怎么拐柯谨玩。

乔少爷内心如是说。

他吃了点儿早餐，开了个健身单车。有了上回血的教训，他现在开始躲着跑步机走了。他坐上单车，没扶车把，脚上蹬着，手指则在翻着智能机。

“我昨天拉着我姐聊到凌晨三点，当然，没让她知道不该知道的。”乔说着翻出一张鬼画符一样的页面，“讨论了一堆，可能都是些很细节的东西，挺乱的。我也不知道院长你还记不记得了。”

他说着，又有些头疼的模样：“哎……其实我们也不知道该从哪里下手比较好。”

燕绥之朝顾晏看了一眼，又冲乔笑了笑，问道：“如果，实在不知道从何问起，而你又不那么介意的话，可以试着说一说，你跟你姐觉得你父亲做过些什么，哪里令你们疑惑，这样我也比较容易找到医疗案里哪些细节是跟你们有关的。当然，你可以选择说一部分，保留一部分。”

乔愣了一下。

他的表情有一瞬间的纠结，又在看向顾晏和燕绥之的时候慢慢松下来，道：“对啊，这样其实容易得多。”

他昨天头疼了一整夜，因为燕绥之接触的医疗案属于下游的案子，从下游往上游推，尤其在不告诉燕绥之背景的情况下，真的很难对接，无从下手，但如果调转一下，从上游往下游走，就顺手多了。

“如果是其他人的话，我现在已经转头就走了。但是你们……我放心的。”乔说着搓了搓脸，“从哪里说比较好……顾？”

他朝顾晏看了一眼，又摇头说：“算了，我也不记得这么几年有没有跟你念叨过什么，哪些提过哪些没提，我就想到哪儿说到哪儿了啊。我家跟曼森家算世交，这个你们肯定知道的吧？”

“当然。”燕绥之点点头，“全联盟恐怕没几个人不知道。如果那些网站小报内容有百分之三十左右属实的话……你们两家交好有三代了？”

乔说：“不连我在内是三代，算上我跟乔治·曼森一波三折的关系，勉强能算三代半吧。曾祖父那辈关系就很好，我家是原材金属行业发迹的，搭上了联盟军队装备更新换代的车。”

那个年代星际海盗猖獗，再加上一部分行星组织起来闹分裂，冲突和战争在那一百来年里没断过，消耗大，需求也大。乔的曾祖父联合他的弟弟，成了当时发家速度最快的人，被称为“众所周知的埃韦思兄弟”。

战争冲突最激烈的十年里，他们不仅供应原材，还在紧急时刻给德卡马这一条战略线送过武器装备。借着私人航轨搞军需运输，某种意义上来说帮了联盟不少忙。

在那段时间里，埃韦思兄弟俩在战争前线穿梭，基本是拎着脑袋过日子，难免会遇到一些危险。

“据说我曾祖父讲究情怀和道义，很直爽，但弟弟特别精明圆滑，主意也多，所以几次麻烦临头都有惊无险地避过了。只有两次，在赫兰星转德卡马的航线上，差点儿被轰成烟花。这也算是缘分，他们两次都被同一伙流浪者给救了。”乔可能从小没少听这些，讲来一套一套的。

那时候因为战乱，有些星球总在遭殃，星球上的人根本住不安稳，便试图往其他星球移居。其中有一些找不到心仪的落脚点，又偏爱冒险的，就成了流连于各个星球间的“流浪者”，拾取残骸中的物资倒买倒卖，撇开奔波不定这点，其实过得还不错。

那伙救了埃韦思兄弟两次的流浪者领头人，就是曼森家的曾祖父。

“说着我想起来了，曼森家那个曾祖父，小报八卦上面提到的时候，好像都直接写的全名吧？”乔蹬着单车的腿慢慢放慢了速度，仔细回忆着。

顾晏本就不是爱看小报胡扯的人，只不过工作圈会跟这些人有些交集，所以被动知道一些小报内容，但有限。

燕绥之同样不热衷于小报，但因为父母的事情，他一度养成了什么报道都扫一眼的习惯。

两人回忆了一下，道：“是的吧，还有别的？”

乔点点头道：“我出生太晚，没见过曾祖父，我姐小时候见过。据尤妮斯女士八卦说，她小时候偶尔会去老宅陪曾祖父住一周，那时候曾祖父老得行动不便，思维也不是很清楚，有点儿记忆混乱。有两回，她听见老爷子含含糊糊提起曼森家曾祖父的时候，叫的是‘草花老K’。我跟尤妮斯女士琢磨过，应该是那位老爷子当流浪者时候的诨名。”

那之后埃韦思兄弟本着感恩，牵线搭桥，老K也跟军方做起了生意。

他们本来是安顿在天琴星的，但可能老K作为流浪者的心骚动不断，对战乱格外偏爱，所以去冲突最多的赫兰星待了很多年，收了一批矿线在手里，声势也慢慢做大了起来。

就此，埃韦思兄弟和老K走了两条不同的发展路线——

埃韦思兄弟因为在战乱中帮过联盟，显得更正统一些，各个邻域都有涉及，但多少都跟军方或政府有牵连。

而老K路子更野一些，他干的所有事情都以那些矿线为基础，同时，他还有流浪者那边的关系。某种程度上来说，也跟星际海盗有些微妙的牵连，脚踩黑白两道。

“总的来说，那位老K先生是个讲义气的精明人，再加上有过患难之情和救命之恩吧，所以跟我的曾祖父兄弟俩一直关系很好。最初约定是生了小的，就让他们小一辈的结婚。”乔说着啧啧两声，“毫无新意。然后老K努力生了三个，都是男孩，我家这边更好，兄弟俩一共生了五个，倒是有一个女孩，最小的那个。但是她出生太晚了，年龄差距太大，老K先生那群儿子也不是变态，所以没成。”

这就是乔的爷爷那辈，曼森家估计有内斗的传统，老K那三个儿子暗地里没少较劲。老K是个精明的人，根据各个儿子的特点放了三条线到他们手里，于是明争暗较的结果，就是每个人都很拼，都发展得不错。

那三条线一条是智能金属矿，遍布联盟生活各个角落的智能系统都跟这种矿脱不开关系；一条是能源矿，有点儿类似于反物质喷泉，飞梭机的主要供能之一；一条是药石矿。

这三条线发展得好，曼森家族一跃而上，声势甚至隐隐超过了埃韦思家族。

“虽然都发展得不错，但是相对于智能金属和能源，药石矿就有点儿逊色了。后来也不知道怎么的——”乔伸出三根手指，然后掰弯了其中一根，“搞药石的那个曼森就跟不上步子了，据说年纪大了之后精神也不太正常。曼森家的药石线也被砍了。不过我也听说过另一种八卦，说是那个曼森试图利用药石矿发展毒品线，那个利润惊人，但也确实危险。曼森家的另外两位儿子就趁机把他摁掉了。”

那之后的曼森家族，就没人再碰药石矿了。

到了乔的父亲德沃·埃韦思这代，曼森家空前绝后生了一群孩子。后来的掌权人肯·曼森排行倒数第三，堪堪吊在中间，上下不靠，一不小心就容易被忽略。

“据说老曼森小时候是最不受重视的一个，每次家族聚会的下午茶，他都孤零零的，还总被兄弟姐妹欺负。因为他小时候有点儿结巴。”乔说，“我看小报上都吹捧他一直是家里钦定的继承人，太假了。”

德沃·埃韦思一开始也看不上肯·曼森，说一句话结巴个半天，累都累死了。

但他更不喜欢肯·曼森的那些兄弟姐妹，为了跟他们唱反调，他帮过肯·曼森几次。

所以这两人关系好，最初全靠他人衬托。

很难说是谁的本性影响了谁，总之经常混在一起的德沃·埃韦思和肯·曼森慢慢长成了老狐狸和笑面虎。

肯·曼森后来为了修正小时候的结巴，说话的语速会放得很慢，慢到几乎成了他的一种标志。在曼森家族风头最盛的时候，肯·曼森的这种语速给他添了不少威严。

肯·曼森当家的这么多年里，曼森家族的生意依然着重在金属和能源上，顺便搭上专注于智能金属和星际运输的家族，发展出了一张“网”，那张网上的人就成了曼森家族定期聚会的利益联盟。

不过再怎么发展，曼森家族也一直不碰药矿。

“不知道他们是觉得没赚头所以不碰，还是因为老一辈的阴影。”乔说，“我是不太理解，但这确实是老曼森不成文的一个铁律吧。后来布鲁尔·曼森和米罗·曼森陆续成年了嘛，老曼森开始让他们接触家族生意。他们比我姐大一些，早那么几年吧。这两位你们知道的……老大看着就不好惹，老二特别嚣张。据说他俩从小就听祖辈的故事，对那位‘草花老K’曾祖父特别崇拜。就是人太阴了，撇开这些不谈，这两人能力还是挺厉害的。几年的工夫吧，感觉曼森家族一半的生意都是他俩说了算。”

“大概是我姐尤妮斯大学毕业刚参与家里事，我两三岁的样子吧，老曼森生了一场病，反反复复，总不见好，持续了一年才慢慢养过来。之后，曼森家突然就转了态度，开始对医疗和药石矿感兴趣了。这在当时其实挺让人惊讶的，包括老狐狸都挺意外，因为真的挺突然的。医疗对我家来说是个大头，这方面人脉也足，曼森家就希望借着老狐狸的介绍，认识一些这方面的人，尤其是赫兰星一带的。”

乔撑着车把想了想，掰着指头数：“从我四岁左右到我八九岁，那四五年的时间里，家族聚会上开始出现一些陌生面孔。我印象里有几位说话腔调偏温软……形容不来，反正斯斯文文，感觉特别好听，看着不太像商人的那种。你们懂的，基本都是赫兰星‘特产’。我姐说那都是老狐狸邀请来帮曼森搭线的。

就是这些人，让我和我姐意识到有问题——”

他说着，想起什么似的从单车上起身，调出智能机屏幕说：“她昨晚还翻出来几张动态照片，都是那时候拍的，年代有点儿久。因为我也不清楚那些人的名字，所以拿着照片跟你们说更清楚。”

乔调转屏幕，换成全息大景，点了播放。

乔开的是等比例模式，所以智能机投出来的屏幕占据了大半客厅。

音画出现的时候，他们就像是被拉进了当年的场景中一样，以拍摄者的视角，看着数十年前某个午后的一幕。

乔愣了一下，神情有一瞬间的恍惚和感慨。

他昨晚观看用的是小屏幕，注意力都在数人头上，没觉得怎么样。这会儿开了还原模式，一下子有种回到小时候的错觉，心里泛起一股说不上来的滋味。

庄园建筑的影像就落在客厅的另一端，像真的一样。

虽说入镜的只有庄园第一层以及第二层窗户的下沿，但依然可以感受到，完整的庄园应该精致又气派。

楼前是搭好的花架，架在葱郁的草地上，旁边有高大繁盛的果树遮阴。

树荫下是一张张高脚桌，搁着丰盛的下午茶点，桌椅的摆放错落有致，大体围成了一个圈。一群穿着讲究的人，一边享用下午茶一边聊天，男女都有，气氛乍一看还不错，因为能听见几声颇为爽朗的笑声。

镜头近处，也就是燕绥之他们坐着的沙发旁边，有一片修剪别致的树篱，还有秋千椅。可以看得出，拍摄的人就倚靠在秋千上。

“这是——”乔伸手想介绍一下地点，却突然卡了壳。

“曼森家的老庄园。”有人接了他的话。

“啊……对，曼森家的老庄园。”乔下意识转头，才反应过来接话的人是燕绥之。

“院长你认识？”乔有些惊讶。

关于曼森家族的各类报道中，时不时会有他们家几处豪宅的配图，但这座老庄园是个例外，几乎没在任何报道里出现过——因为这座庄园会时不时搞一场聚会，所以曼森家看得很严。

除非是曼森家主动邀请过的客人，否则还真没什么人认识这里。

“你去过？”乔问。

燕绥之摇头：“恰好知道。”

他杯子里的牛奶还剩一半，却没喝，而是两手松松地握着杯子，搁在膝盖上。他上半身靠着椅背，看上去优雅而放松，目光落在稍远处，扫过树荫下的客人们，脸上的神情很淡。

乔没有在法学院挣扎求生过，不如顾晏、柯谨、劳拉他们那么了解燕绥之的脾性，但他依然能感觉到，燕绥之的心情不至于很差，但也没那么好。

至少不如刚起床那阵子。

镜头稳定之后，客厅里响起了一个女声：“厄玛公历1227年5月22日，地点依然是曼森庄园，我又被亲爸骗来参加这个见鬼的无聊聚会，装了两个半小时的假淑女。新买的高跟鞋不如试穿的时候合脚，两只脚跟都在流血，痛得要死，我还得保持微笑。很怀疑刚才那半个小时里，我笑得可能像要吃人……”

乔干笑两声，趁着女声说话的间隙，解释道：“尤妮斯女士年轻时候酷爱拍这种动态日记，因为她坚持认为自己一百七十岁以后会想要重温过去的点点滴滴。谁没个冒傻气的时候呢，你们忍一忍。”

尤妮斯的声音听起来不像如今这样干脆利落。二十多年前，她才参与家族事务没几年，语气里还有股从学校带出来的活泼，有些抱怨的语句尾音还有点儿娇滴滴。

“趁着刚才中场休息，我逃出来了，我在——”镜头往回转了一下，能看到大片的花园和两根近处的秋千绳，“我在秋千这里躲一会儿，希望花园里滚来滚去的小鬼们不要靠近我，包括我的傻子弟弟。”

乔：“……”

他有点儿后悔昨天直接拉了快进，没有审阅开头这部分内容。

尤妮斯女士果然不说他好话。

镜头重新切回到客人的方向，焦点对准了树荫下坐着的一个男人——那是略年轻一些的德沃·埃韦思。他的手肘放松地搁在椅子扶手上，不紧不慢地擦拭着眼镜。

在他左手边，有一个圆脸男人正比画着跟他说些什么。

“从最右边开始吧，这位是医疗舱生产商贝文先生，他今天一直企图说服我们换掉春藤医院所有的医疗舱，然而那批医疗舱去年刚换，就是从他那里订的。”镜头在圆脸男人脸上定了几秒，尤妮斯调侃似的低声道，“爸爸心里肯定在说：‘去你的，别做梦了。’不过贝文先生收获也还行吧，毕竟刚才曼森兄弟俩又当场跟他订了一批最新的医疗舱，放在各个住处，说是为了随时随地给他们的父亲调养。剩下的送在场的宾客一人一套。”

乔趁着镜头没转，就接着尤妮斯的话说：“我之前不是说老狐狸给曼森带了一些医疗、药石矿方面的人吗？这位贝尔就是其中一位。我印象里这种聚会他来过三次左右。他家的医疗舱每年都升级换代，曼森兄弟也每年都当场定一批，送给老曼森和所有宾客。其实数量不算多，顶多四十套。有一件事是尤妮斯后来发现的，她通过一些途径，看到了当时的出货单。单子上填写的数量是没什么问题，但是运送载具每次用的都是银蛇。银蛇你们知道的，那个载货量装两百套医疗舱都没问题。这些商人个顶个的精打细算，放着更合适的载具不用，是不是有点儿奇怪？”

他说着犹豫了一会儿，又道：“春藤的医疗舱也基本都是用他家的。后来有一年老狐狸好像跟他闹了些不愉快，我听见老狐狸提过要终止他家的订单，换成另一家，但没什么顺理成章的理由。那之后没多久……可能两三个月？他就……死了，之后春藤医院的医疗舱就换了别家的。”

“死因？”顾晏问。

二十七八年前，乔也才四五岁，联盟每年死那么多人，商人也不在少数，他对这些陈年旧事并没有什么印象。

乔说：“用药过量，一种止疼药。”

“止疼药？”

“他一直有严重的神经痛病症。”

在他们交流的过程中，尤妮斯已经转了几次镜头，挨个提了几位客人。都算是熟人。

“……克里夫先生，不出意外，他又拽着我爸和肯·曼森先生发表感言了。‘没有二位，我起码要多花六十年才能抓住这条飞梭机生产线，还有那几条 A

级运输轨道’，叽里呱啦……年年都是这个开场白，我都会背了。”

“啊——坐在他旁边的是他儿子，比我略大一点儿，叫什么来着我忘了，姑且称他小克里夫。我不是很喜欢他的眼神，他看他爸后脑勺的眼神，活像在说‘什么时候你们这帮老不死的才能退位让贤’。他看我爸的眼神更讨厌。我觉得他不喜欢任何根基深厚的家族，可能是嫉妒？再等二十年，他估计能继承家业。提前为二十年后的自己默哀，要跟这种人打交道，真是见了鬼了。”

燕绥之的表情依然很淡，眉尖却挑了一下。

现在住在悍金花园酒店的就是所谓的“小克里夫”。二十多年过去，果然一代换一代，一家之主的位置已经换了人。

“他不喜欢家族？”燕绥之顺口提了一句。

乔说：“我跟他打交道的次数有限，尤妮斯更多，据她说是这样。跟他聊久了，能从他的某些语气和目光，还有一些细节动作上感觉到，他不喜欢家族，尤其不喜欢我家。”

燕绥之点了点头。

“怎么了？”

“没什么。”燕绥之淡淡道，“想起他之前玩扑克的样子，觉得有那么点儿意思。”

“什么样？很拽、很欠揍？”乔嘟囔。

“黑桃和红桃很随意地丢在远处，方片放在面前，手里把玩的是草花。”燕绥之记忆力很好，回想的时候甚至能复刻克里夫当时的表情和小动作。

“所以呢？”乔茫然地看看他，又求助似的戳了顾晏一下，“帮帮忙，我感觉我又回到当年选修课的时候了。”

乔大少爷脑子进水选修法学院的课时就是这样，全班大部分人在燕绥之的提示下若有所思，唯独他一窍不通，只能左戳柯谨，右捅顾晏，求个更明白的解释。

顾晏也被戳习惯了：“扑克花色理论记得吗？草花代表地位、权利和声望，指代像你家或是曼森家这样的家族，方片代表金钱和资源。”

“哦哦——”乔少爷公鸡打鸣似的连连点头，“明白你们的意思了。”

搁在自己面前的，总是最贴近自我意识的。

方片代表克里夫自己。

而他把玩草花则表明，他对那些家族没什么敬重心，甚至是带着一丝居高临下的不屑和不服。也许他是觉得他们在吃祖辈们的老本，并不代表自身能力有多强。

乔："但他跟曼森兄弟关系很好，不是那种拉拢势力的好，而是小时候就玩在一起了。"

燕绥之："所以觉得有点儿意思。"

尤妮斯依次介绍了很多人，乔也挑着补充了一些。

"这位一字胡的周先生，是巴特利亚大学医学院的教授。他很厉害，当时春藤医院很多名医和研究人员都是他的学生。曼森兄弟每次都会跟他聊很久，关于老曼森之前的病，以及今后的预防、休养等。这位也是……"乔指着其中一位继续说道，"但是老狐狸后来突然开始不用他的学生了。后来三四年的时间里，春藤医院里跟他有关的医生和研究员，被调走的调走，被解雇的解雇。之后没多久，这位教授突然得了闹钟症。"

这是现今联盟很难治疗的大脑退化痴呆症，老人是高危人群。得了这种病症的人大部分事情都会遗忘，只记得定时定点的一些习惯，每天不断重复，而且对时刻极度敏感，差几分钟都会出现情绪失控的情况。

"这位卢斯女士很厉害，应该算这些人里最年轻的一位了。据尤妮斯说，拍摄的时候对方还不到四十岁，活泼直爽，挺讨人喜欢的。在场的人里就有几位男士在追求她，不过她一个也没理。就这个聚会后的第二年，卢斯女士很任性地嫁了一位普通老师。那人默默无闻，姓什么叫什么都没人记得的那种，据说两人生了个女儿。"

"卢斯女士手里握着两条药石矿的线，当时市场内常见的一批药剂原料都来自她的药石矿。后来惹上了一次大麻烦，说是市面上有一些药被查出来有问题，导致不少服药者精神失常。偏偏这批商界大佬常用的助眠药也在其中，最后追根溯源，让药矿背了锅。但这其中牵涉很多利益，所以消息捂得很死，最终只悄悄把那两条药矿线给废了。卢斯女士也因此进了监狱，并在第二年自杀了。"

乔想了想又补充了一句："有点儿巧合的是，我刚才说的那位用药过量去世的贝尔先生，他吃的止疼药也在这批有问题的药里。"

尤妮斯的动态日记不算短，前前后后拍了四节，他们花了半个多小时，终于看到了尾声。

乔重点介绍了七八个人，每个人的事情单独看来好像没什么，不算离奇，但凑在一起确实会让人多想——这些跟德沃·埃韦思相识又被介绍给曼森家的人，各个都死得很匆忙。

"他们每个人出事之前，老狐狸都或多或少有些表示和举动。"乔说，"查的东西越多，越证明他那些反应不是巧合。其实还不止这些，这次聚会上还有几位，只不过录视频的时候不在树荫下，尤妮斯说有的去了洗手间，还有一对夫妻因为有事耽搁来得晚——"

说话间，尤妮斯的镜头里突然传来了嗒嗒嗒的脚步声，听上去像是什么东西跑过来了。

乔倏然住了嘴。

一个小鬼的声音传进镜头，由远及近："姐姐！你又偷拍！不是说这边不准乱拍吗？"

"嘘嘘嘘嘘——"尤妮斯连嘘几声，警告那个小鬼小声一点儿，接着镜头一转，无奈地说，"老天，傻子来找我了！"

然而她转的时机不太巧，刚巧被那"发射"过来的小鬼撞到了，镜头一阵天旋地转，然后咣当一下，掉落在地上。

"我去！还有这段？我昨天怎么没看见这段……"乔尴尬地摸了摸鼻子，"我对这一幕真是印象深刻。我没刹住车，撞到了她的后膝盖弯，她的腿一软没把住平衡，直接跪下了。还好有树篱挡着，没被那些人看见……但她可能从没丢过那样的脸吧，非常生气。后来我被尤妮斯女士揍得很惨。"

"姐姐对不起。"

镜头里迷你版的金发小少爷把脸凑到镜头前，看起来吓呆了，慌里慌张地要扶尤妮斯，又因为尤妮斯作势要抽他，便扭头逃窜，但没跑几步又硬着头皮回来了。

尤妮斯捡起镜头，忙乱间忘了关，就那么往领口一夹，一瘸一拐地穿过树篱和花园，找了个水池清洗了一下手掌和膝盖沾的灰。

洗干净后，她冷笑一声，转头就要去捉傻弟弟来揍。

“这就没什么了，我关了啊。”乔少爷捂着脸，打算把黑历史关掉。

结果就在他要收起屏幕的时候，镜头里，尤妮斯冲出一排树篱，差点儿撞上一个人。

那是一位漂亮的女士，她被尤妮斯吓了一跳，为防撞上，下意识后退了两步，被跟在身后的一个高个儿男人扶住了。

看他们走的方向，应该是从曼森庄园正门过来的。是乔口中那对“有事耽搁姗姗来迟的夫妻”。

屏幕中，尤妮斯的声音响起来，有些不好意思地说：“抱歉，我走得太急了，没看到你们拐过来。”

差点儿被撞到的女士摆手笑了笑，将散落的一绺头发挽到耳后，漂亮的双眼弯起来，连眼角的一枚小痣都因此变得温和又生动：“那我也该说抱歉，花园很漂亮，我一直在东张西望。”

那个扶着她的高个儿男人斯文英俊，冲着尤妮斯这边点头打了个招呼。

尤妮斯给两人让开路，匆匆去追树篱间流窜的弟弟，只是没走出两步，又转头看了一眼。

刚才那对夫妻又出现在了镜头中，只不过这次是背影，走得远了一些，不一会儿又停下了。

那位女士绕到了丈夫身后，轻推他的背，说：“你走前面，这样万一我再走神，倒霉的就不是别人了。”

男人个子很高，被推也没动，转头看她，“嗯”了一声表示赞同：“背后没人抵着，撞完你就该坐地上了，倒霉的当然不是别人。”

女士：“……”

镜头外的尤妮斯笑了一声。

沙发上的顾晏看着那对夫妻的脸，眉心慢慢蹙了起来。

尤妮斯终于意识到视频还在拍，抬手关了镜头。

客厅内的全息屏幕骤然一暗，光影都消失了。

顾晏眉心还没松，脑中正要冒出一些什么念头，身边的燕绥之突然开了口："乔，帮个忙。"

顾晏转头看向燕绥之，就见他的目光依然落在刚才那对夫妻所站的地方，微微出神。

"嗯？"乔少爷愣了一下，"哦，好的，什么忙？"

"把刚才那段重放一遍。"燕绥之说。

"当然可以。"乔重新调出影像，一边调整进度一边说，"这段怎么了？有什么细节我没注意到吗？"

燕绥之有一会儿没答话，直到全息影像在乔的拉动中快速前进，尤妮斯的背景音被拉得高而尖锐，他才回过神来，状似平静随意地答了一句："哦，没什么细节。只是想再见一见那两个人，让顾晏也见一见。"

影像在话语间已经调到了末端，镜头再次抖晃起来。

那是尤妮斯在追蹿进树篱的弟弟。

然后又是拐角，又是一阵轻轻地惊呼，又是急刹的脚步声……

那对夫妻距离镜头很近，也离沙发上坐着的三人很近。

也许只有一步之遥。

他们站在那里，冲着燕绥之的方向弯起了眼睛。

简简单单的一句话，顾晏知道了这对夫妻是谁。

刚才心里冒出的隐约猜想也落到了实处。

在这之前，他其实设想过会以怎样的方式"见"到燕绥之的父母……

他们应该会坐着飞梭机回到赫兰星，在某个平静、寻常的清晨或午后，也许是阳光明亮的晴天，也许下着淅淅沥沥、连绵不断的雨，穿过公墓茂盛的冬青和金丝松，拾级而上，在某个双人墓碑前停下脚步，放上一束准备好的白色安息花。

他会在燕绥之的介绍下，跟墓碑下安息的长辈打声招呼。也许会感谢，也许会承诺，但不会占用太多时间。因为燕绥之应该有很多话想跟父母聊聊，而他也会一直陪在旁边。

只是他从没想过，第一次见到燕绥之的父母居然会是这种方式。

他们站在他和燕绥之面前，一个笑起来的时候有着和燕绥之相似的眉眼，一个举手投足间有着和燕绥之一样的从容优雅。

寥寥几个瞬间就能看出来，他们应该是很好的人，如他所想的一样，温和有趣。

只是比他想象的要年轻很多。

这个念头冒出来的瞬间，顾晏又忽然意识到，近在咫尺和触手可及只是看起来而已，这一步之遥，隔着一段很长、很长的时光。

而在那之前，这对夫妻本该正当盛年。

如果他们真的站在这里，真的这样看着燕绥之，是会欣慰那个十五岁的、懒洋洋的少年已经长大成人，还是会心疼他独自走过二十八年的漫漫长路；又或者会奇怪他怎么变了模样，眼角那枚遗传自母亲的小痣怎么不见了，为什么会顶着别人的名字，又碰到了什么事……

顾晏下意识朝燕绥之看过去，他依然靠在座椅里，手里握着的玻璃杯搁在膝盖上。他没有前倾身体，也没有站起来，之前的那一丝丝意外也已经消失了，此刻看起来异常平静。

他一个人生活了这么久，这一年发生的事情又这么多，见到父母总该有很多话想说，但这不是墓前，所以他并没有开口，只是安静地看着。

然后……在那对夫妻笑意盈盈的时候，他轻轻眨了一下眼睛，也对着他们笑了一下。

没有难过，没有伤感。

至少在这一瞬间，在他和父母“四目相对”的时候，眼睛里并没有这些。

就好像……他只是靠着顾晏坐在旧宅的花园里，像很多年前无数个假期午后一样，懒洋洋地晒着太阳。然后不经意地抬起眼，发现父母正站在二楼的落地窗前看他，而他被阳光晃眯了眼，回以一个浅淡的笑。

放松的，毫无棱角的。

乔坐在沙发里，两手撑着膝盖，姿态僵硬，似乎卡在某个瞬间一直没有缓过来。直到这一段影像再次放完，屏幕一黑，整个客厅跟着骤然一暗，他才猛地回过神来。

“我……”乔张口蹦出一个字，又摇头改口道，“不是，院长，刚才这对夫妇，你让顾晏见一见是什么意思？他们是你的……”

最后几个字，他的声音倏然轻了，似乎有些不敢说出口。

燕绥之似乎还有一点儿出神，过了片刻才转了目光看向乔。

乔大少爷板直着身体，莫名就㞞了：“那什么……不方便说的话也没关系。”

燕绥之被乔的语气弄得笑了一下，也可能是刚才冲那对夫妇露出的笑意还没有收起。他转了转手里的玻璃杯，问乔：“你之前说的那些话有假的吗？”

乔其实没弄懂他问这话的意思，但就像是上法学院选修课被点了个正着似的，他举起两根手指认真道：“没有，全部都是真话。”

“有隐瞒和保留吗？”燕绥之又问。

乔大少爷继续举着手指：“想到什么说什么，没有故意藏话。你们要不嫌啰唆，我还能再说一天一夜。”

“你会把听到的事情告诉不该告诉的人吗？”

“当然不会，我嘴巴很紧的。”

燕绥之神色未变，点了点头：“看出来了。”

乔试探着问：“所以？”

燕绥之道：“所以，那是我的父母。”

乔张着嘴“啊”了一声。

其实刚才这个猜想已经在他脑中呼之欲出了，但真正被燕绥之说出来的时候，他还是很……震惊。

“可是……不对啊……”乔在脑中努力回想着那对夫妇的脸，五官细节依次回忆了一遍，又将目光放在了燕绥之脸上，五官细节依次看了个遍……

没有找到一处真正相似的点。

“你们长得不像啊！”说完，他在顾晏看傻子的目光里猛地回过神来，“啪”地给了自己脑门一巴掌，“哦——对，院长现在是实习生的脸！瞧我这猪脑子，我就是冷不丁知道这个有点儿反应不过来。”

他顺势揉了揉脑门，又愣住：“还是不对……那对夫妻姓林啊，怎么会是院长你的父母？”

他可能真的是被这个突如其来的情况惊到了，说起话来都有点儿找不到调。说完之后，他又发觉自己这话有点儿别扭，纠正道：“我的意思是，院长你姓燕，我印象里老狐狸管他叫林先生，难不成是我记错了？”

乔努力回想着，不仅是那位先生不姓燕，那位夫人也不姓燕。

“没有记错。”燕绥之说。

他在说起这件事的时候表情变得非常温和，却带着一点儿无奈。他原本并没有解释的打算，但转头看见顾晏，又忍不住补充道：“我父亲姓林，母亲姓卢。首字母一样，所以他们在外签名更喜欢用‘L’，代表哪个都可以。可能是物以类聚吧，我家里人都不是很在意姓氏或者继承这种事，所以在我出生前，他们觉得随谁姓都可以。换句话说，他们也一直没决定我姓什么。我母亲的性格比较——”

他笑了一下，斟酌了一下用词：“算活泼吧，不是很喜欢按照常理出牌的那种。她后来想了个点子，说我出生之后，最先握住谁的手，就随谁姓。”

“挺令人哭笑不得的是不是？”燕绥之说。

顾晏摇了摇头。老实说，从燕绥之后来的性格看，他家里人想出这样的点子，也……并不那么令人意外。

讨论姓氏虽然在燕绥之出生前，但他并没有错过那些细节。因为家里长辈有拍摄家庭影像的习惯，而这些刚好记录了下来。

那个视频，燕绥之看过不止一遍。

视频拍摄于他出生前一年的某个冬季夜晚，地点不在旧宅，而在赫兰星东部某个秀丽的小岛上——燕绥之的外祖父、外祖母家里。

燕绥之记得视频的开头，母亲坐在客厅厚实干净的地毯上，正抱着一只猫看电影。她把丈夫的腿当靠背，长长的卷发垂落下来，显得悠闲又居家。

父亲拍了拍她的头顶，半真半假地说：“卢小姐，我的腿麻了。”

她笑眯眯地背手捶了他几下，然后忽然想起什么似的，转头搭着丈夫的膝盖，问：“我最近总不由自主地想到一件事。”

“什么事？”

“以前咱们聊过的，有了孩子叫什么。”卢小姐撸着猫，认真说，“我觉得快要有了。”

林先生的表情茫然了一瞬：“什么叫你觉得？”

“直觉啊。”

卢小姐被他的表情逗笑了，趴在他膝盖上笑了半天，才又抬起头道："我刚才想了个很棒的点子，不管男孩儿还是女孩儿，等他出生后，冲着谁哭就跟谁姓吧。"

林先生："那咱们可能得先挑个姓氏好听的产科医生。"

卢小姐："……"

看到妻子的表情，林先生也笑起来。

"那要不，还是回家之后……他第一个抓住谁的手就跟谁姓？"卢小姐说。

"这倒是可以。"林先生夸了一句，"想法不错。"

有了这么个点子，卢小姐坐不住了。她抱着猫趿拉着拖鞋去了厨房，跟她正在煮牛奶的父亲说了，再次得到了夸奖；然后又去了楼上的房里，跟休养中的母亲说了。之后没多久，这个点子又得到了林先生父亲的欣允。

于是燕绥之出生后，不止父母，连祖辈也抱着逗他玩儿的心思来凑热闹了。

婴儿床边围着逗他笑的母亲，给他拍视频的父亲，因为身体原因坐着轮椅的外祖母，推着轮椅的外祖父，还有故作镇静但绷不住笑的祖父。

"所以你抓住了谁？"顾晏问。

"外祖母。"燕绥之笑了，"她当时并没有把手伸到我面前，只是在帮我掖被角。所以当时连她自己都愣了一下。"

他的外祖母在一次战争中受到波及，刚好是在怀孕后期，之后她受尽了常人难以想象的折磨才把孩子顺利生下来。但战乱的影响并没有完全消失，这导致燕绥之的母亲和燕绥之的基因都出了一点儿问题。外祖母始终对此心怀歉疚，并且持续了很多年。

燕绥之的父母一直希望她能够释怀，不要在意这件事。

毕竟没有外祖母的艰难坚持，就不会有燕绥之的母亲，燕绥之的父亲也不会碰到心爱的妻子，自然也不会有燕绥之。

"我出生的第二年，外祖母去世。唯一一个反对的人过世，剩下的长辈一致决定我随外祖母的姓。"燕绥之顿了顿，又说，"再加上我父母一直不希望太限制我的生活，至少在我成年之前，可以自由决定自己想做什么、想过什么样的生活，免受他们那些商业上的合作伙伴或是其他方面的影响，从而能更纯粹地决定自己的路。跟他们不同姓，某种意义上刚好能达到这个目的。"

乔听着有些感慨。

至少在他们所知的范围里，那对夫妻说到做到，且真的把孩子保护得很好。以至于他从来不知道，他们当年好奇了很久的那位不为人所知、不受打扰的人，居然是燕绥之。

他很羡慕，羡慕这样温柔的家庭和这样温柔的长辈们。但也正是因为他见过这样温柔的人，才会在各种家族纠纷和尔虞我诈里，数十年间，努力保持着一份真心。

“乔。”燕绥之突然开口说。

“啊，抱歉啊院长，刚才有点儿走神。什么事？”乔从羡慕中回过神来，问道。

“尤妮斯女士的视频日记介意发给我一份吗？”燕绥之问。

正如影像中迷你版乔少爷嚷嚷的那样，曼森庄园中的聚会有一个默认的规矩——不允许拍照摄影。

参加的宾客大多是圆滑精明的商海老手，秉持着“不找别人麻烦，也不让别人找自己麻烦”的原则，不会没事找事地违反规矩。还有一部分则比较讲究礼仪，不会在不打招呼的情况下四处乱拍。

因此，尤妮斯手里的这些都是世上独一份的。

乔比谁都清楚这些视频有多稀奇，也万分理解燕绥之的心情，当即点头：“没问题，随便拷，我这就发给你——”

“我建议你先征求一下你姐姐的意见，毕竟这是她的日记。”燕绥之提醒道。

乔“哦”了一声，嘟囔道：“也对，我问问她。不过我觉得她也不会有任何意见，在这种事情上，她总是豪爽得让我自叹不如。”

他一边说着，一边手指飞快地给尤妮斯去了一条信息。

低着头等尤妮斯回复的时候，他忽然后知后觉地想起来，那对温柔养眼的林氏夫妻也跟那些人一样，受到老狐狸的邀请去过一两次曼森庄园的聚会之后就再也没出现过。

这让他一度觉得很遗憾。

不同的是，关于那些人，尤妮斯跟他说过很多，而他长大后又有自己的消息线，也顺着查过不少。

但林氏夫妻，尤妮斯没怎么跟他提过，以至于很长一段时间乃至到现在，他都不知道那两人的名字，也没去查过那两人的消息。也许是他潜意识里不想查，希望那两位在他不知道的地方好好生活着。

乔看着智能机犹豫了片刻，又给尤妮斯发了一段信息：我刚发现我漏看了那些视频的结尾，那对夫妻……他们已经过世了吧？怎么过世的你知道吗？

“呃……她可能在开会，又或者在处理什么事情，不一定能立刻回复。”乔解释了一句。

他有点儿说不上来的紧张。在知道那对夫妻就是燕绥之的父母后，他更怕了，怕他们的离世又跟老狐狸有着千丝万缕的关系。

尤妮斯的信息回得还算快：你要拷给谁？可靠的人当然可以，但是我很怀疑你的眼光。

总不能说燕绥之。

说阮野的话，尤妮斯又并不认识。

乔毫不犹豫地把事情扣到了死党头上，回复道：顾，他想要一份，给不给？

事实证明，顾晏的名字在很多时候都很好用，尤妮斯立刻回复道：顾？那你何必浪费时间来问我，直接拷给他。

紧随其后，是尤妮斯的又一条信息：对，过世了，因为基因手术失败。

乔几乎立刻联想到了燕绥之办的那件医疗案，连忙回复：咱们讨论了一整晚的医疗案……也是基因手术。它们之间不会还有联系吧？

这一次，尤妮斯回得有些慢。

乔一眨不眨地盯着信息界面，生平头一回这么纠结忐忑，一边希望尤妮斯回复得越快越好，一边又希望结果晚一点儿出来，让他再喘两口气。

但他再纠结，尤妮斯的信息终究还是来了，而且是长长的一段：说不好，这其实是我想重查医疗案的原因之一。我觉得两者之间有些联系，但也没有直接的证据。这对夫妻其实有些特别，他们是最先过世的宾客。我早年其实查过很久，也回忆过在他们过世之前，爸有没有什么反常之处，有没有打过可疑的电话，有没有流露过突兀的情绪。而那个时候的基因手术成功率确实很低，因为手术出意外并不是什么令人惊奇的死亡方式。我没少费力气查，但收获确实很少，所以暂时没有把他们列进“牺牲者名单”，就没跟你多提。

这个结果对乔来说算不上好。

虽然尤妮斯费力写了这么长一段，但他所有的注意力都集中在那一句上——“我觉得两者之间有些联系”。

乔下意识问：什么联系？

尤妮斯：诸如医疗案的被告碰巧曾经参与过那对夫妻的基因手术之类的……你动动你的迷你小脑仁，告诉我，我要知道那么多联系，还用得着让你问律师吗？

乔：“……”

尤妮斯：好好问，问细点儿。你那边是顾和他的小实习生？他们毕竟是毫无关系的旁观者，总比我们要冷静一些，也许能看出被咱们遗漏的联系。

乔：“……”

毫无关系的旁观者……你口中的“小实习生”非但不是旁观者，还可能是受害者家属，你怕不怕？

鬼知道乔看到这条信息时，表情有多么复杂。

他彻夜准备的那些问题，忽然就问不出口了。尤妮斯都能觉察出两者之间的联系，燕绥之会不知道？

在这种情况下，还要让他去回忆那件案子的细节，同时找出证据，来证明老狐狸是或者不是加害者……乔干不出这么牲口的事情。

“怎么样了？”燕绥之的声音把乔拉回现实。

乔大少爷猛地抬头：“什么？哦，可以的。我姐说当然可以，我现在就发给你，院长。”

他匆匆忙忙地调出界面，也不问燕绥之是只要那个片段还是什么，直接把那几个视频一股脑儿发了过去。

“谢谢。”燕绥之一一接收。

这一声谢谢听得乔少爷如坐针毡。

燕绥之轻轻关上屏幕，在指环状的智能机上抹了一下，抬眼道：“我差不多知道你跟尤妮斯女士的想法了。那件医疗案——”

“院长。”乔交握着的手指搓了搓，打断道，“刚才给你们从头到尾说了一遍之后，我突然也有些思路了，我……我想再仔细看一遍资料包。”

“嗯？”燕绥之看着他，目光清亮而沉静，“你昨晚不是看了很久？”

乔硬着头皮咳了一声，拳头抵着嘴唇含糊道：“没看够。”

燕绥之跟顾晏对视了一眼。

“准备的哪些问题？”燕绥之又问。

乔：“看完重新整理了再问吧。”他说完摸了摸脖子，朝卧室方向张望了一眼，又冲燕绥之和顾晏说，“都没注意到中午了，我都说饿了。让服务生送餐上来？”

他那抓耳挠腮的反应都被燕绥之看在眼里，他在想些什么，有哪些顾虑，对燕绥之和顾晏来说几乎就写在脸上。

燕绥之有点儿感触，又有点儿好笑。

他想说“眼珠子别转了，这屋里也没多少能转移话题的东西”，然而顾晏已经开口道：“我们去楼下餐厅，你跟柯谨怎么说？”

有人递台阶，乔少爷连滚带爬地奔下来：“他醒了一会儿又睡着了，我们就不下去了。”

顾晏有些意外：“又睡着了？”

柯谨夜里的睡眠状态并不好，总是醒得很早，连带着乔的生物钟也跟他调成同步了。

今天这样倒是少见。

“他昨天睡得太晚了。”乔说，“坐在窗边一直不想挪位置。而且今天天气不好，外面看起来太阴沉，他可能以为天没亮。”

“坐在窗边不想挪位置？”燕绥之注意到了这句话。

“我看过了。”乔明白他的意思，“窗外没有什么东西。那时候已经很晚了，对面楼的人都睡得差不多了，没有什么奇怪的人，也没有什么奇怪的事。外面唯一会动的活物也就只有鸟。飓风前兆吧，成群飞过去一片。”

他绕着窗子找来看去，最终发现柯谨可能只是因为动物的异动而感到不安。他诱哄安慰了很久，柯谨才从窗外收回目光，进了卧室。

乔又在柯谨床边的扶手椅里待了很久，柯谨才慢慢放松下来。

“等他睡着了，我才回的房间。”乔说，“他早上七点醒过一回，从我房里穿过去，在窗边站了一会儿。”

狂风暴雨里，没有人也没有成群的鸟或者其他让人不安的东西，所以柯谨只是站了一会儿就又想睡了。

燕绥之点了点头。

说话间，乔的肚子叫了一声。这位大少爷摸了摸腹部，表情活像是听见了什么福音。他从沙发上站起来，喟叹：“真是饿了，我先找点儿东西垫垫。”

“嗯。” 顾晏拍了拍燕绥之的手背，“我们换件衣服就下去。”

乔晃到冰箱旁边，闻言“啊”了一声：“我说怎么今天起床看你哪里怪怪的。你不是向来早上都穿衬衫的吗？怎么今天穿了酒店的居家服？”

顾晏朝他瞥了一眼，没答话。

他们本来穿的是衬衫没错……只是被草莓汁溅脏了而已。

燕绥之闻言从容自若，顶着一张斯文败类似的脸，淡定地喝着杯子里最后几口牛奶。

乔对这微妙的气氛毫无所觉，埋头在冰箱里一阵翻找，然后纳闷道：“哎？”

顾律师避重就轻地说：“找什么？”

乔大少爷说：“哦，没什么，拿点儿吃的给柯谨。我记得有碗草莓的啊，你们吃了？”

“斯文败类”燕教授淡定地呛了一口牛奶。

“院长，你没事吧？”乔听见咳嗽，从冰箱里转过头关心了一句，就见燕绥之抵着嘴唇，脖子咳得微微发红，冲他摆了摆手，扭头忙不迭回了房间。

第十六章　私人动产

白鸽街的啤酒旅馆，跟发生命案的老人酒吧隔得不太远，是个看起来很不起眼的四层小楼。

一楼以及大半个二楼都是餐厅，主打各种口味的啤酒。不过说实在的，哪种口味都很一般——这里的厨师是老板兼职的，手艺不怎样，还三天两头地要回老家。

厨师不在的时候，店里就只有香肠和啤酒，还有一位很不热情的老板娘。

老板跟老板娘的卧室占了二楼剩余的部分，上面的三楼和四楼分成了十间鸽笼似的房间，用于提供住宿。规模跟一街之隔的悍金花园酒店相比，形成了惨烈的对比，简直一个天一个地。

不过这却是白鸽街少有的能维持经营的店面，因为住宿价格真的很低，且总有一些来德卡马落脚的人需要这种廉价住宿。

那两个叫本奇和赫西的记者在跟老板娘打听事情的时候，意外的发现这啤酒旅馆的视野不错：如果坐在二楼餐厅的靠窗卡座里，就能越过对面一处矮房的缺口看见悍金花园酒店的大门；如果到三四楼去，就更没什么遮挡了。

本奇不是很想去悍金花园酒店门口的草丛里喂虫，毕竟夜里不会有什么商界大佬出来晃，更不会刚好晃进他的镜头里，但他又想随时能盯着酒店大门。

这么一来，这家啤酒旅馆居然成了不错的选择。

昨晚嚼完一盘香肠后，本奇去三四楼晃了一圈。鸽笼房间虽然小但挺干净，于是他捏着鼻子订了两间房，跟赫西一起暂住了一晚，想着等从窗户里看到悍金花园酒店有客人出门再过去。

没想到，早上一睁眼就被窗外的狂风暴雨糊了一脸。

不论是房间的窗玻璃还是门玻璃，都在风雨中瑟瑟发抖，窗户上水迹模糊，十米之外人畜不分，更别说远处的悍金花园酒店。

“讲个笑话，这里视野好。”本奇语气嘲讽地说。

赫西：“……天气预报说，暴风雨并不会持续很久，傍晚应该就结束了。”

“天气预报可信的话，我们还会坐在这里？”

本奇可能是气疯了，什么都骂。

“德卡马的飓风本来就跟其他星球不同，出了名的难以预测……”赫西给他倒了一杯啤酒，算是安抚，然后又闷头吃起东西来。

他这话倒是让人没法反驳，毕竟德卡马的飓风如果真的能预测，人家南十字律所也不会选择在这种天气冒险举办酒会。

不然把客人弄得这么不高兴，岂不是得不偿失。

本奇当然明白这一点，所以只是没好气地瞪了他一眼：“你这时候嘴皮子又利索了？”

其实这段时间里，赫西比以前的话多了一些，也不像以前那么腼腆了。有时候赫西还会顶两句嘴，或者主动提出一些建议。可能是被本奇带着跑了不少地方，被磨出来了。

赫西吃完早餐擦了擦嘴角，斟酌着说：“对了老师，说起南十字律所……”

“嗯，怎么啦？”本奇喝了一大口酒，含糊地应了一声。

“咱们上次在天琴星碰到的——”

“闭嘴，我不听，不准提。”本奇咣当一声放下啤酒杯，抬着下巴警告。

“你如果敢砸坏一个杯子，我就让这瓶子亲亲你圆滚滚的脑袋。”老板娘朝他举了举手里喝了一半的酒瓶。

本奇：“……”

赫西安静了一会儿，又试图提议：“上次那位律师和他的实习生就是南十字的，我们其实可以——”

“不可以。”本奇把啤酒杯都已经拎起来了，余光瞥见虎视眈眈的老板娘，又讪讪地轻放了下来。

“上次闹得有多不愉快，你这是失忆了吗？”本奇一脸怨愤，“我这辈子不想跟他们再打第二次交道！”

“他们应该是很讲道理的人……”赫西不放弃地说。

“哦——”本奇脸拉得比驴还长，拖着调子说，“那你的意思就是我不讲道理呗？”

可不就是！

赫西没作声，默默喝酒。

“我跟你说，我就算在这儿憋死，也不会试图联系他们问问情况，绝不！在内部怎么样？料多又怎么样？”本奇斩钉截铁地说，“我有骨气，我要脸！所以你别白费口舌了，没用的，做梦！”

暴风雨依然在肆虐，没有要停的架势。

本奇冷着脸梗着脖子，有骨气了大概十分钟吧，默默低头摸出了智能机。

悍金花园酒店。

两栋庄园楼之间夹着的花园餐厅被偌大的玻璃顶全部封了起来，狂风暴雨便被挡在了外头，又因为隔音的关系，只能听见闷闷的声响。

舒缓优雅的音乐不高不低，恰到好处的背景音。

用餐的人并不多，大多数客人跟乔少爷一样，在这种天气里，更偏好待在房间内。

曼森兄弟里，哥哥布鲁尔·曼森就没有出现，倒是他的助理匆匆来去过几回。耳扣没有摘下来过，一直在跟不同人连着通信。

看表情，他应该是在处理什么公事，而且结果令人很满意。

其间偶尔会停歇一会儿，然后重新拨出另一个通信，能从口型看出来，他在恭恭敬敬地喊“老板”，估计是在向布鲁尔·曼森汇报进展。

弟弟米罗·曼森倒是出现在了餐厅里，经过的时候甚至冲顾晏和燕绥之举了举手里的酒杯。他不管干什么，嘴角都含着意味深长的笑，以至于很难分清他是在单纯地打招呼，还是在表达某种无意识的挑衅。

他最终坐在了飞梭机大户克里夫旁边的位置上，两手张开靠在沙发上，懒洋洋地跟对方聊着天。

服务生来送餐前酒和开胃菜的时候，燕绥之朝他们那边扫了一眼，又垂下目光继续摆弄智能机。

“在给谁发信息？”顾晏问。

“房东。”燕绥之说。

顾晏挑起眉。

燕大教授仿佛多长了几只眼睛，头也不抬地纠正道：“差点儿成为房东的默文·白先生。别挑眉了大律师。”

大律师面色如常，喝了一口餐前酒：“这两天跟他联系过？”

“没有。”燕绥之一脸坦然，“光顾着一只薄荷精，还没顾得上别人。”

顾晏：“？”

“不过他也没有联系我。”燕绥之说，“这就有些奇怪了。”

上一架出事的飞梭机还在应急轨道上维修，他有点儿担心房东会出事。

信息发出去之后，对方并没有回复。

燕绥之调出计时器看了一眼临近几条轨道的星区时间，确认不是在深更半夜，便干脆给房东拨了个通信。

突如其来的糟糕天气并不会影响星球内的通信，但星球外就不一定了。

果不其然，耳扣里很快响起了提示音：“信号不稳定，通信未能接通，请稍后重试。”

燕绥之试了三次未果，直接打开了智能机网页的星际新闻版面。

“没通？”

“嗯。”燕绥之点了点头，开始在新闻里找寻默文·白先生的身影。

万幸，默文·白还没有倒霉到那种程度，这一天的新闻版面几乎被感染者刷了屏，没有提到别的东西。

“没上新闻版就是好消息。”燕绥之说，“也许还堵在路上，等一会儿再拨拨看吧。”

他说着，顺势扫了一眼刷屏的那些报道，然后露出了讶异的神情：“感染有药了？”

“什么时候的事？” 顾晏同样有些惊讶。

“我看看。”燕绥之扫了一眼各个报道的时间，“都说是今早发布的，大概一个多小时前吧。”

顾晏闻言，也跟着打开了新闻版面，将几篇报道大致扫了一遍。

一般情况下，联盟如果发生什么肆虐性的感染，各大医疗商旗下的研究所就会开始通宵达旦地拼速度制药。谁有本事先把药搞出来，顺利通过医药联盟的检测，谁就掌握了主动权和很长一段时间内的无限商机。

多数时候，第一个搞出来的都是春藤医院的研究中心，但偶尔也会是其他几个规模略逊的拔得头筹，诸如兰花医疗、蒙帝歌、西浦之类的。

这次的药就出自综合排名第四的西浦。它跟春藤这种医院体系不同，属于独立药商，后起之秀，从出现到发展也不过短短二十多年。

有人说在医疗领域，它跟春藤也就是三十多万座医院的差距。

不过西浦好像并不急于超越谁，专注于药业，一直没有要设立医院的架势。

这次的感染药研制，西浦表现得出乎意料的好，研制出的药不仅包含治疗，甚至包含预防。

报道说西浦已经谈好了合作，四十八小时内会在各个星球设立专门的领药处，并且带有隔离、检测和疗养体系，以免感染进一步扩散，同时也给各大医院减轻一些压力。

正看着报道，燕绥之的智能机忽然振动起来，一条通信请求切了进来。

“默文·白先生？”顾晏问。

燕绥之看着通信请求界面上跳动的备注，眉尖挑得很高，表情有些意外：“不是。”

“那是谁？”

“你猜？”

顾晏一愣：“我认识？”

“我通讯录上面的人你哪个不认识？”燕绥之继续说道，“何止认识，你还恐吓过。”

“我干过这种知法犯法的事？”顾大律师觉得某人又开始胡说八道。

燕绥之把界面翻给他看，顾大律师扫了眼名字，然后不说话了，默默吃起了开胃菜。

来通信的不是别人，正是“有骨气、很要脸”的本奇。

燕绥之不知想到了什么，忽然露出一个斯文优雅的笑，接通了通信。

顾晏对这种笑再熟悉不过了，每次燕大教授这样的时候，就意味着对方要被气死了。

吉姆·本奇。

顾晏花了将近一整夜的时间看完乔的资料包，对这个名字印象深刻。

其实对方在资料包中出现的频率并不算高，跟那些热门网站的撰稿人或者知名记者相比，他的稿件数量实在不够看。

他也不是量少质精的那种，稿子内容有点儿散漫，时不时找不着重点。而他所拍的照片跟稿件有一样的问题，焦点不突出，杂人、杂物太多，一眼看不出主题。

如果是只关注案子本身的人，看那份资料包时，对吉姆·本奇的大部分稿子恐怕都是一扫而过，不认为有看的价值，也不会注意到他。

所以这个记者这么多年下来一直没混出大名堂，也不是毫无缘由的。

但在顾晏眼里，他的存在感有些强。

他散漫的、延伸性的报道和跟拍风格，误打误撞地写出了很多顾晏感兴趣的东西。就像那篇关于燕绥之去旁听审判的报道一样，他还拍过很多类似跟案子有关又无关的照片。

当然，很多是关于燕绥之的，毕竟他是那次案件的焦点。但并不仅限于燕绥之，还有被告、原告，甚至办案的警员等。

从他那些照片就能看出来，吉姆·本奇这样的人得到的评价恐怕很分裂。

有时候会让人生出感动，有时候……大概只会结下梁子。

顾晏看资料的时候顺手截过本奇拍的一些照片，于是他把那些照片调出来又扫了一眼，拍了拍燕绥之的手，把照片往他眼皮下一亮，用通信那头听不见的声音道：“别把人气跑了，也许还得找他帮忙。”

燕绥之闻言并没有表现出意外，而是冲他比了个手势：“放心，我很温和。”

顾晏暂且信了他。

啤酒餐厅旅馆里，本奇咳了一声，在脸上挤出两分还算客气的笑意，对通信那头道：“午好啊。”

赫西给自己老师留了三分面子，绷着一张特别正直严肃的脸，一边在旁边静静听着本奇跟那个实习生对话，一边在心里想：这个开头似乎还不错，老天保佑，但愿那个实习生说点儿好听的话，但愿自己老师的暴脾气不要炸，哪怕没谈成，多聊几句缓和缓和关系也是好的。

结果这念头刚冒出来，本奇又接着来了一句：“阮大律师。”

赫西默默捂住了额头。

怎么说呢，对方就是个实习生，关系好的朋友这么称呼是亲昵的玩笑，但从本奇嘴里说出来，怎么听怎么像阴阳怪气的嘲讽。

但赫西知道，本奇不是真的在嘲讽，他就是想套个近乎，一个……搞不好会被打的近乎。

他悄悄往前蹭了蹭，竖着耳朵，隐约听见本奇的耳扣里有一个带笑的声音说：“午好，过奖了，请问你是谁？”

赫西：“……”

当初在天琴星的时候，他亲眼看着本奇咬着牙跟那位顾律师和实习生互留了通信号。

本奇的脸迅速绿了，他动了动嘴唇，看起来像是无声骂了一句，接着又挤出一点儿笑，说：“贵人多忘事。我啊，吉姆·本奇，蜂窝网的记者。”

对方笑起来：“开个玩笑，当然记得，你请我喝过咖啡。”

本奇想起往事，脸又绿了一层：“……”

那明明是你扭头就走，不给钱好吗？

对方继续：“还主动给我分享过你拍摄的照片。”

本奇：“……”

谁主动？谁分享？我指望跟你做交换的好吗？

对方又彬彬有礼，言语带笑地说道：“本奇先生今天还有什么好事要分享吗？我非常期待。”

本奇：“……”

他二话不说摘下耳扣，“啪”地扔在桌子上，通信自动切断。

悍金酒店的花园餐厅里，燕绥之一脸无辜地把耳扣摘下来，嘟嘟的忙音瞬间变得非常清晰。

顾大律师默默喝了一口酒，靠着椅背看着燕绥之，淡淡道：“你对‘温和’这个词有什么误解，燕老师。”

“很温和了，至少比当年气你的时候温和很多。我只是先给他定个基调，以免他预期过高。”燕绥之喝了一口温水，又冲顾晏眨了眨眼睛，道，“打个赌怎么样，我押他还要拨通信过来，你就押他不拨吧。”

顾大律师头一回碰到这么强买强卖的赌约，无奈道：“我押什么，难道不是我来定？”

某院长理直气壮道：“你就说你押不押吧。”

顾大律师：“……押。”

对于揣摩心理这种事，顾晏不比燕绥之差，师生两人可以说旗鼓相当。像本奇这种性格的人，年轻时有过热血和执着，而且有自己的视角和选择，坚持了不少年，所以本质是傲的。但他被否认过太多回，又难免会有点儿自卑。

这样自傲和自卑交错的人，性格上也会有纠结的两面性，感性上不想做的事情，理性上还是会硬着头皮去做，但心理又有点儿多疑。

如果燕绥之张口就顺应对方的要求，特别客气地配合，他反而会浑身别扭。

所以顾晏也觉得他一会儿还会拨通信过来。

但是，谁让打赌的是燕绥之呢？

赌约刚定，智能机就又振了起来。

燕绥之弯着眼睛冲顾晏晃了晃手指，再次接通了通信。

啤酒餐厅旅馆里，老板娘不知道从哪里摸了一盘瓜子，一边对着酒瓶喝酒，一边嗑着瓜子，显然把客人当成了暴风雨天气里唯一能下酒的乐子。

本奇绷着脸，一手按着耳扣，一手把赫西推开一些，以示驱赶。

对面的声音依然温和，带着笑意：“喂？”

本奇刚要张口，对面又道：“您在哪个星球上？”

这回对方用了敬语，本奇勉强把翻上去的白眼又翻了回来，答道：“我就在德卡马。”

“哦，这样啊。”对方随意道，“我以为刚才是暴风雨截断了信号。”

呵呵。

本奇的气性又上来了。

但很奇怪，这种专门气人的对话方式让本奇一下子回到了之前在天琴星的时候。一段时间没见，这个实习生还是一如既往，反倒让他瞬间找到了熟悉的节奏。

气归气，放松也是真放松，虚与委蛇和假客气的那套都用不上，有事说事就行。

“这么说，您也跟那些记者一样，来悍金花园酒店了？”

本奇听见那个实习生的话，点头道：“谁说不是呢，这种聚会哪个不想来拍两张，更何况还出了意外。这种注定会被关注的事情，随便写几笔就能上网站首页。”

对面“嗯”了一声，算是赞同。

本奇琢磨着想再说点儿什么，那个实习生又笑着开了口：“所以记者先生，您这次准备给我点儿什么呢？”

本奇：“……”

赫西被推到了一旁，这回他听不见耳扣里的声音了，自然不知道对方说了些什么。

他只知道，他的老师本奇又一声不吭断了通信。

“怎么了老师？”赫西忍不住了。

本奇搓了一下脸：“没什么，冷静一下。”

他明明是去跟实习生要“干货”的，可这一个字都还没提就要先把自己搭进去了，这都叫什么事儿？

两分钟后，本奇又扣上了耳扣。

赫西扭开脸，不知怎么的，他有点儿同情自己这位老师了。戴耳扣前还得做个深呼吸，这得多挣扎？

“喂。”本奇面无表情道，“暴风雨，信号不好。”

那个要命的实习生又要开口，本奇继续拉着一张脸说：“也别绕弯子了，直说吧。你应该在悍金花园酒店吧？能给我提供一点儿素材吗？不用多么劲爆，跟别的记者不一样就行。我们也可以适当做些交换。你想要什么，好好说，别狮子大开口，毕竟我手边没有速效救心丸之类的药。”

“恕我冒昧，问您一个问题。”忽略那些气人的内容，实习生说起话来不论是用词还是腔调，都很斯文有礼。

本奇心情略微平静了一点点：“什么问题？”

“您干记者这行多少年了？”

“你今年多大？”本奇喝了一口啤酒，靠上了椅背，无意识地端出了一些长辈的架子。

花园餐厅里。

燕绥之捂住耳扣，冲顾晏招了招手。

“怎么？”顾晏以为他碰到了什么事需要商量，朝前倾身。

结果就听燕绥之问：“我今年多少岁？”

顾大律师：“……”

演戏能不能先记住人设？

“二十六岁。”

“真的？”

“随口说的。”顾大律师一脸冷漠。

燕绥之又对着耳扣“喂”了一声，特别淡定地说：“刚才信号不好。我今年二十六，怎么了？”

本奇：“哦，没什么，这样我就能说了。我拍过的照片比你吃过的米还多，我干这一行整整三十年了。”

说这句话的时候，本奇突然有点儿感慨。他在这一行干了整整三十年，前十四年都在坚持初衷和本心，之后终于觉得有点儿累了，开始慢慢适应，然后妥协，居然一妥协就妥协了十六年。

也许是暴风雨的天气干不了别的，适合扯淡；也许是说到三十年，冷不丁勾起了他多说两句往事的欲望。

他回答完，喝了半杯啤酒，咂摸着说：“我当助理记者那几年，也跟你们实习生差不多。不过干劲特别足，什么案子都跟，什么事都拍，一天有二十个小时举着相机，竟然还不觉得困。”

燕绥之闻言并不意外，他想了想说：“什么案子都跟？”

“对。那时候不像现在，讲究什么热点争议。”本奇说，“不管大小，我都觉得挺有价值的，大到星际战争冲突，小到隔壁小区多了几只不常见的鸟，都拍。那时候不单纯是为了工作，就是觉得有意思，想拍，闲不住。”

这话说完，本奇看见旁边的赫西都有点儿惊讶。

“把嘴巴闭上吧，不是说过吗，谁没个年轻的时候。”本奇没好气地说。

耳扣里，实习生似乎在斟酌着什么，接着问道：“巴特利亚大学周教授，您……听说过吗？”

本奇“啊——”了一声，然后道：“知道，很多年前过世的一位老教授，我跟过那个案子。”

他以为实习生还要再多问几句，谁知他又换了一个问题：“那么，有位叫作奥莉·卢斯的药矿经营人——”

“记得记得。”本奇说，“你这是在考我的记忆力呢，还是在求证我是不是真的什么案子都跟？”

乔少爷提过的那些人，燕绥之挑拣着都试了一遍，发现这个吉姆·本奇先生居然真的什么都关注过，什么都拍过。

本奇的照片虽然重点模糊，但一张图片里容纳的人和物总比别人多得多。

那些多年以前的案子，在碰到瓶颈毫无进展的时候，最缺的就是这种能还原当时琐碎细节的东西。

“那本奇先生。”燕绥之问，“介意分享一下老照片吗？”

本奇下意识就回了一句：“我要是介意呢？”

回完，他听见对方笑了一下，接着另一个声音隐约传到耳朵里，那人低声问了一句：“笑什么？”

本奇嘴唇轻启，无声地蹦出一个类似于脏话的“感叹词”。

他对这个声音过敏，一听就想搂紧相机。

“那个顾律师在你旁边？”本奇问。

“对。”

本奇对顾晏有阴影：“那一会儿再说吧，他什么时候不在我再拨给你。”

“那您不用拨了，他什么时候都在。”

燕绥之本就是随口一说，却隐约听见吉姆·本奇小声嘟囔了一句：“你们律所不会真的像传言……”

“传言？”燕绥之挑眉问，“什么传言？”

耳扣里，本奇没有立刻回答，似乎是在斟酌着什么。

“我建议您直说比较好。”燕绥之淡定地说。

“也没什么……”本奇可能真的在他俩这里栽出了心理阴影，一听燕绥之这么说，下意识就张口道，“就前阵子吧，我一个朋友收到了一些素材，说——”

他带了点儿故意的意味，拖着尾音卖了个关子：“说南十字律所有些大律师都会跟自己的实习生有点儿关系。”

“哦？是吗？”燕绥之脸上的笑意敛了起来，声音却听不出异样，“这么有意思？”

本奇：“……”

这实习生的反应也太不给面子了。

没能达到预期效果，本奇有点儿不甘心，干脆一股脑都倒了出来：“说你们那儿的大律师借着指导老师的身份挑选实习生，如果我没理解错的话……”

他本指望实习生能有一点儿慌，哪怕沉默几秒，打个磕巴呢。

谁知对方却轻笑了一声，说：“那看来我讨了个大便宜啊。”

本奇：“你这实习生怎么这样？”

对方非常坦然：“一直这样，有什么问题？”

本奇道：“没什么问题，现在当然是没什么问题，但素材里说得有鼻子有眼的。”

“怎么有鼻子有眼了，说来听听？”

本奇：“别人先不说，你的顾律师以前从不收实习生，到你这里却破了例，这是一；实习生一般拿不到上庭的机会，三个月、五个月还在跑腿干杂事的大有人在，你跟着顾律师的第一个案子就上庭了，这是二；还有天琴星的那个案子，一个实习生要表现成你那个样子，指导老师得加开多少小灶？”

说到这些，本奇的话就多了起来，一副过来人的姿态道：“你不做这行，不知道传言传出去意味着什么。不管是真是假，能讲出个因为所以，就会有人信。有些人看了就会想：是呀，确实反常，原来是这样，怪不得呢。”

他说着又道：“你才多大啊，没感受过传言和据说的威力很正常。”

“我倒是恰好有所了解。”实习生顿了一下，又说，“除了您和您的朋友，还有谁听过？”

本奇还想卖个关子，让实习生急一下，以此谋点儿什么，但不知道对方是什么成的精，根本不上钩，像是笃定了这话还没传出去。

他只得说：“目前还不多，也就朋友之间小范围聊过两句。”

这个小范围是真的小，因为拿到素材的人还不至于傻到提前把这些东西送到同行的手里。像本奇这样待在不起眼的小网的人就算了，毕竟翻不出什么浪来，抢也抢不到什么热度。

但凡有点儿影响力的，都不可能知道。

“提供素材的人应该自有一套规划，明说了不要立刻爆出去。”本奇说，“挺有想法的。最近感染的话题正热，谁都超不过，摇头翁案的热度还能再发酵几天，还没到顶。话说……你都不好奇提供素材的人是谁？”

“您要真知道，会绕这么一圈才说？”实习生道。

本奇：“……”

本奇觉得跟律师打交道真是憋屈……实习生也算。

“不过本奇先生，还是要劳驾您帮个忙。”实习生深谙“打一巴掌给个枣”的道理，刚气完人就又礼貌起来。

本奇涨了一肚子的气“啪”地就漏了，有点儿拿他没办法：“说。”

“在您那位朋友得到指示，把事情爆出去之前，劳驾告诉我一声。”实习生说，“这对本奇先生来说应该不是什么难事。”

他用的是肯定句，说话的时候又带着笑意。这种说话方式太容易给人心理暗示了，以至于本奇“不”字都说不出口，好像说了“不”，就意味着他没本事搞到消息帮忙似的。

这种认㞞的事是他吉姆·本奇能干出来的？

但他又不想答应得那么轻易，于是说：“确实不是难事，但我能得到什么好处呢？”

实习生说：“一个大新闻？”

本奇在心里嗤了一声："我觉得你可能不太理解什么叫'大新闻'啊，小朋友。再说了，你知道我在蜂窝网工作吗？蜂窝网，一个就算站出来说南十字律所潜规则实习生，都不会引起多少关注的网站，得什么样的事才能成为大新闻，你有数吗？"

"什么样的，举个例子？"

"呵。"本奇冷笑一声，不知是自嘲还是讥讽，更讥讽的是，他一时间居然想不出来有什么新闻能拯救冷成冰碴的蜂窝网，编都编不出来。他的目光扫过一旁的赫西，蓦地想起这小助理天天念叨的爆炸案，顺口说了几个异想天开的，"谁知道呢，比如你们梅兹大学前院长从墓里诈尸？比如什么惊天大财团倒台？比如星际海盗搞到了无量反物质弹，并朝我们扔了一颗过来？"

"这样啊。"那个实习生居然真琢磨了一下，"行吧。"

本奇："……"

行个屁！给你点个火，你还真窜上天了。

他没好气道："哦——那我就等你的大——新——闻。搞不到的话，记得跟你们顾律师说，他欠我一个人情。"

前半句纯属嘲讽，后半句才是真。

"看在大新闻的分上，老照片介意分享一下吗？"

本奇："……"

得，这倒霉实习生压根儿听不出嘲讽。

他翻了个白眼，破罐子破摔："不介意，你要哪些？哪一年的？我过会儿上楼打包发给你。"

"全部。"

本奇一口啤酒噎在喉咙里。

花园餐厅里还在播放着慵懒的音乐。

燕绥之切断了通信，手指摩挲着酒杯细长的腿。

他敛目颔首的时候，五官轮廓在餐厅灯光下会显出一层温润的光泽，再加上嘴角尚未收起的斯文笑意，整个人都会显得很温和，温和到……没什么人能看出他的心情其实不怎么样。

但他确实很不高兴，因为有人对顾晏不怀好意。

啪——桌面突然轻响了两下。

燕绥之回过神来，发现顾晏不知什么时候起了身，正站在他旁边，垂着目光，两根瘦长的手指随意地搭在桌沿。

显然，刚才那两下就是他敲来引燕绥之注意的。

顾晏："回魂了？"

燕绥之朝餐盘扫了一眼："你吃完了？现在回房间吗？"

"不是。"顾晏摩挲了一下自己的拇指，"沾了点儿甜酒，去洗个手。"他说着，手又插回西裤口袋里，弯腰在燕绥之的耳边低声道，"顺便交个赌金。"

"谁定的赌金是这个？"燕绥之问。

顾晏："我定的。"他说完后，直到看见燕绥之嘴角的笑意真正生动起来，才道，"刚才为什么不高兴？"

"被你弄忘了。"燕绥之说。

傍晚时候，暴风雨终于有了要歇的架势，悍金花园酒店和警署再没有新的理由可以留人，客人们趁着雨势减小陆续离开。留在酒店的警长及警员黑压压地站了一片，目送众人离开。

燕绥之从后视镜里看了一眼，肖警长的目光朝着曼森和乔两家豪车的方向，说不上是意味深长还是憋闷不已。

因为姐姐尤妮斯的嘱托，乔这次没有回天琴星，而是先去酒店跟姐姐悄悄见了个面，顺便暗中瞄了一眼老狐狸的情况，然后就近找了个住处落脚。

而曼森兄弟不知为什么也没有回总部主宅，同样留在了德卡马。

暴风雨结束后，天气并没有如往常一样变得晴朗，依然一片阴沉，像是含了太多的雨水还没落完。

在返回住处的飞梭车上，燕绥之收到了吉姆·本奇发来的照片。

他看着那个惊人的数量，忍不住说："感谢现代科技，否则这些照片能把我后半生都搭进去。"

当天夜里，他跟顾晏两个就靠在客厅沙发上，一人架着一副护目镜，看了将近一半。

凌晨四点。

沙发和茶几周围浮动着的照片已经整理了大半，提炼不出信息的照片被收成一摞，剩下的那些则像滚屏一样，绕在眼前反复播放。

燕绥之摘下眼镜，捏了捏鼻梁。

“要来杯咖……”他想问顾晏要不要提神，转头一看，却发现顾晏支着下巴，不知什么时候睡着了，面前还放着一排对比中的照片。

这几天，准确地说是这段时间，顾晏就没睡过几次好觉。翻照片这种事情，一方面耗费精力，一方面又有些无趣，更容易疲倦上头。就连打盹的时候他的眉心都是微微皱着的。护目镜因为低着头而滑到了鼻梁中端，镜片在灯下反着一片光亮。

燕绥之看着他英俊的侧脸，无声失笑：“早该睡了……”

他倾身过去，悄悄摘了顾晏的护目镜，又把顾晏面前勾画过的照片收到了自己这边。

本想把顾晏弄去卧室睡，结果伸手比画了几下，燕大教授就放弃了。

他又开始懊恼平日锻炼不足，再加上基因修正后的个头不如原本高，臂力也差，想要搬动顾晏这个级别的大男人，基本等于天方夜谭。

燕大教授把衬衫袖子都挽好了，却无从下手，于是叉着腰兀自发愁。

他心说：你要真是盆薄荷就好了，一揪就走。

谁知顾晏睡觉轻，就连有人站在他面前，他都能在睡梦中意识到。他眉心蹙了两下后，懒懒地睁开了眼睛。

“醒了？”燕绥之低声问，好像音量再高一点儿都能把顾晏的睡意惊走，“吵到你了？”

顾晏摇摇头，靠上沙发背：“我睡了多久？”

“最长不过二十分钟。”燕绥之说。

“嗯。”顾晏屈着食指的关节摁了摁太阳穴，看着面前的燕绥之有点儿反应不过来，“撸着袖子干什么？”

燕绥之：“欣赏我新添的不动产。”

“不动产？”顾晏一愣。

“搬不动的私人财产。”燕大教授解释了一下含义，“醒着的时候算动产。

所以顾动产先生，上楼去睡。”

可惜动产不配合。

燕绥之递了一只手给顾晏。顾晏抓着他的手借力站起来，非但没有乖乖上楼梯，反而在燕老师的逼视下拐进了厨房吧台，摸出两人专用的杯子，倒了两杯煮好的咖啡，自己先喝了几口。

“你过来。”燕绥之冲他招了招手。

顾晏把另一杯搁在茶几上：“过来干什么？”

燕绥之上手摸了摸他的左胸。

顾晏：“……”

“我看看你心跳正常不正常。”燕绥之道，“你这两三天总共也没睡几个小时，咖啡还喝这么猛，存心不想让我保住最后一点儿财产。”

这种时候，平日的锻炼就有了显著效果，顾晏的心跳依然平稳有力。他端着还剩一半的咖啡杯站了一会儿，听着某人胡说八道，最终还是没忍住把胸口的手挪开。

“你急什么？让我数满一分钟。”燕大教授一本正经地说，“我感觉刚才就变得有点儿快。”

顾晏：“……”

燕绥之被他瘫着的脸逗得翘起嘴角，索性连哄带骗地让他在沙发上躺下来，又给他盖上沙发毯，调高室温，然后一手捂着他的眼睛，强行让他继续睡。

顾晏拿他没办法，一方面也确实很困，只得在他的手掌下闭起眼睛。

他想起刚才燕绥之满嘴“动产不动产”的瞎话，忽地想起什么般问道：“你那几处房子和私产，现在都是封存的状态？”

燕绥之把刚才顾晏勾画过的照片排进自己面前这摞，一边看着一边道：“不全是，我很早之前就在遗产委员会登记过。”

顾晏愣了一下：“多早？”

“二十七岁。”说完，燕绥之自己先笑了一声，他发现自从那天跟顾晏聊过之后，再说起那些陈年旧事来，就几乎毫无障碍了。至少对着顾晏再说起那些，内心总是一片安稳，就好像站了很久的人忽然有了一把可以放松倚靠的软椅，“还是那个倒霉催的二十七岁，医疗案之后吧……那段时间我的态度比较招人恨，有些人表达情绪的方式比较过激。”

硫酸、刀片、带血的恐吓物之类的，他都见过。

好在这些东西在现代医疗技术下算不上什么大麻烦，多了也就见怪不怪了。

“当时有个朋友，是个格斗术教练。他可能觉得我每天都有生命危险，非要教我几招。”燕绥之回忆起这些时，心情还不错，“他不知道的是，我上的中学有一门课就是防身术和简单格斗。只不过一群十来岁的毛头小鬼大半都在偷懒，学也只学了点儿套路皮毛。我讨厌出汗，所以只记住了最简单的捏麻筋。后来在那个教练朋友那里复习了一遍，技术还算不错，我挺满意的。可那位朋友不满意，总半真半假地说，我可以提早准备遗嘱了。”

即便是回忆往事，燕大教授依然非常坦然：“他可能是想刺激我，但我觉得挺有道理的，于是就真去了遗产委员会，我那朋友得知后气得不轻。”

“……真是毫不意外。”顾晏表达了对那位教练的同情和理解，又有些心疼当初二十多岁的燕绥之，“所以，你二十七岁就立好了遗嘱？怎么立的？”

“一部分私产会在死后送往几处福利院和孤儿院，剩下的留给也许会有的恋人或家人。”燕绥之说，“虽然那时候我觉得可能不会有这两样了，但毕竟生活不可预料，所以还是留了几分余地。私宅封存，其实是半封存，设定了一个语音密码。”

“语音密码？”顾晏问。

“嗯，从我父母那边学来的把戏。”燕绥之道，“以前每年过生日，他们都会给我准备一些礼物，藏的地方毫无逻辑。我怀疑他们可能根本不想让我找到，纯粹靠碰运气。而且每份礼物都带密码锁，找到了，还得再解一层锁才能拿到手，密钥就是一句话。”

“什么话？”

“很简单的话。”燕绥之道，“但对那时候的我来说很难。我不喜欢说肉麻话，他俩就总借着这点逗我，怎么让我起鸡皮疙瘩怎么来。后来他们发现逗得太狠适得其反，就收敛了一些。从那之后密钥就是一句对话，他们事先录好在密码锁里，问‘全世界最爱我们的人是谁？’我只管回答一个字‘我’，就能拿到。”

他动了动手指，逗顾晏：“你如果再早两年，那部分私产和几座私宅就都是你的了。现在给福利院和孤儿院的应该已经被委员会执行出去了。私产和私宅不知道什么情况，等我去注销死亡证明，它们也许会自动回到我名下，也许我只能拿到一笔很有限的赔偿金。你跟一笔巨资擦肩而过，还可能要照顾一个很能花钱的穷光蛋，后悔吗？”

燕绥之能感觉到手掌之下，顾晏的呼吸已经平缓了下来，逐渐变得绵长。

就在他以为顾晏已经睡着的时候，顾晏略带困意的声音低低响起来：“还好……攒了些积蓄，够照顾你两百年。”

第十七章　清道夫

清早的天气并不晴朗，云层很厚，挡住了本该有的阳光，显得阴沉沉的。

燕绥之和顾晏靠在沙发上睡一下醒一下地忙了一整夜，却跟这倒霉天气一样，毫无进展。

案子接触多了，查起东西来既有好处又有坏处。

好处是经验丰富，直觉总会比普通人更灵敏一些，十有八九能一眼切中要害。大概是常年训练出来的一种条件反射。

坏处是，会有思维定式。

他们都知道，在故意谋害类型的犯罪中，谋害者往往会在事情发生后回到现场。有的是去亲眼确认结果是否如他所愿，有的则是去欣赏自己的杰作。

谋害者也许会远远地看上一眼，也许会隐藏在围观人群中，假装是一个普通的、凑热闹的过路人。但不管是哪种，都有可能会留下一些蛛丝马迹。

这其实是警方常会采用的侦破思路，燕绥之和顾晏这种另一层意义上的专业人士也不例外。

乔跟尤妮斯关注过的那些人，诸如那位记忆不断退化最终失智病故的周教授，还有拥有两条矿线、后来在狱中自杀的卢斯女士等。

假如发生在他们身上的事情并非当初认定的那么简单，假如真的有人为因素在其中，嫌疑人说不定也会有“返回现场”的举动。

所以筛选照片时，燕绥之和顾晏各分一半，先挑出了周教授、卢斯女士等人出事前后的照片，从照片中圈画出一些举止反常的人，再把圈画过的照片放在一起对比，寻找逻辑线或者相似点。

可惜结果并不如人所愿。

就像是碰到了瓶颈，上不去，下不来。

燕绥之丢开看了一夜的照片，揉了揉脖颈，没好气地说："感觉自己像回到了大学时候，好几门课的教授同时伸手要案例分析，脑子里东南西北都塞着一件案子，然后在十字路口撞成一团，满眼都是断胳膊断腿，就是不知道该往谁的身上接。"

正准备弄两份早餐的顾大律师默默住了手，面无表情地看着他。

燕绥之站起来活动筋骨，撞上他的目光便笑起来，竖起食指抵着自己的嘴唇，说："行了，我不说了，免得吃不下早饭赖我头上。"

他趿拉着拖鞋，不紧不慢地踱到厨房吧台后，独自占据了一口锅，煎起了鸡蛋。

"不过我有种直觉。"燕绥之把自己单面煎的溏心蛋盛进餐盘，又给顾晏的那个翻了面。

"什么直觉？"

顾晏站在他旁边，用玻璃碗拌了一大份健身沙拉，拨进了两个餐盘里。

"感觉快要抓住那个线头了。"燕绥之不慌不忙地说，"一团乱麻，毫无头绪，往往意味着我们找到了很多东西。比起寥寥无几的线索，这其实是一个好兆头。只要找到一根线头，一切就都明朗了。"

他总是这样，再麻烦的事情到了他眼中都会变得容易很多，用不着焦虑，也用不着担心。每次说这些话的时候，他那种慢条斯理又从容淡定的模样，实在很讨人喜欢。

前提是他不要故意逗弄人。

"经验告诉我，不可能更乱了，差不多是时候了。"燕绥之说，"那些断胳膊断腿应该很快就能被拼——"

还没说完，顾晏叉了一颗沙拉里的小红莓，堵了燕绥之的嘴，免得这人又胡说一些影响食欲的比喻。

他一手捏着叉子，一手快速地回了几封新收的邮件。

燕绥之越过他的肩膀扫了几眼，就看见接连几个“抱歉”“没时间”“不了，谢谢”之类的词句。

一般律师手里不会只接一个案子，因为一件案子从侦查取证，再到起诉上庭，往往要经历很长一段时间，在古早时候甚至大几年都正常。在现今的联盟机制和办事效率下，这个过程缩短了很多，但也短则二三十天，长则半年一年。

不过最近这段时间，顾晏确实推掉了不少事，重点都放在了摇头翁、燕绥之，还有与乔相关的案子上。

别的一级律师预备役在公示期内减产，是为了降低风险和争议。他倒是也减产了，但偏偏跟别人相反，参与的每一件事都伴着风险和争议。

燕绥之知道他的理念，两人本性相同，所以也没多言，只顺口问道：“拒了新的委托？”

顾晏把屏幕在燕绥之眼前晃了一下，摇头道：“不是，是贺拉斯·季发来的邮件。”

“哦？”燕绥之一目十行地扫了一遍邮件的内容，发现他们的当事人贺拉斯·季先生被晾在医院好几天，终于有点儿按捺不住了，问顾晏究竟什么时候再去见他。

燕绥之哼笑了一声：“什么时候发来的？”

“昨天上午一封，昨天半夜一封。”顾晏说。

“半夜？”

“准确地说是凌晨，刚好在我睡着的那段时间里。”顾晏淡淡道，“刚才查邮件才看见，已经过去两个多小时了，不知道那位季先生睡了没有。”

燕绥之问：“你怎么说？”

顾晏道：“我说今天还有些事情要处理，腾不出时间去医院，明后天看看警方那边的进展再议。”

他说的是让贺拉斯·季先生不用着急，少安毋躁。语气礼貌淡定，说得跟真的似的。但双方心里其实都清楚得很，他是不想再听贺拉斯·季胡扯瞎编小故事，只想听真话。

就看那个贺拉斯·季先生什么时候妥协。

两人在餐桌旁坐下准备用餐的时候，墙上的时钟刚好响起了七点整的舒缓音乐。是悠扬的钢琴音，伴着几声悠远的鸟鸣。

“七点整还会报时？我怎么好像从没听过。”燕绥之慢条斯理地吃着早餐，闲聊似的说道。

“不拒绝我的晨跑邀请，你就每天都能听见。”

说话间，鸟鸣清亮了一些，婉转地换了几个调，叫得很特别。

“录的是什么鸟叫？”燕绥之对这方面没什么研究。

“有点儿像牧丁鸟。”顾晏道，“以前去巢星出差见到过。我误以为是常见的灰斑雀，长得很像，听见叫声才发现不一样。当地的向导说这是一种工作鸟种，适合驯养，很亲人。我当时住的那个小岛，原住民就喜欢驯养这种鸟来报时。也许生产商从那里取了材。”

巢星之所以叫作巢星，就是因为那个星球上的鸟类太多了，多到根本没人能认全，进而显得那里的人少得可怜，像是暂时借住的客人。

在那里随便捉一只鸟，除了巢星原住民，全联盟没几个人能叫出名字。

毕竟其他地方没什么人会整天注意头顶的鸟……

“等等——”燕绥之听着这话，被其中的一些形容戳中，愣了一下，“这种鸟跟灰斑雀很像？”

他顺手在网上搜了一下牧丁鸟，它和灰斑雀的对比跟着就出来了。他随便挑了一个点进去，大致扫了一遍，发现这种鸟跟灰斑雀，在外形上唯一的区别是尾羽边缘泛着暗红色。

除此以外就是，灰斑雀在联盟各个星球都很常见，算是生命力、适应力和繁殖力最强的一种鸟，天上飞过去的十有八九是它。但牧丁鸟并不常见，它们很少出现在其他星球，除非被驯养人带过去才会短暂停留。

这种反应也提醒了顾晏，他手中的叉子一顿，忽地想起什么般，把浮在沙发上空的照片拉了过来。

这些照片经过他们一夜的整理，已经分成了两摞，一摞是场景人员重复的，要么角度不好，要么有些模糊；另一摞是被他们勾画过的。

燕绥之看到他的举动，顺嘴夸了一句：“你是住在我脑子里的吗？反应这么快。”

顾晏挑了挑眉，迅速用“鸟”做图像搜索源，瞬间筛出了一批照片来。

他们花了一夜的时间，陷入了思维定式，下意识把所有注意力都放在人的身上，却忘了照片里还有一类经常出镜的活物——天上飞过的鸟。

而且没记错的话，吉姆·本奇有些正式的照片附有说明，其中有一部分提到过那些地方来了些少见的鸟，且照片拍摄的时间跟周教授身体出问题进医院的时间有重合。

“找到了。”燕绥之复制了手里的几张照片，拨给顾晏，“圈了一堆人，偏偏这几张被我们略过了。”

照片旁是本奇的小字说明。他那阵子为了拍照方便，就住在周教授所在的巴特利亚大学城里，靠近哲学院和医学院。他住的酒店旁边有一小片公寓区，那几只不常见的鸟就是在那片公寓区拍到的。

一共四张照片，三张是清晨拍的，一张是黄昏。拍摄时间有间隔，但拍到的鸟却总是四只。

其中三只有着细长冠羽，精致又漂亮，另一只离它们远一些，灰扑扑的很不起眼，像是不小心误入镜头的过路者。

吉姆·本奇配字说——少见的雪雀，这种鸟不爱独居，依附性强，往往三只成一队，碰见具有领导特质的鸟就爱跟过去。它们今天可能没睡醒，挑了一只灰斑雀做首领。当然，也可能是灰斑雀被它们的美貌迷昏了头，舍不得飞远。

这几张照片，他如果拍得再美一点儿，就算上不了网站首页，也能进个网站的封面素材分类或者美图库之类的。但他偏偏拍得活像取证现场，所以理所当然地被废弃在了照片堆里，不曾见过天日。

燕绥之说：“别的我不太清楚，雪雀恰好知道一点儿。赫兰星那边的雪山上，这种鸟不少见，它们虽然依附性强，但性子很傲。所以昨天我扫到这句说明的时候，就觉得挺稀奇的。雪雀居然会跟着灰斑雀，太少见了。”

他当时没细想，毕竟注意力都在找人上，但这句话还是在他脑中留了几分印象，没想到最终还是派上了用场。

那几张照片被他们无损地放大了数倍，终于能看清那只并不起眼的灰色小鸟了。

意料之中，那只小鸟的尾羽上真的泛着一点儿暗红。

“果然。”顾晏说。

三只雪雀根本不傻，它们跟着的是罕见的牧丁鸟，而非灰斑雀。

在巢星之外，牧丁鸟可能十几年也见不到一只。毕竟巢星环境特殊，空气组成、水质、磁场以及日夜规律都不同，它偏偏对这些东西格外敏感，所以在其他星球只能短暂停留，生存时间超不过一个月。

驯养它的人其实也很少愿意把它带出来，在巴特利亚大学城见到牧丁鸟是个小概率事件，偏偏那阵子周教授进了医院。

多年的经验告诉他们，小概率事件同地点、同时间出现并非不可能，毕竟这世上的巧合很多。但如果真的找不到其他联系，不妨把所谓的“巧合”重新推敲一遍。

燕绥之又用放大了细节的“牧丁鸟”做搜索源，在这摞照片里进行了高符合度的筛选。

眨眼间，一些照片从那厚厚一摞里被抽了出来。

如果说之前的照片数量总是多得惊人，那么这次就有点儿少得惊人了。吉姆·本奇给他们的老照片横跨了二十八年，也就近两年的照片不在这个包里。这二十八年里，吉姆·本奇拍摄的照片有数十万之多，含有牧丁鸟的只有不到二十张，随便翻一翻就能看完。

燕绥之只看了前几张就哼笑了一声，说不上来是嘲讽还是了然。

他像发扑克牌一样，一张一张地把照片摊在桌面上——

“贝文先生的葬礼，公墓树林里有一只牧丁鸟。”

这是尤妮斯视频日记开头提到过的医疗舱生产商，最后因为止疼药用药过量而去世。

“周教授第一次被送进医院抢救，巴特利亚大学医学院的学生大批量去探望，右上方天空里飞过一只。刚才那张公寓区跟雪雀一起的，刚好是周教授进医院的第二天。巴特利亚大学发公告说周教授过世，大学城中心广场的雕像上停了一只。卢斯女士因为药矿被指控，法庭外的鸽子道上混了一只。这是卢斯女士自杀，牧丁鸟在监狱上空飞过……”

燕绥之一张一张地念着照片附有的简要说明。

“都是熟面孔。”他已经排了十来张照片。

贝文、周教授、卢斯之流都是尤妮斯和乔一直在关注的；还有几位跟基因修正和药业相关的，则是燕绥之曾经关注过的，后来也陆陆续续因为生病或是意外过世。

越往后面，燕绥之搁下照片的动作越慢，眉心皱得越紧，直到他又看见了一个熟面孔时，手指直接停住了。

“比尔·鲁……”他念出了这个名字。

他跟顾晏都对这个名字太熟悉了——那件医疗案的被告，燕绥之曾经的当事人。

“什么时候拍的？”顾晏皱着眉看了眼照片时间。

燕绥之开口道：“应该是他银铛入狱半年后，被执行死刑的那天。”

联盟废除过很长一段时间的死刑，只在监禁期长短上做文章。最危险的囚犯会被塞进专门的太空监狱，实行星际流放，最长的监禁期甚至能跟星球寿命相等。

但后来因为星际海盗和战争冲突带来的后续影响，联盟又把死刑恢复了，主要针对的就是军事安全和医疗这两方面的囚犯。

毕竟这两者关系到的都是活生生的人命，而且是数以千亿计的人命。

死刑执行有专门的刑场，戒备森严，乍一看活像个巨大的金属棺材。除了执行人和监刑人，其他人是不能看的。

比尔·鲁被执行死刑的那天，刑场远处的盘山道上停了很多辆车，大多是受害者家属以及一些记者，当然也包括当时的吉姆·本奇。

他们只能远远地在山上看着刑场的金属外墙，算是间接地见证了一场天理和正义。

那只牧丁鸟其实不在刑场的方向，而是落在他们所站的山顶树林里。

如果是别的记者来拍，肯定拍不到这只鸟。只有吉姆·本奇那种不放过任何一个角度，而且不太讲究图片美感的人，才会在拍围观人群时，将那片不起眼的林子一起纳入镜头。

“还有最后一张。”燕绥之把最末尾的那张照片摊在桌面。

照片里是一幢花木掩映的庄园别墅，造型沉稳厚重。当时的吉姆·本奇应该是在远处的悬浮轨道上，把镜头拉到了最近，在反偷拍装置的干扰下，勉强能越过重重叠叠的高木树墙，拍到别墅前的喷泉池边在办派对。至于参加派对的人，一个也拍不清，唯一拍得清楚一些的，就是别墅上空盘旋的鸟。

鸟有很多只，乍一看全是灰斑雀，如果不用精确搜索的话，根本不会知道其中还混着一只牧丁鸟。

顾晏看着那幢建筑，道："这是曼森家在天琴星的庄园。"

近二十张照片在桌面上摆成了长长的一排，把所谓的"巧合"敲得粉碎。

除了巢星，其他地方根本不产牧丁鸟，而它出现在其他星球只有一种可能——被驯养人带过去的。

这么多张照片里都有牧丁鸟的存在，就意味着那个驯养人也次次都在。这刚好又跟燕绥之和顾晏最初的思路合上了。

他们想找那个"返回现场"的嫌疑人，但在那么多照片纷杂的人群里找这样的人，无异于大海捞针。但有了牧丁鸟就不同了，那个嫌疑人的特征瞬间变得明朗起来，因为他又多了一个身份——驯鸟人。

他们在这近二十张照片里仔细搜找了一番，最终贝文先生葬礼上的一个人吸引了他们的目光。

那场葬礼参加的人非常多，不仅是他的家人，还包括跟贝文先生有过合作的商业伙伴、一部分记者，大家都穿着黑色系的衣服，乌泱泱的一大片。

拍照片的时候，公墓的封碑仪式刚结束，人群呈现出半散开的状态。有些人在低声耳语，有些人在低头走路，有些人看着远处，还有一些回头多望了一眼墓碑。

唯独夹杂在人群中的一个年轻人，既没有看路，也没有看人，他抬头看着树木。

燕绥之把照片放大了很多倍。

放大之后他们才发现，那人比他们想象的还要年轻，可能还不足二十岁。单从侧面看，那个年轻人的五官其实很端正，只是眉眼间流露出来的几分阴沉，让人不太舒服。

"耳垂上的是什么？痣吗？"顾晏皱眉道。

燕绥之再度把照片放大。

这次两人看得很清楚，那应该是一个很小的文身，文的是黑桃。

顾晏突然沉沉开口道："经典花色理论里，关于黑桃，除了士兵和守卫，我还听过另一种解释，有些类似，但在这里更合适。"

"什么？"燕绥之看向他。

顾晏道："清道夫。"

仅凭那个年轻人的姿态和目光落处，也许不能笃定他就是那个驯鸟人，但加上那个黑桃文身就不一样了。

"你觉得，用这张照片做搜索源，能不能在网上找到这个人的信息？"燕绥之说着，已经把这张侧脸载进了人脸识别框，用智能机对三十年内的网络信息进行了高符合度筛选。

"也许有，但绝不会多。"顾晏说。

几乎在他说话的瞬间，网络搜索就给出了答案——完全符合筛选的，只有一张图。

那是一张不知多少年前拍的老照片，但是发布时间却是最近，来自一个新开的网络主页，冷门到浏览量屈指可数。也许正是因为它发布于最近，又没什么人浏览，才得以保留下来。

这个新开的网络主页是一家叫作云草的福利院，坐落于酒城。

顾晏的目光在云草福利院的标志上停留了片刻："我好像在哪儿见过这个图案。"

原本要说话的燕绥之倏然一愣："是吗？你也知道它？"

燕绥之一出声，顾晏就想起来了。他低头在智能机里翻了一会儿，找出两张照片，调转屏幕给燕绥之看。

左边那张照片拍的是一份捐赠文件的末页，落款处签着两个名字——一个是正儿八经的福利院院长的签名，另一个则只有一个潇洒不羁的字母：Y。

页尾处是福利院简洁的标志，跟那个新开的网站标志一模一样，正是云草福利院。

而右边那张照片拍的是福利院生机盎然的花园，一个风度翩翩的年轻人正坐在花丛中享用下午茶，脸上带着浅淡的笑意，连眼尾的小痣都令人赏心悦目。

"Y 先生？"顾晏挑眉问。

"还有这种照片？你从哪儿翻出来的？"

冷不丁看到二十岁时候的自己，燕绥之有些惊讶。

"约书亚·达勒发给我的。"顾晏简单解释了一下，"我在红石星准备一级律师审核的那阵子。"

"那小鬼为什么会发这个给你？"燕绥之更惊讶了。

"他在给这个福利院打工。"顾晏道，"整理旧物时看到的，觉得跟你有点儿相似，来找我求证。"

"哦。"燕绥之点了点头。

"所以，你跟这家云草福利院是有联系的？"顾晏下意识皱起眉，"这事有点儿巧，刚好就是你捐赠过的福利院。"

燕绥之却道："……其实也不算巧。"

"嗯？"顾晏抬眼。

燕大教授斟酌了两秒，清了清嗓子："嗯……附近几个星球的福利院，我可能都多多少少送过钱。"

他向来坦然，提起这种事反倒显出一丝罕见的不自在，说完自己先失笑了一声："这种巧合我倒不太意外。"

有那么一瞬间，顾大律师的表情显出一丝无奈，忍不住想起多年前那个闲暇的午后：刚成年不久的燕绥之两手插在大衣口袋里，乌黑的头发被风微微撩动。他站在花园草场边，看着嬉笑玩闹的孩子们和晒太阳的老人们，总有人会忍不住看他，而他却兀自出神。

想到那样的燕绥之总在人群之外，悄悄地做了很多事，帮过很多人，顾晏心里就会一片温软。

"哎，你这么看我，我有点儿吃不消。"燕绥之点了点屏幕道，"我没记错的话，这家福利院的院长，年轻的时候是政府高层里的一员，负责的就是福利院、孤儿院、慈善基金相关的工作。后来他不喜欢待在政府，就转了出来，留在环境最糟糕的酒城，自己办了这家独立的福利院。"

燕绥之又把云草福利院网站上的老照片浏览了一遍："所以——别的不好说，但跟这两方面相关的事情，他知道得比很多人都多。我们不妨去找他聊聊。"

两个人都是行动派，说要去酒城，当天就上了飞梭机。

同行的还有乔少爷和柯谨。

一直惦念着的事情终于有了突破口，乔怎么可能在一旁干等。更何况从朋友的角度考虑，顾晏和燕绥之也不会把他屏蔽在外。

而且乔少爷的私人飞梭机能省去不少顾虑和麻烦，不用担心碰上“意外事故”，还能大大节省航行耗费的时间。

“尤妮斯女士在酒店抓心挠肺呢，她也想跟过来，但是又不放心老狐狸。现在只要跟曼森家待在一个星球，她就浑身不爽。”乔一边翻看云草福利院的网站页面，一边拖着调子说，“对了，她还让我务必转达她的谢意，狠狠夸你们一句。我建议你们今天注意一下自己的资产卡——”

这话刚出口，顾晏和燕绥之的智能机同时“叮”了一声。

两人一点开屏幕，提示音就蹦了出来：“您的资产卡转入金额一百万西。”

两句一前一后，活像回音。

燕绥之：“……”

顾晏：“……”

“我说什么来着。”乔少爷道，“尤妮斯女士毫无情趣，只会送钱。这估计是近代联盟富家子女的通病。”

说得好像他自己不是似的。

燕绥之倍感复杂，一方面，“乔小棒槌”的这句话对他也造成了一定的物理伤害；另一方面，自打睁眼之后，他作为实习生名下的资产卡里，头一回出现这个数量级的余额，居然还有点儿不习惯。

其实这种金额对燕绥之和顾晏来说并不少见，不至于惊讶，但这种毫无预兆就送钱的方式还是让他们有点儿哭笑不得。

他们查那些事情并不仅仅为了乔和尤妮斯，还为了他们自己。

燕绥之手指飞快动了两下。

“叮——”顾晏的智能机又响了一声。

他点开屏幕——您的资产卡转入金额一百万西。

来源账户：阮野。

“……”顾大律师脸都木了，他有些头疼地看向身边的人。

燕绥之朝乔大少爷的座位抬了抬下巴，低头研究照片的乔毫无所觉。

又两秒后。

“叮——”

乔的手指被振得一麻，他还没反应过来，屏幕就自动弹出来一个消息——您的资产卡转入金额两百万西。

来源账户：顾晏。

乔少爷猛地扭头，对上两位大律师坦然的脸。

“你怎么这样？”乔瞪着顾晏。

顾大律师淡声说：“别看我，燕老师指使的，作为学生只有听话的份。我建议你跟他理论。”

乔：“……”

去你的，以前上学也没见你这么听老师的话。但是乔能怎么办呢？顾晏说什么鬼话院长都一脸默认，他能瞪院长吗？

不可能的，㞞。

“尤妮斯女士知道了会把我抛尸大海的。”乔说。

某位院长支着下巴上下打量了他一番，安抚道：“放心，等你浮上海面，我们会去捞你的。”

乔：“……”

他忍不住想到了一个困扰他多年的问题——法学院的受虐狂们为什么总想跟院长聊天？

托私人飞梭机的福，他们在酒城落地的时候，当地时间还早。太阳挂得很高，天气刚好，正是下午茶的时间，可惜酒城原住民很少有那闲情雅致享受下午茶。

他们驱车到了酒城椿萱区的一条老街上。比起酒城的大多数地方，这条老街倒是意外地干净，像是藏在一片矮丘和松柏林里的世外桃源。

“我以前怎么不知道酒城还有这种地方？”乔看着不远处的金属大门，一脸讶异。

事实上他也没来过酒城几次，这里的环境实在超出他的承受范围，仅有的几次都恨不得当天来当天走。

云草福利院的大门看上去有些老旧，墙上延伸出来的花枝藤蔓像是多年没打理过。

乔还没进去就看见散落一地的箱子，问道："这是在重新修葺？"

"以前因为一些麻烦事关闭过几年。"燕绥之解释说，"看这情况，应该是正要重开。"

来之前，顾晏找了福利院的通信号，跟院长简单聊了几句。没有直接提照片的事，只说来看看，顺便跟院长请教一些事。

他从通信中得知了福利院的大致情况，但具体是什么麻烦事，老院长没有细说，只乐呵呵地欢迎他们来。

院子里有几个人在忙忙碌碌地收拾箱子，其中一个少年朝大门瞥了一眼，便愣在那里。

他见鬼似的盯着燕绥之他们，半晌说了一句脏话，然后才冲过来道："你们怎么来了！"

少年不是别人，正是约书亚·达勒。

他号的一嗓子，把其他几人也给喊愣了，停下了手里的活。

"你就拿粗口问候我们？"燕绥之挑着眉问他。

约书亚扭头"呸"了一声，挠着头发说："反正也咽不回去了，你们就当没听见吧。"

有些日子没见，他比当初黑了一些，可见这阵子没少晒太阳，但那股子营养不良的蜡色已经不见了，甚至微微窜了点个头，说起话来，神色也比以前生动不少。

"你在这里打工？"燕绥之扫视了一圈院落。

约书亚道："不算打工，来帮忙。你们呢？怎么会来这里？"

"来找老院长聊聊天。"燕绥之问，"他这会儿在吗？"

约书亚恍然大悟："哦——他中午吃饭的时候说下午有客人来，说的就是你们啊！他在呢，就在那幢老楼里。"

燕绥之拍了拍他的肩："那行吧，你先忙。"

约书亚冲他们挥了挥手，小跑着回到那些帮忙的年轻人里，蹲在地上整理几个箱子，先摞起来，然后一把搬着走向远处的一幢小楼。

燕绥之他们进了约书亚所指的老楼。

“没记错的话，这里原本是办公楼。”燕绥之说。

只不过现今变得有些冷清，下面两层都没个人影。他们在三楼最边上的一间屋子里找到了老院长，几个中年男女或站或坐，端着茶杯正跟老院长聊着什么，气氛看起来很融洽。

一见燕绥之他们来了，那几个中年人纷纷起身，打了招呼便离开了，让出了这间办公室。

“顾先生是吧？”老院长笑得一脸和蔼。

“叨扰。”顾晏礼貌地说。

“哪里，我再欢迎不过了。”老院长说，“这里还有几天才能正式开放，有点儿冷清，你们来了刚好热闹一些。”

燕绥之跟在顾晏身后进了门，冲老院长点头笑了笑。

老院长的目光在他身上停留了片刻，神情微怔，然后摘了护目镜，用除菌纸擦了擦，有些失落地嘟囔道：“眼花了，差点儿把你认成一位故交。”

其实那些年里，燕绥之跟各大福利院、孤儿院的联系很少，只有最初捐赠的时候去了解过情况，那之后就一直都是匿名转账，甚至从账面上根本看不出那些捐赠出自同一个人。

认真算起来，这顶多是“一面之缘”，没法定义成朋友，所以燕绥之在听见“故交”这个称呼的时候惊讶了一下。

“冒昧问一句，您说的故交是？”

院长重新戴上护目镜，目光又落在燕绥之身上：“一位很有意思的先生，换着账户悄悄提供过很多次资金支持。”

“换着账户悄悄提供？那您怎么知道都是他？”乔很好奇。

这位乔大少爷完全不知道燕绥之和福利院之间的渊源，以为老院长在说某个好心的陌生人。

老院长短促地笑了一声，这让他看上去像一个敦厚的长辈：“就是能够看得出来。在别的地方也许看不出，在这里却很明显。因为我这家福利院只有他会捐赠那么大的金额，我一看账目就知道是他。”老院长用手指点了点自己的头，“一个老人的直觉。”

燕绥之忽然就觉得，“故交”这个词从这位老先生的口中说出来，确实很贴切。哪怕他们总共只见过那么一面。

“其实福利院能重开，也是因为他。”老院长感叹了一句，语气有些低落，“因为上个月我收到了遗产委员会的函件。”

“遗产委员会？”乔终于后知后觉地反应过来，瞄了一眼燕绥之，又瞄了一眼顾晏，“不会是……”

老院长冲他投去了一个询问的眼神。

“……我们院长吧？”乔补完后半句。

“你们院长？”老院长愣了一下。

“他曾经用过‘Y’这个简称，不知道您说的故交是不是他。”顾晏说。

“Y先生……”老院长兀自重复了一遍，看向众人的目光都不一样了，“你们是燕先生的学生？”

很显然，尽管只有一面之缘，老先生却一直记得当初那个年轻人的模样。也许在某篇报道上看见过他，知道了他是谁，知道他做了律师，成了梅兹大学最年轻的院长。

“能知道Y这个简称……你们不是普通学生吧，跟燕先生的关系应该很亲？”老院长说。

“嗯。非常……亲近。”顾晏道，“很抱歉，之前在通信里没有多说。”

老院长摆摆手：“能理解，能理解。所以你们今天的来意是？”

“其实是想跟您打听一个人，这关系到某些案子。”顾晏索性直奔主题。

托燕绥之这位“故交”的福，老院长的态度较之前有了微妙的变化。

他之前和蔼又客气，但不论是通信中的简单交谈，还是最初的两句闲聊，都能感觉到他说话是有所保留的，是对待陌生来访者的态度，热情但有距离。但这会儿却不同，他收起了笑，也变得郑重起来。

老院长抿着嘴唇，不知在思索什么，半晌后抬眼问道：“打听什么人？”

他们放出了云草福利院网站上的照片。

那是一张很多年前的合影，照片里孩子不少，站了三排，小的甚至被抱在手里，大的有十六七岁了，眼看着就要成年。

院长自己也在其中，其他的还有福利院的管理人员和护工。

大多数人都是笑着的，中间夹杂着几个被阳光晃眯了眼的人，顾不上笑 。

燕绥之指着后排的一个男生，问道："他是谁？"

照片里的男生穿着简单的T恤长裤，短发支楞在头上，两手背在身后。能从他咧着的嘴角看得出来他在笑，但眉眼间依然有挥散不去的阴沉感。

这时候的他，耳垂上还是干干净净的，没有那个黑桃文身。

"这个孩子吗？"老院长缓缓道，"我记得他那个时候叫多恩，十七岁吧。这照片有些年头了，将近三十年前，那时候这家福利院刚批下来两年，初有规模，照片里的是第一批大家庭。"

"我对这个孩子印象挺深的。"老院长说，"照片里大多数孩子都是酒城这边的，但后面这几个不是。"

他的手指从那个叫多恩的少年身上滑过，又点了点他左右的两个人："他们是从别的地方送来的，有各种各样的原因。你们知道的，并不是每一个孩子都能适应孤儿院或是福利院的氛围，所以偶尔会有调动的情况。工作人员管这叫搬家，但我想那些孩子们心里应该不这么叫，没准儿觉得是在流浪。"

老院长说："我跟他聊过天，他话其实不少，说起一些事的时候会带一点儿炫耀的成分。当然那其实很正常。他们得到的东西不多，所以偶尔有一些不错的，就会忍不住想让其他人都知道。不过这个孩子对这种事情有点儿过度在意……怎么说呢，看得出来，他不是很乐意看到别人得到更好的东西，不论是运气使然还是什么。看到别人倒霉，他偶尔会露出戏谑甚至幸灾乐祸的情绪。这导致他的人缘不是很理想，总是独来独往。我那时候觉得这孩子的心理状态有点儿偏，担心他会走歪路，所以时不时会找他聊聊。"

他回忆了片刻，表情有些失落："但是很遗憾，我遇到他的时候太晚了。他在这里待了一年就满十八岁了，按照联盟规定，他不需要再受监护。我记得他十八岁生日是在这里度过的，那天护工给他准备了蛋糕和礼物。他看上去心情还不错，然后第二天就递交申请离开了这里。"

"那他后来的去向，您知道吗？"燕绥之问。

"知道一些。"老院长说，"虽然按照规定，成年之后这些孩子就不受我们监护了，但是有一些我们其实还是会保持联系。毕竟这里算是他们的家，如果他们过得不好，我们会尽可能帮他们一把。但有一些孩子，他们出去之后就不愿意再提起这里了，跟十八岁之前完全割裂了。他走了之后就跟这里断了联系，我只能通过一些人脉关系得知他的部分动向。他在酒城待了一阵子，后来去了巢星。他本身就是巢星的人。”

听到这些，燕绥之和顾晏对视了一眼。信息逐渐重合，他们应该没找错人。

“那您有他最新的消息吗？”

老院长摇了摇头：“我最后一次知道他的消息，也已经是二十五六年前了。院里一个护工在去往德卡马的飞梭机上见到了他。那孩子说他日子过得不错，去德卡马出差，帮人办一些事情。但具体在什么单位、做什么事，他都没有提。从那之后，直到现在，我再没听到过他的任何消息。”

老院长迟疑了片刻，又说：“这其实有点儿奇怪，我曾经在政府待过很多年，有一些人脉。不瞒你们说，我因为担心那个孩子，托档案系统的朋友帮过忙，但都没有找到他的踪迹，就好像他从福利院出去之后只生活了几年，就从世上消失了似的。”

“消失？”

对于这种事情，乔少爷最为敏感。

他几乎一听见类似的话，就会下意识想到：“别是做了基因修正吧？”

老院长愣了片刻，表情有些出神，接着又转为更深的遗憾。因为他心里很明白，如果一个人需要靠基因修正来隐藏踪迹，那不会是什么好事。

燕绥之和顾晏他们找到的十多张照片，前后横跨的时间远不止三五年。再加上乔和尤妮斯得到消息后，又在他们的资料库中用“牧丁鸟”搜索了一番，也得到了一些零碎的信息。

这两者凑起来，几乎可以肯定，那个清道夫前前后后起码活跃了二十多年，甚至现在依然存在也说不定。

而他之所以这么多年依然隐藏得很好，也许就像乔所猜测的，靠的是基因修正。每清除一些人，为了保险起见，他就会换一层皮。

这样的人要查起来就很棘手了，只有相关信息越多，希望才能大一些。

燕绥之问道：“关于这位多恩，您还存有什么资料吗？”

“当初接收他来福利院的时候，有一份他的过往档案。”老院长道，“但都是十七岁之前的了。”

“方便让我们看一眼吗？”

老院长道：“只能在规定范围内，给你们看一部分。”

“谢谢。”

档案室就在这幢办公楼中，在一层西侧的一间屋子里。屋子不大，里面有几台光脑正在工作，散发着微微的荧光。

“工作人员还没到齐，这边目前还是我跟几位老师一起负责。”老院长道。

“老师？”

“哦对，就是刚才你们进办公室时见到的那几位。”老院长说到这里才又笑了一下，“几位朋友愿意来给我帮忙。我们打算在福利院内设置配套的课堂和周末学院。在那些孩子成年前，多教他们一些东西，总是好的。”

老院长慢吞吞地操作着光脑。

燕绥之他们几个礼貌地等在一旁，没有催促。

片刻之后，光脑嗡嗡运转，吐出了一些仿真纸页，里面包含着一些照片、档案文件以及调动函，老院长体贴地准备了四份分给他们。

只不过传到柯谨时，柯谨像是毫无所觉一样，依然背对着他们站在窗边。

“呃……”老院长有些摸不准柯谨的状态，拿在手里的资料递也不是，收也不是。

乔刚刚冒头的思路忽然被打断，他冲老院长点头道：“谢谢，他想看的话，跟我合看一份就好。”

资料的第一页就是一份调动函，显示多恩在十岁之前一直生活在巢星的一家孤儿院。调动函后面附有那家孤儿院出具的一份档案，其中有一栏写着多恩在孤儿院的经历、表现以及一些偏好。

里面特别提到多恩很喜欢鸟，对鸟有着过分的依赖性，他几乎无师自通地驯养了一只牧丁鸟，走哪儿都带着。十岁的时候，他驯养的那只牧丁鸟受伤死了，为此他跟几个孩子起了冲突。

这是他被调走的主因。

紧跟在这两份文件之后，是一张接收函。

接受单位是德卡马的一家孤儿院，那里的管理方式更科学一些，比起巢星要好很多。多恩在这家德卡马的孤儿院待到十七岁，又碰到了一些不愉快，这才被调到了酒城的云草福利院。

但重点不在此，燕绥之的目光落在那家坐落于德卡马的孤儿院名字上，深深皱起了眉："米兰孤儿院……"

他猛地抬起头，对上了顾晏和乔的目光。

米兰孤儿院，是柯谨曾经待过的地方。

这让他们很难不联想到那个逍遥法外的李·康纳——导致柯谨精神出问题的罪魁祸首。

同样身背人命，同样靠基因修正躲过了搜查。

乔扭头看着柯谨，对方依然毫无所觉，目光定定地望着某个高处。

他们顺着柯谨的目光看过去，看见了后院里有一株茂盛的高树，高树延伸出来的枝丫上停着几只歇脚的鸟。

那是最为常见的灰斑雀，除了难以分辨的尾羽，跟牧丁鸟长得一模一样。

第十八章　匿名捐赠者

德卡马的春野别墅酒店内，尤妮斯正跟人连着通信。

通信那头是尤妮斯在私运港口的朋友，来告知她港口进了一批重型运输飞梭机，运的是压缩型模块楼，审查规格是医用。

这种压缩型模块楼，说白了就是事先做好的大楼模块，用的是智能金属和建材混合的特殊材料，可压缩，便于运输，也能在瞬间延展恢复，几个小时内就能拼出一座城。

“什么时候开始的？”尤妮斯问。

“凌晨开始进港的，到现在是第四批了。”对方说，“同时进港的还有一批医用器械和隔离舱。”

“用的是克里夫家的飞梭机？”

“是啊，毕竟是大户，在审核方面抽查率比其他低很多。”

“还有哪些港口来了这种重型飞梭机？”尤妮斯自己倒先列举了几个，“我猜猜，天琴星？红石星？感染情况比较重的星球都该有动静了吧？”

“可不是。”

尤妮斯又道：“到港之后那些东西都运往哪里了，我再猜猜？”

她说的是猜猜，其实语气非常笃定，接连报了几个地址。

那几个地址都是些老楼，大多已经是废弃状态，所处的区域也很奇怪，有的被称为“商业中心的贫民窟”，有的深陷在居民区里，但占据的角落总是最乱的那个。

总之，哪里最容易出麻烦事，那些老楼就在哪里。

这些老楼除了“位置奇怪”这个共同点之外，还有一个共同点——都被曼森兄弟买下来了。

对方又道：“是啊，就是那些地方。之前毫无动静，现在毫无掩饰，可不就是曼森的做派吗？”

之前曼森买那些老楼的时候，他们做过无数猜测，偏偏对方买了之后就没了后续动作，活像是买回来就闲置了似的。

现在又是精准爆破机，又是医用标准的压缩模块楼，还有各种医疗器械和隔离舱，再结合之前研究出治疗药剂的西浦药商发出的公告，曼森兄弟的目的显而易见。

尤妮斯站在窗前，抱着胳膊嗤了一声，又有点儿懊恼：“我可真是……怎么早没想到呢。”

懊恼归懊恼，她其实很清楚，如果时间倒退回之前，她依然很难想到曼森兄弟的目的是这样的。

曼森家想在医疗界分一杯羹，这个倾向从曼森兄弟冒头后就很明显，但有尤妮斯家的春藤镇在那里，他们想要挤进来其实没那么容易。

没人想到他们会用这种方式。

无比突然，但确实是最“精明”的时机。

这时候其他人再想采取什么动作也来不及了，况且在感染大面积扩散的情况下，直接带着药剂出场，别人就是想拦，感染民众也不答应。

“不出意外的话，要不了几个小时，就能看到顶着曼森家标志的感染治疗中心在各个星球立起来了。”通信那边的朋友说，“占尽了先机，还赢了口碑，过上一阵子，那些紧急治疗中心再顺理成章升级成联合医院，齐活。”

聊完通信，尤妮斯坐在办公桌边，皱着眉琢磨什么。

又一个通信请求切了进来。

“你弟弟是不是疯了？”这次是尤妮斯和乔共同的朋友，刚接通就扔了这么一句话过来。

“怎么了？”尤妮斯问。

对方的语气听起来就很蒙：“他让我把近几年所有的港口安检资料过一遍，找一只傻鸟。”

“他没跟你说为什么？”尤妮斯倒是很淡定。

“乔少爷的情绪比较激动，不知道是气的还是什么，我怀疑他可能忘了。再拨他通信，就全程处于忙碌状态。我估计凭我一己之力可能挤不进去，干脆来找你了。”

尤妮斯道：“他能口齿清楚地让你帮忙，我已经很意外了。半个小时前，他给我通信的时候，我想请他先去找医生。”

“所以为什么要找一只鸟？”

“因为那只鸟关系到近三十年来数十件扯上人命的案子。”尤妮斯说，“柯谨你还记得吧？之前也没少让你帮忙，乔跟他的律师朋友刚才找到一些被遗漏的线索……”

“嗯？怎么说？”

“柯律师的精神问题有可能是人为的。”

“人为？”对方诧异道，“你是说不止是因为那个李·康纳逍遥法外从而心理接受不了，而是被人害了？”

尤妮斯说：“差不多吧。”

事实上，这天下午，乔和尤妮斯关系网里所有可信的人都接到了通信。

医疗系统的、警署系统的、媒体方面的，还有其他一些人脉通达的朋友。这群人都帮乔查过柯谨的事情，曾经也有过一些进展，但因为缺少关键性链接的信息都停滞不前，最近这两年更是毫无动静。

他们本以为柯谨的事情就到此为止了，没想到居然还会有新进展。

最奇葩的是，新进展是一只鸟。

“好吧，那我可以理解乔为什么情绪那么糟糕了。”对方说，“我尽量吧，要真是被人害了……那可真令人恶心。”

“别说那傻子了，我听到这事的时候都气得不轻。”尤妮斯光是想想，就忍不住冷笑了一声。

“什么气得不轻？”一个低沉的声音冷不丁在房间里响起。

尤妮斯猛地转头，就见自己的父亲德沃·埃韦思正站在套间门口，抬起的手看上去是要敲门的。

“没什么。”尤妮斯下意识说。

她跟乔找来帮忙的朋友都跟他们年纪相仿，是这些年里他们绕过父亲独立发展出来的人脉——查德沃·埃韦思先生那些旧事，也大多是靠这些人帮忙。

尤妮斯看着德沃·埃韦思镜片后的目光，莫名有些心虚，又有一丝愧疚。

柯谨的事情原本是独立的，但现在因为牧丁鸟和清道夫扯在了一起，也就和德沃·埃韦思和曼森家的那些纠葛扯在了一起，不太方便直说。

“先这样吧，辛苦了。”尤妮斯挂了通信，转头冲自家父亲解释说，“刚收到港口的消息，西浦所说的医疗点，合作者应该就是曼森家了。不过收到消息有点儿晚了，他们已经万事俱备了，下午应该就会发全网公告。医疗这边他们如果真能顺利分走一块，春藤……”

德沃·埃韦思扶了扶眼镜，不紧不慢地补敲了两下门，这才进了女儿的办公空间。他的头发已经从年轻时的金色变成了银灰，脸上的皱纹也一年比一年深，却依然把自己打理得一丝不苟，像个优雅的老牌绅士。

其实尤妮斯觉得乔傻子的形容还是挺贴切的——老狐狸。上了年纪的德沃·埃韦思有时候真的像一头银狐。

小时候，尤妮斯一度觉得父亲好像永远不会做出有失风度的事情，对她也是宠爱加教导，无奈的时候反而会笑。

直到乔傻子横空出世，时不时逼得父亲拎起烟灰缸。

“春藤会受影响，这不可避免。”德沃·埃韦思坐在会客沙发上，顺手把玩着桌上的摆件，“你又盯着曼森家那边了？”

“嗯……”

德沃·埃韦思笑了一下，但语气很无奈：“你这丫头，我之前不是说过别去管曼森家？”

尤妮斯撇了撇嘴：“怎么？你还想着跟那对兄弟合作？我说句实话，爸，就现在这种势头，咱们不管怎么合作，都是单方面给那对兄弟助力，让他们更放肆，然后反占我们的地盘。半点儿好处都没有，何必呢？”

最近这段时间，他们父女俩能这么好好说话的次数不多，基本都是拜曼森家“所赐”。

尤妮斯撑着办公桌，难得絮絮叨叨、长篇大论地分析了一遍春藤和曼森两家现在的形势和埃韦思家族今后的路，以及春藤最适合的发展方式和时机，跟曼森家保持怎样的距离最合适，等等……

这期间德沃·埃韦思一直看着她，听得很认真，偶尔会对她的话做出一些纠正。

其实也不能算纠正，而是提出他的看法。

比如，尤妮斯认为曼森家一旦在医疗领域占据席位，发展就会很凶，会尽可能地扩张领地。等到数量上跟春藤对等时，实力也就自然能匹敌了，再之后就是顺理成章地压春藤一头。

但德沃·埃韦思却笃定他们短时间内不会扩张医疗点，而是会把精力放在研究中心上。这跟他们这次联合西浦研发药剂的形象更符合。

“打赌吗？”德沃·埃韦思说。

尤妮斯对着老父亲翻了个白眼。

德沃·埃韦思笑了起来。

有时候尤妮斯甚至能从他的表情里看出一丝骄傲来。

他是赞同的。

尤妮斯心里这么想。

然而说完之后，德沃·埃韦思却依然坚持他之前的意思：“还是那句话，你别插手。”

尤妮斯狐疑地瞪着他。

德沃·埃韦思抬手挡了一下她的视线，就像小时候逗她一样，嘟囔道：“哎——知道你眼睛大。再瞪，眼珠子掉出来了，我还得给你捡。”他笑了笑，便起身离开了办公室。

尤妮斯还有很多事情要处理，但她并没有把秘书叫进来。

她独自坐在办公桌后面，转动了办公椅，看着落地窗外开阔的湖景，有一点点说不上来的难过。不知道是因为弟弟的通信，还是因为父亲的玩笑。

她知道这时候给乔拨通信不一定挤得进去，她也不知道该怎么表达。

沉默了片刻，她还是选择给弟弟发了一条信息：可能是我多想了，但我觉得……爸好像是故意在配合曼森。

尤妮斯发的信息乔并没有立刻看到。

两个小时，整整两个小时，他一直忙于联系各种可以联系的人，查港口安检记录、宠物托运记录、往来旅客记录……

一切通过他们的关系网能找到的登记记录，一切有存留的监控影像、照片视频，统统都要。

他的通信没有停过，挂断一个就新拨一个。看上去繁忙至极，两个小时没有停过唇舌，以至于活生生把嘴唇说得起了一层干皮。

福利院的院长在旁边看得目瞪口呆，一个劲地朝燕绥之和顾晏投去询问的眼神。

“没事。”顾晏朝乔的方向看了一眼，沉声道，“……他只是需要一个发泄的途径。”

他们这会儿已经不在那个狭小的档案室了，而是在档案室隔壁的一间会客厅里。柯谨安安静静地坐在靠窗的沙发里，起初依然盯着窗外的高枝，但没了灰斑雀之后，他就收回了目光，定定地看着虚空中的某一点发呆。

乔背对着所有人，站在某个墙角，一边掩着额头，一边连珠炮似的跟通信对面的人说着话。

燕绥之身份不便，通讯录里的名字寥寥无几，也没什么可联系的。倒是顾晏，找了一些可信的朋友，也包括本就关心柯谨情况的劳拉。

得知大致情况，劳拉耗尽平生修养还是没忍住蹦出一句咒骂，接着这位上学时期就风风火火的女士丢下一句话：“你们在酒城？我现在就去港口！”

乔嗓子都说哑了，闻言转过头，远远冲顾晏道：“劳拉？她要现在过来？太赶了，没这个必要。”

他看上去很冷静，不像尤妮斯夸大的那样“疯”，唯独眼睛里一圈泛红的血丝显露出了他的情绪。

劳拉听见了他的声音，在通信里说：“没什么必要不必要的，其实我也不知道我去了能干什么，但管他呢，我现在就想去找你们！哪怕陪柯谨说说话。”

她说完便挂了通信。

乔又拨起了新的通信，反反复复的话说了无数遍。

直到他翻着通讯录，发现所有可信的人都已经找完了，拨无可拨。他低着头，上上下下把通讯录看了好几遍，终于收起了屏幕。

他就那么面对着墙沉默着站了一会儿，深吸了一口气，这才转过身来，目光落在了柯谨身上。

柯谨还在发呆，浑然不觉。

乔长久地看着柯谨，轻声走过去，在柯谨面前站定。他微微抬手，看起来像是想要抱一抱柯谨，但迟疑了一会儿又收了回去，手指紧握成拳。他站了一会儿，然后蹲下身。

一直在发呆的柯谨终于后知后觉地发现面前多了一个人。

乔抬着头，从他的角度看过去，柯谨微微颔首，目光从低垂的眼睫毛里投落下来，安静地看着他。那一瞬间，居然有种极其温和的错觉。

这种目光让人格外承受不来。

乔牙关处的骨骼动了动，像是咬紧了又松开，然后他哑着嗓子对柯谨低声说："对不起……"

对不起，查了这么久，却遗漏了这样的细节……

对不起，没能早点儿翻出真相，让你在沉默的世界里等了这么多年……

柯谨的目光动了一下，像是精神聚集了片刻，又因为一些生理上的不可抗力散了下去。

他就这么垂着眸光看着乔发了一会儿呆，又被窗外的声响引走了目光。

只是这么一个视线的转移，乔就受不了似的低下头，眼睛红了一圈。他皱着眉，闭着眼睛捏着鼻梁，蹲跪在那里半天没再说话。

燕绥之的目光刚垂下来，就感觉自己的脸被人碰了一下。

他转过头，见顾晏冲门口偏了偏头。他愣了一下，当即会意，悄悄起身。三人前后出了会客室，给他们带上了门。

"你们在这边坐一会儿，我让人把备好的茶点送来。"

"不用了。"

“要的。”老院长不由分说，把他们摁进隔壁的空屋，道，“进去坐着。”

他说着，又瞥了一眼乔和柯谨待着的房间，叹着气走了。

修葺中的福利院别的不多，闲屋最多。两人在旁边的屋里刚坐下来，老院长就真带着茶点回来了。燕绥之他们起身帮忙，把茶点搁在高脚桌上，这才又坐了下来。

“年纪大了，饿一会儿就不太舒服。”老院长嘟囔着，“我给隔壁那两位也留了点儿茶点，过会儿等他们出来，也吃一点儿。脸色太差了。”他说着，低头慢慢喝了一口茶。

燕绥之的目光在他脸上扫了一圈，道：“院长，您有话想说？”

老院长动作一顿，又把茶慢慢咽下去，迟疑了片刻才道：“是有话，但我还没想好这话跟你们说了，会不会给你们带来麻烦。”

燕绥之转了转杯子，冲他温声道：“您说说看，听了才知道麻不麻烦。”

“我刚才听了一耳朵，你们说的那些……让我想起之前碰到的一件事。”老院长说。

其实在这之前，他对一些事情是避而不谈的，但是刚才在隔壁，这几个年轻的客人在拨通信交代事情的时候，全然没有避开他这个老头，显然对他先释放了绝对的敬重和信任。那么，他如果知道些什么却闭口不说，就有些辜负这帮年轻人的善意了。

“在这之前，我这个福利院关了好几年，你们知道吧？”老院长说。

燕绥之道：“略有耳闻，但听说是暂时关闭。”

所以他才在遗产分配里依然给这边留了一份。

老院长点了点头，道：“对，那时候对外说的是经营出了点儿问题，暂时性关闭。但实际上，我真的有想过不再开放的。”

“为什么？”

老院长却没有直接说原因，他出神了片刻，说：“你们可能不太知道，我年轻的时候是供职于联盟政府的，监管的就是福利院、孤儿院，还有一些慈善基金，后来被调到了酒城。那时候酒城比现在还要乱，刚来的时候特别绝望，觉得这辈子也就耗死在这里了。后来可能走了狗屎运，碰上了一个好心的财团要跟酒城政府搞联合，想拉一把这边……”

听到这些，燕绥之目光微动，却没有说话。

倒是顾晏应了一句："略有耳闻。"

酒城的基础建设大部分是在那个财团的支持下翻新升级的，不然就真的是名副其实的星际贫民窟和垃圾场。

"其实那不是一个财团，是两家匿名联合的。"老院长道，"非常有心的人，很善良。最初的资金款项也都用在了对的地方，看看酒城现在还在使用的设施就知道。但好景不长，后来款项的去处越来越不明朗。这当中的水太深，我刚调来酒城，有头衔没实权，想扭转局面也无从下手。后来，工作做得实在有违本心，才干脆脱离公职，自己办了这家福利院。"

"大概是十多年前吧，德卡马那边出了一个系列案。"老院长回忆说，"主犯是个医院的副院长，主要负责技术研究方向，被指控借着治疗名义拿病患大搞基因试验，害了不少人。哦，对了，这案子你们可能听过，当初受理这件案子的是燕先生，你们不是他的学生吗？"

这段话听到一半的时候，燕绥之和顾晏就已经皱起了眉，只是很快又正了神色。听到老院长的问话，他们点了点头，道："确实知道。"

"当时燕先生受理的那次，那个被告是无罪释放的。不过在那之后，他又被告上了法庭，那次罪有应得，进了监狱。"老院长说，"其实那个案子还有一些后续。"

燕绥之："后续？"

"对。那个被告进行基因试验的大本营除了德卡马，其实还有酒城。而酒城这边的规模比德卡马那边大得多，最初瞒天过海的建设和运转，顶的都是政府的名义，用的是那个好心财团出的资金。"老院长说，"这件事主要涉及的是酒城政府，为了避免这边变得更乱，都是秘密处理的。除非政府高层，其他人查也查不出什么。我还是靠着原本的职位和人脉，才知道一些。"

老院长叹了口气，道："我那时候性格还比较冲，知道之后气不过，把自己当职时的信息全都筛查了一遍，贡献了一些关键证据，最终导致酒城政府人员大换血，那个财团也中断了对酒城的资金支持。之后又有人顺水推舟，把在酒城的审查推到了德卡马。好几年前，德卡马不是搞过一次革新吗？所有居民全部做了身份审核和住址更新。”

那次审核燕绥之倒是印象深刻，因为登记住处的时候，系统跳了半天，把他的经常居住地默认成了长途飞梭机。

老院长继续道：“其实那本质就是对德卡马做一次清查，据说背后的推手就是那个在酒城被坑过的财团。我从政府的朋友那里得知，那次其实警示了不少人，阴沟的耗子们要不被打死了，要不就紧急搬了家。”

都说柿子挑软的捏，老院长因为那一系列事件得罪了人，福利院被迫关闭。

他一度觉得麻烦缠身，令人头疼，想过要彻底远离这些，自己养养花、种种草，何必去管别人的死活。直到最近，他收到了燕绥之的遗产馈赠，才在触动之下改了主意。

“我之所以觉得这事跟你们有些关联，是因为我在查那些关键性证据的时候，还有福利院被迫关闭前后，都见到过你们在找的牧丁鸟。”老院长说，“不过当时只觉得这鸟稀奇，没多想。”

顾晏皱眉想了想，问道：“您说的那个财团，背后的匿名资助者是谁？”

能推波助澜地清查酒城，又清查德卡马，手里必然握着些东西，也必然知道些关键信息。

“老实说，不知道。”老院长干笑两声，“要不怎么叫匿名呢，所有的手续文件，包括确认函和我们送达的感谢函，他们签的时候都是不露面的。我们最终拿到的东西只有实打实的资金，以及很……嗯……的签名。”

顾晏：“……”

很……嗯……是什么意思？

老院长也清楚，这个背后的财团于他们而言也许是关键，他斟酌了片刻，说：“要不这样吧，我想办法给你们弄点儿当初的文件来。当然，涉密的部分办不到，我一个老头儿也没那么大的能耐。但确认函、感谢函这类的文件，我还是可以试试的。你们需要吗？”

现在这种情况，当然是线索越多越好，哪怕只是个小线索。

“再好不过，有劳了。”顾晏说。

老院长：“不过需要点儿时间，我得联系一些老朋友，保不准他们现在是不是正忙——”他说着看了看时间，“这个点估计不是在开会，就是在处理一些麻烦事。你知道的，麻烦事总是很没眼色，白天不来，就爱挑在下班的点冒出来。”

也许是怕他们心情沉闷，老院长打趣了两句，老小孩似的冲顾晏和燕绥之眨了眨眼睛。

燕绥之笑了一下，顺着话道：“深有体会，这大概是世界的某种神秘法则。”

神秘法则果然应用广泛。

老院长联系朋友花费了不少时间，通信都提示正忙。

“我说什么来着。”老院长耸了耸肩，无奈道，“可能得到晚上他们才能抽出空来。”

酒城的时间过得比德卡马快很多。

好像只是说了几句话，拨了几个通信的工夫，天边就泛起了黛色。

乔跟柯谨终于从紧闭的房间里出来了。

“刚才接到了劳拉的通信，她蹭了一个朋友的货运私航，今晚就能到。”乔冲燕绥之和顾晏晃了晃智能机。

他的嗓子更哑了。

“我的天，你这孩子。”老院长一听他的声音，就把没动过的茶杯塞了过去，“喝两口润一润吧，怎么哑成这样了。”

乔领了好意，慢慢地喝了一些，道：“没事，只是话说得多了点儿。”

他的神情有些疲惫，眼睛里的血丝未消，但状态却比之前好很多。

顾晏上下打量了他一番，放心了一些，没说什么，只是拍了拍他的肩。

乔对死党的关心方式再熟悉不过，道：“放心，不疯了。”

他把新要的温水递给柯谨，看着对方一口一口慢慢地喝下去，沉沉开口：“以前有些不明白的人说，柯谨很依赖我，是我在支撑他。老实说，有一阵子我自恋过头，也这么认为过，但后来发现，其实是他在支撑我……”

“之前联系各路朋友的时候，我其实真的有点儿控制不住自己。满脑子都在问候那个清道夫的祖宗，满脑子都在演练如果让我找到他，我要怎么折磨他，怎么让他跪下来哭着懊悔求饶，怎么让他发疯失控、绝望无助……怎么弄死他。”

乔说着，沉默了一会儿，又讥嘲地笑了一下："脑子里全是这些，我都不太肯定有没有在聊通信的时候不小心带出一两句疯话。"

所以他全程站在墙角，很长一段时间没有回过头。

"但是我看到他的眼睛，那些疯话就说不出来了。"

他只要看着柯谨，脑子里就会响起柯谨曾经清爽、干净的嗓音，一本正经地开着玩笑："——不行不行，你不要干扰我的逻辑。我正在气头上，你别捣乱。我打算把证据一条一条拍在那个人渣脸上，光明正大。你这种'套他麻袋上私刑'的纯属乱民，不要带歪我。"

类似的话不知道有多少，此起彼伏地在他脑中出现，那些疯狂的念头就一点点被淹没下去。

只要柯谨在旁边，他就总能快速地冷静下来，振作起来，甚至努力笑两下。再然后，事情好像就变得没那么糟糕了。

"我刚才跟他承诺了，要收全证据，光明正大地把那个畜生送进刑场。这样等他……等他恢复了，没准儿能高兴一下，顺便把我的'乱民'帽子给摘了。"

乔的那些朋友即便各显神通，也得花点儿时间才能出结果。

于是他们辞别了老院长，打算先去住处落脚。

乔在酒城订酒店的品位跟顾晏一致，来了这里也住甘蓝大道的银茶。那边夜里相对安静，适合休息。但牧丁鸟这事被牵出来之后，他又觉得那边太安静了，反倒不放心起来，改在酒城最繁华的商业地带订了一间。

说这话的时候，他们正走在福利院的前院里。

那些来帮忙的年轻人此时刚放工，一边松动着筋骨，一边闲聊着准备回家。

约书亚一看燕绥之和顾晏就小跑过来。他原本还挠着头有些扭捏，一听乔说酒店，当即眼睛一亮："你们是要住在双月街吗？"

"对。"顾晏点了点头。

"那真是太好了。双月街的话，离我们就近多了……"约书亚道，"吉蒂祖母想邀请你们吃饭，可以吗？"

"吉蒂祖母？"燕绥之跟顾晏对视一眼，觉得这个称呼有点儿意思，"你是说住在你隔壁的吉蒂·贝尔女士？"

约书亚点了点头："嗯，就是她。"

燕绥之挑眉："你很厉害嘛，这就给自己拐了个奶奶？"

"什么叫拐！"约书亚麦色的脸涨红了，瞪了燕绥之一眼。

有些日子不见，燕绥之依然能把这小鬼弄得脸红脖子粗。

约书亚眼看着自己说不过，撂下一句："你们等等。"

他转头跑到大门外，连拖带拽地拉过来一个人。那是一个比他略大几岁的男生，但在燕绥之他们眼里，依然是小鬼。

"你来说。"约书亚把那个男生往众人面前一推，自己站到旁边当了监工。

"呃……我是切斯特，上次见过的。"那个男生一见燕绥之就满脸愧疚，"那个……你的腿还好吗？"

燕绥之："挺好的，要不让它跟你打个招呼？"

切斯特："……"

顾晏："……"

一听某人又开始不说人话了，顾晏只好开口道："吉蒂·贝尔女士身体怎么样了？"

切斯特从尴尬的境地里解脱出来，立刻道："没事了，很早就恢复了，现在身体非常健康。"

顾晏点了点头。

"是这样。"切斯特说，"约书亚告诉我你们来了，我又跟吉蒂祖母说了，她让我务必来请你们一起吃顿晚餐。作为上次我……泼水的赔礼，以及案子的谢礼。"

一看燕绥之他们有婉拒的意思，约书亚补充道："今晚切斯特能不能进门睡觉，就看这顿晚餐了。"

到了吉蒂·贝尔家，他们发现变化挺大。

原本隔在约书亚家和吉蒂家之间的墙被凿开了，立了一扇可直通两边的门，相当于把两个屋子并成了一个。

这位受过伤害、住过院的老太太善心未变，把同样因为案子遭罪的兄妹俩纳进了自己的羽翼之下，给了他们一个可以依赖的长辈和一个家。

不过即便合并了，这个屋子也依然不大。餐桌是老式的小长桌，勉勉强强能安排下所有人。然而不论是燕绥之、顾晏，还是乔或柯谨，个头都不低，坐下的时候有些挤。

这样的用餐体验，对燕绥之他们来说几乎从未有过，唯一有这种体验的是柯谨。他小时候在孤儿院就体会过这种挤挤攘攘的氛围，胳膊蹭着胳膊，有时候都放不下两只手。不过他们有一个异常温柔有趣的阿姨负责照顾他们，所以那段日子对他而言不算太过灰暗，甚至偶尔还有些怀念。

当然，这些都只是乔和顾晏他们曾经听柯谨说的。

听的时候，乔其实不太能理解那种人挤人还开心的心理。但现在，他们正胳膊挤胳膊地坐着，每个人居然都感觉还不错。

约书亚的妹妹罗希一看到燕绥之和顾晏，就笑眯了眼睛。

这小姑娘扒在门边也不进来，冲他们笑完扭头就跑。过了一会儿，她又风风火火地冲进屋，往燕绥之的手心里塞了两颗糖，接着给顾晏也塞了两颗。

她对乔和柯谨很陌生，放在以往根本不会搭理，但这次她却破天荒地也给他们塞了糖。

约书亚评价："小姑娘乐疯了。"

这种属于孩子的最直接、最纯粹的善意，谁都拒绝不了。

不过罗希给柯谨塞糖的时候，其他人还是悄悄捏了把汗。这种突如其来的举动，很容易让处在自己世界里的柯谨受到惊吓，从而引发情绪失控。

柯谨盯着手心的糖愣了好一会儿，才反应过来。

他剥了其中一颗糖，含进了嘴里，又过了好一会儿，把另一颗糖放进了乔的手里。

于是……乔少爷也乐疯了。

切斯特因为泼水的事，始终对燕绥之饱含愧疚，所以整个晚饭期间，作为主厨，他一直往燕绥之的餐盘里堆最好的食物。

而在吉蒂·贝尔老太太眼里，这几个客人都是孩子，尤其是看上去年纪最小的燕绥之。于是她在上点心和水果的时候，又一脸慈爱地往燕绥之餐盘里多拨了一堆。

还有别扭的约书亚，以及单纯凑热闹的罗希。

总之，在这四个人的共同努力之下，燕绥之的餐盘堆得跟山一样，以肉眼估测，大概是他平日食量的三倍。

盛情难却，燕大教授微笑着拿起餐具，脸都笑绿了。

吉蒂老太太很心疼这些忙忙碌碌的年轻人，总在问顾晏“工作多不多，是不是睡得很少，吃饭按时不按时，身体怎么样”。

老人记性不是很好，偶尔还会重复。

顾晏话不多，但格外有耐心。哪怕是回答过的问题，再问起来，他也依然会像第一次听见一样淡定作答。而关爱学生的燕大教授，总会在他抬头回答老太太问题时，偷偷把自己餐盘里的食物往顾晏的餐盘里塞，像个兢兢业业的仓鼠搬运工。

一旦老太太停了话题，燕大教授又会不动声色地起个新的话题。于是顾晏又被拽着聊，某人又开始悄悄运食物。

起初，顾大律师睁一只眼闭一只眼，非常配合地假装看不见。

老实说，他其实很享受这种私下的小动作，直到某人在这种纵容之下得寸进尺，一脸淡定地把“整座山”都挪了过来。

趁着吉蒂·贝尔他们被乔少爷逗得笑成一片，顾晏抽空看了眼自己的餐盘，默然片刻后，他撩起眼皮，平静地问道：“燕老师，你是不是觉得我瞎？”

燕教授支着下巴看他，装了两秒无辜，终于绷不住“羊皮”，弯着眼睛笑起来。

顾晏认命地拿起了叉子。

从约书亚家出来的时候还不算太晚，低矮的居民区一片灯火通明。

从小巷里钻出来，双月街的鼎沸人声和车声扑面而来。明明只是十几步路的距离，就像是两个截然不同又互不相干的世界。

就乔少爷本身而言，显然更习惯双月街这种地方。

但他站在街头，却忍不住回头看了一眼身后破旧的巷子，嘟囔道：“那小鬼家的氛围还真不错，我居然有点儿舍不得走了。”

其实只是吃了一顿味道很普通的晚餐，聊了些毫无主题的闲话。为了照顾老太太逐渐退化的听力，他们偶尔还需要重复一些句子，并刻意提高音量。但每个人都很放松，就连柯谨都显得状态不错。

“柯谨好像好一点儿了，你看，还给了我一颗糖。”乔又美滋滋地抛了抛手里的小东西，第一百八十次显摆着。

“我不是金鱼，记性还行，而且刚好长了眼睛。”顾大律师一边挤对，一边把他摁进车里，活像把一头傻狍子摁进笼子。

车门“嘭”的一声关上，乔从半开的车窗里探出头：“你俩不上车？”

“我们转一会儿。”顾晏顿了顿，又瘫着脸补充道，“消消食。”

乔一个没忍住笑出来，扒着车窗说：“你也有今天。”

顾晏面无表情地替乔按了启动键，把他跟柯谨一起轰走了。

乔安排的住处就在双月街另一头，靠近一片河滩。其实很近，沿着笔直的双月街走过去，五分钟就能到，顾晏却绕了个大圈子，挑了一条沿河的路。

比起双月街，这条绕路的沿河行人道就显得冷清很多。除了几对零星的年轻情侣们有点儿闲情逸致地绕河散步，还相隔甚远，长长的行人道就再没什么人影了。

燕绥之走了几步，忽地朝顾晏伸出手，掌心朝上，瘦长好看的手指微曲着，像个优雅的邀请。

顾晏挑起眉。

“据说手上有个穴位，按一按能助消化。”燕绥之说得跟真的一样，“我试试。”

某位教授曾经说过他自己对穴位一窍不通，信他就有鬼了。

酒城的冬意很深，好在河边没什么风，倒也不冷。

两人散着步，也不急着回酒店。

“之前在福利院，你的状态有点儿反常。”顾晏说，“老院长在说那个财团的时候，你走神了很多次。”

“那么明显？我走神向来藏得很好。”

“谁给你的错觉？”顾晏的手很暖，说话却依然毫不客气。

燕绥之不满地“啧”了一声。

“老院长的话有什么问题？”顾晏问。

燕绥之摇了摇头："那倒不是，只是……想从那个财团背后的人手里拿到信息，可能有点儿困难。"

"怎么？"

"因为那两个匿名的合作者之一，已经不在世了。"燕绥之道，"另一个信息太少，有点儿难查。"

已经不在世了？

顾晏还没从他笃定的话语中反应过来，智能机就响了。

来通信的人正是老院长，他告知顾晏，已经从朋友那边得到回复，弄到了一部分匿名者的文件材料，正给顾晏发过来。

传送的效率很高，通信刚挂，打包文件的界面就跳了出来。顾晏朝燕绥之看了一眼，直接点了进去。

他的智能机屏幕对燕绥之设置了分享，所以显示了什么，两个人都能看得清清楚楚。

老院长传过来的文件不算少，大约有十来份，大部分都是资金确收函的反馈，还有一部分是感谢函以及两份看起来没什么问题的阳光账单。

文件里附有老院长的信息：关于匿名者的信息，大部分是涉密的，这是我唯一能弄到的，希望能给你们提供一点儿帮助。另外，对于那个被你们称为"清道夫"的人，我很抱歉，毕竟他曾经在我的监护下成长过。

顾晏把文件一一展开，正如老院长之前所说的，匿名者对自己的身份信息一直保护得很好。这部分文件里，涉及他们的部分其实只有末尾的签名。

直到这时候，他才明白老院长那句"很……嗯……的签名"是什么意思。

第一份是资金确收函反馈，签名的地方有两个明显的笔迹，签的内容是：人 & 人人。

第二份是感谢函反馈：某 & 某某。

第三份：谁 & 不知道谁。

第四份：老朋友 & 小朋友。

第五份：X&Y。

第六……

顾大律师默默收了一下屏幕，简直看不下去了。

单从签名上来看，匿名的两家都没把这个当成什么正式的文件，也是真的不想留下什么信息，每一次的签名都像是开玩笑一样。看得人哭笑不得，万分无奈。

顾晏揉了揉眉心，重新把屏幕摊开。

令他意外的是，后面的文件签名终于发生了明显变化。

从两个变成了一个，而且签名的内容变正经了，签的是那两家联合搞出的虚拟财团名称，直接以财团名代表两家。文件是按年份排列的，双份签名的是早期，横跨了几年时间，单签的则是后期。

顾晏注意到了第一次开始出现单签的年份——如果是以前，他对这个年份并不敏感，但现在不同，他看见这个年份就会下意识想起来——这是燕绥之父母过世的第二年。

顾晏拿着那份文件，盯着年份看了几秒，抬起头："其中一方是——"

燕绥之："我父母。"

"你很早就查过？"顾晏问。

燕绥之摇了摇头，他把前几份双签的文件拉到面前："其实还是有一点儿信息的。"

燕绥之指着第一份的"人人"说："林先生及卢女士，两个人。"然后他又指着"某某"说，"依然是林先生和卢女士。还有这个'不知道谁'也是他们。不过我第一次见到这类文件其实很早——"

燕绥之指着第四份的"小朋友"，说："他们签这份的时候，我就在旁边。具体做什么已经不记得了，好像是找我父亲问什么事，所以进了书房。他们说'来得挺及时，正巧不知道签什么'。"

"我对这个签名内容印象深刻，也多亏了有这个印象，所以成年后查起来方便很多。"燕绥之抖了抖仿真纸页，"如果用笔迹库来找，那估计一辈子找不到。因为我父亲是用左手写的。"

他又扫了一眼那些签名，道："是不是写得挺丑的？"

顾晏却注意到了另一点："你给福利院捐款签的Y……"

燕绥之笑了一下："不是'燕'的简写。其实是想延续我父母的签名，在别的地方还用过'人人'和'某某'以及'鬼知道是谁'。只不过'Y'有点儿巧而已。”

燕绥之顿了顿，又说：“老院长给你发来的这些，跟我当初拿到的差不多，略多几份吧。但你也看到了，信息很有限。我父亲会用不常用的手写，对方也会，笔迹库我很早就对比过，没有结果。”

其实笔迹这点不用燕绥之说，顾晏也知道，肯定对比不出来。

否则酒城政府一定第一个就会查出来对方是谁，毕竟那一届的政府人员很多都栽在乱用资金上，更别提被牵扯出来的其他利益受损的人。

总会有人对此怀恨在心。

这么看来，匿名者把自己的信息保护得这么好，也是有先见之明的。

“过会儿回去把这些给乔看看。”燕绥之说，“看看他有没有别的路径。”

“嗯。”

笔迹对比这种事，对燕绥之和顾晏而言不是什么难事，但乔那边人脉更杂一些。广撒网，也许能捞到些其他信息。

两人沿河而行，路灯在两人身后拉下长长的影子。

顾晏突然说道：“你不喜欢酒城就是因为这个？”

燕绥之一愣：“什么？”

“你父母。”顾晏收起屏幕，“他们给酒城投了那么多钱，却得到了那样的结果。”

明明是善款，却被花在了阴暗肮脏的地方。

燕绥之摇了一下头：“其实没有，那只是一部分人干出来的浑事，不至于让整个酒城来背。”

顾晏：“那是为什么？”

燕绥之想了想，一本正经地说：“因为真的馊。”

顾晏：“……”

“你知道让一个嗅觉、味觉极其灵敏的人站在这座星球上，需要做多久的心理建设吗？这还好今晚没什么风，否则风吹过来，我都得屏住呼吸。那些街道和墙角，看一眼都需要极大的勇气。”

燕绥之上上下下挑剔完，又道：“幸好你挑了这条路，至少干净。如果是其他什么街道，那我可能会拉着你狂奔回去。”

顾晏顺着他的描述想象了一下，画面令人沉醉。

“你这么嫌弃酒城，捐起钱来怎么总不忘这里。”

事实上不仅仅是不忘这里，燕绥之对云草福利院简直是偏爱，哪怕关闭了一阵子，遗产分配的时候依然不忘给它留一份。

顾晏想了想，二十岁的燕绥之捏着鼻子绷着脸，却还要往这边的福利院跑，那场景倒是……挺有意思的。

“馊又不犯法。”燕绥之道，“而且，你如果多跟老院长聊几句，就会知道，云草这个名字是从我父母和另一位匿名者那里得来的。我第一次去福利院的时候，他跟我聊天说起过，福利院最初有雏形的时候，他收到了两方的祝贺邮件，顺势讨论了一下，最终采用了这个名字。”

云草虽然叫草，实际是一种花。它在幼苗的时候很不起眼，但成活率高，而且怎么移植挪动都不会有事。等长到盛开的时候，每一朵花边儿都泛着烟丝金，像被阳光镶了边儿的流云朝霞，灿烂极了。

它的花语是永怀希望。

第十九章　勇士劳拉

燕绥之和顾晏回到酒店河滩时，碰上了赶来的劳拉。

她看起来刚从车上下来，手边放着行李箱说：“哎？你们在外面啊？乔和柯谨呢？”

“他们在酒店里。”顾晏道，“你这么早就到了？我以为要临近半夜。”

劳拉刚要张口说点儿什么，目光却落在了两人身上的某一处。

她的表情看上去活像一脚踩了鬼。她眨了半天眼睛，终于忍不住暴露学生时代的本性，一点儿也不稳重地说：“哎哟，我的妈！”

燕绥之顺嘴安抚道：“不敢当。”

劳拉：“……”

顾律师头疼。

“上去再说。”顾晏没好气地说了一句，跟燕绥之一起把劳拉的行李箱和包拿上了。

乔少爷有个癖好，跟朋友出行就爱订大间的别墅或者整层的套间。他喜欢所有人都住在一幢房子里分享餐厅和厨房的感觉，再不济，房子之间也要有连廊相通。

用他的话来说，是小时候住的房子太大、太空，家里人太少导致的。所以这次的酒店依然是别墅式，顾晏和燕绥之安排在二楼，劳拉在三楼。

进门之后，劳拉就被乔和柯谨转移了注意力，走过去给了两位朋友一个安慰的拥抱。

“我怎么也没想到居然会是这样的。”劳拉说，“你们查了吗？”

柯谨被抱得很茫然，虽然吉蒂·贝尔家的氛围让他心情不错，但他依然被困在某层茧中，弄不明白自己为什么会被抱着拍了两下。

劳拉撤开之后，他在原地想了一会儿，没想明白，就转头径直走到了客厅的角落，找了个单人沙发窝了起来，安安静静地看着一盏落地灯。

他坐下之后，其他人也顺势跟了过去，陆续在沙发上坐下来。

酒城相对简易的电子服务生响了两声，自动去接了几杯热咖啡送了过来。

劳拉他们这些常年跟各种案子、证据打交道的人，总是比较敏感，不是很喜欢这种电子服务生，因为很难说它们不会被植入什么监控或监听程序。

乔习惯性地关了电子服务生，才冲劳拉说：“找了不少朋友，正在查，这几天应该陆陆续续会有一些结果，先等着吧。对了，你怎么到得这么早？”

劳拉被这句话提醒了，竖起手指神秘兮兮地道：“因为我蹭了一趟很特别的运输机。”

“什么意思？”

“说来话长。”劳拉道，“我接到你的通信之后想尽早过来，就联系了一个搞星际运输的朋友。他总能联系到时间合适的私人飞梭机，顺风载我一程。但是今天……你猜怎么着？德卡马的私人星际航道都被悄悄占用了。”

“占用？”乔疑惑道，“我下午联系港口的人时，还没这消息呢。”

“就是晚上的事。我最初联系的时候也没这问题，我都到港口了，才临时告诉我要调整。”劳拉道，“一般来说，德卡马那么大的港口，每天都会有私人飞梭机往来的，今晚却一班都没有，是不是很奇怪？”

“确实。”

“所以啊，我觉得很奇怪。”劳拉说，“刚巧下午听到一些风声，克里夫家大批量运输机进港，再加上你跟我说的柯谨那事，我就阴谋论地多长了个心眼。进闸之后，我使了点儿小聪明，进了私航接驳口那边。”

“然后呢？”

“然后我就发现，其实是有飞梭机离港靠港的。”劳拉说，“我琢磨了一下，明明有却对外说没有，这意味着有什么不想为人所知的事情。我就干脆混进了一班途径酒城的。”

“你什么？”听着的三人几乎同时发问。

“混进了其中一班啊。”劳拉道，“不相信我的技术吗？”

顾晏捏了捏眉心：“劳拉小姐，你知道什么叫危险吗？”

乔抹了把脸：“她什么时候知道过？”

劳拉：“啧——你们怎么这样？”

“那你认为我们会怎么样？夸你胆真大吗？”乔一脸难以言说的模样，瞪着劳拉看了半天，颓然道，“算了，瞪不过你，你继续说。”

劳拉这才满意地开口：“我上的那班飞梭机，从外壳看就是最常见的私人飞梭机，但里面……你们知道的，运输机航行的感觉跟正常飞梭机是完全不同的，所以它一启动我就知道了，那就是运输机套了个假壳。飞梭机上的人很多，而且他们相互之间并不是都认识，要不然我也混不进去。中间有几个人一直连着通信，确认航向和到达时间之类的，还提到了他们所运的东西。”

“什么东西？”乔说，“私人飞梭机体量不大，运输机套个壳，起码外观是要像的，那能运什么大东西？”

“所以运的不是什么大东西。”劳拉说，“根据一路观察，我分析了一下，他们运的东西应该放在飞梭机的冷却舱，他们用的单位是‘支’，还提到了一些生理反应之类的词。又是‘冷藏’又是‘支’，还有那些‘反应’，我总会想到一些针剂、药剂之类的东西。”

乔皱起眉：“又是医疗？会跟曼森家有关吗？同一天，同是医疗用品，不会是单纯的巧合吧？克里夫光明正大地帮他运的那批东西里就有药剂。”

“对！”劳拉道，“重点来了，在酒城落地的时候，他们卸了一批货下来。我看到是用专门的保险柜装的，十箱左右。我们落地的时候，克里夫家的一般货运机也到了。同时同地，一起出闸，最巧的是，克里夫光明正大运的药剂所用的保险箱，跟私运的那批一模一样。”

克里夫家的货运最有优势的一点，就是货物不用全筛，而是抽查制。

如果把私运的那些货混进公运的货里，只要保证抽查的都是公运部分，那么整批货物就会被认定为合格。

“所以明白了吧？”劳拉说完，又道，“出闸的时候挺麻烦的，我怕有监听信号之类的，所以没敢给你们拨通信。现在知道我为什么一声不吭，不让你们去接了吧？”

这位女士是个不怕死的，语气还透着淡淡的骄傲。

燕绥之看着昔日的学生，终于还是没忍住：“你现在能活着坐在这里，真是个奇迹。”

劳拉就坐在他旁边，闻言当即挑眉看他，然后摆出一副“大姐姐”的模样，伸手就掐了一把他的脸，道：“哎，小实习生，‘冰碴子’是你的老师没关系，但不要学他那张刻薄嘴。”

她刚收手，就发现“冰碴子”顾晏正用一种难以言喻的目光看着她。

怎么说呢……有点儿像上坟。

反应最大的是乔。

这位乔大少爷刚喝了一口咖啡，不知为什么喷了一地。

“我说错什么了吗？”劳拉女士迷茫着一张脸，一时间反应不过来。

她看向乔，乔被咖啡呛得捶胸顿足，咳得惊天动地，头抬也不抬地朝她直摇手，然后颤抖着竖了个拇指。

劳拉见他脸红脖子粗，咳得都快背过气去了，也不再难为他，转头看向顾晏。然后她醍醐灌顶，恍然大悟：“哦。”

一声还不够，她又拖长了音调，“哦——”了一声，促狭地冲顾晏道：“我捏他，你不高兴啊？这么护着？我以前怎么没看出来你还有这样一面呢？”

顾晏本来想说点儿什么，闻言似乎是没好气地看了劳拉一会儿，最终瘫着脸冲她点了点头道：“你说得对。”

乔大少爷快咳成肺痨了。

燕大教授的表情从呆愣变得非常复杂，欲言又止，似乎在斟酌着，怎么开口能让双方都留点儿面子。

偏偏劳拉这倒霉姑娘挤对顾晏还不够，又把促狭的目光移到燕绥之身上。

燕绥之默默承受着这种凝视，有点儿哭笑不得。

“完了，脸上被我捏出红印了。”劳拉好死不死地补了一句。

燕绥之：“……”

算了，拉出去枪毙。

燕绥之收回目光，索性什么也不说了，反正最后要死要活的那个人肯定不会是他。

他一脸平静地摸了摸侧脸，这种动作由他做起来居然没有任何不好意思的意味，更像随意的一个小动作，透着一股斯文又淡定的气质。

接着他端起了面前的咖啡杯，默默喝了一口，冲劳拉女士道："我建议你忘记这一幕，为了你好。"

完了，完了，完了。

终于咳完的乔大少爷像死狗一样瘫在沙发上，胸口半死不活地起伏着。他半睁着眼睛瞥了燕绥之一眼，又瞥了劳拉一眼，接着像被马蜂蜇了一般收回视线，心说：现在让公墓给劳拉小姐留个位置不知道还来不来得及。

燕绥之放下咖啡杯，见顾晏斜眼看着他，便忍不住挑起眉道："我觉得有点儿亏。"说完还没等顾晏反应过来，他就伸手捏了一下顾晏的脸，然后满意地翘起嘴角，"这样就平衡了。"

顾晏："？"

要说亏，这里有比他更亏的人吗？

偏偏浑身是胆的劳拉小姐看见这一幕，嫌撑得慌似的，还竖起拇指冲燕绥之道："生平头一回看见有人敢捏他。小实习生，你让我开眼了，勇士。"

燕绥之："……"

真的猛士总是忽略自己。

乔默默捂住了双眼，觉得自己真的不忍心再看下去了。

智能机突然嗡嗡地振动起来，把"高位截瘫"的乔少爷振"活"了。

他抹了一把嘴唇，半死不活地坐起来，点开智能机屏幕。来电的是那个帮忙查进出港记录的朋友。

乔少爷顿时来了精神，他目光一变，狠狠搓了两下脸，点了接通："喂？有结果了？"

对方道："算是有一点儿吧。"

"什么叫算是有一点儿？"

对方说："搞了几个系统，一部分从后往前搜，一部分从前往后搜，用的是精确筛找，先把柯律师出事那一年的筛完了。我知道你等得心焦，这部分结果先发给你看看，免得耽误你的进度。不过——”

乔一听这种转折就拎起了心：“不过什么？”

“我觉得这种筛查方式还是会遗漏很多。让一只鸟儿混进来的方式实在太多了。”通信那头的朋友试着解释了两句，又放弃道，“算了，你看了结果就明白我的意思了。”

“我知道，有结果就行。”乔点了点头，“你不说我也知道，肯定有很多鱼目混珠的方法，不过有信息总比没信息好，查到一点儿是一点儿。”

“你能这样想当然最好。”对方又交代说，“往前几年还有最近几年的都正在筛查，每查完一年，我就给你发一部分，就不一一给你拨通信了，你记得盯着点儿，注意查收。”

乔干脆地说：“行，我一直盯着呢，谢了。”他说得淡定，挂了通信之后却深吸了几口气。

“怎么说？”顾晏他们都看了过来。

一个通信彻底岔开了之前的话题，焦点重新落到清道夫身上。

话音刚落，乔的智能机便“叮”地响了一声。

“来了。”乔盯着蹦出来的界面，道，“他说先搜了柯谨出事那年的进出港记录，有一些东西已经给我发过来了。我——”

他盯着那个界面看了几秒，呼出一口气，点了拆解。

一长排记录截图和动态图像都依次排在了茶几上方。

乔把屏幕切换成共享模式，文件以滚动的形式开始自动播放。

记录显示，当年一月初，德卡马的进港闸口托运单上显示运进一批灰斑雀，总共三百只，属性是肉雀，检查方式是筛查，备注上显示的是肉雀商贩艾迪•沃特森托运。

然而紧跟在这条记录后面的是图像的精确搜查结果。

影像中，三百只食用性灰斑雀挤挤攘攘地关在一个硕大的鸟笼里，看上去雀羽乱飞，非常混乱，但在其中某个瞬间，搜索框在三百只灰斑雀中圈定了一只鸟。

那只鸟刚巧在那一瞬间露出了一片尾羽，单从那片尾羽就能看出来，那是混在灰斑雀中的牧丁鸟。

众人目光一紧。

正如刚才乔的那个朋友所说，看了记录就知道，牧丁鸟查起来其实很不容易。就好比这段影像，如果鸟更多、更挤一点儿，挤到把那只牧丁鸟遮得严严实实，那精确筛查也很难搜出这一段来。

由此可见，遗漏的部分肯定很多。

这段影像之后，紧接着又是一条记录。

记录显示，这三百只灰斑雀进港之后的第二天，有人提走了这批货。提走的人同样是个肉雀商贩，名叫章玟迪。

“没有李·康纳……”劳拉道。

“再往后看。”燕绥之提醒了一句。

闻言乔立刻朝后翻了翻。

按理来说，牧丁鸟换了环境，不可能长期存活。也就是说，这只牧丁鸟来了，只要不希望它死在德卡马，就一定会在不久之后有相应的出港记录。

但是没有。

第二次记录就到了数月之后，这就意味着它出港的那次隐蔽得很好，没能查到。

数月之后的那次记录，是五月中旬，一只动物表演为主的剧团从德卡马港口入境。剧团中魔术表演部分用到的大多是最为常见的灰斑雀，毕竟灰斑雀便宜，而且量多。

牧丁鸟再一次混在了灰斑雀中进入了港口。

经过一番筛查合格后，又由整个剧团带进了德卡马星球，在好几个区都表演停留过。

同样，在剧团登记的组员中，依然找不到李·康纳的任何踪迹。

“有查过李·康纳的进出港记录吗？”燕绥之说，“很有可能他一直在借助其他人把牧丁鸟带进来。”

好在乔拜托的那个朋友也想到了同样的情况，在这两次记录之后，他附了一份李·康纳的进出港时间。

意料之中，他在那段时间来来往往有过八次进出港记录，当中有两次跟牧丁鸟的托运时间十分接近。一次相差一天，一次相差三天。

看到这个结果，乔的脸色又变得难看起来。

猜测是一回事，看到图文一点点证实猜测又是另一回事。

他的拳头都握起来了，差点儿砸在茶几上，但余光看见一旁打瞌睡的柯谨，又及时刹住了手，用极低的声音连着咒骂了好几句。

李·康纳就是那个清道夫，这个猜测基本不会错，但最重要的不在这点，而是在他之后去了哪里？又变成了什么人？现在身在何处？这才是最重要的。

他们筛查这么久，不是为了在这些记录里多看这个名字几眼，而是想让这个跟很多条人命牵扯了关系的人，罪有应得。

但很遗憾……这一年的最后一条记录在年底，十二月左右。这次既不是出港记录，也不是进港记录，而是在港口的监控里找到了牧丁鸟的踪迹。它跟着浩荡的人流飞了一小段距离，停歇在港口的金属闸口的柱顶。

很难通过这段监控查到这只牧丁鸟正跟着谁。

唯一值得庆幸的是，乔拜托的那个朋友办事效率很高。

大约一个小时候又传来了一份新的结果，附着的信息提示说：系统从两头同时往中间查，这是最近一年的，从一月到现在为止。

乔满怀着希望点开文件，却发现里面的东西寥寥无几，总共只有一次记录和一条影像。

光是看到这可怜巴巴的数量，乔就叹着气靠回沙发。

劳拉也“啧”了一声，明明白白地表现出了失望。

但点开之后，他们就发现了不同。

这次牧丁鸟进港没有混在大片的灰斑雀里，也没有做过多的隐蔽，只是由一个人光明正大地以宠物的名义带了进来。

携带者的名字叫马库斯·巴德。

紧随其后的影像就是马库斯·巴德提着鸟笼过闸口的瞬间。

无损放大视频之后，马库斯·巴德的容貌一清二楚。

那是一个中等身材的男人，长相平淡无奇，没有什么特别的记忆点，走在路上瞬间就能淹没在人群里。就是个典型的大众脸。

“就这样的脸，我看三遍都不一定能记住。”乔皱着眉嘟囔，“故意的吧。”

影像中的马库斯·巴德看起来心情一般，总去摸自己的侧脸和脖子，就像不习惯或是不舒服一样。不过他倒是很照顾鸟儿的感受，刚审核完，他就打开了鸟笼。

牧丁鸟扑棱了两下翅膀，从笼子里飞出来，绕着他盘旋了两圈，先是停在他肩头蹭了蹭他的脸颊，似乎是跟他打个招呼，接着便飞高、飞远了。

乔咬着舌尖看完这段影像，转头就开始用这张大众脸精确搜索全网图像。

可惜在公共网络能搜到的各个角落，这个名叫马库斯·巴德的男人存在感也极低，根本没有他什么信息。

“再等等。”乔说，“等我朋友再多提供一些，我再一起找媒体的朋友帮忙搜。”

劳拉却说：“媒体那边能搞到的其实也有限，他们顶多能把已发布的，还有虽然没发布但向上级提交过的那些报道及影像找出来。还有很多不会发上网络或者不准备发上网络的，他们就找不到了。”

乔又道：“那再找找档案系统的人吧……”他说完，自己又无奈道，“但档案系统的同样有限制。”

倒是顾晏，突然想起什么般看向燕绥之：“说到没有发上网络的……你还记得那两个记者吗？”

“本奇和赫西？”燕绥之了然地点了点头，“差点儿忘了这两位。上次在天琴星，我们从他们的相机里收了不少东西。试试看？”

他们总是下意识去筛查本奇主动给他们的那部分照片，却忘了其实智能机里早就存了另一部分，刚巧是本奇和赫西两人近两年拍摄的内容。

但他们今日份的好运气似乎已经用尽了，翻了一夜也没能翻出更有用的信息，再一次碰到了瓶颈。就连天气都格外配合，当天夜里，酒城就变了天。第二天清早，大雪毫无预兆地降临了。

众人起床的时候，外面的雪密得像雾，偏偏酒城的环境总是脏兮兮的，就连雪雾都显得有些灰黄，能见度极低。

起来晨练的乔少爷本想开窗透个气，结果遥控一按，四方来风，瞬间就把人吹成了“傻鸟”。

他给柯谨裹了两层毛毯，又给自己裹上了一层，然后“挺尸”般地在餐桌旁瑟瑟发抖。

直到劳拉女士裹着大披肩下楼，老远就冲燕绥之打了个招呼：“早啊。”

一看见劳拉对上燕绥之，冻成“傻鸟”又“高位截瘫”的乔少爷瞬间来了精神，像个诈尸的木乃伊。

燕绥之早上起来有点儿低血糖，起床气很重，反应也比平日要慢一些，甚至没听见劳拉在跟他打招呼。

他站在酒店送来的餐车旁，挽着衬衫的袖口挑挑拣拣，找想吃的早餐。

这人严重挑食，哪怕脸上都没了血色，依旧倔强地把餐点看了个遍。

劳拉见他毫无回应，有些纳闷地走过来，一看就吓了一跳：“我的老天，你的脸怎么白成这样，低血糖？别挑了，先吃两口垫着。”

燕绥之敷衍地“嗯”了一声，行动却丝毫没有妥协的意思。

“唉……”劳拉叹了口气，大姐姐的脾气又上来了，“顾呢？你管不管啦？不管我给他塞吃的啦！”

木乃伊乔站起来了，连忙道：“别！劳拉小姐！我劝你别，你让他挑吧。”

说话间，顾晏已经来了。他手里拿着一碗刚洗好的甜桑，二话不说先往燕绥之嘴里填了一颗：“你不是说要再睡一会，怎么又起来了？”

燕绥之睨了甜桑一眼，老老实实地把被塞进嘴里的东西咽下去，喝了一口温水，才道：“想吃点儿东西，就下来了。”

吃了点东西，他苍白的脸上渐渐有了一点儿血色。

燕绥之又喝了两口温水，这才回想起刚才劳拉操碎的心，转头冲她道：“谢谢，别管我了，你挑点儿早餐吃吧。”

劳拉看着他脸色恢复正常，这才松了口气，冲顾晏道：“你的这位小朋友可真吓人。”

小朋友……

燕绥之一副一言难尽的表情。

乔用毯子把自己的脸捂上了，只露了两只眼睛。

然而勇士劳拉在新的一天依然没能觉察出哪里不对，她逗完人就自顾自地拿了一份甜点和一杯红茶，然后走向了餐桌，完全没看到身后顾晏和燕绥之的表情，只注意到了乔。而乔少爷在这位女士心里的形象一贯有点儿像二傻子，所以她见怪不怪。

“对了，小实习——”劳拉说了一半，又打住了，“算了，总叫实习生也挺见外的，搞得好像谁都是你老师似的。你是顾的人，那以后我们就都是自己人了。喊我姐姐就好，我喜欢亲近一点儿的称呼，显得关系好。”

乔又拉了拉毯子，把眼睛也一起蒙上了。

劳拉说：“那我叫你什么好呢？”

劳拉女士其实是个很贴心的人，确定称呼前还会征求一下对方的偏好。毕竟有的人在称呼上就是有怪癖，比如“挺尸”的乔大少爷，就不喜欢别人喊他埃韦思先生。

“你喜欢别人怎么称呼你？”劳拉问。

燕大教授又吃了一颗甜桑，然后不紧不慢地擦了擦手指，喝着温水冲劳拉道：“随意，燕绥之就可以。”

劳拉：“哦。”

两秒后，劳拉活像见了鬼似的，猛地扭过头来：“你说叫什么就可以？”

那一瞬间，乔怀疑劳拉的脑袋会因为转动的力度太大、动作太猛，而就此掉下来。

好了，公墓估计是来不及订了。

乔大少爷如是想。

人嘛，在关键时刻总有些潜意识的鸵鸟行为。

劳拉女士就很典型。

她双眼瞪得溜圆，盯着燕绥之看了有一个世纪那么久，终于出声，疑问道：“你在故意吓我是不是？”

惊吓过度，使得她的嗓子都像“劈叉”了似的，声音显得非常轻细。

“你——”她清了清喉咙，把嗓音压住，让自己在气势上显得不那么虚，“是不是因为昨晚我不打招呼就掐了你，又逗了你那么多回，所以你现在开始逗我了？”

这个逻辑好像是成立的。

劳拉女士越说越觉得有可能，成功给自己打了一剂强心针，脸色也渐渐好了一些。

燕绥之一脸无奈。他都对劳拉说了，希望她忘记昨天那一幕，结果这倒霉姑娘今天非要再提一次。

不是在作死，就是飞奔在作死的路上，一天还比一天强。这确实是劳拉能干出来的事。

燕院长佩服地点了点头。

肢体语言博大精深，可怜的劳拉小姐理解错了点头的意思。

她像是抓住了一根救命稻草般，立刻长长地吐了一口气："是吧？是故意吓我的吧，我就说嘛……但我不得不承认，你吓得很成功。我刚才心脏都差点停了！"

"手心现在都是汗。"劳拉摊着自己的两只手展示了一下，确实亮晶晶的。

卖惨卖得有凭有据，燕绥之都有点儿不忍心了。他走到餐桌边，把杯子随意一搁，拉开面前那把椅子正对着劳拉坐下来。

他在思索怎么说才能更委婉一点儿，对这姑娘的冲击能更小一点儿，但作死小能手劳拉根本不给他机会——

她抽了张除菌纸擦着自己的手指，又瞄了燕绥之两眼："好了，吓也吓过了，场子也找回来了。现在不开玩笑，我该叫你什么？"

燕绥之两手交握着搁在桌面上，闻言点了点头："好，不开玩笑。"他想了想，道，"全名你可能也叫不出口，或者就按照你以前的习惯，叫老师或者教授吧。"

燕大教授已经用了最温和的语气，但依然没用。

从静止的状态来看，劳拉女士的心脏可能又停了。

顾晏也拉开了一把椅子，在燕绥之身边坐下，语气平静地补充一句："老师不行，喊教授吧。"

燕绥之没好气地看向他。

乔也终于扒开了毯子，坐正身体，干咳一声，道："或者跟我一样叫院长。"

他们的反应彻底证实了燕绥之的身份。

场面一度变得令人窒息，从劳拉女士的脸色来看——

看不了了，劳拉女士已经晕厥过去，彻底凉了。

凉了不到五秒，她又猛地“诈了尸”。

“不是，等等！你干什么去？”乔离她最近，眼明手快地抓住她。

劳拉：“找绳子。”

“找绳子？”乔少爷满脸不解，“找绳子干什么？”

劳拉：“上吊。”

乔：“……”

他突然觉得跪在跑步机前也没什么丢脸的，看，还有要“表演自杀”的呢。

“别闹。”乔大少爷作为朋友劝说道，“绳子还得跟酒店要，这里找不到的。再说了，你能往哪儿吊啊？”

劳拉被他拽得又坐回到椅子上，颓然片刻后她伸手揪住了他的毛毯，一把拽过来捂住了自己的脸。

“给你给你。”乔少爷很大度。

劳拉把自己捂在毛毯下，崩溃道：“我都干了什么……不想活了……”

她可能真的不太想活，密不透风地把自己裹得像座坟包，一动不动。

燕绥之哭笑不得：“不喘气了？”

“不喘了。”劳拉瓮声瓮气地说，“不想露脸。”

乔少爷感慨万分：“多么熟悉的一幕，似曾相识。你们上次看我是不是也这样？”

“所以你们什么毛病？”燕绥之没好气地问，“我回想了一下，当年没对你们做过什么吧？”

乔乖乖摆手，违心地说：“没有没有。”

顾大律师就很理性：“当面问，你指望能听到什么答案？”

燕绥之“啧”了一声：“问你了吗？”

可能因为不止一个丢人的，还有乔这位先驱；也可能是因为燕绥之的态度平淡又平常，注意力并没有完全放在劳拉身上，恰到好处地照顾了劳拉那点儿丢人的心理。

于是她缓和了一些，瓮声瓮气又开了口：“教授……您真的是教授吗？”

“你觉得呢？”燕绥之道。

都喊教授了，还能怎么觉得。

“您没有在那场爆炸中出事是吗？”劳拉又问。

“算是吧。”

“墓地也不是真的？”

“大概像一般爆炸事故处理的那样，放了一些纪念性的物品吧。”

“以后给您发信息也不会毫无回音了，是吗？”

“当然。”燕绥之语气温和。

“冬天的酒会还能继续吗？”

“如果你们想聚一聚的话。”

“想。”劳拉终于把毯子掀了下来，露出红通通的、快要哭了的眼睛，“特别想！”

她用两只手捂住了眼睛，白皙的手指间是发红的鼻尖。

过了半晌，她用力地吸了下鼻子，放下手，红着眼睛冲燕绥之笑起来：“那真是太好了……”

“那就别哭了。”燕绥之抽了一张除菌纸递给她。

番外　玫瑰

赫兰星是一颗特别的星球，也许是因为有太多军人遗孤，这里的人便格外注重家庭、注重人与人之间的羁绊和关联、注重分享和坦诚。

这个星球一直存在着一项规定：当你和某个人有了长期的共有关系，不论是商业上的还是家庭上的，必须要有一个完全透明的共同账户，涵盖工作或是生活的方方面面，所有涉及到的共有的账目、通知、事件，都会跟这个账户相互关联，来减少欺瞒和谎言。

许多其他星球的人不能理解这个规定，觉得束缚感太强，或是自由度太低，过分强调人与人的关系，忽略了个体独立等等。但赫兰星上的人普遍适应得很好，一代又一代延续下来，几乎变成了一种仪式。

燕绥之和顾晏虽然都是赫兰星上出生长大的，但现今的工作生活都在德卡马，依照法律，并不用遵守这条规定，但他们还是设置了一个共同账户。

账户邮箱地址是燕绥之提供的，录入了他和顾晏的信息，两个人登录起来都极为方便。不过某位院长太懒，真正登录比较多、定期进去查收信息的人还是顾晏。

这一年燕绥之生日，德卡马半夜忽然下起了雪，顾晏起身去了一趟楼下的花园。

这座花园里有各种植物，一半是他自己托人弄来的，一半是燕绥之弄来的，共同点之一是都很漂亮，之二是都很娇贵。尤其那些落日玫瑰，娇嫩得仿佛是最薄的玻璃做的，一碰就会碎一地。

它们是高霖三月送过来的，是燕绥之每年固定会订的花，给他已经过世的父母，为了他们的结婚纪念日。

可惜燕大院长管杀不管埋，那些娇滴滴的玫瑰之所以能在花园里长成片，全靠专人打理……以及顾晏。

高霖送花来的时候特地嘱咐过：今年刚好是德卡马的小冰川年，冬天温度比以往低，千万、千万不能让这批玫瑰冻着。

于是顾晏拨开控制板，把花园的玻璃顶罩上了，又上调了温度，整个花园便进入了暖春。

做完这些，他本打算上楼睡觉，忽然想起还有两个案件的视频没看。怕弄醒已经睡过去的人，顾晏戴上了单只耳扣，倒了一杯咖啡，在楼下的客厅看了起来。

他像往常一样，看视频的时候随手画记了一些东西，接着关掉界面，临睡前例行去几个邮箱扫了一圈，然后他就看到了那封特别的邮件。

那封邮件躺在他和燕绥之的共有账户里，收到的时间是两个小时前，燕绥之生日的零点，而发出时间……居然是很多很多年前。顾晏根据年份推了一下，那是燕绥之十三岁左右的某个夏初。

这是一封久远之前就设定好的定时邮件，发件人邮箱地址的前缀名里有熟悉的字母“L”，而从后缀可以判断，也是一个共有账户。

没猜错的话，是燕绥之的父母。

顾晏看着来件人，有一瞬间差点儿起身要去叫燕绥之。他可以确定，比起睡觉，立刻看到父母的邮件对燕绥之而言更加重要。不过他在起身前再次看到了邮件主题——给未来的那个人（很抱歉，我们现在还不知道你的名字）。

顾晏迟疑片刻，点开了它。

亲爱的：

很抱歉，我们暂时还不知晓你叫什么名字，但这封邮件被你看到的时候，咱们应该已经认识了，希望给你留的是不错的印象。为了相处更加愉快，我们送你一个小礼物。（是的，虽然今天是我儿子的生日。）

小礼物是一段视频，就附在这段话下面。顾晏点开，看到了燕绥之的少年期。

那是很多年前的一个午后，隔壁新搬来的邻居带着他们的猫拜访了林先生和卢女士。

邻居也是一对夫妻，都是话剧演员，常在当地的一个剧场排戏，小有名望而且很受欢迎。那是非常合拍也非常热情的两个人，进门就给了林先生、卢女士以及他们年少的儿子一个拥抱，还盛赞了少年的长相。

十几岁的燕绥之经常会听到很多夸奖，长相上的、学业上的，不过不论是父母还是他自己都不太看重这些，所以听得再多，也不会有什么扬扬自得的情绪，只是礼貌地道声谢。

但那对夫妻实在太热情了，也许因为都是话剧演员，说话的时候情绪总比常人充沛，夸人的时候也极尽赞美之词。

那时候的燕绥之还没有跟各色人等打交道的经验，做不到那么游刃有余，尤其招架不住过于热情的人。他听完那一长段夸奖其实就想溜，但礼貌和教养扣住了他的脚，硬是将他留在了会客的沙发上。

那对夫妻是很擅聊的人，什么话题都能接住，永远不用担心冷场。林先生虽然话不算多，但风度翩翩，总能在恰到好处的时候显露幽默；卢女士则活泼很多，经常主动开始新话题。燕绥之则乐得当个听众，搂着抱枕支着头，懒洋洋地靠在一边。听得并不太认真。

邻居带来的猫不怕生人，还格外亲近他，跳到旁边的沙发扶手上趴伏着舔毛。他偶尔在话题切换间开个小差，抬手挠一挠猫下巴，把那小东西挠得呼噜噜直哼哼。

只是走了一小会儿神的功夫，再转回来时，四个大人的话题就跳到了燕绥之身上。起因是那对夫妻说他们即将要迎来新生命了，虽然看不出来，但那位女人已经怀孕了。

“我有预感，会是个女儿。”男人一脸藏不住的笑，“只是不知道会是什么样？要是能遗传玛丽的眼睛就好了。她的眼睛真的非常漂亮，我第一次看到的时候就完全移不开目光。”

事实上他们夫妻两人样貌都很出众，遗传谁的都不会差，妥妥是个小美人胚子。卢女士就是这么说的，把那对夫妻说得喜笑颜开。

“我有时候觉得自己太着急了，她还没出生，我就已经开始想象她十岁、二十岁的模样，想象她以后会成为什么样的人，过怎么样的生活，会和谁结婚。”男人说到这里顿了一下，“我现在就很想把那小子拎过来吓唬一顿。”

他的表情实在很生动，大家都被逗笑了。然后他话音一转，说：“当然，如果找的是你们儿子这样的人，那我们就不亏，说不定还赚了。”

燕绥之：“……”

他不知道为什么他十来岁就要听人给他未来的婚姻瞎出主意，但这之后，话题一直绕着他，转都转不开。

林先生和卢女士试图救儿子一把，无奈邻居太能说，并且妙语连珠，儿子表情越来越绿，他们又想帮忙又想笑，最后看到不能帮上忙，索性专心在那笑。

十分钟后，燕绥之终于招架不住，趁着邻居去洗手间，他扭头就溜。

卢女士逮了他一下，忍着笑问：“要溜去哪儿？”

燕绥之懒洋洋地说：“花园。上午的画还架在那呢，我去画完。”

他当然不是去画画的，只是溜进花园躲一会儿。当时正是假期，时间不紧不慢地走着，他驾驭课业游刃有余，很少体会到忙碌，做什么都是不慌不忙且懒洋洋的，全凭心情。

那株花的光影跟上午完全不同，他便没有继续动笔，而是窝到了花园长椅上看起了书。

花园里的温度调得刚好，惹人困倦。他看了小半本，便搂着圆枕在长椅上睡着了。送走邻居的卢女士进到花园，看到的就是这样的场景。于是她笑了一下，轻手轻脚地离开，不一会儿带着她的全息摄影相机回来了。

顾晏在视频里看到了一大片落日玫瑰，跟现在屋外栽种的很像。

那是赫兰星曾经独有的一种玫瑰，后来才慢慢引进到其他星球。虽然十多年下来了，但依然昂贵又稀有，因为它是玫瑰里最娇嫩、最难养活的品种。

在这之前，顾晏对玫瑰这种东西其实并不感冒，因为它们太张扬浓烈了，用得不好会很容易流于俗气。

但视频里的那些玫瑰花不同。

那些玫瑰红色花瓣的边缘泛着烟丝金，远远看过去，像赫兰星最绚烂的落日。白色的木质长椅被大片浓郁的红色包裹在其中，椅背上缠绕着几根纤长弯曲的春藤。十来岁的少年就侧蜷在长椅上，头发微乱，睡得安静。

顾晏第一次觉得，玫瑰跟燕绥之居然这么搭。

视频镜头微晃了一会儿，举着摄影相机的人正轻手轻脚地走近那片玫瑰。长椅上的少年燕绥之有所感应，脑袋闷进手肘弯里躲了一下，这才半眯着眼睛撑坐起来。

“说好的画画呢？”摄影相机背后的人调侃了一句，声音温柔好听，带着笑意。

燕绥之抬手挡了一下镜头，又放下来，懒懒靠在椅背上说：“天气太好了，我就偷了个懒。”

他嗓音里透着刚睡醒的沙哑和鼻音，有点儿温软：“干吗突然拍起视频了，又想留着以后看你儿子笑话？”

“别胡说，我哪有做过这种事？”卢女士并不承认，她把镜头对着儿子，拍下他每一个细节，然后温声开口，“就是刚刚受到了邻居先生的启发。”

“启发什么？”燕绥之咕哝道，“跨越十三岁的年龄差给你儿子定娃娃亲？”

“去你的。”卢女士笑得镜头都抖了，“我跟你爸嘴拙，没拦住。”

“哦？”燕绥之深知两位的性格，一点儿不上当，“你们明明看戏看得津津有味。”

卢女士还在笑，只是过了几秒强忍住了说：“好吧，十三岁是差得有点儿多，那你打算以后找什么样的人共同生活？我是真的很好奇。”

燕绥之：“……卢女士，你现在好奇这些是不是有点儿过早了？”

“说说。”卢女士怂恿。

“十三岁结婚犯法。”燕绥之说。

“畅想一下犯什么法。”卢女士不上当，她平日被丈夫惯着，非常擅长于这类无伤大雅的胡搅蛮缠。

燕绥之挣扎未果，索性给了她一点儿答案。他坐在玫瑰花丛里，手肘搭着白色长椅的背，指尖百无聊赖地卷着一根青藤，想了一会儿说："要特别热情，见了人就往上扑的。"

卢女士："……"

这句话基本上就预示着胡说八道的开始。

"因为我比较懒。"他还有理有据。

卢女士："……然后？"

燕绥之："然后要挂到身上就不下来的。因为我不黏人，总得有一个黏的对吧？显得关系好。"

卢女士："……还有呢？"

燕绥之："个子小一点儿吧，高了挂不动。"

镜头里没有出现卢女士的脸，但她的表情可能非常一言难尽，因为燕绥之胡说八道完，看着镜头就开始笑。

不是后来常有的那种温文尔雅的笑，是带着少年气的、有几分狡黠的笑。他皮肤本就很白，这样笑起来的时候，有种明亮的感觉。

不是那种刺眼的光，而是像视频里那样的午后，流淌在玫瑰花枝上的光。

这段视频并不长，但顾晏看了好几遍。那些熟知燕绥之却又不够熟悉他的人一定想象不到，他曾经有着这样安逸懒散的少年时光，那是他后来几十年里都不曾有过的东西。

视频之后其实还附着几段话，看口气，应该是来自于拍摄视频的卢女士——

他其实很慢热，不好意思的时候会反逗弄别人，这个视频里他就是被我弄得不好意思了，所以满嘴都是玩笑话。我们不知道你跟他描述的是否相像（我想可能不太一样），但我们相信，你一定是个善良美好的人。

我们其实跟邻居先生一样心急，常常会想他长大会是什么模样，过着怎样的生活，和谁相伴。我有时候觉得他就像我们养的那些落日玫瑰，不能吹风不能淋雨，太娇惯了，有时候又觉得他骨子里像花枝一样坚定有韧劲。但是归根结底，我们只是希望他开心一点儿而已。我想知道他二十岁、三十岁，青年、盛年、老年会是什么模样，但是终究会有那么一些阶段，我们参与不了，就拜托你了。

请你帮我们好好看看他。

真想提前知道，那么多年以后的他过得还好吗？

祝我儿子生日快乐，祝你们长久幸福。

——爱你们的 L&L

顾晏看着这封穿过时光的邮件，在沙发上坐了很久。

外面的雪下个不停，但屋里开了温控，就连花园都是春末夏初的模样，跟视频里如出一辙。

他忽然想起前几天在花园里拍下的一张照片——燕绥之摘了护目镜，靠在沙发椅里小憩，背景刚好也是那片洒了金的红色。

他想了想，把那张照片插到光脑界面中，给那个代表着燕绥之父母的共用账户回了一封邮件。

邮件里除了照片，还有一句话，算是给那两位的回答。

天气刚好的时候，他依然可以在那片玫瑰的簇拥下，享受一个躲懒的下午。

——第二册完——